Tatjana Gräfin Dönhoff
Johannes Betz

Die letzte Fahrt des Hindenburg

Roman

BLOOMSBURY BERLIN
BLOOMSBURY PUBLISHING • LONDON • NEW YORK • BERLIN

FSC
Mix
Produktgruppe aus vorbildlich
bewirtschafteten Wäldern und
anderen kontrollierten Herkünften

Zert.-Nr. GFA-COC-001223
www.fsc.org

BLOOMSBURY BERLIN
Der Roman basiert auf dem Drehbuch
Himmelfahrt von Johannes Betz

Umschlaggestaltung:
Rothfos & Gabler, Hamburg
Gesetzt aus der Stempel Garamond
durch hanseatenSatz-bremen, Bremen
Druck und Bindung: CPI – Clausen & Bosse, Leck
Printed in Germany 2009
ISBN 978-3-8270-0832-9
www.berlinverlage.de

Für Nicolaus

Inhalt

Vorwort

Was für ein phantastischer Anblick muss es gewesen sein, wenn plötzlich der silbern schimmernde Leib des *Hindenburg* über Dörfern oder Städten auftauchte. Staunende Menschen liefen zusammen, reckten die Köpfe gen Himmel und beobachteten, wie dieser Gigant der Lüfte leise brummend vorüberzog. Autofahrer hupten, Schiffskapitäne ließen ihre Dampfhörner grüßen.

Begeistert und stolz betrachteten die Menschen dieses 245 Meter lange und 41 Meter breite Wunderwerk deutscher Ingenieurskunst aus Aluminiumstreben, Baumwolle und Wasserstoffgas. Jedes Kind kannte die Namen der Konstrukteure und Leiter der Zeppelin-Reederei: Graf Zeppelin, Dr. Hugo Eckener und Dr. Ludwig Dürr. Die Zeppelin-Kapitäne waren Helden der Luftfahrt: Max Pruss, Ernst Lehmann, Hans von Schiller, Albert Sammt …

Und was für ein sensationelles Erlebnis muss es für die wohlhabenden Passagiere gewesen sein, die an Bord eines dieser Traumschiffe reisten. Feinste Speisen, erlesene Weine, perfekter Service und exklusive Ausstattung und die einzigartige Aussicht aus den Panoramafenstern auf die unten vorbeiziehende Landschaft machten den Platzmangel im leichtesten Luxushotel der Welt wett.

In den 30er-Jahren des vergangenen Jahrhunderts war der *Hindenburg* das schnellste Verkehrsmittel für weite Strecken, etwa nach Südamerika und in die USA. Schnelldampfer brauchten über den Atlantik eine Woche, die ersten Passagierflugzeuge mussten zwischenlanden. Nur mit dem *Hindenburg* konnte die Strecke zwischen Frankfurt und Lakehurst in nur rund zwei Tagen geschafft werden.

Doch am späten Nachmittag des 6. Mai 1937 endete die glorreiche Ära der großen Luftschiffe in einem gigantischen Feuerball. Der *Hindenburg* explodierte bei der Landung in Lakehurst.

Dieser historische Roman hat die damaligen Begebenheiten rund um die letzte Fahrt des *Hindenburg* zum Thema. Einige Motive basieren auf dem Drehbuch zum RTL-TV-Film *Himmelfahrt* von Johannes W. Betz.

Die Handlung des Romans nimmt mit der Kriminalgeschichte und den in sie verwickelten Personen eine eigene Wendung. Doch die anderen beteiligten Figuren – Passagiere und Mannschaften, Teilnehmer der Untersuchungskommissionen, Bodenpersonal, Konstrukteure und Kapitäne, – haben wirklich gelebt und sind historisch verbürgt. Welche Personen echt und welche erfunden sind, kann anhand der Passagier- und Mannschaftsliste am Ende des Buches entdeckt werden. Ein paar wenige echte Zeitgenossen spielen auch in der Kriminalgeschichte mit. An prominentester Stelle sind das Dr. Hugo Eckener, Kapitän Pruss und Direktor Ernst A. Lehmann, Chefingenieur Sauter und Commander Rosendahl. In ihren Fällen vermischt sich das historisch verbürgte Tun mit dem fiktionalen. Dennoch basieren die Charaktere, ihre Verhaltensweisen und Zitate auf genauen Recherchen, Autobiographien, Interviews in der damaligen Presse oder Erzählungen von Kollegen der Betroffenen.

Beschreibungen von allen Orten, technische Details wie Handhabung, Ausstattung und Konstruktion des *Hindenburg* und vor allem die Abläufe und Standorte der Menschen an Bord des *Hindenburg* stimmen bis ins Detail mit den tatsächlichen Begebenheiten überein. Letztere stammen ausnahmslos aus Augenzeugenberichten, Zeugenbefragungen und Rekonstruktionen der damaligen Untersuchungskommissionen. Man kann sich so, wie bei einer Reportage, weitgehend in die damaligen Vorgänge hineinfühlen und die beteiligten Personen kennenlernen – und eventuell die eine oder andere neue Information erhalten.

Zum Beispiel, dass Zeppeline fahren und nicht fliegen. Oder dass es »der« *Hindenburg* und nicht »die« *Hindenburg* heißt, auch wenn der Volksmund damals und viele, auch Autoren, später den Zeppelin verweiblichten. Der *Hindenburg* war zwar ein (Luft-)Schiff und Schiffe sind in Deutschland immer weiblich, aber meine Recherche hat ergeben, dass jeder, der mit dem Bau oder der Führung eines Luftschiffes professionell zu tun hatte, wie Graf Zeppelin oder Dr. Eckener und auch alle Kapitäne, grundsätzlich »der« *Hindenburg* oder »der« *Graf Zeppelin* sagten oder schrieben. Dieser Vorgabe bin ich gefolgt.

Ohne die freundliche Hilfe mehrer Experten hätte ich das Thema Luftschiffe und im Besonderen *LZ 129*: *Hindenburg* niemals in so kurzer Zeit in den Griff bekommen. Ich bedanke mich bei Barbara Waibel und Jürgen Bleibler vom Zeppelin Museum Friedrichshafen, bei Dr. John Provan, Helmut Vinzentz, Patrick Russell und der Navy Lakehurst Historical Society.

Auch auf dieser Fahrt hat mich Christiane Landgrebe als Lektorin dankenswert begleitet und verbessert.

Tatjana Dönhoff
Mai 2009

1
Mutprobe

2. Mai 1937. »Ich muss verrückt sein«, sagt er und schaut sich vorsichtig um.

»Komme mir vor wie der sprichwörtliche Affe auf dem Schleifstein.«

Seine langen Beine sind grotesk angewinkelt, die Knie fast auf Kinnhöhe. Die Füße stehen auf einem schmalen Holzbrett, das mit einer Drehung das Seitenruder in Bewegung setzt. Zwischen den Oberschenkeln stecken die Steuerknüppel, die er mit den behandschuhten Händen umkrampft hält. Merten Kröger wagt es nicht, sein Gewicht auf dem winzigen Holzsitz, auf dem er festgegurtet ist, zu verlagern. Über und hinter ihm befindet sich die Konstruktion aus Holzstreben, aus der oben die Tragflächen herauswachsen. Der *Zögling 35*, sein Segel-Übungsflieger, wird auf der Bergkuppe momentan noch von zwei Männern an den Flügelrandbögen in der Waagerechten gehalten.

»Schnall deine Kappe fest«, ruft Jennifer ihm zu. »Und die Brille nicht vergessen!« Merten lässt den Steuerknüppel los und sofort beginnt der leichte Flieger zu wackeln. Schnell zerrt er an dem Lederriemen unter seinem Kinn, bis der kleine Haken einrastet. Dann schiebt er die Schutzbrille über die Augen und sieht Jennifer an. Aufgeregt und mit blitzenden Augen steht sie neben dem Fluglehrer. Ihre braunen Locken flattern im Wind. Der Reißverschluss ihrer Fliegerjacke ist aufgezogen, ihr hübscher langer Hals schaut aus einem meerblauen Rollkragenpullover heraus, der dieselbe Farbe hat wie ihre Augen. Ihr schlanker Körper kommt in der einteiligen Fliegermontur mit dem dicken Ledergürtel noch besser zur Geltung als in ihren maßgeschneiderten Kostümen.

Verliebt schaut Merten sie an, und mit gespielter Theatralik in der Stimme sagt er:

»Es war schön mit dir. Kurz, aber schön ...«

»Aber Merten, es klappt doch schon ganz gut. Außerdem bist du doch Flieger!«

»Ich bin Luftschiffer. Luftschiffkonstrukteur.«

»Aber wer Luftschiffe konstruiert, muss doch auch fliegen können!«

»Luftschiffe fahren, sie fliegen nicht. Außerdem reicht es, wenn man rechnen kann.«

Der Fluglehrer tritt neben ihn und prüft den Sitz der Sicherheitsgurte.

»Auf geht's, Doktor Kröger. Der Wind kommt mit drei aus Nordost, Böen bis vier. Also von schräg steuerbord. Ich will einen vollendeten Kreis, dann ein S voraus bis zum Landekreuz.«

Merten nickt, davon versteht er was. Luftströmungen, Windrichtungen, Auftrieb ... Er testet die Steuerstöcke.

»Ich tue das nur für dich ... Liebst du mich?«

Jennifer nickt und lächelt ihn an. Merten sagt gespielt ernst: »Auch wenn ich danach im Rollstuhl sitze?«

»Mein Vater sitzt im Rollstuhl, und ihn liebe ich auch.«

»Na denn, Herr Fluglehrer: Auf geht's!«

Weiter unten am Hang warten zwei Mannschaften von je fünf Männern. Jede Mannschaft hält das Ende eines daumendicken Gummiseils, das an der Nase vom *Zögling* in einen Haken eingehängt ist, eine Art überdimensionales Katapult. Auf ein Zeichen des Fluglehrers hin rennen die Männer den Hang hinab. Das Seil spannt sich, dehnt sich, bis es nicht mehr geht. Die Haltemannschaft von vier Mann stemmt sich an den Flügeln gegen den Zug und hält das Flugzeug auf Position.

»Und los!«, schreit der Lehrer, und die Haltemannschaft gibt den Segler frei. Mit einem Ruck setzt sich der *Zögling* in Bewegung, rutscht ein paar Meter auf dem Gras dahin und dann, am Rand des Abhangs, wird er durch den Gummizug in die Luft katapultiert.

Merten zieht die Steuerstöcke zu sich heran, der Wind fegt unter die Flügel, und der *Zögling* beginnt zu schweben. Als Merten über die Männer der Zugmannschaft segelt, klinkt sich das Gummiseil aus und fällt zu Boden. Das Flugzeug macht einen kurzen Sprung nach oben. Die Luft rauscht, und Merten spürt die Kälte im Gesicht. Die Stahlseile, die die Tragflächen halten, beginnen zu singen.

Nach einem kurzen Geradeausflug legt sich der Flieger in eine weite Backbordkurve und fliegt zurück in Richtung Start-Hang, wobei er ständig an Höhe verliert. Merten wird es abwechselnd heiß und kalt. In seinen Ohren rauscht das Blut. In einem waghalsigen Bogen gegen den Uhrzeigersinn saust der *Zögling* etwa zehn Meter über die Köpfe der Zuschauer hinweg. Es knackst in den hölzernen Streben.

Merten hält die Luft an und sieht, wie sich Jennifer und die Männer ducken. Jennifer ruft etwas, doch verstehen kann er nichts. Er klammert sich an den Holzknüppel, den er bis zum Bauch angezogen hat, und tritt auf das Brett, das die Seitenruder bewegt. Dann endlich erfasst der Aufwind den *Zögling*, und er gewinnt an Höhe.

Merten entspannt sich und genießt das Gefühl der Schwerelosigkeit. Unter ihm der Taunus, lindgrüner Wald, die roten Dächer von Bauernhöfen inmitten der knallgelben Quadrate der Rapsfelder. Am Horizont erhebt sich der Kleine Feldberg, auf dessen Gipfel das Observatorium und der in den Himmel ragende Funkmast zu erkennen sind. Der Wind pfeift, ein Vogel fliegt vorbei. Merten kann sehen, wie sich seine Augenlider schließen und wieder öffnen. Es ist, als zwinkere er ihm zu.

In ein, zwei Kilometern Entfernung erscheinen die hellen Streifen des Landekreuzes auf einer Wiese. Da muss er hin. Konzentriert nimmt Merten das Kreuz ins Visier. Der *Zögling* folgt seinem Steuermanöver ohne Verzögerung. Da ist das Krächzen eines Raben zu hören. Merten sieht den dunklen Schatten nur für den Bruchteil einer Sekunde, als es einen Schlag gibt und die Bespannung der rechten Tragfläche zerrissen im Wind flattert. Sofort legt sich der Segelflieger nach rechts und sackt einige Meter ab.

Entsetzt beobachten Jennifer und der Fluglehrer, wie der *Zögling* wegkippt. »Kruzitürken! Aufpassen, Mann, Mann, Mann!«, ruft der Lehrer.

Merten gerät immer mehr ins Trudeln …

»Jesus Christus!«, schreit Jennifer. »Auspendeln!!! Auspendeln, Merten!«

Merten versucht, den Flieger mit heftigen Bewegungen an den Steuerknüppeln wieder ins Gleichgewicht zu bringen. Doch er trudelt wie ein trunkener Schmetterling. Die Trimmung ist verloren, keine Reaktion mehr auf Mertens Aktionen an Steuerknüppeln oder Seitenruder. Der *Zögling* bäumt sich noch einmal auf und begibt sich gleich darauf in den Sturzflug. Merten sieht die Baumwipfel eines Birkenwäldchens auf sich zukommen. Verzweifelt tritt er auf das Brett der Seitenruder. Keine Reaktion. Kopfüber stürzt der *Zögling* in die Bäume, Äste peitschen Merten ins Gesicht, dann wird es dunkel um ihn.

Einige Sekunden herrscht erschrockenes Schweigen auf dem Hügel. Jennifer und der Fluglehrer sehen einander entsetzt an. Jennifer löst sich als Erste aus der Starre. Im Gras, nicht weit, liegt ein Fahrrad. Jennifer rennt dorthin, schwingt sich auf den Sattel und fährt in halsbrecherischem Tempo den Hang hinunter.

»Kalle! Den Erste-Hilfe-Kasten!«, schreit der Fluglehrer und rennt ihr mit den Männern nach.

Bei dem Wäldchen angelangt, wirft Jennifer das Fahrrad auf den Boden und stürzt sich ins Unterholz.

»Merten, Merten!«, ruft sie voller Angst.

Keine Antwort. Sehen kann sie nichts. »Merten!!«

Keuchend arbeitet sie sich durch das Unterholz. Plötzlich hält sie inne. Weiter vorne erkennt sie etwas. Zwischen den Bäumen hängt der demolierte *Zögling*. Die zersplitterten Flügel haben sich zwischen den Bäumen verkeilt und den Absturz gebremst. Der Flieger pendelt mit der Nase einen halben Meter über dem Waldboden. Merten hängt kopfüber und leblos in den Sicherheitsgurten. Blut rinnt ihm über das Gesicht. Sein rechter Arm steht merkwürdig verdreht von ihm ab. Mit der Pilotenbrille sieht er aus wie eine tote Fledermaus.

»Merten! Oh Gott, Merten!«

Jennifer kämpft sich zu ihm durch. Zitternd berührt sie ihn. Er zuckt.

»Merten! Merten, bist du verletzt?«

Langsam verziehen sich die Nebel in seinem Hirn. Ein höllischer Schmerz bringt ihn ins Diesseits zurück.

»Aua, mein Arm, mein Arm«, stöhnt er leise.

»Merten, kannst du mich hören?«, schreit Jennifer.

»Also, meine Ohren sind jedenfalls noch funktionsfähig … mein Arm …«

»Komm, ich helfe dir …«

Vorsichtig berührt sie seinen Arm.

»Nein!! Nicht anfassen!«, jault Merten.

»Er ist ausgerenkt. Das kriege ich wieder hin!«

Sie tastet seine Schulter ab.

»Du musst locker lassen!«

»Du bist gut, wie soll ich das machen?«

»Liebst du mich?«

»Ich würde diesen Arm für dich geben.«

»Das wollte ich hören.«

Mit einer geschickten Drehung und einem Ruck bringt sie den Arm wieder in die richtige Position.

Vor Mertens Augen tanzen weiße Punkte. Es fühlt sich an, als hätte sie seinen Arm abgerissen. Mit einem unglaublichen Schrei bäumt er sich auf. Das gibt dem *Zögling* den Rest. Der linke Flügel reißt ab, und der Flieger saust die letzten fünfzig Zentimeter auf den Boden. Das Heck folgt und rutscht an dem Baumstamm nach. Mit einem letzten Krachen setzt sich das Wrack fest. Merten wird ordentlich durchgeschüttelt, sitzt aber endlich wieder aufrecht. Vorsichtig bewegt er die Finger.

Jennifer gurtet ihn ab und hilft ihm vorsichtig auf die Beine. Staksig macht er ein paar Schritte und lässt sich lachend auf den weichen Waldboden sinken.

»Eine Krähe. Es war eine Krähe. Ich glaube, die hat deine Mutter geschickt.«

Jennifer kniet sich hin und umarmt ihn.

»Wieso sollte sie das denn tun? Sie ist doch keine Hexe.«

»Vielleicht will sie nicht, dass ich dich heirate.«

Jennifer macht sich los und schaut Merten an.

»War das ein Antrag?«

Ächzend setzt sich Merten auf.

»Ich dachte, die Gelegenheit sei günstig ... Moment ...«

Er greift in die Tasche seiner Fliegerjacke und fummelt den Ring heraus, den er schon seit ein paar Tagen bei sich trägt.

»Gibst du mir dein reizendes Händchen?«

Jennifer reicht ihm die Linke. Merten legt den Ring in ihre Handfläche und schließt ihre Finger darüber.

»Der Stein ist vielleicht ein bisschen bescheidener, als du es gewohnt bist, aber ...«

Jennifer lässt ihn nicht weitersprechen. Zärtlich nimmt sie sein blutverschmiertes Gesicht in ihre Hände, und er spürt ihre weichen Lippen auf den seinen.

»War das jetzt ein Ja?«

Jennifer senkt den Blick.

»Ich werde nächste Woche mit meiner Mutter nach Hause, nach New York zurückfahren.«

Merten schaut sie unsicher an. »Und das heißt ...?«

Lächelnd sagt sie: »Merten. Ich liebe dich.«

»Du bist eine van Zandt, Jenny. Du weißt, dass du nur mit dem Finger zu schnippen bräuchtest, und du könntest jeden haben. Die ganze Ostküste rauf und runter. Bist du dir sicher, dass du mich liebst?«

»Ich werde mit Vater sprechen. Ich will seinen Segen«, sagt sie leise.

»Und wenn er Nein sagt?«

»Er wird nicht Nein sagen.«

Sie streift sich den Ring über den Finger.

»Das ist der wertvollste Ring, den ich je in meinem Leben bekommen habe.«

Merten ist erleichtert. Glücklich nimmt er Jennifer in seinen unverletzten Arm und küsst sie hingebungsvoll.

Ein Räuspern unterbricht die beiden und bringt sie zurück ins Hier und Jetzt. Als sie sich umsehen, steht ein halbes Dutzend Männer grinsend hinter ihnen. Fröhlich lachend sagt der Fluglehrer:

»Sie sind ein Glückspilz, Herr Doktor. Ein doppelter Glückspilz!«

2
Transatlantische Verbindung

Der schwarze Maybach kämpft sich durch den abendlichen Verkehr. Geschickt steuert der Chauffeur die Limousine zwischen Bussen, Fuhrwerken und anderen Autos hindurch. Im Fond sitzen Merten und Jennifer nah beieinander und flüstern. Merten kommt sich in seinem Abendanzug verkleidet vor, die Fliege und der enge Kragen drücken ihm die Luft ab. Er hat die Smokingjacke über seine Knie gelegt, damit sie nicht zerknautscht. Jennifer trägt noch ihre Fliegermontur. Sie schaut nervös auf ihre Armbanduhr und dann auf den Rücken des Chauffeurs.

»Wie lange dauert's noch? Wir sind schon jetzt viel zu spät!«

Der Chauffeur tippt an seine dunkelblaue Schirmmütze und lächelt Jennifer im Rückspiegel an.

»Tut mir leid, Fräulein van Zandt. Um diese Zeit ist in der Stadt immer viel los. Aber wir haben's gleich geschafft.«

»Na, da werd ich mir einen schönen Rüffel von meiner Mutter einhandeln. Sie hasst Unpünktlichkeit. Du bist ja wenigstens schon umgezogen, aber ich sehe immer noch aus wie ein zerrupftes Huhn.«

»Aber wie ein entzückendes!«

Merten nimmt ihre Hand und küsst sie zärtlich.

»Ich warte in der Halle auf dich. Musst halt einen Zahn zulegen, falls du das hinbekommst.«

Das Portal des *Frankfurter Hofs* ist festlich erleuchtet. Auf dem Vorplatz herrscht ungeheures Gedränge. Hupend versuchen sich Limousinen und Taxis einander die Vorfahrt zu nehmen. Auf den Trottoirs hasten Menschen mit und ohne Koffer, im Straßenanzug oder in eleganter Abendgarderobe dem Portal des Grand Hotels zu. Endlich hält der Maybach vor dem Portal. Jennifer wartet nicht, bis einer der livrierten Hotelpagen den Fond öffnet. Behände springt sie auf das Trottoir.

»Gib mir zehn Minuten ...« Und weg ist sie.

Merten schlüpft in seine Smokingjacke und folgt ihr, nachdem er dem Fahrer ein Trinkgeld in die Hand gedrückt hat. In der Hotelhalle bleibt er stehen und muss sich erst einmal orientieren. Pompöse Eleganz umgibt ihn. Säulen aus rosa Marmor, Holztäfelung, dicke weinrote Teppiche mit blaugoldenem Rankenmuster, barocke Sessel zu Sitzgruppen zusammengestellt, davor Tische mit blank polierten Oberflächen und großen Kristallaschenbechern. Spiegel mit wulstigen Goldrahmen in den Nischen, phantastische Blumengestecke auf den Kommoden davor. Vom Luftzug bewegt, klingeln mächtige Kristalllüster, die unter der Stuckdecke hängen. An den hohen Fenstern bauschen sich üppige Brokatvorhänge. Pagen in weinroten Uniformen mit goldenen Knöpfen vom Hals bis zum Bauchnabel und einem kleinen Käppi auf dem Kopf mühen sich mit Gepäckstücken, die sie von der Straße herein- und durch die Halle zu den Aufzügen schleppen, gefolgt von deren Besitzern.

Merten sucht sich ein unbesetztes Sofa, macht es sich bequem und beobachtet das Geschehen. Es herrscht der übliche Vorabendbetrieb. Paare streben dem Restaurant zu, an der Rezeption füllen Neuangekommene ihre Meldezettel aus, SA-Männer in Uniform gehen laut redend dem Ausgang zu.

Ein paar ältliche Damen mit Hüten sitzen unweit von Merten an abgegessenen Etageren vom Fünfuhrtee, auf denen nur noch das Anstandsstück zurückgeblieben ist. Rechts von ihm liest ein eleganter Herr im grauen Straßenanzug in der *Frankfurter Zeitung*, eingehüllt in die Qualmwolke seiner Zigarre.

Merten schaut auf seine Armbanduhr.

Es wird eine Weile dauern, denkt er. Fünfzehn Minuten! Glaube ich kein Stück. Wetten, sie braucht mindestens eine halbe Stunde ...

Wer hätte gedacht, dass er einmal hier in diesem berühmten Grand Hotel mitten in Frankfurt sitzen würde, im Smoking und verlobt mit einer schönen, begehrenswerten Amerikanerin. Er, der einzige Sohn eines Kohlekumpels aus Essen. Hätte der Pastor seine Eltern damals nicht überredet, ihn aufs Gymnasium gehen zu lassen, und hätte er nicht wegen seines Einser-Abiturs das Stipendium für ein Ingenieursstudium bekommen … Das Glück war ihm hold gewesen – bis jetzt jedenfalls. Die berühmten Luftschiffbau-Zeppelin-Werke in Friedrichshafen hatten ihn gleich nach seinem Universitätsabschluss angeworben. Hugo Eckener, der Chef und Nachfolger des alten Grafen, hatte ihn persönlich unter seine Fittiche genommen, ihn ermutigt, seinen Doktor zu machen, und ihn sogar einige Zeit dafür bei voller Bezahlung freigestellt. Danach war er Professor Ludwig Dürr, dem genialen Chefkonstrukteur, zugeteilt worden und hatte zusammen mit ihm das modernste und größte Luftschiff aller Zeiten entwickelt und gebaut, den *Hindenburg*. Und der hatte seit seiner Indienststellung am 4. März letzten Jahres alle Erwartungen bei Weitem übertroffen. Dreiundsechzigmal war der *Hindenburg* aufgestiegen und hatte rund dreihunderttausend Kilometer zurückgelegt, das war so viel wie achtmal um den Äquator. Insgesamt vierundzwanzig Fahrten über den Ozean nach Südamerika und zehnmal in die USA hatte es bisher fahrplanmäßig gegeben, und insgesamt 2656 Passagiere hatten luxuriös umsorgt die Welt aus der Vogelperspektive betrachtet. Im vergangenen Winter waren zehn zusätzliche Kabinen eingebaut worden, und im März hatten die Probefahrten stattgefunden. Ohne Beanstandung. Gerade erst wurde der Lufttüchtigkeitsschein von der Prüfstelle für Luftfahrzeuge erneuert, und morgen würde der *Hindenburg* zu seiner ersten Nordamerika-Fahrt in diesem Jahr aufsteigen.

Nur das verdammte Helium! Das blieb das Problem. Die Amerikaner zierten sich immer noch mit der Lieferung. Alle Verhandlungen deswegen hatten bisher zu nichts geführt. Das Ausfuhrverbot von 1928 hielt. Eigentlich hatte der *Hindenburg* von Beginn an mit dem unbrennbaren Gas fahren sollen, aber weil es nicht kam, mussten sie das Schiff wieder auf Wasserstoff als

Traggas umrüsten. Aber das hatte immerhin den Vorteil, dass er mehr Ladung und eben auch mehr Passagiere befördern konnte als mit dem schwereren Helium …

Merten wird aus seinen Gedanken gerissen. Jennifer kommt quer durch die Halle auf ihn zu. Atemberaubend sieht sie aus in ihrem lachsroten Abendkleid und den hochhackigen Schuhen. Die Haare trägt sie offen und um den Hals hat sie eine Perlenkette mit einem glitzernden Rubinverschluss geschlungen. Merten kontrolliert seine Uhr. Sechzehn Minuten hat sie gebraucht, um sich von der sportlichen Fliegerin in diese umwerfende Erscheinung zu verwandeln. Respekt! Er steht auf und geht ihr entgegen. Zart küsst er sie auf die Wange und lächelt.

»Du bist eine Zauberin.«

»Wieso?«

»Ich hab mit mir selbst gewettet, dass du es niemals in einer Viertelstunde schaffst. Und jetzt bist du schon wieder da und siehst aus wie eine Prinzessin.«

Jennifer lacht.

»Jetzt aber los. Nichts wie rein, sonst wird aus dem Rüffel noch ein Wutzappel.«

Zusammen gehen sie zum Kurfürstensaal, und Merten öffnet leise die schwere Eichentür. Jennifer schlüpft hinein, und er folgt ihr. Etwa zwei Dutzend Herren im Abendanzug sitzen an einer langen Dinnertafel, die mit edlem Geschirr und Gläsern gedeckt ist. Kerzen brennen in großen silbernen Leuchtern, die zwischen dem Blumenschmuck platziert worden sind. In regelmäßigen Abständen stehen Karten mit dem Firmenzeichen der *Deutschen Zeppelin Reederei*: die Weltkugel, gehalten von einem Schwingen ausbreitenden Adler, vor der ein Luftschiff fährt. Alle Anwesenden haben sich einer Dame in einem smaragdgrünen Samtkleid zugewandt, die am Kopf des Tisches steht und eine Rede hält. Jennifers Mutter Wiltrud van Zandt. Eine beeindruckende Erscheinung, groß und etwas füllig. Ihre blondierten Haare liegen in perfekten Wellen und ihr ausladendes Dekolleté schmückt ein ungeheures Brillantcollier mit Steinen so groß wie Daumennägel. An ihrem linken Handgelenk glitzert ein Diamantrubinarmband im Schachbrettmuster. Hinter ihr an der Wand ein Porträt des Führers in Öl und zwei Fahnen, die amerikanischen Stars and Stripes und die deutsche mit Hakenkreuz.

»Deutschland ist der strahlendste Stern in Europa, und durch die schnellen Zeppeline sind mein Heimatland und das Ihrige einander noch näher gerückt«, sagt Wiltrud van Zandt gerade in ihrer dunklen Stimme mit leichtem Akzent und erntet Beifall von allen Seiten. Sie wirft einen strengen Seitenblick auf Merten und Jennifer, die sich vorsichtig zu den beiden einzigen freien Stühlen, rechts und links von Hugo Eckener, stehlen und sich schnell setzen.

»Mein lieber Mann jedenfalls, Congressman Edward van Zandt, bedauert es sehr, heute nicht hier sein zu können ...«

Dr. Eckener sieht Merten missbilligend an und runzelt fragend die Stirn. Merten zuckt entschuldigend mit den Schultern.

»... aber seine Gesundheit ist nicht die beste, und der Doktor hat ihm verboten, mal eben über den Teich zu springen ...«

Jennifer murmelt die Worte gleichzeitig mit ihrer Mutter.

»Sie hat die Rede vor dem Spiegel eingeübt.«

Merten grinst, konzentriert sich dann aber sogleich wieder auf Wiltrud, die anscheinend zum Kern ihres Vortrags kommt, denn sie hebt die Stimme eine Oktave höher.

»Ohne das unbrennbare Heliumgas haben Luftschiffe keine Zukunft. Denn an der Tatsache, dass der kleinste Funke genügen würde, ein mit Wasserstoff gefülltes Schiff in die Luft zu jagen, wird nicht einmal Ihr Führer etwas ändern können.«

Die meisten Zuhörer lächeln etwas gequält.

»Auch nicht daran, dass es nur einen Ort auf dieser Welt gibt, an dem lupenreines Helium in nennenswerter Menge aus dem Boden kommt, nämlich unsere Ölfelder in Texas. Wir Amerikaner haben das Monopol. Das ist die schlechte Nachricht.«

Höfliches Gelächter erklingt.

»Doch nun kommt die gute: Im Kongress fehlen uns – dank

der unermüdlichen Arbeit meines Mannes und Dr. Eckeners – nur noch ein paar Stimmen für den Export nach Deutschland. Das Vertrauen Amerikas in Deutschland ist größer denn je. Sie haben mein Wort: Noch in diesem Jahr wird die erste Schiffsladung Helium-Gas an die Zeppelin-Reederei ausgeliefert werden, und das wird erst der Anfang einer wundervollen Partnerschaft zwischen Standard Oil und der aufstrebenden deutschen Luftfahrt sein! Prost, meine Damen und Herren!«

Alle anwesenden Herren springen auf, klatschen begeistert und greifen zu ihrem Glas. Noch während sich alle zuprosten, steht Hugo Eckener auf, berührt Jennifer an der Schulter und sagt ernst:

»Jenny, komm. Ich muss mit dir reden.«

»Onkel Hugo, sei nicht so streng mit mir. Auch die Tochter eines Congressman kann einmal die Zeit vergessen.«

Lächelnd hält sie ihm ihre Hand hin und dreht demonstrativ an ihrem Verlobungsring. Hugo Eckener schaut verblüfft zu Merten und dann wieder zu Jennifer. Und dann hinüber zu Wiltrud. Die nickt lächelnd den begeisterten Gästen zu, hebt hier und da ihr Glas und macht sich gerade auf in Richtung Ausgang. In diesem Moment erscheint eine Phalanx livrierter Diener mit silbernen Platten, auf denen dampfende Lammrücken, Kroketten und Rosenkohl in kleinen Bergen und Birnen mit Preiselbeerhäubchen drapiert sind.

Hugo Eckeners Gesichtsausdruck bleibt ernst. Er kommentiert die freudige Nachricht nicht, stattdessen beugt er sich zu Jennifer hinunter.

»Es ist etwas passiert, Jenny. Komm bitte mit!«

Erschrocken steht Jennifer auf, und Merten erhebt sich ebenfalls.

Eckener nimmt Jennys Arm. Zu Merten sagt er: »Wir sprechen uns später!« Und führt Jennifer hinaus. Merten setzt sich wieder und starrt nachdenklich in sein Weinglas. Was hat das alles zu bedeuten?

Ein paar Plätze weiter unten am Tisch sitzen ein paar Männer in dunkelblauen Zeppelin-Uniformen. Die goldenen Ärmelstreifen weisen sie als Offiziere aus, darunter Kapitän Pruss neben Kapitän Wittemann, Kapitän Sammt, Kapitän Bauer und dem Ersten Offizier Müller. Sie haben die Vorgänge um ihren Chef Eckener genau beobachtet.

Pruss raunt Wittemann zu:

»Was für ein Glückspilz. Wo nimmt der nur den Charme her? Hat keine Kröte auf der Naht und angelt sich eine piekfeine amerikanische Ölbraut.«

»Aber er hat einen Trumpf«, erwidert Wittemann etwas zu laut, »Eckener hat ihn unter seine Fittiche genommen. Und damit ist ihm eine Karriere im Hause Zeppelin sicher.«

Merten, der mitbekommen hat, dass sie über ihn reden, setzt sich auf, greift zum Weinglas und prostet den Herren Offizieren ostentativ zu. Die erwidern den Gruß mit höflichem Kopfnicken.

Müller lächelt ihm zu und bemerkt zu Pruss gewandt:

»Höre ich da einen gewissen Neid heraus?«

»Neid! Wieso?«

»Nun, ein begnadeter Konstrukteur, Doktor *summa cum laude*, der seine Erfindungen auch noch auf dem internationalen Parkett verkaufen kann. Und übrigens im Smoking besser aussieht als wir alle zusammen in unseren Uniformen.«

»Ich schätze«, meint Wittemann sibyllinisch, »Smokings werden bald aus der Mode kommen. Dann kommen auch Leute wie Kröger aus der Mode.«

Müller lässt das unkommentiert, wendet sich ab und nimmt einen großen Schluck aus seinem Glas.

Hugo Eckener führt Jenny in einen der kleineren Salons, die an den Festsaal angrenzen. Er ist ganz in Altrosa und Gold ausgestattet, einige Stehlampen spenden gemütliches weiches Licht. Schwere Vorhänge vor den Fenstern schlucken den Straßenlärm von draußen. Im Kamin lodert ein Feuer. Eckener geleitet Jennifer zu einer Gruppe von Sesseln. In einem sitzt hoch aufgerichtet und mit ernster Miene ihre Mutter.

»Jenny, setz dich.«

»Was ist denn bloß los, Onkel Hugo. Sag schon. Mama ...?«

»Es gibt schlechte Nachrichten aus New York. Dein Vater hatte einen Herzanfall.«

»Einen Herzanfall ...« Jennifer sinkt erschüttert in den Sessel. »Hast du mit ihm gesprochen ... Wie geht es ihm ... Ist es schlimm?« Hugo Eckener ist zu einem Tisch in der Ecke gegangen und füllt drei Gläser mit Portwein aus einer Glaskaraffe. Er verteilt die Gläser an die Damen. Das erste reicht er Wiltrud. Die nimmt es in Empfang, nippt und schaut ihre Tochter an.

»Wie fandet ihr meine Rede?«

Jennifer ist fassungslos.

»Mutter! Wie geht es Daddy?«

»Er wollte nicht in die Klinik. Dr. Chaffrof ist bei ihm. Und Mahmud natürlich.«

Jennifer steigen Tränen in die Augen.

»Mutter! Wir müssen zurück! So schnell wie möglich!«

»Aber Kind, Göring kommt morgen nach Friedrichshafen. Es geht um Millionen Dollar! Wir können nicht abreisen. Wir haben hier Pflichten zu erfüllen! Pflichten im Namen deines Vaters! Das Helium ...«

Jennifer springt auf. Außer sich fährt sie ihre Mutter an.

»Göring, Göring. Mir ist doch das Helium egal. Ich sorge mich um Vater. Er könnte sterben!«

Jennifer nimmt ihr Glas und trinkt es in einem Zug leer. Böse blitzt sie ihre Mutter an.

»Na, na, na. Wir sollten jetzt alle erst mal ruhig Blut bewahren.«

Hugo Eckener wendet sich an Wiltrud.

»Die Nachricht von Edwards Anfall wird morgen in allen Ostküsten-Zeitungen stehen.«

Er macht eine Pause.

»Ich glaube, es wäre ein schlechtes Zeichen, wenn du hierbliebest. Morgen Abend startet der *Hindenburg*. Wegen dieser verflixten Attentatsgerüchte ist nur gut die Hälfte der Kabinen belegt. Ihr könnt also noch mitfahren, und am Himmelfahrtstag seid ihr schon bei Edward in New York …«

Wiltrud fällt ihm ins Wort.

»Aber Hugo, was ist mit Göring? Ich bin doch extra hier, um ihn zu treffen … Ich meine natürlich im Namen von Standard Oil.«

»Dem Spießrutenlauf mit dem Herrn Reichsmarschall kann ich mich auch allein aussetzen. Ihr müsst Roosevelt überzeugen!«

Wiltrud sieht ihn lange nachdenklich an. Dann nickt sie widerwillig. Jennifer atmet erleichtert auf.

»Danke, Onkel Hugo.«

Hugo Eckener erwidert Jennifers dankbaren Blick mit einem Lächeln. Wiltrud steht wortlos auf und geht ohne ein weiteres Wort hinaus. Jennifer und Eckener sehen ihr verblüfft nach, als sich die schwere Tür hinter ihr mit einem dumpfen Geräusch geschlossen hat.

»Sei nicht so streng mit ihr. Sie tut ihr Bestes.«

Hugo Eckener kippt seinen Cognac hinunter.

»Mach dir keine Sorgen, dein Vater ist in guten Händen. Und er ist zäh. Wenn du in New York ankommst, ist er bestimmt schon wieder so kratzbürstig wie eh und je.«

Wiltrud van Zandt rauscht durch die Hotelhalle. Ihre Gesichtszüge sind versteinert. In der Lobby bleibt sie stehen und sieht sich um. Die Rezeption befindet sich im Belagerungszustand. Gäste drängeln sich an der Theke und füllen Anmeldescheine aus. Ehefrauen warten und beaufsichtigen Kinder, die aufgeregt herumlaufen. Andere bewachen ihre Mäntel und Gepäckstapel. Pagen tragen Koffer hin und her, stapeln sie auf Rollwagen oder führen Gästepaare zum Aufzug.

Wiltrud steuert die Telefonvermittlung an. Aus ihrer goldenen Abendtasche zieht sie ein kleines ledernes Telefonbuch hervor, blättert darin und nennt der Dame von der Vermittlung eine Nummer.

»Übersee! Ich versuch's, Frau van Zandt. Kann einen Augenblick dauern. Nehmen Sie Separée zwei, bitte.«

Nur wenige Minuten steht Wiltrud van Zandt in dem Separée, da klingelt schon das Telefon. Schnell ergreift sie den Hörer, und eine Frau sagt:

»New York. Moment, ich verbinde.«

Es knackt in der Leitung, dann meldet sich eine Stimme.

»Yes, please?«

»Wiltrud van Zandt hier. Wilhelm, es gibt Probleme. Wir, meine Tochter und ich, wir nehmen morgen den *Hindenburg* nach New York.«

Ein paar Sekunden kommt keine Antwort. Dann sagt eine Männerstimme:

»Na, dann können wir das Ganze wohl abblasen.«

Wiltrud atmet tief durch.

»Auf gar keinen Fall. Hören Sie mir zu, Wilhelm. Die ganze verdammte Sache muss ganz und gar nicht abgeblasen werden. Haben Sie mich verstanden? Auf keinen Fall. Wir gehen an Bord. Wir müssen. Wir werden exakt nach Plan vorgehen. Wilhelm?«

Stille im Hörer.

»Herr Singer? Wilhelm, sind Sie noch da?«

»Ich bin noch dran. Aber es ist nicht gut, wenn man mich hier Deutsch reden hört.«

»Mein Mann darf nichts davon erfahren, dass wir an Bord gehen, hören Sie.«

»Natürlich nicht! Eigentlich ist das genial. Ihre Anwesenheit an Bord dürfte eventuelle Verdachtsmomente gar nicht erst aufkommen lassen.«

»Genau! Sie haben also verstanden!«

Statt einer Antwort hört Wiltrud ihr Gegenüber plötzlich auf Englisch sagen:

»Well, ich wünsche Ihnen eine gute Reise. Ich sehe Sie am Himmelfahrtstag«, und dann ist die Leitung plötzlich tot. Wiltrud hängt ebenfalls ein.

3
Erlesene Reisegesellschaft

Am Schalter der Rezeption mit dem Schild *Deutsche Zeppelin Reederei DZR* drängeln sich Passagiere, die morgen auf dem *Hindenburg* mitfahren werden. Die Reederei bietet ihren gebuchten Passagieren die Möglichkeit, schon am Abend vor der Abfahrt oder im Laufe des folgenden Tages im Frankfurter Grand Hotel abzusteigen. Das vereinfacht die Organisation für alle. Die Gäste können sich am Nachmittag ausgeruht in den bereitgestellten Bussen zum Flughafen aufmachen, wenn es so weit ist, und die Reederei hat genügend Zeit, das Gepäck zu sortieren und vorab zum Luftschiffhafen zu transportieren.

Eine freundliche Dame in blauer Zeppelin-Uniform weist den Fahrgästen die Richtung zu den Abfertigungsräumen der *DZR* und verteilt Kofferanhänger. Zunächst müssen die Buchungsbestätigungen in Fahrscheine umgetauscht werden. Ein Beamter vom Zoll überprüft, flankiert von einem Sicherheitsbeamten, die Pässe, Zollformulare sowie die Devisenausfuhr. Jedem deutschen Bürger werden ohne Sondergenehmigung nur zehn Reichsmark im Ausland zugestanden. Auf dem *Hindenburg* sind zwar Verpflegung und alle Trinkgelder im Fahrpreis enthalten, aber nicht die Getränke. Wer also vorhat, sich zum Essen einen Wein oder in der Bar einige Drinks zu genehmigen, der muss extra bezahlen. Um das Auslandsbudget damit nicht zu belasten, gibt die *DZR* ihren Passagieren die Möglichkeit, vorher einen Betrag bis zu dreißig Reichsmark pro Reisetag auf ein persönliches Konto einzuzahlen. Von diesem Bordakkreditiv werden dann die Getränke oder auch die Briefmarken für die beliebten Zeppelinpostkarten abgerechnet. Herr über diese Bordbank ist Chefsteward

Kubis. Am Ende der Reise werden etwaige Überschüsse von der *DZR* in Deutschland zurückgezahlt. Die meisten Gäste machen von diesem Angebot Gebrauch. Für die Amerikaner und andere Ausländer gilt das natürlich nicht. Aber auch sie müssen nachweisen, dass sie nicht mehr als die vorgeschriebenen zehn Reichsmark außer Landes bringen.

Im Raum nebenan wacht der Gepäckmeister über das Auswiegen der Koffer. Im Fahrpreis sind hundertzwanzig Kilo kostenlos enthalten. Zwanzig Kilo Handgepäck darf man im *Hindenburg* mitnehmen, großes schweres Gepäck, etwa Schrankkoffer, müssen per deutsches Seeschiff mit der *HAPAG* nach Amerika expediert werden. Das ist für viele ein Ärgernis, denn man muss es Tage zuvor aufgeben oder es kommt nicht rechtzeitig an. Zudem muss man in New York zum Hafen, um die Koffer beim dortigen Zoll auszulösen. Manche bezahlen stattdessen lieber den ungeheuren Preis von zehn Reichsmark pro Kilo, um ihren Schrankkoffer als Sperrgut im *Hindenburg* zu befördern. Aber auch dafür ist das Platzangebot beschränkt.

Jedes weitere Kilo mehr als die erlaubten zwanzig Kilo Handgepäck kostet fünf Reichsmark, und bei den meisten wiegt der Bordkoffer ein paar Kilo zu viel. Ärgerlich bezahlen sie das Übergepäck. Bei tausend Reichsmark für die einfache Fahrt in der Doppelkabine, tausendsiebenhundert in der Einzelkabine in dem leichtesten Luxushotel der Welt, haben die Gäste etwas mehr Kulanz erwartet, doch der Gepäckmeister des *Hindenburg* ist nicht bestechlich. Auch nicht von einer kleinen, schmalen Dame, die charmant argumentiert, samt ihrem Übergepäck sei sie doch noch immer viel leichter als viele von den stattlichen Herren.

Ein beleibter Herr im hellen Anzug ist an der Reihe. Er hält seinen Hut in der einen und seine Papiere, Pässe und Buchungsbestätigungen in der anderen Hand.

»Kerner, Gottfried, Mathilde und meine drei Kinder Gisela, Dieter und Rolf. Wir haben reserviert.«

Mit dem Kopf nickt er zu zwei großen Überseekoffern, die ein schwitzender Page in der Nähe abgestellt hat.

»Die beiden Koffer sind unsere. Und die kleinen da sind auch unsere. Die großen bitte für die Gepäckaufbewahrung. Sie sind als Fracht für die *Bremen* gebucht.«

Seine Frau nimmt dem Pagen einen kleinen karierten Koffer ab.

»Nein, nein, den brauchen wir heute Nacht hier im Hotel. Wir fliegen doch erst morgen.«

»Fahren, Schatz, fahren! Luftschiffe fliegen nicht, sie fahren durch die Lüfte.«

Dem Pagen rutscht ein Koffer herunter und poltert auf den Boden.

»Mein Gott! Die Steinhägerflaschen!«

»Gottfried! Steinhäger? In Ecuador?«

»Eben drum!«

Mathilde Kerner wendet sich achselzuckend ihren drei Kindern zu:

»Kinder, kommt jetzt!«

Rolf und Dieter, zehn und acht Jahre alt, tragen Matrosenanzüge mit blütenweißen gestärkten Kragen, kurze Hosen und blankgeputzte schwarze Schuhe. Sie stehen an der Vitrine in der Ecke und betrachten begeistert ein dort ausgestelltes *Hindenburg*-Modell. Gisela, ein hübsches Mädchen im Backfischalter, steht sichtlich genervt neben ihren Brüdern. Ihre braunen Zöpfe sind zu Affenschaukeln geflochten und festgesteckt. Sie guckt mürrisch und hat ihre Arme vor der Brust verschränkt. Ihr Blümchenkleid ist etwas zerknittert und die Strickjacke an den Taschen ausgeleiert. Sie wirkt unglücklich und gar nicht so aufgekratzt wie die Brüder. Die Eltern haben die Formalitäten hinter sich gebracht.

»Gisela! Nun nimm doch auch einen Koffer und komm!«

Gisela guckt ostentativ in die entgegengesetzte Richtung und tut so, als hätte sie ihren Vater nicht gehört.

»Das arme Ding«, meint ihre Mutter entschuldigend.

»Von wegen armes Ding. Der werd ich noch Beine machen! Wo sind denn die Buben?«

Er stellt sich auf die Zehenspitzen und versucht, über die Köpfe der Anwesenden zu sehen. Sein Blick fällt auf einen großen schlanken, fabelhaft aussehenden Herrn mit breitkrempigem Hut und einem langen gelb gestreiften Seidenschal über seinem Pepitamantel, der schwungvoll die Hotelhalle durchquert und sich der interessierten Blicke durchaus bewusst ist. An der Leine führt er einen jungen Schäferhund. Ihm folgen zwei Pagen mit zwei gleichartigen, gleich großen Koffern bis zu den beiden Damen von der Zeppelin-Rezeption.

»Gilles Broca«, sagt der auffällige Herr freundlich, »… und Rocco! Für den *Hindenburg* morgen.«

Plötzlich flammen Blitzlichter am anderen Ende der Halle auf. Eine Gruppe Zeitungsreporter und Photographen hat sich vor dem Festsaal der Zeppelin-Abendveranstaltung gesammelt, wo Hugo Eckener gerade mit Jennifer und Wiltrud aus der Tür heraustritt. Kameras klicken auf, und die Reporter drängeln sich näher heran. In der Hotelhalle lassen alle das, was sie gerade tun, und wenden sich interessiert dem Geschehen zu. Sogar Gisela reckt ihren Hals.

»Wer ist denn das?«

»Das ist Hugo Eckener, den erkennt man doch sofort.«

Rolf ist ganz aufgeregt.

»Der Luftschiffpionier, den kennt doch jeder. Der ist doch noch berühmter als der Graf Zeppelin. Bestimmt ist er der weltberühmteste Deutsche!«

Ein Mann in Fliegeruniform stößt den begeisterten Rolf rüde an und belehrt den erschrockenen Jungen humorlos:

»Wohl kaum berühmter als unser Führer, du Lauser!«

Schnell tritt sein Vater hinzu.

»Natürlich nicht. Rolf, das weißt du doch auch, nicht wahr?«

Der Mann in Uniform reckt das Kinn, bedenkt die Familie mit einem abschätzigen Blick und wendet sich dem Schalter zu.

Am anderen Ende der Halle geht das Schauspiel indessen weiter.

Ein Reporter ruft über die Köpfe der anderen hinweg:

»Doktor Eckener, bitte. Haben Sie eine Minute für uns.«

Hugo Eckener bleibt stehen, zupft seine Weste zurecht, streicht sich schnell noch über das graue, streichholzkurze Haar und den schmalen Kinnbart und lächelt in die Kameras. Man merkt, dass er das nicht zum ersten Mal tut.

»Doktor Eckener, werden die USA Helium an Deutschland liefern?«

»Gibt es schon ein Ergebnis der Verhandlungen?«

»Wo ist Congressman van Zandt, warum ist er nicht hier?«

Eckener lässt zunächst freundlich lächelnd den Schwall der Fragen über sich ergehen. Dann hebt er die Hand und schaut zu Wiltrud an seiner Seite.

»Meine Herren. Immer mit der Ruhe. Darf ich Ihnen Wiltrud van Zandt vorstellen, die ihren Mann als offizielle Repräsentantin der Standard Oil Company vertritt. Der Congressman lässt Sie aber alle herzlich grüßen.«

Allgemeines Gelächter unter den Reportern.

»Wird es Congressman Edward van Zandt gelingen, Präsident Roosevelt von den friedlichen Absichten Deutschlands zu überzeugen?«

Wiltrud steht jetzt im Zentrum des Interesses. Sie lächelt herrschaftlich.

»Wir bemühen uns darum, meine Herren.«

»Teilen Sie die Einschätzung Ihres Präsidenten, die Zeppeline seien kriegstaugliches Gerät?«

»Natürlich nicht …«

Schnell und routiniert mischt sich Eckener ein.

»Die Zeppeline sind Passagierschiffe der zivilen Luftfahrt. Die Friedensboten des Deutschen Reiches. Ein friedlicheres Fluggerät ist nicht vorstellbar. Ich hoffe, das wird auch Herr Roosevelt eines Tages verstehen. Danke, meine Herren.«

Eckener nimmt Wiltrud am Arm, um sie von den Reportern wegzuführen. Doch die lassen ihn noch nicht gehen.

»Dr. Eckener, eine Frage noch! Wie beurteilen Sie die gestrigen Äußerungen von Reichsminister Göring, der Zeppelin sei eine finanzielle Belastung für Deutschland?«

Eckener sieht den Fragesteller freundlich an und lacht kurz auf.

»Glauben Sie, der Herr Reichsminister würde dann morgen die DZR besuchen, um sich den neuen *LZ 130* persönlich anzusehen?«

Er wartet die Antwort nicht ab, sondern nickt zwei Pagen zu, die sogleich herbeieilen und die Reporter höflich, aber bestimmt zurückdrängen.

Später am Abend ist in der Halle des Grand Hotels Ruhe eingekehrt. Die Reporter sind längst in ihre Redaktionen zurückgekehrt, Wiltrud und Jennifer haben sich wie die anderen Passagiere, die morgen mit dem *Hindenburg* reisen werden, in ihre Suite zurückgezogen. Die Gäste der Zeppelin-Veranstaltung sind nach Hause gefahren, und den Kurfürstensaal hat das Personal wieder in Ordnung gebracht. Nichts erinnert mehr an die Veranstaltung. Die Fahnen sind eingerollt worden, die Kandelaber, der Blumenschmuck und die abgegessenen Teller sind verschwunden.

Nur im Salon nebenan, in dem vor ein paar Stunden Hugo Eckener Jennifer die beunruhigende Nachricht über ihren Vater überbracht hat, ist noch Leben. Hugo Eckener, Merten und der Erste Offizier Müller sitzen noch beisammen. Alle haben Gläser mit Cognac vor sich stehen, die schon mehrfach nachgeschenkt worden sind. Eckener zieht an seiner geliebten Pfeife und drückt mit einem schmalen silbernen Zeppelin immer wieder die Glut nach. Der Lederbeutel mit dem aromatischen englischen Tabak liegt auf dem Tisch vor ihm.

Er nimmt einen tiefen Zug und bläst beim Ausatmen Rauchringe in die Luft.

»Wenn Edward van Zandt stirbt, ist alles verloren. Er ist unsere beste Verbindung zu Roosevelt. Und damit zum Helium.«

Müller nimmt einen Schluck Cognac.

»Noch lebt er. Und unsere Verbindungen zu den van Zandts sind doch durchaus vielfältig.«

Und mit einem Seitenblick auf Merten fügt er hinzu:

»Meine Gratulation!«

»Unterstellen Sie mir etwa eine politische Absicht?«

Müller lacht. Merten nicht.

»Aber nein. Ganz und gar nicht. Aber so ganz unpraktisch ist Ihre Verlobung ja nun auch nicht, oder?«

»Verdammt noch mal, Merten! Wenn er erfährt, dass Sie seine kleine Tochter eingefangen haben, dann gibt ihm das den Rest!«

Eckeners Stimme klingt erbost.

»Ich liebe sie. Das ist alles.«

»Das interessiert mich nicht!«

»Und sie liebt mich auch. Tja, da ist nichts zu machen ...«

Eckener nippt an seinem Cognac. Der Erste Offizier versucht, zwischen den beiden zu vermitteln.

»Ich sehe schon: Merten hatte gehofft, in Ihnen einen Fürsprecher zu haben.«

»Danke, Müller, aber das stemme ich schon allein.«

Eckener schüttelt müde den Kopf und dreht seinen Siegelring wie ein Mühlrad. »Ich bin hier zwar nur noch die Galionsfigur. Der das Zepter schwingt, jetzt, wo die Nazis am Ruder sind, ist ja Kapitän Lehmann. Aber eine Aufgabe hab ich noch. Ich muss das Helium besorgen.«

Er trinkt und wendet sich Merten zu. Bittend sieht er ihn an.

»Vermasseln Sie mir das nicht.«

Um Punkt Mitternacht macht sich Merten auf zur Dachterrasse. Er hat sich dort mit Jennifer verabredet, und sie steht schon an der Brüstung, als er ankommt.

»Verzeih, Liebes. Ich wurde aufgehalten. Eckener hatte noch Instruktionen ...«

»Schau, sieht das nicht phantastisch aus von hier oben?«

Jennifer lächelt ihn an und zeigt auf das nächtlich erleuchtete Frankfurt. Merten legt von hinten seine Arme um sie, und gemeinsam betrachten sie das Meer aus Lichtern von Straßenlaternen, Schaufenstern und Scheinwerfern der Automobile, die zu so später Stunde noch fahren. Ob der Lichtpunkt im Nachtblau dort in der Ferne ein Stern oder eine Glühbirne ist, kann man nicht sagen. Nach einer langen Zeit, in der sie die Wärme ihrer beiden Körper genießen und dem Herzschlag des anderen zuhören, bricht Jennifer als Erste das Schweigen.

»Ich werde zurückkommen zu dir, Merten.«

»Und ich werde auf dich warten.«

4
Leichter als Luft

3. Mai 1937. Es ist noch recht kühl, als Merten in seiner dunkelblauen DZR-Uniform mit goldenen Knöpfen und einem goldenen Zahnrad am Ärmel, das den Ingenieur kennzeichnet, aus dem Seiteneingang des *Frankfurter Hofs* tritt. Der beginnende Tag zeigt sich mit einem leichten rötlichen Schimmer am östlichen Horizont. Es ist fünf vor sechs, und Merten ist noch nicht richtig wach. Der Cognac vom vergangenen Abend beschert ihm leichte Kopfschmerzen. Er sehnt sich nach einem Becher starken schwarzen Kaffees, aber im Hotelrestaurant gibt es um diese frühe Stunde noch nichts, und den Bestellzettel für die Zimmertür hat er nachts vergessen rauszuhängen. Merten sieht sich um und erkennt Müller, der in ebenso glatt gebügelter Zeppelin-Uniform und Schirmmütze am Bordstein steht.

»Guten Morgen, Kapitän.«

»Morgen, Doktor Kröger. Sie bleiben also am Boden?«

»Ich habe Wetterdienst im Kontrollturm. Muss auch mal wieder sein, damit das nicht einrostet. Und während Sie schön über den Atlantik fahren, muss ich zurück nach Friedrichshafen. Der *LZ 130* baut sich nicht von selbst zu Ende.«

»Schade. Hatte mir ein bisschen niveauvolle Unterhaltung an Bord erhofft. Mir sind diesmal zu viele Uniformen dabei.«

Merten nickt. Er hat den Dienstplan gesehen. Zehn Mann mehr an Bord, als normalerweise üblich. Anton Wittemann, eigentlich Kapitän auf dem *Graf Zeppelin*, fährt als Beobachter mit, und die anderen Männer, einige davon Frischlinge, sind zur Lehrfahrt beordert. Alles Vorbereitungen für die neue Mannschaft, die im Herbst für den *LZ 130* zusammengestellt sein muss. Und natürlich Direktor Lehmann nicht zu vergessen. Der fährt ebenfalls mit und wird es sich nicht nehmen lassen, ab und an das Steuer zu führen.

In diesem Moment rattert ein blauer Opel Olympia vor das Hotel. Heraus steigt ein Mann, etwas untersetzt und etwa Ende dreißig. Er rennt um den Wagen, öffnet seiner Beifahrerin den Schlag und hilft ihr hinaus.

»Hab ich doch gesagt, Alfons. Wir sind viel zu früh, viel, viel zu früh!«

»Aber Mausi, zu früh ist besser als zu spät. So verlängert sich die Reisezeit, und ich habe vor, jede Sekunde zu genießen.«

»Ach, Alfons ...«

Die Frau wuchtet einen Koffer vom Rücksitz des Opels. Inzwischen ist der schläfrige Page zum Leben erwacht und zum Wagen geeilt.

»Darf ich Ihnen das Gepäck abnehmen?«

»Das können wir sehr gut selbst, vielen Dank«, antwortet Mausi bestimmt und zischt ihrem Mann zu:

»Der will doch nur Trinkgeld!«

»Natürlich will er das, Mausi. Es steht ihm auch ohne Zweifel zu«, antwortet der Mann fröhlich. Er ruft den Pagen: »Wenn Sie so freundlich wären, den Koffer hineinzubringen, wir wollen nur eben den Wagen parken.«

»Sie reisen mit dem *Hindenburg*?«

»Ja, Schmiedinger, Alfons. Meine Frau bleibt hier!«

Alfons Schmiedinger drückt dem grinsenden Pagen eine Münze in die Hand, und der schleppt den Koffer ins Hotel. Mausi sieht ihm betroffen nach.

»Was musst du denn so mit dem Geld um dich werfen! Das ist alles so furchtbar, so furchtbar.«

Alfons Schmiedinger lässt sich seine Laune nicht verderben. Er lächelt seine Frau aufmunternd an. »Setz dich doch schon mal in die Empfangshalle, Mausi, und lass uns zwei schöne Tassen Kaffee bringen.«

»Kaffee! Da drin! Dafür könnten wir zwei Tage in Saus und Braus …«

Schmiedinger setzt sich ans Steuer des Olympia, gibt Gas und fährt weg. Hilde Schmiedinger bleibt stehen. Ihr Blick fällt auf die beiden Männer, die die Szene amüsiert beobachten.

»Was findet ihr Männer nur so faszinierend an all den Dingen, die euch von zu Hause fortbringen!«

»Nun, sie bringen uns doch auch wieder zurück. Und schenken uns so das wunderbare Gefühl der Heimkehr.«

Merten lächelt der Frau zu und geht zusammen mit Müller zu dem kleinen Bus mit der Aufschrift *Deutsche Zeppelin Reederei*, der inzwischen unter dem Baldachin des Hotels gehalten hat. Der Fahrer öffnet ihnen die Tür, und Merten steigt, gefolgt von Müller, ein.

»*Chapeau*, Herr Doktor. Immer ein charmantes Wort für die Damen, und das um diese Uhrzeit.«

Im Bus schaut Merten in müde Männergesichter. Er kennt sie fast alle. Da sitzt die Hälfte der *Hindenburg*-Mannschaft. In der ersten Reihe Kapitän Pruss, Kapitän Wittemann, der Funker Schweikard, Kapitän Sammt, Chefingenieur Sauter mit dem siebzehnjährigen Messejungen Johann, dessen erste Fahrt dies ist, Chefsteward Kubis neben einem Mann in den Vierzigern. Ein knochiger Kerl mit Hitlerbärtchen, den er noch nie gesehen hat, der die Blitze der Elektriker auf der Uniform hat. Und hinten einige Maschinisten und Stewards.

Müller salutiert leger vor Kapitän Pruss.

»Erster Offizier Herrmann Müller meldet sich zum Dienst.«

Pruss winkt gähnend ab.

Merten grüßt mit einem frohen »Guten Morgen, die Herren«.

»Morgen«, antworten alle unisono. Nur Kubis und der Unbekannte setzen noch ein »Heil Hitler« dazu.

Der Bus fährt los, und Merten lässt sich auf einen freien Platz neben den Messejungen Johann fallen.

»Na, Junge? Erste große Fahrt?«

Johann setzt sich gerade auf und antwortet stramm: »Jawohl, Herr Doktor Kröger.«

»Mach mir bloß nicht mein Schiff kaputt«, scherzt Merten.

»Jawohl ... Ich meine, nein!«

Merten lacht.

»Entspann dich, Kleiner, es wird ein Erlebnis, das kann ich dir versprechen. Genieß es, soweit du kannst.«

Pruss dreht sich zu Merten um.

»Sie machen den Wetterfrosch?«

Merten nickt.

»Müller wird Sie begleiten. Die ersten Meldungen dürften schon da sein. Lehmann und ich erwarten so schnell wie möglich Ihren Bericht.«

»Geht klar, Kapitän.«

»Ach, und Professor Seilkopf vom Hydrographischen Institut kommt wie immer aus Hamburg zur letzten Besprechung der Wetterprognosen. Wird so gegen vierzehn Uhr da sein, nehme ich an.«

»Bis dahin wissen wir Bescheid, was über dem Atlantik los ist!«

Merten bemerkt, wie Chefingenieur Sauter ihn von der Nebenbank aus schief anlächelt. Er hebt die Augenbrauen.

»Was?«

»Hat sie dich schon wieder abserviert?«

»Wer sagt denn so was?«

»... munkelt man so. Na ja, fährt Hals über Kopf zurück nach Amerika, und du bleibst hier!«

»Der Bordfunk scheint ja prächtig zu funktionieren. Aber sie kommt zurück, das hat sie mir versprochen.«

»Ist wohl ernst, hast dich endlich verliebt, was?«

Merten nickt grinsend.

»Ich mach die Brautjungfer!«

»Bist ein guter Kerl, Alf.«

»Hast noch was gut bei mir.«

Merten winkt ab.

»Wenn du nicht gewesen wärst, damals. Als wir aus Rio gekommen sind. Und Erika die Fotos mit der Tänzerin direkt vor die Füße gefallen sind. Und jetzt hat sie mich geheiratet, meine Erika! Und, soll ich dir was sagen?« Er deutet einen Babybauch an.

»Mensch, Alf, ich gratuliere!«

Merten boxt Sauter freundschaftlich gegen die Schulter.

Bis zum neuen Flug- und Luftschiffhafen Rhein-Main dauert es eine knappe halbe Stunde. Der Bus fährt an den Flughafengebäuden vorbei und um das Flugfeld herum, durchquert ein kleines Wäldchen und hält am nächsten Tor. Der Busfahrer zeigt seinen Passierschein vor, und das Tor wird geöffnet. Um diese frühe Stunde gibt es noch keinen Flugverkehr, dennoch herrscht rege Betriebsamkeit, vor allem rund um die Luftschiffhalle im Süden des Geländes. Trecker mit voll beladenen Anhängern kreuzen die Bahn, Männer schieben Karren mit den Koffern der Passagiere aus dem *Frankfurter Hof* und Gummiwagen mit grauen Säcken zur Zeppelin-Halle. Ein Wagen voll klirrender Flaschenkisten überholt den Bus in schneller Fahrt.

Am Seiteneingang hält der Bus, und alle steigen aus. Im Nu haben sich die Männer verstreut, jeder geht seinem Dienstauftrag nach.

Merten folgt ihnen in die Luftschiffhalle und bleibt unter dem riesigen Leib des *Hindenburg* stehen. Der Anblick dieses Wunderwerks ist jedes Mal wieder überwältigend und erfüllt ihn mit Stolz. Viele hundert Stunden seiner Arbeit stecken in diesem silbrigen Giganten der Lüfte. Die Nase des Zeppelins ist nur eine Handbreit vom Tor entfernt. Auch am Heck und oben in der Höhe über dem Rücken bleibt nur wenig Platz bis zur Hallendecke. Wie die Biene in der Wabe passt der *Hindenburg* mit seinen 245,50 Metern Länge und zweiundvierzig Metern Breite gerade so in die riesige Halle hinein. Durch die hohen Fenster fällt bleiches Tageslicht auf die Hülle, durch die sich die Längsstreben leicht durchdrücken und eine parallele Rippenstruktur modellieren. An den Seiten ist der »Zep«, wie ihn seine Leute kurz nennen, mit Stricken an Laufkatzen auf Schienen festgebunden, genauso ist auch am Heck das Seitenruder an der untersten Spitze an dem Heckrundlaufwagen festgezurrt. Der hält ihn stabil und verhindert, dass beim Aushallen etwaige Seitenwinde das Luftschiff wie eine Fahne in den Wind drehen und gegen die Luftschiffhalle drücken. Diese Wagen leiten das Schiff auf Schienen bis zum riesigen Schienenkreis am Abflugplatz und ermöglichen dort ein kontrolliertes Eindrehen in die entsprechende Windrichtung. Dann helfen mehrere Hundertschaften, den Zeppelin an herabgelassenen Seilen in seiner Position zu halten.

Merten reißt sich los und schaut sich nach Müller um. Er findet ihn am Hubwagen, der gerade einige Proviantkisten in den geöffneten Bauch des *Hindenburg* hievt.

»Kapitän Müller, ich glaube, wir sollten uns aufmachen.«

Zusammen wandern sie zum großen Tor und schlüpfen durch die kleine Manntür auf den Vorplatz. Sie halten einen Trecker an, der gerade zum Flughafengebäude unterwegs ist, und springen auf den leeren Anhänger. Merten zeigt auf den Windsack am Flugfeld.

»Ist windstill, hoffentlich bleibt es so.«

Beim Kontrollturm springen sie ab und begeben sich nach oben in den Kartenraum. Die ersten Funktelegramme über die Wetterverhältnisse liegen schon auf dem Tisch. Die beiden beginnen, die Meldungen in die Seekarten einzutragen.

Bis zur Ankunft der Passagiere am Spätnachmittag gegen sechs Uhr wird der *Hindenburg* startklar gemacht. Dutzende Männer von der Mannschaft und vom Bodenpersonal bewegen sich unter dem Luftschiff wie Ameisen. Der Ballonmeister überwacht das Auffüllen der Gaszellen mit Wasserstoffgas. Es muss in allen Zellen gleichmäßig geschehen, damit die Trimmung nicht aus dem

Gleichgewicht kommt. Neunundneunzig Prozent soll die Füllung beim Start betragen, damit sind in den sechzehn Gasballons insgesamt hundertachtundneunzigtausend Kubikmeter Gas. Während es durch die Schläuche zischt, ist äußerste Vorsicht geboten. Aber natürlich auch sonst. Überall in der Halle und auch draußen hängen Schilder: »Rauchen und jede Art von Feuer ist im Umkreis von hundertfünfzig Metern strengstens verboten.«

Auch den Wasserballast, der in die verschiedenen Behältnisse, Tanks, Hosen und riesigen Säcke am Bug gepumpt wird, insgesamt neuntausend Liter, muss der Ballonmeister ausgewogen einbringen. Dazu noch achttausendfünfhundert Liter Trinkwasser für Küche, Dusche, Waschbecken und Toiletten.

Obermaschinist Schädler kontrolliert zusammen mit seinen Maschinisten jede Schraube, Feder, Zündkerze, Abdeckung und Leitung an den mächtigen Dieselmotoren und die Dichtheit der Zuleitungen, die aus dem Inneren des *Hindenburg* zu den außen angehängten Maschinengondeln führen. Insgesamt 50340 Kilogramm Treibstoff und viertausend Kilo Schmieröl fließen aus einem Tankwagen durch lange schwarze Schläuche in die Tonnen oberhalb der Gondelbrücken am Seitenlaufsteg und innen am Kielsteg, bis die Zeiger der Uhren auf »voll« stehen. Wilhelm Steeb, der auf Lehrfahrt geht, kontrolliert die Gitter vor den Auspuffrohren, die vor übermäßigem Funkenflug schützen, und mit besonderer Sorgfalt die Aufhängung der Maschinengondel am Gerüst des Zeppelin. Denn kein Maschinist will wegen defekter Nieten oder eines gespleisten Stahlseils in die Tiefe stürzen, wenn er in voller Fahrt die rund zwei Meter zwischen Schiff und Gondel über den Abgrund balanciert.

Unter dem *Hindenburg* wird währenddessen alles angeliefert und abgestellt, was in die Frachträume eingelagert werden muss. Dafür sind in den verschiedenen Sektionen im Bauch Teile der Hülle weggeschoben, damit das Ladepersonal direkt auf die darüberliegenden Plattformen gelangt, die zwischen den Duraluminstreben und Ringen eingepasst sind. Sperrgepäck, zweihundertvierunddreißig Kilo Post, zweitausendfünfhundert Kilo Reserveteile wie Ersatzbirnen, Kabelrollen, Hanfseile, Nietzangen, Zündkerzen. Ein vollständiger Zeppelin-Ersatzmotor von *Daimler Benz* ist für alle Fälle immer mit an Bord.

Der Chefkoch Xavier Meier steht mit dem Konditor Müller und seinem Küchenjungen Fritz Flackus, dessen erste Fahrt dies sein wird, unter seinem Fracht- und Kühlraum. Meier hat eine Liste in der Hand und hakt ab, was seine beiden Helfer, die zwischen Kisten und Kästen herumsteigen, ihm diktieren. Zweieinhalb Tage muss er die Passagiere viermal am Tag verpflegen, und zwar vom Feinsten. Es muss genug Proviant da sein, um noch einen ganzen Tag zusätzlich zu überstehen. Meier kommt aus dem renommierten Kurgartenhotel in Friedrichshafen und hat einen Ruf zu verlieren, wenn nicht alles, was für seine Küche angeliefert wird, frisch ist und erste Qualität hat. Für ihn ist der *Hindenburg* nichts anderes als ein Luxusrestaurant, und seine Wunschliste ist lang. Für diese erste Reise nach Amerika hat er zweihundert Kilo Frischfleisch und Geflügel, hundert Kilo Fisch, hundertfünfzig Kilo Wurst und Delikatessen, zehn Säcke à zwanzig Kilo Kartoffeln, zweihundert Kilo frisches Gemüse und Salat, vierhundert Pfund Butter und Käse, achthundert Eier und mehrere Eimer verschiedener Konfitüren geordert. Außerdem müssen hundertfünfzig Liter frische Milch, fünf Säcke Mehl, zweihundertfünfzig Flaschen Wein und Liköre, zweihundertfünfzig Flaschen Mineralwasser und noch mal zweihundertfünfzig Liter Mineralwasser in Tonnen für die Mannschaft hinaufgehievt werden. Zweihundert Kilo sogenannten eisernen Bestand, Konserven aller Art, hat Meier immer als Notreserve in seinen Schränken. Insgesamt macht das alles fünftausend Kilo auf der Beladungsliste des Luftschiffes aus. Jede Kiste, jeder Sack, der an Bord genommen wird, ist vorher auf einer Industriewaage gewogen worden. Und für jeden Zentner, der im Luftschiff verschwindet, nimmt ein Ladegehilfe entsprechend schwere Sandsäcke ab, die am Kiel herunterhängen. Gegen Mittag liegen genug

Sandsäcke auf dem Hallenboden, um einen halben Strand damit aufzufüllen.

Aber nicht nur außen und unter dem *Hindenburg* geht es geschäftig zu. In den Passagierkabinen sind die Stewards und Emilie Imhoff, das einzige weibliche Mitglied der Besatzung, unterwegs. Die Stewardess ist erst im September extra für die Belange weiblicher Passagiere und mitreisender Kinder eingestellt worden. Sie ist vierundvierzig Jahre alt, spricht mehrere Sprachen und hat auf verschiedenen Überseedampfern Dienst getan. Bevor sie auf den *Hindenburg* kam, war sie Stewardess auf Deutschlands größtem Transatlantikliner *Columbus*.

Alle Betten müssen bezogen, Handtücher und Waschlappen abgezählt und in die Kabinen gebracht werden. Die Duschräume und Toiletten sind schon blitzblank, aber Frau Imhoff geht noch einmal überall durch und sieht, ob auch die runden Spiegel und die Armaturen glänzen und genug Toilettenpapier bereitsteht. Im Speisesaal werden die Tabletts für die Begrüßungsgetränke bereitgemacht und die letzten Gläser poliert. Tischwäsche, Geschirr und Besteck sind abgezählt in die Schränke der Anrichten sortiert.

In der Führergondel kontrollieren Bauer und Sammt die Seilzüge für die Ventile an den Gaszügen, die Verbindung zu Seiten- und Höhenruder und die Funktionsfähigkeit von Hauptkompass und den Tochterkompassen, die hinten am Heck der Gondel und im Navigationsraum stehen. Ebenso die Steuerungsarmaturen, Höhenmesser, Druckanzeiger, Geschwindigkeitsmesser, den Schiffstelegraphen und alles andere, was für die Führung des *Hindenburg* von Bedeutung ist. Bauer schaltet den riesigen Scheinwerfer an, und für eine Minute ist der vordere Teil der Halle in gleißendes Licht getaucht. Wittemann testet mit Chefelektriker Lenz das Bordtelefon und die automatisierten Anzeigen für die Füllstände der Gaszellen.

Die Zellenpfleger und Bordingenieure sind überall im Schiff unterwegs und klopfen das Duralumingerüst ab. Sie kontrollieren die Ballons, die automatischen Überdruckventile und die Steuerungsventile und die Stahlseile und Netze, die die Zellen in Position halten. Das gesamte Gerüst des *Hindenburg* wird einmal abgegangen, und zwischendurch werden die Ergebnisse immer wieder in die Gondel durchgegeben. Im Funkraum über der Führergondel sitzen Oberfunker Speck und Funker Schweikard und testen ihre Lang- und Kurzwellensender sowie ihre Kopfhörer.

Das Klarmachen des *Hindenburg* läuft ab wie ein Uhrwerk. Nirgendwo ist irgendein Fehler zu entdecken. Alles ist in bestem Zustand und voll funktionstüchtig.

»Achtung!« Der SA-Wachmann knallt die Hacken zusammen, als Kapitän Lehmann den Kartenraum im Kontrollturm betritt. Merten und Kapitän Müller blicken von ihrer Wetterkarte auf. Lehmann stellt einen kastenförmigen Koffer ab, in dem – das weiß jeder, der den etwas schüchternen, musikalischen Zeppelin-Kapitän kennt – sein geliebtes Akkordeon steckt. Ohne das geht Lehmann nie an Bord eines Luftschiffs, und er ist berühmt dafür, dass er während der Fahrt gelegentlich auch eine Vorstellung für die Passagiere gibt.

Kapitän, Direktor und Diplomingenieur Ernst August Lehmann ist in Deutschland fast so berühmt wie Hugo Eckener, denn mit über eintausendfünfundsiebzig Fahrten ist er der erfahrenste Luftschiffkapitän der Welt. Das erste Mal hatte er das Kommando auf einem Zeppelin 1914, da war er siebenundzwanzig. Es war das Armeeluftschiff *Sachsen*, und danach noch drei weitere, bis 1918. Dann wurde er Prokurist bei der Luftschiffbau Zeppelin GmbH in Friedrichshafen und Leiter der Bauleitung. Danach hat er mehrere Jahre in Amerika verbracht und Luftschifflinien eingerichtet. Etwa von Newport nach Chicago. Er war 1923 bei der Gründung von der Goodyear Zeppelin Corporation sogar Vice President for Engineering in Akron, Ohio, und hatte zusammen mit Hugo Eckener die Nordatlantiklinie in Absprache mit den Engländern und Amerikanern ins Leben gerufen. Außerdem hatte er zwischen 1928 und 1935 insgesamt 272-mal das Kommando auf dem *Graf Zeppelin* geführt, bevor er zum *Hindenburg* wechselte.

Seit er Chef der Reederei geworden war, hatte er die Führergondel gegen das Büro in Friedrichshafen tauschen müssen und nur noch selten Gelegenheit, mitzufahren.

Lehmann wirft seinen Mantel und Hut auf den Quetschkommodenkasten und begibt sich zu den Männern am Tisch. Erwartungsvoll schauen seine hellen blauen Augen auf die Karten von Deutschland, Westeuropa und dem Nordmeer, die aufgerollt auf dem Tisch liegen, darauf Zirkel und Buntstifte und verschiedene Lineale.

»Wie sieht's aus, Doktor Kröger?«

Merten räuspert sich und zeigt auf die verschiedenen Einträge.

»Das Hoch westlich der nordafrikanischen Küste ist als stationär zu bezeichnen, ebenso ein Hoch über der Sargassosee. Über Grönland steht momentan ein Sturmtief. Dazwischen verläuft eine Kette von Tiefs und Tiefausläufern in nordwestlicher Richtung.«

Lehmann beugt sich über die Karte und legt seinen Finger auf den Nordatlantik zwischen Grönland und Irland.

»Gegen diese Kette stößt der *Hindenburg*, wenn er nicht nach Norden ausweicht. Das heißt Verspätung! Was meinen Sie, Doktor Kröger, mit wie viel ist zu rechnen?«

»Fünf, sechs Stunden, Kapitän, mindestens.«

»Das ist nicht gut … gar nicht gut. Dass wir bei unserer ersten Reise den Rekord vom letzten Jahr brechen, hatte ich nicht erwartet, aber so eine Verspätung … Na, wir werden sehen …«

»Wir halten Sie auf dem Laufenden, Kapitän. Vielleicht bessert sich die Lage ja noch.«

»Danke, die Herren.«

5
Der Anruf

Es ist fünf Uhr nachmittags. Der Windsack an dem Flugfeld hängt immer noch schlaff und die Maisonne strahlt vom Himmel. Es ist warm, vierundzwanzig Grad, und die Menschen tragen ihre Mäntel über dem Arm. Auf der Kaffeeterrasse am Abfluggebäude sind die Sonnenschirme aufgespannt, und die Damen in ihren bunten Kleidern und farbigen Hüten erinnern an ein Gemälde von Monet. Es herrscht sommerliche Stimmung.

Im Kontrollturm stehen Merten, Müller und die Wetterexperten des Flughafens immer noch über die Karten gebeugt und diskutieren die Meldungen. Ständig kommen neue Nachrichten von den verschiedenen Stationen entlang den Küsten und von den deutschen Seeschiffen bis nach Amerika herein. Alle diese Meldungen müssen für die Abfahrt und die Route des *Hindenburg* berücksichtigt werden müssen. Irgendwo im Hintergrund beginnt ein Telefon zu klingeln. Einer der Diensthabenden geht hin und hebt ab, horcht und ruft:

»Doktor Kröger?«

Merten sieht vom Kartentisch auf.

»Was denn?«

»Telefon für Sie, Doktor Kröger! Friedrichshafen!«

Merten geht hinüber und nimmt den Hörer in Empfang.

»Kröger hier!«

»Merten. Hugo Eckener!«

»Was ist, Doktor Eckener?«

»Merten, hören Sie zu. Eine Katastrophe. Sie kennen doch den Hausdiener von Edward van Zandt?«

»Ja, Mahmud, den kenne ich.«

Oh Gott, denkt Merten, van Zandt ist tot ... Jennifer, die arme Jennifer ... Laut sagt er:

»Edward van Zandts Hausdiener. Natürlich kenne ich ihn.«

»Hören Sie zu. Mahmud hat angerufen, aus New York. Er hat eine Nachricht von van Zandt durchgegeben. Es soll eine Bombe an Bord des Zeppelin sein ...«

»Was, eine Bo...«

»Still, sagen Sie das nicht laut, Merten. Ist Müller bei Ihnen?«

»Ja, er ist hier.«

»Dann holen Sie ihn ran.«

Merten winkt Müller, der schon aufmerksam geworden ist. Er reicht ihm den zweiten Hörer und raunt ihm zu:

»Bombendrohung gegen den *Hindenburg*!«

Zu Eckener sagt er:

»Kapitän Müller hört mit, Doktor Eckener.«

»Also, wie ich schon sagte. Mahmud, der Diener von van Zandt, gab die Nachricht durch. Und er klang sehr sicher.«

»Was hat er genau gesagt?«

Müller ist ernst und konzentriert.

»Nichts, das ist ja das Seltsame. Es kam nicht dazu. Das Gespräch wurde plötzlich unterbrochen. Seitdem versuche ich pausenlos, in New York durchzuklingeln, aber es hebt niemand ab.«

Merten kann seine Aufregung kaum mehr im Zaum halten.

»Aber wieso weiß Edward van Zandt von einer Bombe?! Hugo, was geht hier vor?«

»Jetzt mal langsam. Attentatsgerüchte ...«

Eckener unterbricht Müller.

»... gibt es dauernd, ich weiß, ja ... seit die verdammten Nazis ... Das hier jedoch kommt von Edward persönlich.«

»Das ergibt doch gar keinen Sinn. Wieso sollte Edward von einem Attentat wissen?«

»Er weiß etwas, sonst hätte er mich nicht gewarnt!«

Merten und Müller sehen sich an. Der Ernst der Lage steht ihnen ins Gesicht geschrieben. Merten sieht aus dem Fenster zur Luftschiffhalle, deren fünfzig Meter hohe Tore noch fest geschlossen sind.

»Soll ich den Start abbrechen, Dr. Eckener? Jetzt ist noch Zeit.«

»Junge, wenn du den Start jetzt abbrichst, wäre das eine Sensation. Jeder würde sich fragen, warum. Und wir müssten zugeben: Ja, die Zeppeline sind verletzbar. Uns würden die Passagiere wegbleiben, und Göring hätte seinen inneren Reichsparteitag. Er würde uns den Laden für immer dichtmachen! Das wäre seine Chance. Wenn wir jetzt abbrechen, wird nie wieder ein Zeppelin vom Boden abheben.«

»Was schlagen Sie vor?«

»Erstens: zu niemandem ein Wort! Zu niemandem! Zweitens: Müller, Sie gehen wie gehabt an Bord und finden mir diese Bombe!«

Müller braucht zwei Sekunden, bis er antwortet.

»Jawohl, Dr. Eckener.«

»Und Sie, Merten ... Sie holen Wiltrud und Jennifer von Bord. In meinem Interesse. In Edwards. Und in Ihrem. Lassen Sie sich irgendwas einfallen.«

Merten atmet aus. Er beobachtet Kapitän Lehmann, der mit einem Fluglotsen diskutiert.

»Was ist mit Lehmann?«

»Ich wiederhole: zu niemandem, zu keinem ein Wort! Das ist ein Befehl!«

Merten und Müller antworten gleichzeitig:

»Jawohl!«

»Und Müller, Sie informieren mich sofort über unsere Funkstation in Quickborn. Aber kein Klartext, das ist sicherer. Merten, Sie kommen stante pede zurück nach Friedrichshafen, sobald der *Hindenburg* außer Sicht ist. Viel Glück.«

Eckener hat aufgelegt.

Unruhig stehen Merten und Müller an der Fensterfront des Kontrollturms. Von hier oben, sechs Stockwerke über dem Flugfeld, haben sie einen uneingeschränkten Überblick über das Gelände des Flughafens. Im Süden die Luftschiffhalle, die größte der Welt, und die Versorgungsgebäude für die Zeppeline inklusive der eigenen Gasleitung für den Wasserstoff, die direkt mit den Farbwerken Hoechst verbunden ist. Und unter ihnen, im nördlichen Teil des Flug- und Luftschiffhafens, die betonierte Landebahn für die Flugzeuge. Gerade setzt eine Heinkel *HE 70* Blitz aus Berlin auf, das laute Brummen des BMW-Zwölfzylinders ist durch die geöffneten Fenster zu hören. Es ist das zurzeit schnellste Verkehrsflugzeug und das erste, das sein Fahrwerk im Flug vollständig einziehen kann. Vermutlich sind Passagiere aus der Reichshauptstadt für den *Hindenburg* an Bord. Weiter hinten vor der Flugzeughalle und den Werkstattbauten parken einige *Ju 52* mit ihren charakteristischen drei Motoren, der Wellblechkarosserie und dem Kranich der Deutschen Lufthansa. Auf den Leitwerken prangt auch bei den Fliegern das Hakenkreuz. Mechaniker in blaugrauen Arbeitsanzügen schrauben an den Maschinen. Elektrowagen und zwei Tankwagen der Shell stehen bereit, um die kleine Flotte der Lufthansa aufzutanken.

»Was werden Sie ihnen sagen?«, fragt Müller leise.

Merten überlegt nur kurz.

»Die Wahrheit. Was sonst!«

»Und der Befehl: zu niemandem ein Wort?«

»Ich habe doch gar keine andere Wahl! Es gibt keinen logischen Grund, der die beiden davon abhalten würde, den Zep zu besteigen.«

Die beiden Männer sehen sich schweigend an. Schließlich streckt Merten die Hand aus.

»Viel Glück und finden Sie die … Sie wissen schon …«

Müller drückt ihm fest die Hand, nickt und verlässt den Kartenraum. Merten sieht ihm einige Sekunden nachdenklich hinterher. Dann macht er sich auf, um Jennifer und Wiltrud van Zandt zu finden. Er hatte mit Jennifer verabredet, dass sie früher als die anderen Passagiere zum Flughafen kommt, damit sie sich, nachdem sie ihr Gepäck abgegeben und alle nötigen Formalitäten hinter sich hat, im Kaffeegarten neben dem Empfangsgebäude treffen können. Dann haben sie noch genügend Zeit, sich zu verabschieden, bevor sie zurück in die Zeppelin-Halle muss.

Merten greift sich eines der Ferngläser, die am Fenster bei den Lotsenplätzen stehen. Auf der Besucherterrasse entdeckt er Jennifer sofort. Sie steht mit ein paar anderen Gästen an der Balustrade und beobachtet die Starts und Landungen der Flugzeuge. Wiltrud sitzt an einem Tisch nah an der Hecke, die die Terrasse vom Flugfeld trennt. Sie trinkt gerade aus einer Tasse, die langen Kranichfedern an ihrem auffälligen roten Hut wippen auf und ab.

Merten eilt die Treppe vom Kontrollturm hinunter und hinein in das Flughafengebäude. Ein Schild weist den Weg zur Besucherterrasse. Schnellen Schrittes durchquert er die Halle, wie ein Hase Haken schlagend, um mit keinem der vielen Menschen dort zusammenzustoßen. Im Durchgang nach draußen muss er stoppen. Zwei ältere Damen mit Pudel blockieren die ganze Türbreite und unterhalten sich über den *Hindenburg*, wie unschwer zu hören ist.

»Geht in Flammen und Rauch unter, der Zeppelin, hat sie gesagt, diese Wahrsagerin aus Milwaukee …«

»Hast du das auch gelesen? Soll eine Deutschstämmige sein …«

Merten entgegnet nichts darauf, den Zeitungsartikel hat auch er gelesen und bis heute Morgen noch als reine Sensationshascherei abgetan. Nicht das erste Mal, dass irgendwer orakelt. Sein *Hindenburg* ist sicher, das hat er, wie auch alle anderen Zeppeliner, immer geglaubt. Noch nie ist ein Mensch zu Schaden gekommen, der in Friedenszeiten mit den Zeppelinen gefahren ist. Zumindest mit den Deutschen. Und das wird auch so bleiben … Sie werden die Bombe finden. Aber merkwürdig ist das schon mit dieser Frau aus Milwaukee.

Ungeduldig entschuldigt er sich bei den Damen und schiebt sich an ihnen vorbei. Der Pudel kläfft ihn dabei giftig an.

Auf der Besucherterrasse sieht sich Merten um. Jennifer sitzt jetzt bei Wiltrud am Tisch und redet mit ihrer Mutter. Jennifer sieht ihn und winkt ihm freudig lächelnd zu.

Merten lacht und winkt zurück, als sich ihm plötzlich eine Hand auf die Schulter legt.

Er fährt herum und erkennt Müller, der ihn mit ernstem Gesicht ansieht.

»Was ist, ist was geschehen? Was machen Sie denn hier, Sie sollen doch ... suchen?«

Müller raunt ihm ins Ohr.

»Schlechte Nachrichten.«

Dabei sieht er sich nervös um.

»Nicht hier. Kommen Sie mit ...«

Müller geht zurück in die Abfertigungshalle Richtung Herrentoilette. Merten folgt ihm aufs Höchste angespannt.

Jennifer reckt den Hals und fragt sich, wo Merten plötzlich geblieben ist. Wiltrud liest laut aus ihrem *Völkischen Beobachter* vor:

»Hier, da haben wir's. Heinckel-Flugzeugwerke testen erfolgreich neuestes Düsentriebwerk ... Höchste Zeit, dass wir den Helium-Deal eintüten, sonst fliegen die uns mit ihren Düsendingern ...«

Sie bemerkt, dass Jennifer ihr gar nicht zuhört.

»Was ist los, Darling?«

»Nichts, ich dachte nur, eben hätte ich Merten gesehen, und jetzt ist er plötzlich weg. Er wollte sich noch verabschieden ...«

Wiltrud ist ungehalten.

»Vergiss diesen, diesen ... Rechenschieber! Am besten sofort und gründlich! Meinst du, ich hätte diesen billigen Ring da an deinem Finger nicht gesehen?«

Jennifer spürt Ärger in sich aufsteigen.

»Ich werde Vater fragen. Ob's dir gefällt oder nicht.«

»Bete, dass du noch die Gelegenheit dazu haben wirst.«

Ungehalten winkt sie dem Ober.

»Zahlen, bitte!«

Merten ist Müller in die Herrentoilette gefolgt. Ein Mann in SD-Uniform trocknet sich gerade an einem der Waschbecken die Hände ab. Seinen Staubmantel hat er über dem Arm. Müller und Merten gehen zum hintersten Waschbecken und warten. Es scheint ewig zu dauern, bis der Mann endlich das Handtuch weglegt und sich zur Tür begibt. Merten raunt:

»Was ist denn nun?«

»Moment!«

Merten sieht dem SD-Mann nach. Der ist an der Tür angelangt, aber anstatt sie zu öffnen, greift er in seine Hosentasche, und Merten hört, wie er die Tür absperrt. Als er sich umdreht, hat er eine Pistole in der Rechten.

Erschrocken sieht Merten zu Müller.

»Was hat das zu bedeuten, Müller?«

Statt einer Antwort springt Müller aus der Schusslinie und ruft:

»Bist du verrückt, Jürgens, das ist viel zu laut!«

Entsetzt erkennt Merten, dass Müller ein Stilett in der Hand hat und auf ihn zukommt. Merten versteht gar nichts, aber er weiß, dass er irgendwas tun muss. Sofort!

Er sieht sich um. Die Standaschenbecher neben den Klotüren! Mit einem Satz ist er da, greift sich einen und schlägt den SD-Mann, den Müller Jürgens nannte. Mit einem unangenehmen dumpfen Laut trifft der Stahl den Schädel von Jürgens, der mit so einem Ausfall nicht gerechnet hatte. Der SD-Mann bricht bewusstlos zusammen und knallt auf den Boden. Die Waffe fällt ihm aus der Hand und schlittert über die Kacheln.

Merten wirbelt herum.

»Was soll denn das, Müller, sind Sie verrückt geworden?«

Müller stürzt sich auf Merten und sticht zu. Merten geht zu Boden und spürt einen brennenden Schmerz in seinem linken Arm. Er bäumt sich auf und tritt Müller in den Bauch. Der schnappt hörbar nach Luft und rammt Merten seinen Ellbogen ins Gesicht. Merten aber schafft es, Müllers Hand mit dem Stilett zu erwischen und gegen eines der Pissoirs zu schlagen. Müller schreit auf und lässt das Messer fallen. Schnell springt Merten auf und versucht, die Pistole von Jürgens zu erreichen. Müller hatte dieselbe Idee, sie stoßen zusammen und landen auf dem Boden.

In einer letzten Kraftanstrengung kriecht Merten weiter vorwärts und kommt Müller zuvor. Er greift nach der Waffe und richtet sie auf Müller, der, wie, weiß Merten nicht zu sagen, wieder sein Messer in der Hand hat und sich auf ihn zubewegt. Merten drückt ab. Der Knall ist in dem kleinen Raum ohrenbetäubend. Müller sackt über ihm zusammen. Blitzschnell windet sich Merten unter ihm hervor und hält die Pistole keuchend an Müllers Stirn.

»Wo ist die Bombe?«

»Die findest du nie«, stöhnt Müller, »nie!«

Müller stößt noch ein, zwei rasselnde Atemzüge aus, ein Schwall Blut quillt ihm aus dem Mund. Er sieht Merten an, und seine Augen werden starr. Müller ist tot.

Kraftlos lässt Merten die Pistole auf den Boden gleiten. Mühsam rappelt er sich hoch und starrt geschockt auf die Leiche zu seinen Füßen.

Wirre Gedanken jagen durch sein Hirn. Was tun? Wohin … den Vorfall melden … Weglaufen, sich stellen …

Sein Arm beginnt zu schmerzen und heftig zu brennen. Blut tropft aus seinem Ärmel auf den Boden. Merten weiß, dass er sofort handeln muss. Aber er steht nur da. Plötzlich bewegt sich Jürgens und stöhnt leise. Das bringt Merten zurück in die Gegenwart.

»Jennifer!«

Er stürzt zur Tür, rüttelt an der Klinke, aber sie ist abgesperrt. Der Schlüssel! Schnell ist er bei Jürgens, sucht in der Hosentasche und findet ihn. Er greift sich den Staubmantel, sperrt die Tür auf, geht hinaus und schließt sie hinter sich wieder zu. Den Mantel hängt er sich über seinen verletzten blutenden Arm und rennt los.

Wiltrud schaut auf ihre Armbanduhr.

»Wir müssen los. Es ist halb sechs. Die anderen kommen gleich.«

Jennifer sieht sich um, sucht noch einmal nach Merten. Er ist und bleibt verschwunden. Enttäuscht geht sie ihrer Mutter nach.

»Siehst du, der Kerl kann sich ja noch nicht mal richtig verabschieden.«

»Er hat … er hat sicher viel zu tun …«

»Ja. Sicher!«

Merten hastet zwischen den Kaffeetischen hindurch zur Balustrade und sieht Jennifer gerade noch im Flughafenbus verschwinden. Zu spät! Die Tische sind fast alle leer, die Besucher drängeln sich an der Balustrade und machen sich bereit, das Aushallen des *Hindenburg* zu beobachten. Merten rast zurück, durch die Halle und durch eine Tür, auf der »Nur für Personal« steht, hinaus auf das Vorfeld. Er lehnt sich an die Mauer und verschnauft.

Inzwischen ist Jürgens in der Herrentoilette wach geworden. Er rappelt sich auf und hält sich taumelnd an der Türklinke fest. Sogleich bemerkt er, dass die Tür abgeschlossen ist. Wütend tritt er gegen das Holz und schlägt mit der flachen Hand zu.

»Sofort aufmachen … verdammt noch mal … sofort aufmachen …«

Nicht lange, und ein SD-Mann in der Halle wird auf das Gepolter aufmerksam und öffnet die Tür mit seinem Generalschlüssel. Mit hochrotem Kopf und einem Bluterguss an der Stirn wankt Jürgens heraus. Er winkt die Männer von der Sicherheitspolizei, die neben jedem Schalter stehen und die Abfertigung der Passagiere überwachen, zu sich. »Ein Offizier wurde niedergeschossen. Täter heißt Merten Kröger. Eins achtzig groß, blaue Augen, blond, Anfang, Mitte dreißig, trägt die Uniform eines Luftschiffoffiziers. Finden Sie ihn. Er darf auf keinen Fall den *Hindenburg* besteigen. Sie sind mir verantwortlich, dass er nicht an Bord des Schiffes geht!«

Sogleich schwärmen die Männer vom SD und der Sipo aus. Sie teilen sich in Zweiergruppen auf und beginnen die Suche. Während die einen jede Ecke der Abflughalle überprüfen, laufen die anderen hinaus auf das Flugfeld.

Merten ist zum Flugzeughangar gerannt und hat sich hinter einigen Frachtkisten versteckt. Er überlegt fieberhaft, wie er das weite, offene Feld zur Luftschiffhalle überqueren kann, ohne aufzufallen. Inzwischen wimmelt es auf dem Flugfeld und der Kaffeeterrasse von SD und Polizei. Merten ist klar, dass sie ihn suchen. Mehrere SD-Männer treiben sich schon bei den wartenden Haltemannschaften herum, andere sehen in jeden Wagen, der das Feld überquert, und bewegen sich zielstrebig zur Luftschiffhalle, um dort bestimmt in jeden Winkel zu blicken. Merten beschließt, erst einmal hocken zu bleiben und auf eine günstige Gelegenheit zu warten. In diesem Moment öffnen sich ganz langsam die gigantischen Tore der Luftschiffhalle. Auf der Kaffeeterrasse stürzen nun alle an die Hecke, manche laufen sogar auf das Vorfeld und zücken ihre Fotoapparate.

Zusammen mit den Passagieren der Zubringerflüge sitzen Wiltrud und Jennifer van Zandt im DZR-Flughafenbus und fahren quer über das Feld zur Luftschiffhalle. Dort halten schon die Busse, welche die Passagiere, ihre Angehörigen und Freunde pünktlich am *Frankfurter Hof* abgeholt haben. Zeppelin-Personal geleitet die Passagiere in die Abfertigungshalle. An langen Tischen warten Zoll und Sicherheitspolizei und mehrere Männer in SA-Uniformen. Die ausgefüllten Devisen und Zollpapiere werden eingesammelt und geprüft, die Pässe abgestempelt und das Handgepäck untersucht. Jeder muss seine Koffer noch einmal aufmachen.

6
Besuch des Ministers

Der Reichsminister der deutschen Luftfahrt, Hermann Göring, hat Verspätung. Hugo Eckener steht in seinem üblichen hellbeigen Anzug am roten Teppich und wartet, als sein Sekretär Deuerlein hinzutritt und ihm aufgeregt ins Ohr flüstert:

»Kapitän Müller ist tot.«

»Was? Wieso? Wer hat …?«

Entsetzt dreht sich Eckener herum.

»Im Flughafen, wurde erschossen im Männerpissoir aufgefunden. Sie suchen überall nach Merten Kröger. Er soll der Täter sein.«

»Völlig ausgeschlossen. Warum sollte er … Ist auf dem *Hindenburg* alles in Ordnung?«

Deuerling nickt.

»Und die van Zandts? … Sind die an Bord?«

»Nehme ich an. Aber ich kann ja noch einmal nachfragen …«

Sekretär Deuerlein spricht nicht weiter, denn der schwarze Maybach SW 38 mit dem Stander des Reichsministers der Luftfahrt fährt auf den Platz. Der Chauffeur hält exakt am ausgerollten roten Teppich. Ein Adjutant springt aus der Tür, rennt um den Wagen herum und reißt den Schlag auf. Hermann Göring, Generaloberst und Oberbefehlshaber der Luftwaffe, entsteigt dem Fond und richtet sich zu voller Größe auf. Er zieht seine Uniformjacke und den *Pour Le Mérite* an seinem dicklichen Hals zurecht, klopft die Falten aus seiner Reithose glatt und schreitet mit blankpolierten Stiefeln auf das Empfangskomitee zu.

Hugo Eckener bemüht sich um ein entspanntes Lächeln, geht

dem Stellvertreter des Führers ein paar Schritte entgegen und streckt seine Hand aus.

»Herr Reichsminister, ich darf Sie willkommen heißen auf der Zeppelin-Werft.«

»Danke, danke.«

Er nimmt Eckeners Hand und grinst jovial.

Die anwesenden Photographen drücken auf ihre Auslöser. Die beiden Männer lächeln ein paar Sekunden in die Kameras, dann schreiten sie gemeinsam die in Reihe angetretenen Werftarbeiter ab. Die Kapelle schmettert deutsche Marschmusik.

Göring wendet sich an Eckener und versucht, die Bläser zu übertönen.

»Alles in Ordnung in Frankfurt?«

Eckener lässt sich nicht anmerken, dass in Frankfurt gar nichts in Ordnung ist, und er im Moment lieber am Telefon recherchieren würde, als hier den Grußonkel zu spielen.

»Soweit ich weiß, hervorragend«, sagt er möglichst beiläufig.

»Diesmal ein bisschen wenig Passagiere, wie ich hörte, was?«

»Es ist ja die erste Atlantikfahrt in diesem Jahr, da kann es schon mal vorkommen, dass der *Hindenburg* nicht ganz ausgebucht ist.«

»Oder haben die Leute Angst vor der Wasserstoffwurst?«

Eckener überhört die Beleidigung geflissentlich.

»Das wird sich ja nun bald ändern, die Amerikaner …«

Göring fällt ihm ins Wort:

»Ja, ja … So! Wollen wir doch mal sehen, wofür wir Abermillionen von Reichsmark zum Fenster hinauswerfen, wie?«

Die beiden sind am Ende des Arbeiterspaliers angelangt und stehen jetzt vor der riesigen Werfthalle. Einer der Torflügel wird von zwei DZR-Männern geöffnet und Göring, Eckener und die ganze Entourage, gefolgt von den Presseleuten, treten ein. »Herr Reichsminister, das Luftschiff *LZ 130*!«

Der Luftfahrtminister bleibt abrupt stehen und reckt den Hals. Vor und über ihm erhebt sich das fertige Duralumingerippe des neuen Zeppelins wie das Skelett eines Dinosauriers. Die sechs hinteren Gaszellen sind bereits eingehängt, vom Heck aus haben die Arbeiten zum Aufziehen der Außenhaut begonnen. Die phantastische Strebenkonstruktion ist aber noch auf der gesamten Länge und Höhe erkennbar. Ein Anblick, der jedes Mal eine atemberaubende Wirkung erzielt. Sogar beim Luftfahrtminister, dessen Steckenpferd ausschließlich Flugzeuge sind.

»Donnerwetter!«

»Nicht wahr! Die Jungfernfahrt findet am 27. Oktober nach Rio statt.«

In Eckeners Stimme schwingt hörbar Stolz mit. Göring schreitet um die Nase des Zeps herum.

»Sieht irgendwie aus wie die beiden anderen, wie?«

»Rein äußerlich, ja. Technisch gesehen ist der *LZ 130* aber eine Neukonstruktion. Leichter als der *Hindenburg* und mit neuen Sechzehnzylinder-Daimler-Motoren, mit denen wir das Kühlwasser als Ballastwasser zurückgewinnen können. Außerdem funktioniert der Antrieb nicht mehr mit Druck-, sondern mit Zugpropellern …«

Der Reichsminister ist nur bedingt interessiert.

»Wo ist diese alte Schrapnelle eigentlich? Wiltrud van Zandt?«

»Auf dem Weg zurück in die Staaten.«

Göring schaut Eckener verblüfft an.

»Mit dem *Hindenburg*?«

Eckener wundert sich über die Reaktion und sieht Göring aufmerksam an.

»Warum sollte sie nicht den *Hindenburg* nehmen?«

Göring reagiert mit seinem jovialen Lächeln und klopft Eckener kumpelhaft auf die Schulter.

»Eben, warum nicht? Tja. Alles vergeblich, wenn der alte Edward nicht wieder auf den Damm kommt. Er ist unsere beste Verbindung ins Weiße Haus.«

»Nun, ein paar Steine hab ich da auch noch im Brett …«

Görings Gesichtszüge gefrieren und die Ader an seiner Schläfe schwillt an.

»Ach ja! Sie pflegen ja mit Roosevelt zu soupieren! Was wollen Sie mir denn damit sagen? Etwa, wie unentbehrlich Sie sind?«

»Nichts dergleichen habe ich andeuten wollen.«

Eckener ist sofort klar, dass er mit seiner Bemerkung einen folgenschweren Fehler gemacht hat. Denn den Zorn des Reichsministers zu erregen, ist gefährlich. Jeder weiß, dass er unglaublich nachtragend ist und, wenn er sich ärgert, meist ungehalten zurückschlägt.

Eckener gilt beim Volk als der Held der Lüfte, eine italienische Zeitung hatte ihn unlängst sogar zum »bekanntesten und beliebtesten Mann der Erde« erklärt, ein Affront in den Augen der Nazis. In Amerika ist er ein Star, seitdem er es schaffte, 1924 den *LZ 126*, das Reparationsluftschiff, trotz widrigen Wetters wohlbehalten in Lakehurst abzuliefern, und als er dann 1929 mit dem *Graf Zeppelin* die Welt umrundete und als Ziel New York wählte, da war er ein Superstar. Alles das jedoch hasste die neue deutsche Regierung und vor allem Göring, das Fliegerass aus dem Ersten Weltkrieg.

Hugo Eckener war bei den Nazis schon in Ungnade gefallen, als diese noch gar nicht gewählt waren. Zu der Reichskanzlerwahl 1933 sollte er gegen Hitler antreten, was er ablehnte; dennoch hatte er nie einen Hehl daraus gemacht, dass er die chauvinistische Politik der NSDAP ablehnte. Im Radio hatte er ganz offen gegen Hitler gesprochen. Und als er 1932 die große Halle nicht für einen Wahlauftritt Hitlers zur Verfügung stellte, war es endgültig aus.

Göring hatte den deutschen Medien verboten, den Namen Eckener zu erwähnen, und dafür gesorgt, dass er bei der Gründung der DZR 1935 nur noch Aufsichtsrat war. Geschäftsführer und Direktor wurde Ernst Lehmann. Eckener hatte schnell eingelenkt, denn er wollte nicht, dass es der Zeppelin-Werft so erging wie den Junkerswerken in Dessau. Die hatten Göring und Goebbels dem alten Hugo Junkers in einer üblen erpresserischen Aktion weggenommen. Seitdem die Regierung nun auch in der DZR mitspielte, hatte Hugo Eckener sich, soweit es sein kämpferischer Charakter zuließ, zurückgehalten.

Jetzt schlägt der Minister sofort zurück.

»Das Helium, Eckener, ist nicht alles! Eher eine Nebensächlichkeit. Wagen Sie es ja nicht, die Beziehungen des Deutschen Reichs zu den USA darauf zu beschränken! Und eins sollten Sie in Ihren Schädel kriegen: Alles was fliegt, gehört mir. Muss Ihnen doch klar sein, warum der Chef der Zeppelin-Werke jetzt Lehmann heißt und nicht mehr Eckener. Und übrigens, dem Amerikaner geht es immer nur um Geld, Geld, Geld! Die verkaufen für ein paar Dollar ihre Großmütter! Warten Sie's ab, diese ganzen Handelsbeschränkungen werden sich von selbst in Luft auflösen. Dazu braucht es keine Abendessen mit ihnen! Die amerikanische Geldgier, mein Lieber, wird's schon richten!«

Böse stapft Göring von dannen, gefolgt von seinem Adjutanten. Eckener braucht eine Sekunde, dann eilt er dem Minister hinterher.

»Da mögen Sie natürlich recht haben, Herr Generaloberst.«

Göring wird unvermittelt wieder freundlich und legt Eckener eine Hand auf die Schulter.

»Dann reden Sie darüber in Graz!«

Eckener ist verblüfft. »Sie wissen von meiner Verpflichtung in Graz?«

»Na hören Sie mal, mein Ministerium weiß immer, was Männer der deutschen Luftfahrt tun und lassen. Zu jeder Zeit. Und Österreich liegt unserem Führer besonders am Herzen! Ist nur noch eine Frage der Zeit, bis es sich uns anschließt! Ich warne Sie, Eckener. Tun Sie nichts, was mich enttäuschen könnte!«

Er zwinkert Eckener zu. Der wechselt schnell einen Blick mit Deuerling, der einige Schritte abseits steht. Deuerling zuckt unschuldig mit den Schultern. Göring reibt sich die Hände.

»So! Jetzt haben wir aber Kohldampf! Ich habe gehört, es gibt Bodensee-Felchen?«

»Ganz recht, Herr Reichsminister, extra für Sie heute Morgen frisch gefangen.«

Göring lässt sich von Deuerling zum Speisesaal führen. Hugo Eckener folgt ihnen mit einem unguten Gefühl in der Magengegend.

7
Ein blinder Passagier

Die Einschiffung in der Luftschiffhalle ist inzwischen fast abgeschlossen. Nur noch ein paar Passagiere fehlen. Die große Uhr über dem Durchgang zeigt 18 Uhr 46.

»Aber ... aber ... den habe ich von Onkel Rudolf zu Weihnachten bekommen!«, mault Dieter und will seinen Spielzeugpanzer nicht hergeben.

»Musst du aber, Burschi«, antwortet der Sicherheitspolizist streng. »Schau ...«

Er rollte den kleinen Blechpanzer über die Tischplatte. Der eingebaute Feuerstein kratzt und aus dem Rohr zischen kleine Funken.

»Wenn du das im *Hindenburg* machst, dann ist das sehr, sehr gefährlich.«

Dieter sieht den Mann flehend an.

»Aber ... aber ... dann mach ich das eben nicht. Bitte ...«

»Keine Widerrede. Der Panzer wird abgegeben.«

Sein Vater schaltet sich ein.

»Dieter, nun mach keinen Aufstand!«

Einer vom Zeppelin-Bodenpersonal hat das Ganze beobachtet und kommt dem heulenden Dieter zu Hilfe.

»Weißt du was? Wir machen hier ... schau ... einen Anhänger dran, schreiben deinen Namen drauf, und dann bekommst du deinen Panzer in Lakehurst wieder ausgehändigt. Wie ist das?«

Dieter sieht den Mann dankbar an und nickt. Und so wandert der Panzer zu den anderen bereits eingesammelten Dingen: Blitzbirnen, ein Föhn, mehrere Taschenlampen. Das dafür bereitgestellte Tablett füllt sich zusehends. Es scheint, als hätte keiner der Passagiere die an sie bei der Buchung ausgeteilten Gebots- beziehungsweise Verbotsinformationen gelesen. Bei fast jedem wird irgendein unerlaubter Gegenstand gefunden. Für Feuerzeuge und Streichhölzer liegen extra dafür angefertigte Papiertüten bereit. Ein Aufdruck mit Nummer besagt: »Unsere Passagiere werden gebeten, Zündhölzer und Feuerzeuge dem Steward in diesem Beutel vor dem Betreten des Luftschiffs zur Aufbewahrung zu geben. Rückgabe nach Landung!«

Als Nächstes sind Wiltrud van Zandt und Jennifer an der Reihe. Wiltrud soll ihr Handgepäck aufmachen. Sie sieht den Mann indigniert an.

»Wir sind auf persönliche Einladung Dr. Hugo Eckeners an Bord.«

»Das freut mich für Sie.«

Ungerührt fährt der Sipo-Beamte mit der Durchsuchung fort und fummelt ein Paar Brennscheren zwischen Seidenstrümpfen und Miedern hervor. Triumphierend schaut er Wiltrud an und hält ihr die Lockenformer unter die Nase.

»Meine Güte. Bedeutet das jetzt Kerker bei Wasser und Graubrot?«

»Hier werden alle gleich behandelt, Mutter, Extrawürste gibt es auch für dich nicht.«

»Aber ich bin Amerikanerin!«

»Deutsche Wurzeln hast du auch nur dann, wenn's dir in den Kram passt.«

Jennifer sieht an ihrer Mutter vorbei und sucht im Gewühl von Passagieren, Gästen und Zeppelin-Personal. Doch Merten kann sie nicht entdecken.

Hinter ihr ist plötzlich ein lautes Jaulen zu hören. Jennifer dreht sich erschrocken um. Der junge Schäferhund von Broca steht geduckt neben Gisela und winselt.

»Oh, ich glaube, ich bin auf seinen Schwanz getreten«, entschuldigt sie sich bei seinem Besitzer.

Gilles Broca lacht und klopft dem Hund beruhigend auf den Rücken. Rocco beginnt interessiert an Giselas Knien zu schnuppern.

»Er scheint es nicht übel zu nehmen. Sehen Sie, kleines Fräulein, er macht ein Friedensangebot. Platz, Rocco!«

Broca, im eierschalenfarbenen Reiseanzug mit schwarzem Hemd, zieht den eleganten Hut.

»Gestatten, Gilles Broca, Varietékünstler.«

Gisela sieht ihre Mutter unsicher an, die nickt widerwillig. Also macht Gisela artig einen Knicks. Sonst nichts. Broca zieht die Augenbrauen hoch.

»Broca? Gilles Broca? Artistik, Gesang und Drahtseilakte? Nie gehört?«

Gisela schüttelt den Kopf. Broca ist sichtlich enttäuscht.

»Nun ja, für diese Art von Veranstaltungen dürften Sie auch noch etwas jung sein.«

»Und ich scheinbar zu alt«, mischt sich ihre Mutter indigniert ein und zieht die Tochter weg.

»Aber gnädige Frau, es ist nie zu spät! Ich bin froh, dass Sie mitfliegen, ich fürchtete schon, es könnte langweilig werden.«

Mady schaut schnell weg und tut, als hätte sie die Galanterie nicht gehört.

»Mady! Gisela! Kommt endlich.«

Gottfried Kerner wartet mit den beiden Söhnen schon am Durchgang zur Passkontrolle.

Broca verbeugt sich und schickt der verdutzten Gisela fröhlich eine Kusshand hinterher. Sie läuft rot an und folgt schnell ihrer Mutter. Vorbei an drei Offizieren der Luftwaffe, die zusammenstehen und ziemlich unverhohlen die mitreisenden Damen begutachten.

»Die eine zu jung, die anderen verheiratet … Gut, dass es eine Bar an Bord gibt.«

Der Oberst, blond und schneidig aussehend, grinst seine beiden jüngeren Kameraden, einen Major und einen Leutnant, an.

»Da bleibt uns genug Zeit, ungestört Karten zu kloppen«, meint der Leutnant.

Hilde Schmiedinger verabschiedet sich von ihrem Mann. Sie richtet liebevoll seinen Kragen und klopft unsichtbare Flusen von seinem Revers.

»Und gib nicht so viel Geld aus, hörst du? Hast du auch genug Filme für deine Leica dabei?«

Schmiedinger küsst sie auf die Stirn. »Keine Sorge, alles dabei. In nicht mal acht Tagen bin ich wieder zurück.«

»Ich hab schon ein bisschen Angst.«

»Aber wovor denn? Sieh dich um: Hat hier irgendjemand Angst?«

Schmiedinger breitet die Arme aus, umarmt seine Frau und küsst sie. Dann nimmt er seinen Handkoffer und sein Lederetui mit der Leica und stellt sich an. Vor ihm werden gerade Broca und der Hund abgefertigt.

»Was soll das heißen, er darf nicht mit?«

Broca ist empört. Er klopft mit Nachdruck auf das Formular auf dem Tisch.

»Sehen Sie, da steht es doch schwarz auf weiß: er ist gebucht auf dem Zeppelin.«

»Aber nicht so! Nicht als Passagier. Sehen Sie, dort unten steht es. Ihr Hund ist als Fracht deklariert. Und somit muss er in die Hundekiste in den Frachtraum.«

»Ja, guter Mann, wie stellen Sie sich das vor? Der arme Hund kann doch nicht zwei Tage und Nächte allein im kalten Frachtraum bleiben. Wer füttert ihn denn da, und Gassi gehen muss er doch auch.«

Brocas Stimme klingt jetzt fast hysterisch.

»Da wenden Sie sich bitte an das Bordpersonal. Die werden Ihnen das Prozedere erklären.«

Der Sipo-Beamte stempelt energisch die Papiere ab und drückt sie Broca in die Hand.

»Der Nächste, bitte.«

Den Hund übergibt er an der Leine an einen der Männer mit weißer Jacke und Schirmmütze, die im Hintergrund warten. Eine Armbinde mit der Aufschrift *DZR – Deutsche Zeppelin Reederei* und der Nummer 151 weist sie als Mitarbeiter des Bodenpersonals aus.

Broca stopft die Papiere in seine Manteltasche und stürzt seinem Hund hinterher.

»Kann ich mitkommen? Ich will sehen, wo Sie meinen Rocco hinbringen.«

Nachdem alle Passagiere abgefertigt sind und sich von ihren Familien verabschiedet haben, geht's durch eine Tür in die große Halle. Die meisten bemerken erst nach ein paar Sekunden, dass sie jetzt unter dem *Hindenburg* entlanglaufen. Erstaunt bleiben sie stehen und schauen nach oben, wo einige Meter über ihnen wie eine silberne Wolke der Bauch des Luftschiffs hängt. Erstaunte Rufe ertönen. So riesig hatten sie sich den Zeppelin dann doch nicht vorgestellt. In einer Mischung aus Schrecken und Faszination lassen sie sich von den DZR-Pagen im Gänsemarsch zur herabgelassenen Doppeltreppe führen. Dieter und sein Bruder rennen aufgeregt und mit glühenden Wangen vor den Eltern her.

»Er ist das tollste Wunderwerk der Technik, und wir Deutschen haben ihn gebaut. Letztes Jahr hat er den Rekord gebrochen, in nur zweiundfünfzig Stunden von hier nach Lakehurst. Stell dir das mal vor. Mehr als doppelt so schnell wie ein Ozeanriese!«

Dem Oberst, der neben ihnen geht, imponiert das wenig.

»Auch nicht gerade blitzartig. Warte mal ab, was wir mit unseren neuen Flugzeugen alles schaffen werden.«

Gisela zuckt die Schultern und würdigt den aufdringlichen Mann keines Blickes.

»Ich hab's nicht sonderlich eilig«, sagt sie schnippisch.

Einer nach dem anderen steigen die Passagiere, nachdem sie ihre Bordkarte vorgezeigt haben, die Treppe mit den blau schimmernden Aluminiumstreben hinauf in den Bauch des Luftschiffes. Ein Steward macht auf seiner Liste einen Haken hinter jedem Passagiernamen, ein anderer sammelt die Papiertüten mit den Feuerzeugen ein, reißt den Belegzettel ab und reicht ihn dem Gast.

»In Lakehurst bekommen Sie Ihre Tüte wieder. Bitte verlieren Sie diesen Zettel nicht.«

Mehrere Sicherheitsbeamte stehen in der Nähe und beobachten das Einschiffen genau. Für jeden eingestiegenen Gast löst ein Schauermann einen schweren Sandsack von einem Streben am *Hindenburg*. Rolf und Dieter rangeln darum, wer als Erster die Treppe nach oben betritt, und halten die Nachfolgenden auf. Ihr Vater versetzt den Bengeln einen Klaps.

»Benehmt euch, ihr beiden ... Und jetzt rauf mit euch!«

Die Kapitäne Pruss, Wittemann und Sammt stehen am Fenster in der Führerkanzel und beobachten das Einsteigen der Passagiere. Misstrauisch meint Pruss mit einer Kopfbewegung in Richtung der SD-Männer:

»Was wollen denn die vielen Schießhunde da unten?«

Wittemann zuckt mit den Schultern.

»Diese Paranoia geht mir ziemlich auf den Wecker. Wir sind ein Luxusliner und kein Auswandererschiff.«

Pruss sieht auf die Uhr. Es ist 19 Uhr 40.

»Fertigmachen. Es geht los!«

Als Letzter erscheint Kapitän Lehmann, grüßt hinauf zur Gondel, steigt auf die Treppe und verschwindet im *Hindenburg*.

Der Schauermann lässt den letzten der Sandsäcke zu Boden fallen und schiebt die Aluminiumtreppe nach oben, wo sie von einem Besatzungsmitglied hochgezogen wird, bis sie in ihrer Führung einrastet und die Verriegelung vorgeschoben werden kann.

In der Führergondel wendet sich Kapitän Pruss an Sammt.

»Passagiere und Besatzung vollständig?«

Sammt überfliegt die Passagierliste und zählt durch. Sechsunddreißig Gäste, fünfundzwanzig seemännisches Personal, zweiundzwanzig Maschinenpersonal und vierzehn Wirtschaftspersonal. Nur hinter einem Namen findet sich kein Haken. Erstaunt meldet Sammt:

»Erster Offizier Müller fehlt noch! Sollen wir warten?«

Pruss schnauft wütend.

»Was der sich denkt. Machen Sie einen entsprechenden Eintrag, und dann gnade ihm Gott, wenn wir wieder da sind. Wir haben keine Zeit mehr, zu warten. Meine Herren, auf geht's!«

Wittemann greift nach dem Mikrophon, und im Schiff ertönt bis zum Höhenruder und in den Motorgondeln sein Befehl über die Lautsprecher: »Alle Mann an Bord, Schiff startklar machen!«

Gleichzeitig ertönt ein Sirenenton in der Halle. Alle, die nichts mit der Ausfahrt des *Hindenburg* zu tun haben, müssen jetzt die Umgebung des Luftschiffes verlassen.

Kapitän Pruss greift nach der Flüstertüte, lehnt sich aus dem offenen Fenster und ruft den Männern am Boden zu:

»Schiff klar zur Ausfahrt. Alle Mann auf Position!«

Ein langgezogenes Tuten ertönt, und Kapitän Pruss ruft in seine Tüte:

»Laufkatzen, marsch!«

Fast unmerklich setzt sich der *Hindenburg* in Bewegung. Die Passagiere haben sich an den Panoramafenstern eingefunden, um die Abfahrt zu beobachten. Dieses einzigartige Ereignis möchte sich niemand entgehen lassen, auch die nicht, die schon mehrfach mitgefahren sind. Die Kabinen kann man ja später in Besitz nehmen.

Alle Menschen auf dem Frankfurter Flug- und Luftschiffhafen halten in diesem Moment inne. Die Männer auf dem Flugfeld und im Kontrollturm, in den Versorgungseinheiten und im Zubringerdienst haben das gigantische Schauspiel zwar schon vielfach gesehen, doch auch sie unterbrechen ihre Arbeit. Für Merten ist das

Aushallen seines *Hindenburg* jedes Mal ein besonderer Moment, der ihm ein Hochgefühl beschert, sogar jetzt, wo er verzweifelt hinter einer Kiste hockt.

Ganz langsam erscheint die grausilbrige, perfekt runde Nase des *Hindenburg* aus dem Dunkel der Halle. Ein Raunen geht durch die Menge, begeisterte Rufe hier und da, Fotoapparate klicken. Der Verankerungskegel steckt in der Aufnahme des weißroten Teleskopmastes, der ähnlich einem kleinen Eiffelturm auf Schienen den Zeppelin nach draußen zieht und über das Feld bis zur vorbestimmten Abflugposition mitten in dem riesigen Schienenkreis bringt. In Zeitlupe scheint das Manöver abzulaufen. Es dauert zwanzig Minuten, bis der gigantische Leib des Luftschiffes Zentimeter für Zentimeter aus seiner Halle herausgefahren ist und die gesamten 245,50 Meter Länge sichtbar sind. Das schönste und größte Luftschiff aller Zeiten und der Stolz des deutschen Ingenieurwesens.

Der Zeppelin »schwimmt«, wie die Experten sagen, er ist perfekt ausgetrimmt, Auftrieb und Erdanziehung halten sich die Waage. Ein Kind könnte das Ungetüm auf dem Zeigefinger balancieren. Wäre das nicht so, würde er entweder zu Boden krachen oder ungebremst bis zu seiner Prallhöhe in den Himmel steigen. Die vier Motorgondeln hängen Vogelnestern gleich außen an den Flanken, durch einen filigranen Steg mit dem Körper verbunden. Zwei auf der Hälfte der Schiffslänge und zwei am hinteren Drittel. Im Verhältnis zum Körper erscheinen die sieben Meter langen Propeller aus goldbraunem Holz winzig. Aber angetrieben von den tausendzweihundert PS mächtigen Mercedes-Benz-Motoren tun sie seit der Jungfernfahrt im März des vergangenen Jahres zuverlässig und bei jedem Wetter ihren Dienst und treiben den *Hindenburg* mit bis zu hundertfünfunddreißig Stundenkilometern durch die Lüfte. Am Heck die Seiten- und Höhenruder wie die Fluken eines Wals. Oben und unten und auf beiden Seiten jeweils ein Hoheitszeichen des nationalsozialistischen Deutschen Reiches: das schwarze Hakenkreuz auf weißrotem Grund auf neun mal sieben Meter. Die Abendsonne lässt das Band der Fenster im Passagierdepartment erglühen. Es ist im Gegensatz zum *Graf Zeppelin* im Inneren des Luftschiffkörpers eingebaut. Beim *Grafen* hängt es im Anschluss an die Führergondel draußen unter der Hülle. Im *Hindenburg* ist so viel mehr Platz für die Fluggäste geschaffen worden, mit dem einzigen Nachteil, dass die meisten Schlafkabinen keine Aussicht mehr nach draußen haben.

Etwas nach vorn versetzt über den Fenstern prangt in deutscher Schrift der berühmte Name »Hindenburg«. Weiter hinten Richtung Heck auf gleicher Höhe die Buchstaben *D-LZ 129*. *D* steht für Deutschland und *LZ 129* ist die Baunummer des *Hindenburg* in der Zeppelin-Werft. Die Hilfsmannschaften unter dem Silberleib haben die herabgelassenen Seile schon ergriffen und erinnern so an die Liliputaner, die den Riesen Gulliver gefesselt haben.

Eine Blaskapelle beginnt, das unvermeidliche »Muss i denn zum Städtele hinaus …« zu schmettern.

Merten sieht nahe bei sich ein paar Soldaten, die in Hemdsärmeln herumstehen und rauchen. Sie haben anscheinend Pause und ihre Uniformjacken über einen Elektrowagen gelegt. Alle sehen in Richtung *Hindenburg*, so schleicht sich Merten vorsichtig heran, greift sich eine der Jacken und zieht sie über. In diesem Moment kommt aus dem Hangar ein Elektrowagen, hoch bepackt mit Holzkisten, und macht sich auf den Weg zur Zeppelin-Halle. Merten spurtet los und schwingt sich hinten auf den Anhänger. Als der Wagen an den ersten Zuschauern vorbeifährt, springt er ab und mischt sich unter die Schaulustigen und Familienmitglieder, die hier überall herumstehen, um die Passagiere des *Hindenburg* zu verabschieden. Schnell geht er auf die erste Haltemannschaft zu, richtet sich zur vollen Größe auf.

»Drei Mann zusätzlich an den Bug, drei ans Heck, je drei Mann mittschiffs backbord und steuerbord! Na los jetzt!«

Die Männer, darunter auch welche von der SA, laufen zu den

anderen, die bereits an den Tauen hängen und den riesigen Zeppelin auf Position halten. Merten läuft mit, als gehöre er dazu. Er sieht sich um und erkennt SD-Männer in den Reihen der Schaulustigen. Merten duckt sich, zieht den Kopf ein.

»Zwanzig Männer, ab zum Heck. Los, zack, zack!«

Die Gruppe um Merten dreht auf der Hacke um, und alle laufen zum Heck des Schiffes.

Pruss ruft durch seine Tüte: »Ankerkegel freimachen!«

Der Verankerungskegel an der Bugspitze des *Hindenburg* wird aus dem Verschluss am Ankermast ausgeklinkt, und der Zeppelin bekommt sofort Auftrieb. Die Haltemannschaften hängen sich in die Seile.

Merten ist hinter dem Landerad unter der Heckflosse in Deckung gegangen. Ein paar Meter über ihm spiegeln sich die letzten Sonnenstrahlen in einer Scheibe. Der Hilfssteuerstand! Das ist es, denkt er. Schnell zückt er sein Taschenmesser und schneidet die Befestigungsseile der Zeppelin-Verkleidung ein Stück weit auf. Gerade so viel, dass er sich hindurchschieben kann. Merten steigt auf die Radverkleidung, macht einen gewagten Sprung und hält sich am erstbesten Dreiecksträger im Inneren der Heckflosse fest. Ein stechender Schmerz schießt durch seinen verwundeten Arm, und für eine Sekunde sieht er wieder weiße Punkte. Doch die Verzweiflung gibt ihm Kraft, er zieht sich mit einem ungeheuren Klimmzug hoch und lässt sich auf den schmalen Steg fallen. Auf dem Bauch liegend, repariert er notdürftig die Verschnürung der Hülle so weit, dass die Außenhaut später nicht zu flattern beginnt. Einer der Zellenpfleger wird sich bei seinem Kontrollgang erstaunt fragen, wie der Schaden entstanden sein könnte, und alles wieder professionell verknüpfen. Merten bleibt noch ein paar Minuten still sitzen, horcht, aber momentan scheint sich hier an der untersten Spitze der Flosse keiner aufzuhalten. So schnell es sein verletzter Arm zulässt, steigt Merten hinein in den Hilfssteuerstand. Der ist hier hinten eingerichtet worden, um die Ruder zu bedienen, falls einmal irgendein Schaden an den Zugseilen auftritt und sie nicht mehr aus der Führergondel direkt bedient werden können. Ein ideales Versteck für den Moment. Merten setzt sich auf den Fußboden unter das Bordtelefon und schließt die Augen. Erst mal verschnaufen und dann überlegen, wie er aus dieser misslichen Lage wieder herauskommt.

8
Luftschiff hoch

»Luftschiff hoch!«, ertönt Kapitän Pruss' blecherne Stimme durch die Flüstertüte.

Die Haltemannschaften lassen die Taue los, und die Männer an der Reling unten an der Führergondel stoßen das Schiff in die Luft. In dem Labyrinth von Trägern, Querstreben und Spanndrähten im mächtigen Leib des *Hindenburg* seufzt es leise, und der größte Zeppelin aller Zeiten erhebt sich in die Lüfte. Seine 63. Fahrt beginnt. Es ist 20 Uhr 16.

Ein kollektives Raunen ist von den Passagieren zu hören. Erstaunt stellen sie fest, wie sich der Boden immer weiter von ihnen entfernt. Noch stehen die Motoren still, und so ist das Hinaufschweben eine fast transzendente Erfahrung. Die Stewards reichen Schaumwein und Orangensaft. Im Gesellschaftsraum stehen Wiltrud, Jennifer, Schmiedinger, die Kerners und Broca und andere an den geöffneten Fenstern und schauen auf die winkenden und rufenden Menschen herunter, die immer kleiner werden. Hilde Schmiedinger steht inmitten der Schaulustigen und winkt mit einem kleinen weißen Taschentuch zu ihrem Mann hinauf. Schmiedinger winkt zurück, wendet sich rotbackig den Kerners zu.

»Das ist meine Hilde! Meine treue Seele!«

»Ach, wie nett«, antwortet Mady Kerner freundlich.

Alfons Schmiedinger zieht seine Leica aus dem Lederetui hervor und knipst.

»Es ist, als zöge sich die Welt von uns zurück …«

Broca grinst ihn fröhlich an. »Wir sind eben von den Göttern bevorzugt. Sie lassen uns an ihrer Perspektive teilhaben. Wir sehen den Planeten so, wie sie ihn geschaffen haben.«

»Die Götter von heute heißen Heinckel, Junkers und Messerschmitt«, tönt Oberst Menzel von hinten. »Wie wir ja wohl in Spanien letzte Woche bewiesen haben, oder glauben Sie, die Legion Condor hätte mit Zeppelinen den gleichen Erfolg in Guernica gehabt?«

Die drei Fliegeroffiziere haben an einem der runden Tische Platz genommen. Ihnen scheint das Schauspiel, das alle anderen begeistert, völlig kalt zu lassen.

»Oh, die himmlischen Heerscharen habe ich mir irgendwie lieblicher vorgestellt«, antwortet Broca ironisch. Allgemeines Gelächter unter den Zuhörern. Broca freut sich über seinen gelungenen Witz.

Die Flieger stecken die Köpfe zusammen.

»Was ist das denn für 'n Witzbold?«, fragt der Leutnant leise.

»Oder noch was viel Schlimmeres«, antwortet der Major.

Chefsteward Kubis in strahlend weißer und perfekt gestärkter Uniform, auf dem Kopf das weiße Schiffchen, geht mit einem Tablett herum und gießt Schaumwein und Orangensaft nach.

Der Major winkt ab.

»Blubberwasser, nein danke. Drei Cognac, aber doppelt!«

Kubis bleibt trotz des Befehlstons professionell höflich. Ihn bringt so schnell nichts aus der Ruhe. Er ist seit dreiundzwanzig Jahren bei den Zeppelinen und hat davor eine Ausbildung im Hotel *Ritz* in Paris gemacht. Im *Graf Zeppelin* und im *Hindenburg* hat er eine Strecke wie dreimal zum Mond und zurück gefahren und Hunderte Gäste jeder Couleur bewirtet. Auch solche, die das kleine Zauberwort vergessen.

»Die Bar ist während des Starts und der Landung geschlossen. Aber sobald wir in Fahrt sind, kann ich Sie mit allem versorgen, was Sie wünschen. Kommen Sie doch nachher hinunter aufs B-Deck, dort befindet sich die Bar, und falls die Herren zu rauchen wünschen, dort ist auch der Rauchsalon.«

Kapitän Lehmann erscheint auf dem Promenadendeck.

»Guten Abend, meine Herren!«

Die Flieger mustern ihn abschätzig.

»Tach, Herr Luftschiffkommandant.«

Lehmann nickt ihnen höflich zu und übergeht die Provokation. Er gibt Kubis ein Zeichen, setzt sich an einen freien Tisch und betrachtet die Passagiere an den Panoramafenstern. Kubis bringt ihm ein großes Glas Orangensaft.

»Danke, Kubis.«

Das Schiff steigt lautlos auf achtzig Meter Höhe, dann ertönt in den Motorgondeln via Bordsprechanlage die Stimme von Pruss: »Motoren starten, voll voraus!«

Gleichzeitig zeigt der Maschinentelegraph den Befehl mechanisch an.

Die Maschinisten werfen die Diesel an und lösen die Bremse für die Propeller. Die vier Flügel hinter jeder Gondel beginnen sich zu drehen und ein leises Brummen, wie von dicken Hummeln, ist durch die geöffneten Fenster zu vernehmen. Wenige Sekunden später nimmt der *Hindenburg* Fahrt auf, Kurs Nordwest in den rot glühenden Abendhimmel.

Merten spürt die Bewegung des Luftschiffes und setzt sich auf. Erleichtert atmet er durch. Noch hat niemand bemerkt, dass er sich hier hereinmanövriert hat. Er zieht die Militärjacke und sein Jackett aus und rollt seinen Hemdsärmel hoch. Die Wunde an seinem Arm ist von getrocknetem Blut verklebt, aber nicht entzündet. Merten sieht sich in dem kleinen Ersatzführerstand um. Er stutzt. Auf der Ablage neben der Steuervorrichtung steht ein mobiles Funkgerät. Das gehört hier nicht her, denkt er. Eine kleine rote Lampe zeigt an, dass es eingeschaltet ist! Merten steht auf und geht hin. Er nimmt den Kopfhörer, legt sein Ohr an eine der Muscheln und horcht. Atmosphärisches Rauschen und undefinierbares Stimmengewirr sind zu hören. Aber nichts, was deutlich zu verstehen wäre. Plötzlich fällt ein Schatten auf den spiegelsauberen Tisch vor ihm. Merten dreht sich um, doch bevor er sehen kann, wer da hinter ihm steht, wird es schwarz um ihn.

Im letzten Licht des Tages überfährt der *Hindenburg* in zweihundert Metern Höhe Limburg und Wirges, schwenkt in das Rheintal ein und gleitet sanft den großen deutschen Strom entlang, über Siegburg nach Köln. Wie in eine Spielzeugstadt blickt man auf die Dächer der Altstadt und die beleuchtete Fassade des Doms. Die Kreuze auf den gotischen Turmspitzen sind zum Greifen nah. Über die Hohenzollernbrücke rollt gerade ein Zug mit beleuchteten Fenstern.

»Vor Kurzem marschierte da unsere Wehrmacht hinüber und beendete das Entmilitarisierungsdekret des Versailler Schandvertrags«, meint Schmiedinger zu den Luftwaffenoffizieren. »Das Rheinland ist wieder endgültig unser.«

Der *Hindenburg* dreht leicht über Backbord ein, steuert den größten deutschen Flughafen Butzweilerhof in Ossendorf an und geht langsam tiefer. Funkoffizier Eichelmann und zwei Männer von der Pikettwache öffnen eine der Bodenluken und werfen die Post ab. 234,5 Kilo insgesamt in mehreren festen Jutesäcken. Sofort steigt der Zeppelin wieder auf Fahrthöhe von zweihundertfünfzig Metern und gibt volle Kraft. Über Rheydt geht es weiter über das jetzt dunkle Land Richtung holländische Grenze und englischen Kanal. Die Kerner-Jungen spielen mit ihren Eltern ein Spiel und raten, was im Licht des Scheinwerfers als Nächstes auftaucht: ein Hof, ein See, Straßen, Wald, Kühe oder eine Schafherde. Die meisten anderen Passagiere reißen sich los und gehen, um ihre Kabinen zu besichtigen und die Koffer auszupacken.

Von dem Flur am Ende der Doppeltreppe führen zwei Gänge rechts und links von der Bronzebüste des Reichspräsidenten und Namenpatrons des Schiffes zu den Kabinen. Kleine runde Deckenlampen spenden auch hier wie überall im Passagierdepartment Licht. Die Nummer auf der Kabinentür ist gut zu erkennen.

Die Zählung beginnt an Backbord rechts mit eins und endet mit fünfundzwanzig und den Bettennummern neunundvierzig und fünfzig drüben an Steuerbord kurz vor dem Eingang zum Speisesaal. Unten auf dem B-Deck betritt man den Gang zu den Kabinen sechsundzwanzig bis sechsunddreißig direkt vom Treppenhaus an Steuerbord Richtung Heck. Die ehemals dort untergebrachten Mannschaftsquartiere wurden verlegt. Die letzte Kabine sechsunddreißig ist eine Doppelkabine. Man kann die Zwischenwand herausnehmen und sie mit der Nummer fünfunddreißig zu einer großen Suite machen. Die ist vor allem Eltern mit kleineren Kindern vorbehalten.

Alle fünfundzwanzig Kabinen auf dem A-Deck sind Innenkabinen, alle neuen auf dem B-Deck haben die im Boden eingelassenen Scheiben und sind deshalb natürlich sehr begehrt.

In jeder Kabine sind wie in einem Schlafwagencoupé zwei Betten übereinander. Es gibt sehr wenig Platz, und sie sind eher spartanisch eingerichtet. Ein Plastikwaschbecken mit fließend heißem und kaltem Wasser, das man hochklappen kann, genau wie den kleinen Schreibtisch an der kurzen Wand. Ein winziger Klapphocker mit Stoffsitz ist das einzige bewegliche Möbel. Seine Kleider kann man in eine schmale Nische mit Vorhang hängen oder neben der Tür an einen der vier Kleiderhaken. Der Koffer passt nur noch unters Bett.

In das obere Bett gelangt man via Aluleiter. Ein Netz verhindert, dass der Schläfer herausfällt. Durch zwei Schlitze in der Wand unter der Decke bläst die Klimaanlage frische Luft, im Winter auch warm aufgeheizt durch das heiße Kühlwasser der Motoren. An einem Seil kann das Deckenlicht eingeschaltet werden. Die Wände sind wie im gesamten Passagierdepartment rundherum mit der cremeweißen Zeppelin-Baumwolle mit eingewebtem gleichfarbigem Punktmuster bespannt. Über jedem Kopfende prangt ein Rauchverbotszeichen, und an der Tür gibt es drei Rufknöpfe. Einer ist mit einem Weinglas gekennzeichnet.

Die Stewards helfen den Passagieren beim Einräumen, führen

den Gebrauch der Klappwaschbecken vor und erklären, wo sich Toiletten und Duschen befinden. Der eine oder andere ältere Passagier bittet um ein Nachtgeschirr, nachdem er festgestellt hat, dass die Wege zu den Klos nicht gerade kurz sind. Stewardess Imhoff hält zusätzliche Decken und Kopfkissen bereit.

»Zu den Mahlzeiten ruft Sie ein Gong, und alle wichtigen Informationen sind an dem Nachrichtenbrett vor dem Gesellschaftsraum angezeigt. Dort wird auch die Ankunftszeit aktualisiert. Falls Sie gesundheitliche Schwierigkeiten haben, wenden Sie sich bitte an unseren Bordarzt Dr. Rüdiger.«

Alfons Schmiedinger hält die Stewardess zurück.

»Entschuldigen Sie bitte. Warum muss denn die Ankunftszeit aktualisiert werden? Landen wir denn nicht am sechsten, früh um sechs?«

»Wahrscheinlich nicht. Es ist schlechtes Wetter angesagt, und wir haben Gegenwind. Also ist auf jeden Fall mit ein paar Stunden Verspätung zu rechnen. Aber das ist um diese Jahreszeit nichts Ungewöhnliches.«

»Ach so. Vielen Dank.«

Schmiedinger sortiert seine Waschutensilien auf dem kleinen Brett unter dem Spiegel und zieht sich zum Abendessen um. Da ertönt auch schon der Gong durch die Lautsprecher draußen im Gang.

Gottfried und Mady Kerner stehen in Abendgarderobe vor der Kabinentür ihrer Tochter. Die Jungen tragen ihre Matrosenanzüge und haben jeder ein Spielzeugflugzeug in der Hand. Kerner klopft gegen den Alurahmen.

»Gisela?«

Keine Antwort.

»Gisela!!«

Gisela sitzt fertig angezogen auf ihrer Koje.

»Ich habe aber keinen Hunger!«

»Ist das ein Grund, sich einzusperren, Liebes? Komm jetzt.

Du willst doch sicher die anderen Passagiere kennenlernen, oder?«

Die Stimme ihrer Mutter klingt freundlich und auffordernd, wie wenn sie einem Kleinkind etwas schmackhaft machen wollte.

Widerwillig schnaufend, steht Gisela auf und öffnet die Tür.

»Was ist denn mit dir, mein Goldstück? Reisefieber?«

Gisela sieht ihre Eltern nacheinander durchdringend an.

»Papa, warum sind wir auf diesem Schiff?«

»Weil wir nach Amerika übersiedeln. Ganz einfach.«

Gisela schaut ihren Vater bestürzt an.

»Aber wieso? Ich dachte, wir machen eine Reise.«

Gottfried und Mady wechseln einen Blick. Mady räuspert sich.

»Ach, Kind, deine Haare. Gottfried, geh doch mit den Buben schon mal vor. Wir kommen gleich nach.«

»Also los, Jungens, hopp, hopp. Und wenn ihr euch nicht anständig aufführt, dann passiert was.«

Gottfried und die Jungen gehen den Gang in Richtung Speisesaal hinunter. Mady betritt die Kabine ihrer Tochter, zieht die Schiebetür zu, setzt sich auf das Fußende des Bettes und nimmt die Bürste, die dort liegt.

»Komm, ich mach dir die Haare.«

Gisela setzt sich neben sie, und Mady beginnt, ihr das Haar zu bürsten.

»Wir sind doch erst im Januar von Afrika nach Deutschland gezogen! Ich habe endlich Freundinnen gefunden! Ganz in der Nähe! Ohne erst einen halben Tag durch den Busch fahren zu müssen! Jahrelang habe ich immer nur gehört: Wenn wir erst wieder in Deutschland sind, dann wird alles besser. Und jetzt ist es schon wieder vorbei, und alles fängt von vorne an.«

»Papas neuer Posten in Ecuador ist hervorragend bezahlt, wir werden reich werden, Kind! Und wir werden nicht in der Pampa, sondern in einer richtigen Stadt wohnen, in einer großen deutschen Gemeinde! Das haben wir doch alles besprochen.«

»Und das ist der einzige Grund? Das Geld?«

Mady bürstet weiter und beginnt, die Zöpfe zu flechten.

»Du magst noch zu jung sein, um das zu verstehen, aber irgendwann wirst du deinen Eltern dafür dankbar sein.«

»Wofür?«

»Für die Gelegenheit, die Welt zu sehen! Erfahrungen zu machen, die dir der Bund Deutscher Mädel und ein Klinkerreihenhaus in Lüneburg nur schwerlich vermitteln können! So. Komm jetzt. Das Dinner wartet.«

Mady steht auf, aber Gisela bleibt sitzen und starrt auf ihre Hände.

»Was ist denn noch?«, fragt Mady ungeduldig.

»Ich komme gleich nach.«

Mady bleibt unschlüssig stehen, doch Gisela wirft ihr einen trotzigen Blick zu. Also verlässt Mady die Kabine. Kaum hat sich die Schiebetür geschlossen, steht Gisela auf, geht zum Spiegel. Sie betrachtet sich kurz, fummelt einen Lippenstift aus ihrem Kulturtäschchen und malt sich die Lippen rot. Sie wirft ihre Zöpfe nach hinten und posiert, spielt Dame und macht einen Kussmund. Dann grinst sie sich an und wischt das Lippenrot mit einem Handtuch wieder ab. Die kleine Pantomime scheint ihre Laune gebessert zu haben. Sie greift nach ihrer Handtasche und verlässt summend ihre Kabine.

Der Speisesaal befindet sich auf dem A-Deck an der Backbordseite des *Hindenburg*. Zunächst betritt man die fünfzehn Meter lange Promenade mit den Panoramafenstern aus unzerbrechlichem Plexiglas, die fünfundvierzig Grad nach außen geneigt sind und von denen sich jedes zweite öffnen lässt. In regelmäßigen Abständen stehen Bänke wie die in Zugabteilen, auf denen man sich ausruhen kann. Von der Promenade gelangt man durch eine offene Balustrade in den Essbereich. Der ganze Saal ist in Rot und Cremefarben gehalten und mit Aluminiummöbeln im Bauhausstil eingerichtet. Stühle und Bänke sind mit rotem Leder bezogen. Auch der Teppich hat ein rot- und cremefarbenes Muster. Die Wände bestehen aus hauchdünner Zeppelin-Baumwolle, in die wieder das

Punktmuster eingewebt ist. Professor Arpke, der berühmte Graphikkünstler, hat die Reise des *Graf Zeppelin* von Friedrichshafen nach Rio aufgemalt, mit den Kontinenten Europa und Amerika, winzigen Inseln, Möwen, Fischern in ihren Booten, Haien und Überseedampfern. Durch eine Tür in der Mitte der Wand gelangt man in eine kleine Anrichte mit Geschirrschränken, Schubladen voller Besteck und einer Theke mit einem kleinen Waschbecken. Dorthin wird das Essen aus der darunterliegenden Küche via Aufzug hinaufgeschickt. Der Steward kann aber auch schnell über eine schmale Aluminiumleiter in die Küche hinuntersteigen.

Nachdem das Geschirr abgeräumt ist, wird der Speisesaal zu einer Art Aussichtsplattform umfunktioniert. Hier können die Gäste tagsüber sitzen, einen Kaffee trinken und sich unterhalten oder vorn an den Fenstern flanieren, auf den Bänken sitzen und hinaus- beziehungsweise hinunterschauen. An der linken Ecke der langen Fensterbank ist eine Karte befestigt, auf der man die gerade überflogenen Orte der Reiseroute finden kann.

Jetzt sind die Tische zum Abendessen mit weißen Tischdecken und dem eigens für den *Hindenburg* hergestellten Porzellan gedeckt: cremefarben mit preußischblauem Band und goldenem Rand. Die Wein- und Wassergläser haben keinen Stiel, damit sie, falls der *Hindenburg* schwanken sollte, nicht umkippen. Das polierte Silberbesteck trägt wie das Geschirr das Zeppelin-Wappen und glänzt. Auf jedem Tisch steht eine Vase mit frischen Blumen. Kubis und zwei Stewards haben sich am Eingang aufgestellt und weisen den Gästen ihre Plätze an den runden Vierertischen zu. Erstaunt heben die die Stühle hoch.

»Leicht wie eine Feder.«

»Sind ja aus Aluminium, von Professor Breuhaus entworfen. Der hat schon die erste Klasse der *Bremen* und anderer Luxusschiffe ausgestattet und das Flugzeug vom Reichsluftfahrtminister übrigens auch«, weiß John Pannes, der Leiter der Passageabteilung der Hamburg-Amerika-Linie, der zusammen mit seiner Frau Emma aus den Heimatferien zurück nach New York reist.

9
Spannungsreiches Abendessen

Merten schlägt die Augen auf. Er braucht ein paar Sekunden, bis er weiß, wo er ist. In seinem Kopf hämmert es wie irre. Er versucht aufzustehen. Doch er kann nicht. Seine Hände und Füße sind auf dem Rücken gefesselt ... und im Mund schmeckt er ein ekliges durchnässtes Etwas, das man ihm als Knebel tief in den Rachen gestopft hat. Er bekommt kaum Luft. Mit der Zunge versucht er, das Etwas hinauszuschieben. Es will ihm nicht gelingen. Er muss durch die Nase atmen.

Merten versucht, die aufsteigende Panik durch langsames konzentriertes Ein- und Ausatmen zu bekämpfen. Es ist fast dunkel. Die Steuerungsanlage für Notfälle, die Instrumente und Hebel sind gerade noch zu erahnen. Gedämpft hört er das Brummen der hinteren Motoren. Merten windet sich und zerrt an seinen Fesseln. Plötzlich fällt ihm sein Taschenmesser ein. Er spürt es in der linken Hosentasche. Doch wie soll er es mit den gefesselten Händen herausbekommen? Er erinnert sich an früher, als ihm beim Kopfstand immer alles Mögliche aus den Hosentaschen fiel. Auf dem Rücken liegend, schiebt er sich zur fest eingebauten Tischplatte unter den Instrumenten, und mit einiger Mühe gelingt es ihm, zuerst seine Füße, die Beine und dann den Hintern hochzuschieben. Er wippt vor und zurück, wobei er immer wieder den Bauch einzieht. Langsam, ganz langsam spürt er, wie das Messer nach unten rutscht. Und dann plumpst es endlich auf den Boden neben ihm. Schnell bugsiert Merten sich in Positur, greift von hinten das Messer, klappt es auf und beginnt, an den Fesseln zu sägen. Es dauert nicht lange, und er hat das Seil durchgeschnitten, und seine Hände sind frei. Schnell sind auch die

Fußfesseln durchtrennt, und Merten steht auf. Am Hinterkopf ertastet er eine Beule, dick wie ein Hühnerei. Kein Wunder, dass sein Schädel so schmerzt. Im Dunkeln sucht er nach dem Lichtschalter. Als das Licht angeht, sieht er das Funkgerät. Es steht immer noch da. Aber jetzt ist es ausgeschaltet. Kein Laut dringt aus den Kopfhörern. Plötzlich knackt es unter seinen Schuhen. Merten bückt sich und hebt eine Pistazienschale auf. Noch mehr davon liegen herum. In der untersten Schublade sucht und findet er vorschriftsmäßig den Erste-Hilfe-Kasten. Mit Watte und Alkohol säubert er seine Armwunde und verbindet sie so gut es geht mit Mull und Heftpflaster. Nachdenklich betrachtet er das Loch im blutigen Hemdsärmel. Warum um Himmels willen ist Müller auf ihn losgegangen, statt im Schiff die Bombe zu suchen? Und was hatte der SD-Mann mit der Sache zu tun?

Merten zieht seine Jacke wieder an und betrachtet zweifelnd sein Spiegelbild in der Fensterscheibe. Dann geht er zur Tür, knipst das Licht aus und schiebt sie auf. Vorsichtig steckt er den Kopf hinaus und horcht. Nichts Verdächtiges ist zu vernehmen, nur die normalen Geräusche des *Hindenburg* in voller Fahrt. Motoren und das leise Rauschen des Windes, der über die Außenhaut streicht.

Er klettert die Aluminiumleiter hinauf bis zum schmalen Achsialsteg, der nur dreißig Zentimeter breit ist und von hier im Heck fast einen Viertelkilometer lang bis nach vorn zur Nase des Luftschiffes führt wie ein Rückgrat, mitten durch die sechzehn Gaszellen, die prall und fest verzurrt und von Drahtseilen gesichert in ihren bläulichen Duraluminverstrebungen hängen. An den Aufstiegen zu den Ventilen sind die Notleuchten eingeschaltet und werfen einen Lichtkegel, sodass der Steg in regelmäßigen Abständen beleuchtet ist. Dazwischen herrscht Schummerlicht. Gerade genug, dass man seinen Weg auf dem Steg findet.

Hier, in diesem Megakonstrukt aus Ringen, Streben, Seilen,

Netzen und Baumwollbahnen soll er, muss er die Bombe finden. Aber wie sieht sie aus? Wie groß oder klein ist sie? Viel braucht es nicht, um eine Katastrophe auszulösen. Ein paar Stangen Dynamit würden genügen. Aber jemand muss sie zünden ... oder ... ein Zeitschalter ...

Merten spürt einen kalten Schauer. Er muss zu Pruss, zur Führergondel. Sofort! Schnellen Schrittes macht er sich auf den Weg zum Bug.

Wiltrud hat an ihrem Tisch im Speisesaal Platz genommen und beobachtet Jennifer, die an der Balustrade lehnt und aus dem offenen Fenster hinausschaut.

Alfons Schmiedinger bleibt vor dem Tisch stehen und verbeugt sich.

»Ich habe das Vergnügen, mit Ihnen und Ihrem Fräulein Tochter diesen Tisch teilen zu dürfen! Darf ich mich vorstellen? Alfons Schmiedinger.«

»Das ist ja reizend«, sagt Wiltrud van Zandt und schaut an Schmiedinger hoch.

»Ja, nicht«, antwortet der fröhlich und setzt sich, ohne zu bemerken, dass sie ihn mit erhobener Augenbraue taxiert.

»Das Dinner wird gleich serviert, Jennifer.«

Langsam kommt Jennifer an den Tisch und nimmt Platz. Sie sieht nicht besonders erfreut aus.

»Willst du die ganze Fahrt lang Trübsal blasen? Wir haben hier eine Rolle zu spielen, Schatz. Das gilt auch für dich. Edward würde es nicht anders machen.«

Jennifer schweigt.

»Ich hab dir schon mal gesagt, schlag dir deinen flotten Rechenschieber aus dem Köpfchen.«

»Auf keinen Fall, Mutter. Ich bin mit ihm verlobt!«

Wiltrud will etwas sagen, doch dann schweigt sie lieber.

Alfons Schmiedinger versucht, sichtbar die angespannte Atmosphäre zwischen Tochter und Mutter aufzulockern.

»Habe ich das vorhin richtig verstanden, Frau van Zandt? Sie kennen den Herrn Luftfahrtminister persönlich?«

Wiltrud hat keine Lust auf Konversation. Sie antwortet mit einem knappen und nicht sehr freundlichen Ja.

»Donnerwetter. Und wie ist er so? Als Privatmann?«

Wiltrud räuspert sich, aber Jennifer kommt ihr zuvor und meint trocken:

»Dick.«

Schmiedinger schaut sie einen Augenblick verblüfft an, dann bricht er in schallendes Gelächter aus.

»Göring! Dick! Das ist gut! Das ist gut!«

Wiltrud wechselt einen tadelnden Blick mit Jennifer. Die tut, als sei nichts geschehen. In diesem Moment erscheint der Steward und reicht die Platte Roastbeef mit grüner Sauce und Petersilienkartoffeln, die auf der Speisekarte stand.

Rolf und Dieter laufen mit Spielzeugstukas in den Händen hinter dem Tisch vorbei und spielen Sturzflug mit allen dazugehörigen Motorengeräuschen. Das Ehepaar Kerner spricht leise und konzentriert miteinander.

»Verdammte Blagen. Wozu gibt es eigentlich die Stewardess, wenn die Eltern schon nicht aufpassen. Nicht mal in Ruhe essen kann man …«

Verärgert schneidet Wiltrud ihr Stück Braten in zwei Hälften.

»Wie ist dein Fleisch?«

»Für meinen Geschmack zu dick und zu blutig.«

Am Nebentisch sitzen die Luftwaffenoffiziere und greifen tüchtig zu. Zum Essen haben sie eine Flasche Mosel geordert, die schon fast leer ist. Sie unterhalten sich über die problematische Wirtschaftslage in den USA und den sogenannten *New Deal*, den Präsident Roosevelt vor Kurzem als Gegenmaßnahme beschlossen hat.

»Die massiven staatlichen Investitionen gepaart mit der Einführung eines Sozialversicherungssystems, progressiver Besteuerung und massiver Arbeitszeitverkürzung werden die Binnenkonjunktur ankurbeln und die Massenarbeitslosigkeit lindern, das ist mal sicher«, meint Leutnant Bödeker.

»Das hat er von unserem Führer abgekupfert. Der hatte diese Ideen zuerst.«

Oberst Menzel dreht sich zu Wiltrud um und fragt:

»Meinen Sie nicht auch, Frau van Zandt?«

»Ich bestreite überhaupt nicht, dass der *New Deal* und der Nationalsozialismus viel gemeinsam haben! Hitler geht es um die kleinen Leute, und Roosevelt auch!«

Wiltrud schwenkt ihr Glas und bringt den goldgelben Wein zum Kreisen.

»Exakt Ihrer Meinung, gnädige Frau!«, meint der Oberst.

»Sowohl Hitler als auch Roosevelt wissen, dass die kleinen Leute das Rückgrat der Nation bilden. Und die brauchen Arbeit und Brot. Beide haben die Wirtschaft im Auge, und beide haben Erfolg!«

Jennifer stochert abwesend in ihrem Essen. Wiltruds politische Reden haben eine einschläfernde Wirkung auf sie. Sie kennt jede Argumentation ihrer Mutter auswendig. Schmiedinger scheint auch wenig interessiert. Er studiert die Getränkekarte.

Broca, am übernächsten Tisch, sitzt zusammen mit dem Bonner Photographen Karl Otto Clemens und den Geschäftsleuten Georg Hirschfeld aus Bremen und Erich Knöcher aus Zeulenroda. Sie sprechen über das Reisen im Zeppelin im Allgemeinen und über den *Hindenburg* und die Attentatsgerüchte.

»Ach, kommen Sie, jeder hier hat Angst vor einem Attentat. Und trotzdem sind wir hier! Die Welt teilt sich in zwei Kategorien: die Ängstlichen und diejenigen, die den Nervenkitzel genießen.« Er breitet die Arme aus.

»Mir scheint, das Schiff ist voll von Menschen der zweiten Kategorie.«

Gottfried Kerner hat mitgehört und beugt sich von seinem Tisch herüber, an dem er mit seiner Familie sitzt.

»Das klingt verdächtig nach Pfeifen im Keller, mein Bester!«

»Oh, ich bin durchaus ein Freund des kalkulierten Risikos. Es ist sozusagen mein Beruf.«

Schmiedinger bestellt beim Steward einen Gewürztraminer und wendet sich an Broca.

»Was ist denn Ihr Beruf?«

»Gute Unterhaltung. Eins meiner Talente ist der Seiltanz. Ich habe in Berlin schon den Potsdamer Platz auf dem Hochseil überquert – und das keineswegs aus Todessehnsucht.«

»Donnerwetter! Sie waren das!«

Broca sieht sich um. Die Kerner-Jungen starren ihn mit offenem Mund an und Gisela mustert ihn verstohlen. Broca deutet mit der Rechten eine altmodische Verbeugung à la Musketier an und grinst.

Gottfried Kerner fragt höflich: »Und was verschlägt Sie nach Amerika?«

»Der Broadway. Wenn Sie möchten, lasse ich Ihnen und Ihrer Familie Freikarten zukommen für den Zehnten, da habe ich Premiere.«

»Das ist sehr freundlich, aber leider sind wir da wahrscheinlich gerade mitten auf dem Panamakanal.«

Seine Söhne sagen unisono: »Oooch, schade.«

Broca zwinkert Gisela zu. Sie wird rot, blickt schnell auf ihren Teller und versucht, Erbsen auf ihre Gabel zu schieben.

Menzel hebt das Glas.

»Und so wollen wir unsere Gläser erheben auf den Führer!«

Alle sehen ihn erwartungsvoll an, als folgte noch eine Erläuterung, doch es kommt nichts mehr. Schmiedinger räuspert sich:

»Auf den Führer!«

Die Flieger springen auf.

»Heil Hitler!«

Wiltrud erhebt sich ebenfalls.

»Heil Hitler!«

Broca bleibt sitzen.

»Auf den Führer – und darauf, wohin das alles noch führt!«

Er trinkt seinen Wein in einem Zug aus. Menzel macht einen drohenden Schritt auf seinen Tisch zu.

»Höre ich da etwa eine leise Ironie?«

»Wenn Sie was Lautes hören, wäre es keine Ironie mehr, nicht wahr?«

Direktor und Kapitän Ernst Lehmann sitzt mit dem Schriftstellerehepaar Leonhard und Gertrud Adelt an einem Tisch. Leonhard, Herausgeber von Lehmanns Autobiographie *Auf Luftpatrouille*, ist mit seiner mondänen Ehefrau, emanzipiert, promoviert und Berliner Journalistin, auf dem Weg nach New York, um mit einem amerikanischen Verlag über den Druck der englischen Ausgabe zu verhandeln. Lehmann hat mit einem Ohr der lauten Unterhaltung an den anderen Tischen gelauscht und versucht, die Situation zu retten. Er steht auf, bedenkt Broca mit einem tadelnden Blick und sagt so laut, dass alle Anwesenden es hören:

»Auf den Führer und die deutsch-amerikanische Achse, auf der wir noch zweieinhalb ruhige, beschauliche Tage entlangfahren wollen.«

Menzel lässt seinen Blick aufmerksam über die Gäste im Speisesaal schweifen. Alle erheben das Glas, sogar die Skandinavier und die amerikanischen Geschäftsleute. Mady Kerner jedoch mit erkennbarer Zurückhaltung, was Menzel genauestens registriert.

Broca hebt sein leeres Glas und bleibt sitzen.

»Und auf die Hoffnung, dass uns dieses Monster nicht plötzlich um die Ohren fliegt!«

Erschrocken sehen ihn alle an. Der Oberst geht einen drohenden Schritt auf ihn zu.

»Was meinen Sie denn damit, Herr Broca?«

Broca lacht ungezwungen und schenkt sich Wein nach.

»Den Zeppelin meine ich natürlich.«

»Der Zeppelin, mein Herr, ist sicher. Das vertrauenswürdigste Flugobjekt überhaupt.«

Lehmann ist aufs Höchste verärgert. Was fällt diesem Varietékünstler eigentlich ein, hier derartigen Unfrieden zu stiften. Broca scheint davon nichts zu merken.

»Oh, mit Sicherheit ebenso vertrauenswürdig wie seine Insassen!«

Menzel geht mit hochrotem Kopf auf Broca zu.

»Was fällt Ihnen eigentlich ein, Sie ...«

Plötzlich ist ein dumpfer Schlag zu hören. Alle drehen sich erschrocken um und blicken zu den Panoramascheiben. Auf einem Fenster ist ein nasser, schmieriger Fleck zu erkennen. Ein erneuter Schlag an einem anderen. Der dicke weiße Körper einer Möwe ist gerade noch zu sehen, bevor sie wieder verschwunden ist.

»Möwen. Es sind nur Möwen«, ruft Lehmann beruhigend.

»Die Scheiben sind aus Plexiglas, keine Angst, die können nicht zerspringen.«

Erleichtertes Gelächter ist zu vernehmen, und einige Sekunden später haben sich alle wieder ihren Tellern zugewandt.

Broca kann es nicht lassen und behält das letzte Wort.

»Dabei brächten Scherben Glück!«

Die Stewards servieren das Dessert: Schokoladencreme mit Vanillesahne und für die Kinder Erdbeereis.

Die ersten Gäste haben ihr Abendessen beendet und erheben sich.

»Im Gesellschaftsraum drüben auf der Steuerbordseite gibt es Kaffee und Cognac oder auch Tee für die, die sonst nicht schlafen können«, erklärt Kubis.

Einige bleiben auf dem Weg am Nachrichtenbrett stehen, das im Gang vor der Eingangstür hängt. Auf einem Blatt sind die Essenszeiten aufgeführt. Frühstück von acht bis zehn. Mittagessen um zwölf Uhr, Tee um sechzehn und Abendessen ab neunzehn Uhr. Zur Erinnerung wird, wie auf einem Seedampfer, ein Gong ertönen. Die Bar steht da, wird um drei Uhr und eine halbe Stunde vor der Landung geschlossen.

Der Kapitän bittet darum, nichts aus den Fenstern zu werfen, da das die Propeller beschädigen könnte, und noch einmal wird dringlich darauf hingewiesen, dass außer in der Bar nirgendwo geraucht werden darf. Auf der Landkarte nebenan steckt die Nadel mit dem kleinen Papierzeppelin irgendwo im Meer links von Schottland.

Der Gesellschaftsraum ist spiegelverkehrt zum Speisesaal angeordnet. Die Fensterfront mit den Bänken auf dem Wandelgang liegt hier rechts von dem Bereich mit den Tischen und Stühlen. Hier gibt es braune Polster, die Wandbespannung ist weiß. Der rotorangene Teppich ist mit kleinen blauen Würfeln verziert. Auch in diesem Raum gibt es Stoffmalereien von Professor Arpke. Diesmal alle großen Entdecker, die über die Weltkugel verteilt sind. Da segeln Columbus und Vasco da Gama, Magellan und Cook in ihren Schiffen über die Meere. Die *Bremen* und *Europa* befahren die Nordatlantikroute und der *LZ 126 Los Angeles* fährt auf der Nordroute, während *Graf Zeppelin* sich auf der Südroute nach Rio befindet. Unter der *Santa Maria*, dem Schiff von Columbus, steht das Datum »1492«. Kleine Indianer warten am Strand, und auf Plattdeutsch steht darunter: »Denn helpt dat nix, denn sin wi entdeckt.«

Zwischen dem Wandelgang und dem Sitzbereich lässt sich ein Vorhang ziehen, um nachts im Dunkeln die Sterne zu beobachten, ohne dass sich das Licht in den Scheiben spiegelt. Doch weil heute Abend keine Sterne sichtbar sind, ist der Vorhang zurückgezogen, und die dunklen Rechtecke der Scheiben spiegeln die Menschen an ihren Tischen, die sich angeregt unterhalten.

Im hinteren Bereich der Lounge, wie die amerikanischen Reisenden den Salon nennen, hinter der Wand mit dem Porträt des Führers, ist ein Schreibzimmer abgeteilt mit drei kleinen runden Tischen und je vier Sesseln. An der Wand zwei weitere Schreibtischchen und ein Aluminiumregal mit der Bordbibliothek: Sprachführer, Reisebücher, Novellen von Gottfried Keller und *Mein Kampf* auf Deutsch und Englisch. Die Wände sind hier grau bespannt, und elf Bilder von Professor Arpke zeigen die Entwicklung der Post vom chinesischen Meldeläufer über die Schlittenhundepost in der Arktis, den Postreiter vor einer mittelalterlichen Burg bis zum Zeppelin. Herr über Briefpapier und Bücher ist der Chefsteward. Bei ihm kann man auch die Briefmarken kaufen. Mit einer pneumatischen Rohrpost kann der Brief oder die Karte direkt zum Postraum über der Führergondel geschickt werden, wo sie dann mit dem speziellen *Hindenburg*-Stempel versehen werden.

10
Volltreffer

Merten Kröger hat es fast geschafft. Geschickt ist er den diensthabenden Zellenpflegern ausgewichen, die überall zwischen den oberen Gaszellen herumsteigen und Ventile, Stoffbahnen, Verstrebungen und Seile kontrollieren. Ihre Taschenlampen sieht er wie Glühwürmchen auf und ab und bis hinauf zum Rücken des *Hindenburg* aufsteigen. Hören kann er die Männer nicht. Nicht nur, weil der Fahrtwind über die Außenhülle rauscht, sondern auch, weil alle von der Mannschaft Gummisohlen oder Stoffschuhe tragen, damit keine genagelten Sohlen irgendwo Funken schlagen können. So bewegen sie sich lautlos wie Indianer. Aber wegen der Lampen am Achsialsteg kann Merten ihre Schatten kommen sehen und sich schnell verstecken. Der Steg ist mit einer nach oben in etwa zwei Metern Höhe zusammenlaufenden Stoffhülle bedeckt, die aussieht wie ein dreieckiger Schlauch. In regelmäßigen Abständen sind Lücken gelassen worden, um Zutritt zu den Ringen zu gewähren. Dahin duckt sich Merten außer Sicht und kann einen Zellenpfleger sogar an sich vorbeigehen lassen, ohne entdeckt zu werden. Den Achsialsteg hat er fast bis zur Gaszelle Nummer zwölf hinter sich gebracht. Von dort peilt er die Steigleiter an, die zwischen Passagierräumen und Führergondel hinunter zum Kielsteg führt. Er hat die Leiter fast erreicht, als jemand heraufkommt. Mertens Herzschlag setzt aus.

Er dreht sich um, will zurück, doch auch hinter ihm sieht er auf dem Steg einen langen Schatten auf sich zukommen. Mit zwei schnellen Sätzen duckt sich Merten in die nächstgelegene Schlauchlücke, hockt sich hin und schiebt sich mit den Füßen voran zwischen den Dreieckstreben hindurch unter den Steg. Er bewegt sich vorsichtig, damit er nicht in die unter ihm stramm ausgedehnte Gaszelle tritt. Wie ein Faultier an seinem Ast hängt er an dem Träger, der die Stegbleche hält. Genau über ihm treffen die beiden Männer aufeinander. Merten hört ihre Stimmen laut und deutlich.

»Herr Kapitän!«, grüßt der Mann.

»Schlapp, was machen Sie hier?«

»Auf Kontrollgang, Herr Kapitän.«

»Haben Sie nicht Pikettwache?«

»Ja, aber ich mache trotzdem mal einen Rundgang. Kann ja nicht schaden bei dem Gewitter.«

»Na dann Augen auf, Schlapp.«

»Jawohl, Herr Kapitän.«

Merten spürt an der Vibration, dass die beiden sich entfernen. Er atmet erleichtert auf und bleibt zur Sicherheit noch ein paar Sekunden in seiner Position hängen. Dann schiebt er sich wieder nach oben und steht nach einem prüfenden Blick wieder auf dem Steg. Kurz überlegt er, was er jetzt tun soll, und entscheidet, dass er nicht die Steigleiter nehmen, sondern noch weiter nach vorn gehen und dann zwischen den Ringen dreizehn und vierzehn so hinuntersteigen wird, dass er direkt über der Führergondel beim Postraum herauskommt. Merten kennt als Ingenieur und Mitkonstrukteur jede Niete und jede Nische in der Konstruktion und natürlich auch jede nur erdenkliche Möglichkeit, sich im Luftschiff vertikal und horizontal zu bewegen. Vorsichtig, nach allen Seiten spähend, geht er weiter.

In der Führergondel fünfundzwanzig Meter unter Merten betritt Kapitän Pruss gerade den Führerstand. Bis auf die Beleuchtung der Armaturen liegt die Gondel in Dunkelheit. Bauer steht am Seitenruder. Kapitän Lehmann hat den Höhensteuermann zum Kaffeeholen geschickt und löst ihn bis zu seiner Rückkehr ab.

»Kapitän auf der Brücke«, sagt Lehmann laut.

Erstaunt schaut Pruss zu seinem Rudergänger.

»Na, so ganz ohne geht's eben doch nicht, was, Herr Direktor?«

Lehmann lacht über die Stichelei.

»Stimmt. Das vermiss ich als Bürohengst, keine Frage.«

»Kann ich mir vorstellen! Westküste Irlands schon passiert, Bauer?«

»Vor einer guten Stunde, Herr Kapitän.«

Pruss tritt an die vordere Scheibe und schaut hinaus in die Dunkelheit. Unter ihm versuchen die mächtigen Scheinwerfer, die dunstige Suppe zur Meeresoberfläche zu durchdringen. Dunkle Wolkenberge liegen vor ihnen, immer wieder blitzt es auf, und Licht fährt im typischen Zickzack zum Meer hinunter.

»Da haben wir unsere Schlechtwetterfront. Um die Kursänderung werden wir kaum herumkommen.«

»Papperlapapp, da fahren wir fein durch!« Lehmann scheint bester Laune.

»Da haben wir schon ganz andere Sachen gemeistert. Wir sind jetzt schon drei Stunden hinter dem Soll! Pünktlichkeit, meine Herren, Pünktlichkeit! Das ist es, was unsere Passagiere erwarten.«

»Wir sollten nach Norden ausweichen. Gegen diese Kette von Tiefausläufern da vorn stoßen wir, ob wir wollen oder nicht. Ich erwarte die dünnste Stelle an der Südspitze von Grönland. Da hätten wir dann Rückenwind, so hundertfünfzig über Grund. Wenn wir den erwischen, holen wir unsere Verspätung wieder ein.«

Einige Sekunden herrscht Stille. Lehmann ist zwar offiziell nicht der Kapitän, aber ohne die Zustimmung des erfahrenen Luftschiffkapitäns und Direktors der DZR will Pruss nicht handeln. Auf dieser Reise, das ist unausgesprochen allen klar, hat Lehmann die Befehlsgewalt. Wenn er anwesend ist, sowieso.

»Dann machen wir das so!«

Pruss gibt laut seine Befehle:

»Kursänderung auf Nordnordwest.«

»Nordnordwest. Zu Befehl«, wiederholt Bauer und greift nach dem Mikrophon, um den Befehl an alle im Schiff, die es angeht, und an die Motorgondeln weiterzugeben.

»Gondel an Mannschaft: Kursänderung Nordnordwest, volle Kraft!«

Merten spürt den Richtungswechsel, bevor er das leise Ächzen in den Duraluminstreben hört.

Auf der Backbordseite an der Fensterfront steht Broca mit einem Cognac in der Hand und schaut in das Dunkel hinaus. Mit seinem sensiblen Gleichgewichtsgefühl als Artist spürt auch er, ohne es sehen zu können, wie der *Hindenburg* abdreht. Die anderen scheinen das Manöver gar nicht wahrzunehmen. Da biegt Gisela vom Speisesaal kommend um die Ecke. Sie sieht Broca direkt an, wirft sich in ihre vor dem Spiegel geübte Pose und stolziert auf ihn zu, ganz große Dame. Broca lacht sie fröhlich an und stellt sich ihr in den Weg.

»Möchten Sie vielleicht ein Glas mit mir trinken, verehrtes Fräulein?«

Er winkt dem Steward und zeigt dabei auf sein Glas. Der eilt herbei und bietet Gisela einen Cognac vom Tablett an. Gisela ist ein bisschen irritiert, und heiße Röte steigt ihr in die Wangen. Unsicher sieht sie sich um, aber ihre Familie schaut nicht her, und so nimmt sie das Glas.

»Trinken wir«, sagt Broca und schaut ihr tief in die Augen. »... auf alles Schöne, was diese Überfahrt zu bieten hat. Also dann: auf die Schönheit.«

Er stößt mit Gisela an und kippt seinen Drink in einem Zug hinunter. Gisela nippt vorsichtig an ihrem Cognac und verzieht ein bisschen das Gesicht ob des ungewohnt scharfen Geschmacks. Verlegen schaut sie auf die dunkle Scheibe und sieht sich selbst und Broca im Spiegelbild.

»Ist das nicht faszinierend? Wir bewegen uns in einer Geschwindigkeit fort, wie es der menschlichen Wahrnehmung entspricht. Wir verpassen nichts. Und wir langweilen uns auch nicht. Oder doch?«

»Geht so.«

»Was erhoffen Sie sich denn von Amerika?«

»Wieso denkt bloß jeder, wir würden auswandern?«, fragt Gisela in schnippischem Ton.

Broca bleibt freundlich.

»Nun, wer freiwillig auf Reisen ist, wirkt in der Regel etwas entspannter. Was die Eltern betrifft wie die Kinder.«

»Ich bin kein Kind mehr!«

Jetzt ist Gisela empört.

»Das ist kaum zu übersehen.«

Und nach einer Pause setzt er mit weicher Stimme hinzu: »Ich hoffe, Gisela, Sie finden da drüben so etwas Ähnliches wie … Heimat. Und die Liebe Ihres Lebens natürlich.«

Gisela sieht ihn verblüfft an. Dann trinkt sie ihren Cognac in einem Zug aus, schüttelt sich, stellt das Glas auf die Brüstung und verschwindet mit einem »Entschuldigen Sie mich« im Verbindungsgang. Broca sieht ihr lächelnd nach.

»Volltreffer« sagt er leise zu sich.

Gisela geht zurück zu ihren Eltern und setzt sich vor ihren inzwischen servierten Nachtisch. Enttäuscht gucken sich die Jungens an, sie hatten gehofft, sich das Eis ihrer Schwester zu teilen, falls sie nicht wiederkäme. Gottfried Kerner unterbricht seine Unterhaltung mit Alfons Schmiedinger am Nebentisch und schaut sie kurz an, bevor er weiterredet.

»Ja. Bodenschätze … in erster Linie Zinn. Und Wolfram.«

»In Namibia! War das nicht einsam?«

Gottfried Kerner lacht. »Das kann man wohl sagen, in der Tat! Aber die Natur, einfach überwältigend. Und insofern doch alles andere als gottverlassen.«

»Und jetzt wieder in die Fremde! Haben Sie denn gar kein Heimweh?«

»Es ist doch nur für ein paar Jahre. In welcher Branche sind Sie noch gleich tätig?«

»Ich? Ich bin angestellt bei der I.G. Farben. In der Buchhaltung.«

Verblüfft schaut Kerner ihn an, denkt an das ungeheure Geld, das ihn die Passage seiner Familie kostet. Neugierig fragt er:

»Und was führt Sie in die Neue Welt?«

»Ach! Nichts Bestimmtes!«

Als er von seinem Dessertteller aufsieht, bemerkt er die ungläubigen Blicke von Wiltrud, Jennifer und den Kerners.

»Fünf Jahre habe ich gespart. Siebenhundertfünfzig Reichsmark. Für die Passage mit Rückfahrkarte tausendfünfhundert. Wissen Sie, man bekommt Prozente, wenn man die Rückfahrkarte gleich mitkauft.«

Er lacht glücklich.

»Und meine Hilde! Meine Güte! Wie es sie reute, das ganze Geld. Aber ein Mann muss zu seinen Träumen stehen. Und das hier ...«

Er sieht sich um und macht eine Bewegung mit dem Dessertlöffel durch die Luft.

»... das hier ist mein Traum. Von dem werde ich noch meinen Enkeln erzählen.«

Wiltrud sagt, während sie Jennifer ansieht:

»Manche Träume sollten Träume bleiben. Die Realität hält doch selten der Vorstellung stand.«

Aber Schmiedinger lässt sich seine Laune nicht verderben.

»Oh nein, Frau van Zandt! Nein, nein! Ich bin der glücklichste Mensch auf der Welt!«

In der Führergondel hat Lehmann sein Steuer wieder an den Diensthabenden abgetreten. Zusammen mit Pruss steht er am Fenster, beide haben einen dampfenden Kaffeebecher in der Hand und schauen nach vorn in die Fahrtrichtung. Funkmeister Schweikard betritt von der Funkbude kommend den Raum und wedelt aufgeregt mit einem Papier.

»Herr Kapitän? Herr Direktor ... ein Funkspruch. Vom Sicherheitsdienst in Frankfurt. Verschlüsselt.«

Pruss nimmt das Blatt und folgt zusammen mit Lehmann dem

Funker zurück in seine Station. Er nimmt sich die Dechiffriermaschine, gibt die Zahlen und Buchstaben ein und überträgt die Buchstaben auf sein Blatt. Dann liest er mit gedämpfter Stimme für Lehmann vor, was da steht.

»GESUCHTER STRAFTAETER AN BORD DES HINDENBURG +++ NAME: DR. MERTEN KROEGER +++ UMGEHENDE FESTNAHME ERFORDERLICH +++ SD FFM GEZ JUERGENS«

Pruss sieht seinen Direktor erschüttert an.

»Was um Himmels willen soll das bedeuten?«

Zum Funker gewandt, befiehlt er:

»Alle Offiziere in die Offiziersmesse, sofort!«

11
Wiedersehen

Merten öffnet vorsichtig die Tür, die nur für Mannschaften bestimmt ist, und steht im Treppenhaus auf dem B-Deck. Er lauscht und hört oben die Passagiere reden. Merten schließt die Tür hinter sich und steigt die Treppe nach oben. Bei der Büste des alten Hindenburg bleibt er stehen und überlegt kurz. Wo ist Jennifer? Promenadendeck oder Speisesaal? Er entscheidet sich für den Speisesaal.

»Wroouuuummm.«

Rolf saust mit seinem Stuka um die Ecke und prallt auf Merten. Erschrocken sieht er an ihm hoch.

»Oh, Entschuldigung!«

»Na, ich hoffe, du hast einen Fallschirm dabei.«

»Alle Piloten haben einen Fallschirm an Bord, das weiß doch jeder.«

Merten wirft schnell einen Blick in den Saal und entdeckt Jennifer an ihrem Tisch. »Wir hier im *Hindenburg* brauchen keinen.«

»Warum nicht?«

»Weil Zeppeline nicht abstürzen. Niemals.«

»Und woher wissen Sie das so genau?«

»Weil ich dieses Schiff konstruiert habe. Zumindest zum Teil.«

Rolfs Augen leuchten begeistert.

»Darf ich mal in die Führergondel? Und mein Bruder auch?«

»Tja … mal sehen. Aber vorher müsstest du mir einen Gefallen tun, Kadett.«

Rolf ist ganz Aufmerksamkeit.

»Was soll ich tun?«

Merten hockt sich hin und flüstert Rolf seinen Plan ins Ohr.

Der Junge nickt, und nach einem aufmunternden Klaps auf den Hintern rast der Junge mit ausgebreiteten Armen los.

»Wrouuummmmm …«

Er braust durch die Tischreihen und landet seine Stuka genau zwischen Wiltrud und Jennifers Tellern.

Wiltrud zieht zornig und hörbar die Luft ein. Jennifer findet das komisch und lacht.

»Na, kleiner Mann? Das war aber eher eine Bruchlandung!«

Rolf sieht Jennifer an und zeigt auf ihren Ring.

»Ist das ein wertvoller Ring?«

»Für mich schon …«

»Sind Sie verlobt?«

»Na ja …«

Sie wirft einen Seitenblick auf ihre Mutter.

»… so gut wie.«

Rolf schaut Jennifer weiterhin an, dann kneift er sein linkes Auge zu.

»Wenn Sie nur mit dem Finger zu schnippen bräuchten, wen würden Sie dann heiraten?«

Jennifer ist wie vom Donner gerührt. Woher kennt der Junge den Satz, den Merten …

Während Schmiedinger amüsiert lacht und Wiltrud unwillig dreinschaut, schnappt sich Rolf seinen Flieger und rennt von dannen. Wiltrud ist verärgert.

Jennifer bleibt noch ein paar Sekunden sitzen, steht dann auf und räuspert sich.

»Entschuldige, ich muss mich mal eben frisch machen.«

Sie möchte am liebsten losrennen, doch sie reißt sich zusammen und geht langsam und erhobenen Hauptes aus dem Speisesaal.

Lehmann, Pruss, Wittemann, Sauter und alle weiteren Offiziere, die keine Wache haben, haben sich in der Offiziersmesse auf dem B-Deck versammelt. Kapitän Pruss berichtet von dem Telegramm. Die Männer sehen sich erstaunt an. Jeder von ihnen kennt Merten

Kröger, den jungen Ingenieur. Und jeder kennt ihn als netten, höflichen und zuvorkommenden Zeppelin-Mann.

»Wir informieren die Mannschaft. Wenn er an Bord ist, haben wir ihn in Nullkommanix.«

Pruss sieht Lehmann an, der beschwichtigend die Hand hebt.

»Ich erwarte, dass jegliche Art von Aufsehen vermieden wird. Keine Fragen, keine Andeutungen, keine Gerüchte! Absolutes Stillschweigen! Sonst sind wir schon übermorgen samt und sonders arbeitslos!«

Sauter schüttelt verständnislos den Kopf und spricht laut aus, was alle denken:

»Ich verstehe das nicht. Warum soll Kröger ein Mörder sein? Ausgerechnet Merten Kröger? Den kenn ich schon so lange. Seit seiner Ausbildung, das ist doch ein prima Kerl!«

»Van der Lubbe war angeblich auch ein prima Kerl. Und dann zündete er den Reichstag an.«

»Aber ... aber ... der Merten, der interessiert sich doch nicht für Politik! Der ist doch bloß ein Luftschiffer! Wie ich! Wie wir alle!«

Lehmann versucht, ihn zu beruhigen.

»Wir werden sehen. Erst mal müssen wir Kröger haben. Aber das ist ja hier im *Hindenburg* kein großes Problem. So viele Verstecke gibt es nicht. Also, alle, die keinen Gondeldienst haben, schwärmen aus. Wer Kröger sieht, nimmt ihn fest und meldet sich mit ihm sofort bei mir persönlich. Keine Alleingänge. Habe ich mich klar ausgedrückt?«

Alle Offiziere nicken.

»Und informieren Sie die Wachhabenden auf den Stationen.«

Die Offiziere verlassen schweigend und betroffen die Messe. Die einen gehen zurück zu ihrem Dienst, Lehmann, Pruss und die, die Freiwache haben, verstreuen sich und beginnen die Suche im Luftschiff. Wittemann geht in Richtung Bar und Sauter steigt die Treppe zum Passagierdeck hinauf, um sich dort unauffällig umzusehen.

Als Jennifer den Blicken ihrer Mutter entschwunden ist, eilt sie den Gang hinüber zum Salon, sieht sich um und eilt weiter zum Schreibzimmer dahinter. Doch nirgends ist Merten zu entdecken. Zurück im Treppenhaus, begegnet sie Sauter, der von unten hinaufgestiegen kommt. Ihm fallen ihre Eile und ihre Unruhe auf.

»Suchen Sie jemanden, Fräulein van Zandt?«

Jennifer bleibt nicht stehen.

»Nein ... nein, ich will nur etwas holen ...«

Sauter kratzt sich nachdenklich am Kopf und schaut ihr nach, als sie in dem Gang zu den Kabinen entschwindet. Broca kommt ihr mit einem Päckchen unter dem Arm entgegen.

»Guten Abend.«

»Abend, Herr Broca.«

Jennifer zwingt sich, langsam an ihm vorbeizugehen. Als sie bei ihrer Kabine angekommen ist, sieht sie sofort, dass die Schiebetür nicht eingerastet ist. Vorsichtig öffnet sie die Tür einen Spalt. Die Kabine ist dunkel.

»Merten? Merten bist du da?«

Sie betritt die Kabine und sucht im Dunkeln nach dem Lichtschalter. In der Sekunde, als es hell wird, rastet hinter ihr der Türverschluss ein. Erschrocken wirbelt sie herum. Und da steht Merten. Er legt den Finger auf die Lippe und dreht den Riegel zu.

»Merten!«

Jennifer fliegt ihm in die Arme. Küsst ihn wild, leidenschaftlich. Merten umarmt sie fest. Nach einigen Minuten lassen sie voneinander.

»Was machst du hier? Wie bist du an Bord gekommen?«

»Ich wollte mich noch verabschieden, aber du warst schon an Bord. Was blieb mir also anderes übrig.«

»Du bist verrückt.«

Sie berührt seinen Arm, und Merten stößt einen Schmerzensschrei aus. Bei genauerem Hinsehen entdeckt Jennifer das Loch in der Jacke und das getrocknete Blut.

»Du bist ja verletzt! Was ist geschehen?«

»Das ist noch gar nichts gegen die Beule hier.«

Merten fasst sich schmerzverzerrt an den Hinterkopf. Jennifer begreift, dass etwas Schlimmes geschehen ist. Sie tritt einen Schritt zurück und fragt besorgt: »Was ist passiert?«

»Du hast gerade einen blinden Passagier geküsst.«

Jennifer versteht ihn nicht.

Merten holt tief Luft.

»Und einen Mann, der einen Menschen getötet hat.«

Fassungslos starrt Jennifer ihn an.

»Was! Aber warum?«

»Wir haben eine Bombe an Bord.«

Jennifer verliert das Gleichgewicht. Merten springt hinzu und zwingt sie, sich auf das Bett zu setzen.

»Woher ... woher weißt du das?«

»Von deinem Vater.«

»Merten, das ist doch verrückt. Was redest du da? Mein Vater! Woher soll der das denn wissen? Und was, wen hast du getötet ... Und warum?«

Hilflos hat sie die Hände in den Schoß gelegt und schaut Merten mit Tränen in den Augen an. Merten setzt sich neben sie, nimmt eine Hand in die seine und sieht Jennifer eindringlich an.

»Hör mir zu, mein Liebes.«

Und dann erzählt er ihr, was auf dem Flughafen geschehen ist, und wie er es geschafft hat, in den *Hindenburg* zu gelangen.

Ungläubig hört Jennifer zu, bis er geendet hat.

»Das ist unfassbar, Merten. Aber warum, warum denn bloß, und warum du?«

»Ich weiß es nicht. Das muss ich eben herausfinden. Schon darum, damit ich nicht für immer im Gefängnis der Gestapo verschwinde.«

»Was wirst du jetzt tun?«

»Als Erstes muss ich die Bombe finden. Sie dürfte nicht groß sein, vielleicht so in der Größe einer Zigarrenkiste.«

»Und ich, was soll ich jetzt tun? Ich will nicht, dass sie dich festnehmen. Sie werden dich sicher schon suchen. Einer der Offiziere hat eben schon herumgeschnüffelt.«

»Du gehst und suchst deine Mutter. Erzähl ihr alles. Und bring sie her.«

Jennifer nickt und steht auf. Merten lächelt ihr aufmunternd zu.

»Du schaffst das. Wir treffen uns hier in einer Stunde.«

An der Tür angelangt, verlässt Jennifer der Mut. Sie dreht sich noch einmal zu Merten um.

»Wünsch mir Glück.«

»Sie ist die Einzige, die uns helfen kann. Sie ist deine Mutter. Sie ist die nächste Vertraute deines Vaters. Und sie ist auf diesem Schiff.«

Jennifer nickt, sieht ihn traurig an, schiebt die Tür auf, geht hinaus und schließt sie wieder.

Merten wartet ein paar Minuten, dann löscht er das Licht und verlässt vorsichtig die Kabine. Er wendet sich zum Heck, geht zum Ende des Kabinengangs und öffnet mit seinem Vierkantschlüssel eine Tür in der Wand. Über eine schmale Aluminiumtreppe erreicht er den Kielgang. Vorn hört er gedämpfte Laute der wachhabenden Mannschaften. Vorsichtig macht er sich auf den Weg über den dreißig Zentimeter schmalen Laufgang.

Während der *Hindenburg* durch die tief liegenden Wolken dahinschwebt, suchen überall im Schiffsinneren die eingeweihten Männer der Mannschaft nach Merten Kröger.

Zweihundertdreißig Meter hat Kapitän Pruss inzwischen auf dem Kielgang Richtung Heck durchquert. Ruhig und systematisch hat er in jeden Mannschaftsschlafraum, in jede Abzweigung vom Kielgang, hinter jede Wasser- und Öltonne gesehen, jeden Frachtraum und die Aufstiege zum Achsialsteg und jeden Gasschacht überprüft und auch die Lücken zwischen den Zellen eingesehen. Nichts. Jetzt ist er beim Hilfssteuerstand angelangt. Er schaltet das Licht an und sieht sich um. Zunächst fällt ihm nichts Auffälliges auf, doch dann entdeckt er unter dem Tisch die Seile von Mertens Fesseln. Er hebt sie auf und streicht mit dem Daumen über die glatt durchschnittenen Enden. Im festgeschnallten Papierkorb entdeckt er die blutige Watte und die Reste vom Klebeband des Pflasters. Stirnrunzelnd entdeckt er jetzt auch das überzählige Funkgerät. Interessiert untersucht er es, schaltet es ein und horcht kurz in die Kopfhörer, aber außer Knacken und Rauschen ist nichts zu hören. Er schaltet es wieder aus und verlässt den Raum. Für den Rückweg zur Gondel wählt er den Achsialsteg.

Fahrleiter Sauter ist, nachdem er das A-Deck überprüft hat, hinuntergestiegen zum B-Deck, hat in den Rauchersalon, in die Bar und in den Stewardraum gesehen, die Toiletten und die Duschräume überprüft und sich dann ebenfalls auf den Kielsteg begeben. Er nutzt seine Suche nach Merten dafür, gleichzeitig die Verzurrungen der Fracht in den Frachträumen zu prüfen. Falls die Schlechtwetterfront vor ihnen das Schiff doch in Unruhe versetzen sollte, muss alles fest angebunden sein. Ein Verrutschen von Frachtkisten oder Tonnen wäre wie bei einem Dampfer problematisch, denn es würde den perfekt ausgetrimmten *Hindenburg* in Schieflage und damit in Gefahr bringen. Auf seinem Weg kommt Sauter auch an dem Frachtraum vorbei, in dem der Hund von Broca in seinem Käfig sitzt. Als der Schäferhund Sauter sieht, beginnt er zu jaulen.

»Armer Fifi, fühlst dich verlassen, was.«

Sauter geht zum Käfig und beschäftigt sich mit dem Tier, das ihm leidtut.

»Na, hör auf zu greinen, Fifi! Das hält ja kein Mensch aus!«

Der Hund freut sich über die Aufmerksamkeit und hebt das Bein. Der Strahl des Rüden geht zielsicher an den Gitterstäben vorbei und breitet sich als Lache auf dem Boden aus.

»Altes Ferkel«, meint Sauter und geht einen Mopp holen.

Als er mit dem Wischeimer zurückkommt, steht plötzlich Merten vor ihm. Sauter bleibt erschrocken stehen.

»Himmel noch mal, Mensch, Merten!«

»Hallo, Alf!«

Sauter sieht hinaus auf den Gang, ob jemand kommt.

»Merten, Mann, was ist denn das für 'n Scheiß!«

»Was für 'n Scheiß?«

»Die sagen, du hast den Müller umgelegt.«

»Die haben mich angegriffen, Alf. Das war Notwehr!«

»Also hast du's tatsächlich getan. Was soll ich denn jetzt mit dir machen? Wir suchen doch schon alle nach dir. Die haben aus Frankfurt ein Funktelegramm über deine Flucht geschickt. Der Direktor will, dass wir dich festnehmen.«

Merten sieht seinen alten Kumpel an und sagt leise: »Ich brauch deine Hilfe, Alf!«

»Bist du irre. Die machen mich lang, wenn das rauskommt.«

Merten ist klar, dass er ohne weitere Informationen von Alf keine Hilfe bekommen wird.

»Und wenn ich dir sage, es gibt irgendwo an Bord eine Bombe … Und einen Attentäter ebenfalls.«

Sauter blickt ihn ungläubig an.

»Sonst noch was?«

»Hier, ich zeig's dir …«

Merten hebt die Hand. Sauter springt sofort in Verteidigungsstellung, die Hände zu Fäusten geballt.

»Na weißte, Alf … Hier, schau.«

Merten streicht seine Haare am Hinterkopf zur Seite und zeigt Sauter seine dunkelblau angeschwollene Beule.

»Ich bin im letzten Moment über das Heckrad rein und hab mich im Hilfsstand versteckt. Kaum war ich drin, hat mir jemand einen über die Rübe gezogen.«

Sauter betrachtet fassungslos die Beule.

»Wer immer das war: Über dem Festland kann er mich ja nicht rausschmeißen, ich hätte ja einem belgischen Bauern vor den Ackergaul fallen können! Wenn ich eine Stunde später aufgewacht wäre, wäre ich jetzt Fischfutter im Ärmelkanal!«

Sauter lässt seine Fäuste sinken, hält aber einen Meter Abstand zu Merten.

»Du glaubst mir kein Wort, was, Alf? Wie lange kennen wir uns jetzt schon?«

»Ich würde dir ja glauben. Aber in diesen Zeiten interessiert sich doch keine Sau dafür, wie lange man sich schon kennt!«

»Ich hab noch was gut bei dir, das hast du gesagt, erinnerst du dich?«

»Was willst du denn, was ich tun soll?«

»Eine Übung. Der ganzen Mannschaft. Ziel, eine vielleicht zigarrenschachtelgroße Bombe zu finden, irgendwo hier im Schiff.«

Sauter starrt ihn entgeistert an.

»Bist du völlig übergeschnappt? Das kann ich nicht tun. Komm, ich bring dich jetzt zum Alten. Ich hab meine Befehle!«

»Der wird mir auch nicht glauben.«

Sie sehen einander an, und beiden ist klar, dass Merten wahrscheinlich recht hat. Merten seufzt. Dann schlägt er ohne Vorwarnung zu. Seine Faust trifft Sauter an der Schläfe, der zweite Schlag trifft voll aufs Kinn. Sauter strauchelt, schlägt mit dem Kopf gegen eine Kiste und sackt zusammen. Der Hund winselt laut auf und verzieht sich in die Ecke seines Käfigs. Merten zerrt den Bewusstlosen in den hinteren Bereich des Frachtraums. In einem Regal entdeckt er Stapel von grauen Mannschaftsanzügen. Er zerrt sie heraus und bettet Sauters Kopf darauf.

»Verzeih mir, alter Junge.«

Als Merten sich aufrichtet, hört er Stimmen näher kommen.

»Fünf Minuten, Herr Broca! Bitte nicht länger!«

»Danke. Guter Junge.«

Merten duckt sich neben Sauter und beobachtet, wie der Messejunge Johann und Gilles Broca in den Frachtraum treten. Sofort fängt der Hund an, wie verrückt herumzuspringen und zu winseln.

»Schon gut, Rocco. Schon gut. Ich bin ja da, mein Guter.«

Der Hund jault. Broca öffnet ein Paket, das er mitgebracht

hat, und füttert seinen Hund mit Hundekuchen und Fleischstücken.

Der Messejunge Johann deutet auf die feuchte Lache und auf den Mopp.

»Da wollte wohl jemand aufwischen …«

»Das ist ja wohl das Mindeste«, empört sich Broca.

»Es ist doch eine Teufelei, einen Hund hier drei Tage in so einem kleinen Käfig einzusperren.«

Und zu dem Hund sagt er:

»Was gäbe ich drum, dir das zu ersparen.«

Merten nimmt seinen Mut zusammen, steht auf und kommt aus seinem Versteck heraus. Der Messejunge erschrickt und auch Broca zuckt zusammen. Beide starren den Mann in der blauen Luftschifferuniform an.

»Das ist Tierquälerei! Ich verlange augenblicklich, dass …«

Merten tut, als hätte er hier einen Dienst verrichtet. Broca sieht er streng an.

»Passagiere haben außerhalb des Passagierbereichs nichts verloren. Das ist Ihnen doch klar.«

Er wendet sich zu Johann: »Das weißt du doch auch, nicht wahr? Dass mir das nicht noch mal vorkommt.«

Der Messejunge senkt schuldbewusst den Kopf.

Broca erhebt sich und mustert Merten mit einem arroganten Blick.

»Gilles Broca, Varietékünstler. Und Sie sind?«

»Ich …«

Bevor Merten antworten kann, sagt Johann: »Er hat dieses Schiff gebaut.«

»Ach? Gratuliere!«

Er klopft auf eine Aluminiumstrebe. »Gute Arbeit! Sehr solide! Hoffentlich solide genug, wenn's mal kracht!«

»Wie meinen Sie das?«

Mertens Ton ist jetzt scharf. Aufmerksam sieht er den Varietékünstler an. Der zuckt mit den Schultern und lacht:

»Ach ... nur so. Ein Scherz! Das war ein Scherz!«

Broca zeigt auf seinen Hund.

»Seien Sie kein Unmensch, ja?«

»Bin ich nicht.«

»Kann man sich nie sicher sein, heutzutage.«

»Kommen Sie, Herr Broca, ich geleite Sie zurück zum Passagierdeck.«

Merten schiebt ihn auf den Kielsteg hinaus und nickt Johann zu, ihnen zu folgen. Als sie vor der Tür zum B-Deck stehen, öffnet Merten sie mit dem Vierkantschlüssel, den jeder Luftschiffer in der Tasche hat. Er lässt Broca eintreten und schließt hinter ihm wieder ab. Johann hat er zurückgehalten.

»Herr Broca hat mich ... ich wollte nur ...«

Merten greift Johanns Arm.

»War Broca auch in anderen Bereichen des Schiffes?«

»Nein, nein, ich wollte doch nur ... Sein Hund ...«

»Junge, damit eins klar ist: Nie mehr erlaubst du einem Passagier, durch diese Tür zu gehen. Verstehen wir uns da?«

»Jawohl, Doktor Kröger.«

Merten lässt Johann los und öffnet die Tür wieder.

»Und jetzt ab.«

»Danke, Doktor Kröger.«

Johann nickt und will gehen, als es plötzlich unter seinen Stoffschuhen knackt.

»Halt! Johann, stehen bleiben!«

Merten hockt sich hin und hebt eine Pistazienschale auf. Er hält sie dem Jungen hin.

»Ist die von dir?«

Verwundert und gleichzeitig schuldbewusst antwortet er:

»'tschuldigung. Muss mir aus der Tasche gefallen sein.«

Er nimmt die Schale aus Mertens Hand und steckt sie ein.

»Hast du noch mehr davon?«

Johann greift in die Hosentasche und zeigt Merten eine Handvoll Pistazien.

»Woher hast du die?«

»Geschenkt gekriegt.«

»Von wem? Von wem?«

Johann erschrickt ein wenig über Mertens Lautstärke. Kleinlaut antwortet er:

»Von Bastian. Horst Bastian, Elektriker. Auch auf Lehrfahrt.«

12
Zweikampf

Die Passagiere haben sich in die Lounge, in die Bar und den Rauchsalon oder schon in ihre Kabinen zurückgezogen. Photograph Karl Otto Clemens lichtet das gemütliche Beisammensein ab. Der schmächtige Journalist hat sich für die Zeppelin-Reederei als Bordphotograph verpflichtet und braucht so nur den halben Reisepreis zu bezahlen. Sonst könnte sich der Achtundzwanzigjährige seine Reise zur amerikanischen Cousine im *Hindenburg* nicht leisten.

Im Speisesaal sitzen nur noch Wiltrud und Jennifer an ihrem Tisch. Müde Stewards räumen die Tische ab und wechseln die Tischtücher. Ab und an werfen sie einen neugierigen Blick auf die zwei Frauen, die nah beieinandersitzen und aufgeregt miteinander sprechen. Jennifer hat wie versprochen ihrer Mutter alles erzählt. Doch Wiltrud ist nicht gewillt, Merten irgendeine Hilfe zu leisten, wie er gehofft hatte. Im Gegenteil. Sie hat auf die Nachricht, dass eine Bombe an Bord ist und ihr Mann etwas damit zu tun haben soll, mit Empörung reagiert und sie als hirnrissigen Irrsinn abgetan.

»Vertraust du mir, Jennifer? Sag!«

»Natürlich vertraue ich dir. Du bist meine Mutter!«

Wiltrud ist überaus ernst. Ihre roten Lippen hat sie zusammengepresst. Sie beobachtet jede Regung ihrer Tochter genau.

»Oder vertraust du ihm?«

Jennifer antwortet nicht.

»Ich bin mit deinem Vater seit fünfunddreißig Jahren verheiratet. Wir haben zehn Jahre lang versucht, ein Baby zu bekommen.«

Wiltrud legt ihre Hand auf Jennifers Arm, und ihre Stimme wird weich.

»Und dann kamst du. Jetzt sitzt du hier. Neben mir. Glaubst du wirklich, dein Vater würde dieses Schiff in die Luft jagen?«

Jenny beginnen die Tränen über die Wangen zu laufen. Aber sie sieht nicht auf und sagt auch nichts. Wiltrud nimmt sie in den Arm.

»Aber Mutter, wir wären doch eigentlich mit dem *Hindenburg* gar nicht gefahren ... Vater weiß doch gar nicht. Dass ... Merten hat gesagt ...«

Wiltrud unterbricht sie ungeduldig:

»Merten hat gesagt. Merten meint ... Kannst du auch noch mal einen Satz ohne ihn beginnen? Wem vertraust du denn nun wirklich, ihm oder deiner Mutter?«

»Ich weiß nicht, was ich tun soll, Mutter, ich weiß es wirklich nicht.«

»Jeder Mensch macht Fehler, Jenny. Du, ich, manchmal sogar dein Vater. Aber glaub mir, Jenny, hier, jetzt, in diesem Moment, tust du genau das Richtige.«

»Aber ich liebe ihn doch!«

»Jenny! Ich will dir doch nur helfen! Wie lange kennst du diesen Mann? Er hat jemanden erschossen!«

»Er hat gesagt, es war Notwehr!«

»Wenn er unschuldig ist, dann wird ihm nichts passieren. Aber er muss sich stellen. Jetzt. Wo hast du dich mit ihm verabredet?«

Jennifer sträubt sich, aber dann gibt sie verzweifelt weinend auf.

»In meiner Kabine ... in ...«

Sie schaut auf ihre Uhr.

»... in dreißig Minuten.«

In den Mannschaftsquartieren liegen Zellenpfleger, Maschinisten, Stewards und andere, die Freiwache haben, in ihren Kojen. Die meisten schlafen, einige dösen oder lesen. Auf dem

Hindenburg sind die Wachen in ein Dreiwachsystem eingeteilt. Sie haben immer vier Stunden Wache, dann vier Stunden frei, dann vier Stunden sogenannte Pikettwache, was bedeutet, in der Messe auf Einsatzbefehl zu warten oder bestimmte Dienste zu leisten wie Saubermachen oder Abwaschen oder am Hecktelefon sitzen. Die Maschinisten haben ihre Kojen immer in den Quartieren in der Nähe ihrer Maschinengondeln, also weiter hinten im *Hindenburg*. Ihr Dienst ist anders getaktet als beim Rest der Mannschaft. Drei Stunden an der Maschine, dann sechs Stunden Frei- und Pikettwache. In besonderen Fällen und bei der Landung haben zwei oder alle drei Maschinisten in ihrer Gondel zu sein.

Im Schiff sind drei Bereiche mit Stockbetten rechts und links des Kielgangs mit Stoffbahnen für die Mannschaftsräume abgeteilt. Einer am Bug zwischen Gondel und Kommandantenschlafraum für die Offiziere, einer hinter den Passagierräumen an Zelle elf und einer hinten im Heck bei Zelle fünf. Die Kojen in den Stockbetten sind immer mehrfach vergeben, mehrere Männer teilen sich eine Koje, denn zwei von dreien haben ja Wache zu gehen, andere Aufgaben zu erledigen oder in der Messe auf Anweisung zu warten.

Im Mannschaftsraum an Zelle elf taucht Merten auf, steckt den Kopf herein und ruft:

»Elektriker Bastian? Ist hier irgendwo seine Koje?«

Die Männer sehen verschlafen auf, unter ihnen ist auch Elektriker Schlapp, der sich aus seinen Decken schält und aufsteht.

»Der hat Dienst.«

»Wo ist seine Koje?«

»Gleich hier drüben.«

Er zeigt auf das Stockbett, vor dem ein Seesack steht.

»Ist das sein Sack?«

Schlapp nickt, und Merten geht wortlos hin, öffnet ihn und beginnt, ihn zu durchwühlen. Ein halbes Dutzend Augenpaare beobachten ihn dabei. Als Erstes findet Merten eine Tüte Pistazien.

Er schmeißt sie aufs Bett. Es folgen Kleidungsstücke, Waschzeug, ein Wecker. Den untersucht Merten genauer, bevor er ihn weglegt. Dann folgen noch eine Dose Dörrobst, ein paar Straßenschuhe und ganz unten ein Packen Briefe. Merten löst die Verschnürung, faltet den ersten auseinander und beginnt zu lesen.

In der Führergondel im Kartenraum sitzt Sauter auf einem Hocker und reibt sich sein Kinn. Sein rechtes Auge ist blauschwarz angeschwollen. Wittemann, der ihn im Frachtraum gefunden hatte, und Lehmann stehen um ihn herum.

»Mein lieber Mann, Sauter, das ist ja vielleicht ein Veilchen.«

»Krögers Rechte ist nicht von schlechten Eltern, ich hatte keine Chance.«

»Und ... was machen wir jetzt? Wo, verdammt, ist der Mann? So viele Verstecke gibt es ja nun auch nicht.«

Pruss ist sauer, er geht auf und ab.

»Ich habe die Nase voll. Wir lassen jetzt alle nach ihm suchen. Es geht um die Sicherheit des ganzen Schiffes! Je früher wir seiner habhaft werden, desto schneller kehrt auch wieder Ruhe ein!«

»Die Mannschaftsgrade werden nicht informiert! Diese Art von Aufruhr ist das Letzte, was wir brauchen können!«

Lehmann sagt das mit Nachdruck.

»Die Generalverantwortung der DZR habe immer noch ich!«

»Aber ich bin der Kapitän dieses Schiffes, und ich habe hier an Bord die Verantwortung.«

Lehmann setzt gerade zu einer Entgegnung an, da kommt Funker Schweikard die Leiter herunter.

»Entschuldigung, Kapitän Pruss, zwei Passagiere wünschen, mit Ihnen zu sprechen.«

»Ich hab jetzt keine Zeit, Schweikard, wimmeln Sie die ab.«

»Aber es sind Wiltrud van Zandt und ihre Tochter.«

Pruss und Lehmann sehen sich an.

»Dann holen Sie sie rein.«

Im selben Moment schiebt Wiltrud ihre Tochter herein.

»Meine Tochter hat Ihnen eine wichtige Mitteilung zu machen, Kapitän …«

Merten überfliegt gerade den vierten Brief, als er aus den Augenwinkeln eine Bewegung bemerkt. In der Tür zum Quartier steht ein Mann im Blaumann und beobachtet ihn interessiert und mit einem ironischen Zug um den Mund.

»Kann ich Ihnen irgendwie helfen?«

Als Merten sich umdreht, erkennt er den knochigen Typ aus dem Bus.

»Herr Bastian?«

Merten steht auf, greift nach der Tüte Pistazien, wirft sie dem Mann zu. Der fängt sie auf.

»Wusste gar nicht, dass Pistazien an Bord verboten sind.«

»Verboten nicht. Aber verräterisch.«

»Was verraten sie denn?«

»Sie hätten die Schalen im Hilfsstand auffegen sollen.«

Bastian schweigt.

»Und wozu brauchten Sie ein zusätzliches Funkgerät?«

Bastian antwortet auch jetzt nicht. Er sieht hinüber zu seinen Kameraden, die verwundert dieser merkwürdigen Konversation folgen.

Merten wartet.

Da schleudert Bastian plötzlich Merten seine Pistazien ins Gesicht und stürzt hinaus auf den Kielgang. Merten rast hinterher. Bastian ist behände und durch seinen Dienst gut trainiert. Er läuft mühelos auf dem schmalen Kielsteg, wogegen Merten sich anstrengen muss, ihm zu folgen und nicht danebenzutreten. Er hat keine Übung mehr, war in letzter Zeit zu viel am Schreibtisch.

Wer vom Kielsteg abrutscht, kann durch die darunterliegende, nur wenige Millimeter dünne Außenhaut des Zeppelin durchschlagen und nach einem kurzen freien Fall im Nichts verschwinden. Bastian gewinnt immer mehr Vorsprung. Keuchend rennt ihm Merten in Richtung Heck hinterher. Am Ende des Kielstegs springt Bastian auf die Aluleiter und rutscht hinunter in die Ersatzführergondel. Sekunden später folgt Merten auf dieselbe Weise und landet unsanft auf dem Bretterboden. Bastian hat das Funkgerät vom Tisch gewuchtet und ist auf dem Weg zu der Ausstiegsklappe, die in der Hülle des *Hindenburg* angebracht ist. Merten rappelt sich hoch und stürzt sich auf ihn. Krachend fällt das Funkgerät zu Boden. Bastian krallt seine Hände um Mertens Hals. Sie ringen miteinander, kommen gemeinsam auf die Füße. Bastian drückt Merten gegen die Klappe, doch Merten gelingt es, sich herauszuwinden. Gerade noch rechtzeitig, denn die Klappe geht plötzlich auf, und der Fahrtwind bläst herein. Merten und Bastian ringen weiter miteinander, knallen gegen den Tisch und die Trennwand. Da gelingt es Merten, Bastian mit ganzer Kraft von sich wegzuschleudern. Bastian verliert die Balance und wirbelt rückwärts Richtung offene Klappe. Merten ist hinter ihm und drückt seinen Oberkörper hinaus in den Fahrtwind. Bastian schlägt mit den Armen auf die Außenhaut und versucht, nicht ganz hinauszufallen. Merten packt fest zu, drängt sich hinter Bastian und hält ihn in dieser gefährlichen Stellung.

»Wo ist die Bombe?«, brüllt er gegen den Sturm an.

Bastian brüllt zurück.

»Lass mich los oder zieh mich rein!«

»Wo ist die Bombe, jetzt sag es, wo ist sie!«

Bastian bekommt kaum Luft. Mühsam versucht er, gegen den harten Luftstrom anzuatmen. Merten erkennt, dass dies kein Weg ist, eine Antwort von dem Mann zu bekommen. Mit einigen beherzten Rucken zieht Merten Bastian zurück in die Gondel. Keuchend stehen die beiden sich gegenüber. Bastian stehen die Haare senkrecht vom Kopf und seine Gesichtshaut ist knallrot.

»Danke ...«

»Gern geschehen.«

Merten holt aus und versetzt Bastian einen Faustschlag, der ihn umhaut. Reglos bleibt er liegen.

»Jetzt sind wir quitt, Arschloch!!«

Als er sich über den Mund wischt, hat er Blut an den Fingern, und kleine Tropfen fallen auf den Boden. Nasenbluten. Darum kann er sich jetzt nicht kümmern. Er schließt die Klappe und kriecht zum Tisch, klaubt aus der Schublade den Verbandskasten heraus, den er heute schon einmal in der Hand hatte. Schnell sucht er eine Mullbinde heraus und fesselt damit Bastians Hände auf dem Rücken. Eine zweite bindet er ihm um die Fußgelenke.

»Wie du mir, so ich dir«, murmelt Merten, greift in den Mülleimer und steckt Bastian seinen alten Knebel in den Mund.

Er schließt die Schiebetür und macht sich, wieder zum zweiten Mal an diesem Tag, auf den langen, vorsichtigen Rückweg zu Jennifer.

In den Passagierkabinen kehrt zunehmend nächtliche Ruhe ein. Leise sammelt der Steward die Schuhe ein, die zum Putzen vor den Türen stehen. Rolf und Dieter schlafen bereits fest und träumen vom Fliegen. Die Eltern liegen in ihren Betten und unterhalten sich leise, um niemanden zu stören. Die Wände sind dünn, und aus der Nebenkabine dringt leises Schnarchen. Gisela kann nicht einschlafen und wälzt sich unruhig hin und her. Schmiedinger in einer der hinteren Kabinen liest im Licht seiner Deckenlampe in einem Buch. Seine Lesebrille sitzt schief auf dem Nasenrücken, und er beginnt einzunicken.

Gilles Broca ist noch hellwach. Er hat sich eine Flasche Liebfrauenmilch mit in die Kabine genommen und liegt angezogen auf seinem Bett. Er blättert in einem Buch, das er sich aus der Bibliothek mitgenommen hat.

Unten in der Bar und im Rauchsalon hat Kubis den Barsteward Max Schulze abgelöst. Es ist noch reichlich zu tun. Alle Tische sind besetzt. Die Amerikaner haben schon die zweite Flasche Cognac vor sich, und der Qualm ihrer Zigarren hat den kleinen Raum vernebelt. Die Klimaanlage kann die Schwaden nicht schnell genug absaugen. Doch das scheint die Gäste nicht zu stören. Die

Schweden trinken mit dem Dänen Aalborger Aquavit, was sonst, und unterhalten sich angeregt. Die Flieger sitzen auf der Bank an der Balustrade unter dem großen runden Gemälde der nördlichen Hemisphäre. Die unten liegenden Fensterscheiben schimmern schwarzblau. Kein Licht dringt vom Atlantik hier herauf und eine Höhenbestimmung ist unmöglich. Die Männer spielen Skat und sprechen leise miteinander. Abwechselnd bestellen sie Bier und Cocktails. Vor allem der Maybach 12 scheint ihnen zu schmecken.

»Kubis, was ist da drin?«

»Ist geheim, meine Herren, so wie der Grund Ihres Hierseins.«

Die Männer sehen ihn verdutzt an.

»Wieso. Wir haben die Fahrt in einer Lotterie gewonnen.«

»Ach, so ist das!«

Kubis grinst. Er beugt sich zu ihnen hinunter, und mit einem verschwörerischen Blick zu den anderen Gästen sagt er leise:

»Ich wusste gar nicht, dass der Reichsminister Lotterien für seine Flieger veranstaltet.«

»Wie kommen Sie denn …«

Major Schröder und Oberst Menzel wollen aufstehen.

»Bleiben Sie sitzen, meine Herren, ich bin auf Ihrer Seite, und Ihr Geheimnis ist bei mir gut aufgehoben. So wie das Rezept für den Maybach 12. Mögen Sie noch einen?«

Kubis geht zurück in seine Bar. Die Flieger sehen hinüber zu den Amerikanern und lachen etwas zu laut, so, als hätte Kubis einen Witz gerissen.

Dann stecken sie die Köpfe zusammen.

»Ist der vom SD? Gestapo? Auslandsdienst?«

»Barmänner sind ja beliebt als Nachrichtensammler.«

»Egal, Hauptsache, er hält den Mund.«

Und dann wenden sie sich wieder ihrem Kartenspiel zu. Für die filigranen Gemälde an der ledernen Wandbespannung haben sie keinen Blick. Wahrscheinlich weil nur Luftschifffahrt darauf zu sehen ist.

Leise öffnet Merten die Kabinentür und erblickt Jennifer, die auf dem Bett sitzt und ihn anstarrt. Ihre Augen sind rotverheult, und sie zieht hörbar die Nase hoch.

»Was ist denn, warum weinst du?«

Merten geht freudig und ebenso besorgt auf sie zu.

»Ich habe ihn.«

Er lässt sich vor ihr auf den Boden gleiten und legt seinen Kopf in ihren Schoß. Doch Jennifer bewegt sich nicht. Leise sagt sie: »Wen?«

Merten hebt den Kopf und sieht sie verständnislos an.

»Den Mann, der mich gefesselt und bewusstlos geschlagen hat … Bastian. Er heißt Bastian. Hast du mit deiner Mutter gesprochen?«

»Ja …«

Und sie fügt genauso leise hinzu:

»Es … es tut mir so leid.«

Merten versteht nicht.

»Was, was tut dir leid?«

»Ich konnte nicht anders.«

Die Tür der Kabine schiebt sich mit einem Ruck auf, und Pruss, Lehmann und Sauter treten ein. Merten sieht Jennifer erstaunt und fragend an.

»Ich konnte doch nicht anders!«

Merten steht auf.

»Ja. Ich verstehe, Liebes, mach dir nichts draus.«

Lehmann befiehlt Sauter:

»Festnehmen und ab in die Offiziersmesse.«

Sauter macht einen Schritt vor und ergreift seine Arme, dreht sie auf den Rücken und fesselt seine Handgelenke. Merten lässt es ohne Gegenwehr geschehen.

13
Geheimnisse

4. Mai 1937. Die ganze Nacht über kämpft sich der *Hindenburg* durch stürmisches Wetter. Die Motoren laufen mit voller Kraft, und trotzdem macht der Zeppelin nur sechsunddreißig Knoten oder achtundsechzig Stundenkilometer Fahrt. Der Wind wechselt die Richtung wie ein Lämmerschwanz, und es regnet ununterbrochen. Das viele Wasser auf der Außenhaut macht den *Hindenburg* schwerer. Das bedeutet höchste Konzentration für den Höhensteuermann. Er muss immer wieder den Bug aufrichten. Und das Ganze mit vorsichtigen Bewegungen, damit die Passagiere nicht aus ihren Betten fallen. Ständig hat er den Höhenmesser im Blick, während die vertikal laufenden Ketten, die an überlange Fahrradketten erinnern, leise schmatzend auf und ab laufen, wenn sie seine Steuerbewegungen ins Schiff übertragen. Gegen Morgen bessert sich das Wetter ein wenig. Die Luft hat zehn Grad, Wind aus West mit nur noch ein bis zwei Metern pro Sekunde. Es ist dunstig, die Sicht beträgt weniger als zwei Kilometer.

Bevor die Gäste wieder erscheinen, müssen die Stewards alle Gesellschaftsräume auf dem A-Deck sauber machen, die Teppiche werden gebürstet, die Tische abgewischt und die Fensterscheiben poliert. Beim Abflug haben die Stirne und Hände der Passagiere eine Menge Abdrücke hinterlassen. Im Speisesaal wird für das Frühstück gedeckt. An jeden Platz legt der Steward eine Serviettentasche und eine Liste aller mitreisenden Passagiere in einer Klappkarte, auf der vorn der *Hindenburg* über der Frankfurter Luftschiffhalle abgebildet ist.

Um kurz nach sieben stehen die ersten Passagiere unter der Dusche, und auch in den Kabinengängen hört man durch die dünnen Wände, wie die Menschen Zähne putzen, gurgeln oder sich rasieren.

Merten sitzt seit seiner Festnahme in Handschellen in einer der leeren Passagierkabinen. Die Fesseln haben sie ihm nicht mal abgenommen, als sie ihn hier eingesperrt haben. Alf Sauter und zwei andere Männer haben sich die Nacht über bei der Bewachung abgewechselt. Doch davon hat Merten nicht viel mitbekommen. Er war todmüde und ist nach den Anstrengungen sofort eingeschlafen. Erst jetzt nach dem Aufwachen quält ihn die Frage: Wie er es bloß anstellen soll, dass ihm hier an Bord jemand glaubt. Gestern Nacht haben sie ihn gar nicht ausreden lassen. Nicht mal Jennifer scheint ihm seine Geschichte abzunehmen. Klingt ja auch wie eine Räuberpistole, das muss man zugeben, aber er ist überzeugt: Der *Hindenburg* und ihr aller Leben ist in Gefahr.

Die Schiebetür zu seiner Kabine wird aufgestoßen und Alf Sauter steht im Rahmen.

»Morgen, Merten ... Ich soll dich in die Messe bringen. Los, komm!«

Schweigend folgt Merten seinem alten Freund den Gang hinunter, an den Duschen und Toiletten vorbei und in die Offiziersmesse. Er setzt sich unter die Fotos von Adolf Hitler und dem ollen Hindenburg auf die blaue Lederbank. Sauter bleibt mit dem Rücken zur Tür stehen und lässt ihn nicht aus den Augen. Kapitän Pruss und Direktor Lehmann kommen zusammen mit dem Elektriker Bastian herein und setzen sich ihm gegenüber. Merten legt seine gefesselten Hände auf den Tisch, aber keiner macht Anstalten, die Handschellen zu öffnen.

Es klopft, und Johann tritt ein. Auf einem Tablett balanciert er eine Kaffeekanne und mehrere Tassen. Als er Merten seine hinschiebt, grinst er freundlich. Merten grinst zurück und kneift das linke Auge zu.

»Danke, Johann, den Rest machen wir selbst.«

Lehmann nimmt ihm die Kanne ab und schenkt allen ein.

»Also, Doktor Kröger. Jetzt erzählen Sie uns doch bitte mal, was dieses ganze Theater soll.«

»Ich werde hier kein Wort sagen, solange ich nicht erfahren habe, wer dieser Elektriker hier wirklich ist und was er für eine Rolle spielt. Denn dass er eine andere Aufgabe hat, als die Kabel zu prüfen, ist ja wohl klar.«

Bastian lächelt herablassend.

Lehmann sieht erst Bastian, dann Merten an.

»Ich fürchte, Kröger, Sie haben hier im Moment überhaupt keine Bedingungen zu stellen.«

Da mischt sich Kapitän Pruss ein. Man merkt ihm seinen Ärger an.

»Mich würde das allerdings auch interessieren. Was ist das für ein Funkgerät im Hilfssteuerstand?«

»Nicht alles ist für alle Ohren bestimmt«, meint Bastian regungslos.

Lehmann und Bastian wechseln einen Blick, was Merten registriert.

»Lassen Sie mich raten: Gestapo?«

Lehmann schüttelt den Kopf.

»Nicht ganz. Die Gestapo gefällt sich eher darin, unter den Passagieren eine Schneise der Barbarei zu schlagen.«

»Die Flieger ...«, seufzt Pruss und schlägt auf den Tisch, dass die Tassen springen.

Lehmann unterbricht ihn. »... Bastian hingegen ist, nun ja, ein Mann für besondere Fälle. Von Göring persönlich an Bord befohlen.«

»Aha, also Forschungsamt?«

»Ist das nicht völlig egal?«

Jetzt ist Pruss wirklich ärgerlich.

»Nein! Das ist mir nicht egal. Dies hier ist mein Schiff, und ich habe nicht nur das Kommando, sondern auch die Verantwortung!«

Lehmann nickt Bastian zu.

»Dann spucken Sie's schon aus! In Herrgotts Namen!«

»Es liegen Informationen vor, dass jemand aus der Mannschaft des *Hindenburg* Papiere der höchsten Geheimhaltungsstufe in die Vereinigten Staaten schmuggeln will.«

»Wer soll das denn sein? Ich kenne jeden in meiner Mannschaft.«

»Wenn wir das wüssten, wäre meine Anwesenheit hier wohl nicht notwendig, oder?«

Merten ist empört. »Sie hätten mich über Bord geworfen? Nur um Ihre Identität zu verbergen?«

Bastian schaut ihn ausdruckslos an. »Sie vergessen offensichtlich die merkwürdige Art, wie Sie an Bord gekommen sind.«

»Da habe ich Sie wohl ein bisschen erschreckt, was!«

In Mertens Stimme liegt kalter Hohn.

Lehmann setzt dem Wortgefecht ein Ende. »Schluss damit! Bastian, verschwinden Sie.«

Bastian steht auf und verlässt den Raum.

»Aber … wieso lassen Sie ihn gehen, er hat doch …«

»Doktor Kröger, Sie haben hier keine Fragen zu stellen, sondern vielmehr meine zu beantworten! Schließlich haben Sie einen Kameraden über den Haufen geschossen und sich an Bord geschlichen wie ein falscher Fuffziger! Was haben Sie dazu zu sagen?«

»Müller wollte mich umbringen! Warum, das weiß ich auch nicht.«

»Wieso denn? Müller war Parteimitglied!«

»Und? Parteimitglieder können doch auch an einer Verschwörung teilnehmen, oder etwa nicht. Vielleicht gerade … Fragen Sie doch mal die Partei! Dass Göring einen Hass auf die Zeppeline hat, ist ja kein Geheimnis.«

»Hören Sie endlich mit diesem Bombenquatsch auf! Der Einzige, der Ihre Geschichte bestätigen kann, ist Eckener, und der sitzt im Zug nach Österreich!«

»Direktor Lehmann, ich bitte Sie inständig. Befehlen Sie eine Übung, ein Manöver. Lassen Sie die Mannschaft nach einer Bombe suchen! Mein Gott, das ist doch eine Schulungsfahrt! Was kann es denn schaden?«

»Warum Sie Müller erschossen haben, muss ein Gericht klären! Sie werden in Lakehurst an Bord bleiben, und in Frankfurt werde ich Sie den Behörden übergeben, und so lange bleiben Sie hier drin!«

Lehmann will aufstehen.

»Hören Sie! Bitte.« Merten ist verzweifelt. »Die Bombenwarnung kam aus dem Haus von Edward van Zandt!«

Lehmann lacht laut auf. »Ja klar! Van Zandt und eine Bombe!«

Pruss und Lehmann wechseln einen Blick.

»Das wird ja immer bunter, Kröger. So ein Unsinn. Sie wollen doch nur Ihren Arsch retten! Pruss, kommen Sie! Wir haben einen Zeppelin zu fliegen!«

Bevor die beiden die Messe verlassen, befiehlt Lehmann: »Sauter, Sie lassen ihn nicht aus den Augen!«

»Jawohl, Kapitän.«

Als die beiden Kapitäne verschwunden sind, setzt sich Sauter zu Merten auf die Bank. Ohne ihn anzusehen, meint Sauter:

»Hat sie dich also ans Messer geliefert, deine kleine Prinzessin.«

»Ich hätte sie nie da mit reinziehen dürfen ...«

»Mensch, Merten. So eine Scheiße.«

Merten starrt in seine Kaffeetasse und schweigt.

Der Gong ertönt auf den beiden Decks, und die Passagiere finden sich zum Frühstück ein. Es riecht verführerisch nach frischen Brötchen und Kaffee. Alle Tische sind einladend gedeckt und auf jedem steht ein frischer Blumenstrauß mit blauen Iris und weißen Nelken, den Farben der Zeppelin-Reederei. Die Stewards stehen bereit und rücken den Gästen die Stühle zurecht. Dann servieren sie Tee oder Kaffee, warten, bis die Menüs studiert sind, und nehmen von Tisch zu Tisch die Bestellungen auf. Während die Passagiere auf die georderten Speisen warten, blättern sie ihre Passagierliste durch und schauen sich neugierig an, wer mit ihnen reist und welches Gesicht möglicherweise zu dem Namen auf der Liste passt. Einige sind bekannte Persönlichkeiten, die man schon aus diversen Gesellschaftsnachrichten kennt. Margret Mather etwa, Amerikanerin und Erbin eines beträchtlichen Vermögens, die in Rom lebt. Oder Rolf von Heidenstamm, der mal Kammerherr am schwedischen Hof war, oder Nelson Morris, Millionär und Investor. Der Mittvierziger ist der wohl reichste Mann an Bord. Sein Vater war einer der größten Fleischfabrikanten in Amerika und seine Frau ist die französische Schauspielerin Blanche Bilboa. Nelson Morris ist schon zweimal mit dem *Graf Zeppelin* gefahren und über die modernere Ausstattung und die Geräumigkeit des *Hindenburg* begeistert. In Paris hat er seinen alten Freund Burt Dolan, Parfumimporteur, getroffen und ihn überredet, mit ihm den Zeppelin nach Hause zu nehmen. Dolan hat zunächst gezögert, weil er seiner Frau Mildred versprochen hatte, in Europa nicht zu fliegen, aber Morris hat so von der einzigartigen Erfahrung geschwärmt, dass Dolan am Ende zugestimmt und seine Passage auf einem Transatlantikdampfer abgesagt hat.

Alfons Schmiedinger sucht auf der Speisekarte und ordert die Wurstplatte und dazu Kaffee mit viel Milch. Es dauert nicht lange, und die Speisen werden serviert. Schmiedinger bemerkt Jennifers bedrückte Stimmung, während diese in ihren Cornflakes stochert. Er versucht, Konversation zu machen.

»Ist es normal, dass die Amerikaner morgens früh schon Setzeier, Tomaten und Würstchen verspeisen?«

Jennifer antwortet ihm höflich. »Na ja, manche schon, Männer vor allem. Viele mögen auch Cornflakes.«

»… platt gedrückten Mais«, bemerkt Wiltrud verächtlich.

»Das hört sich … interessant an … Werde ich auch mal probieren.«

Stattdessen beißt er genüsslich in eine Brötchenhälfte mit dick Butter und Leberwurst.

Am Nebentisch sitzen die Flieger und gönnen sich einmal die ganze Frühstückskarte rauf und runter. Brateier, Wurstplatte, Käseplatte, Brötchen und Marmelade. Der erhebliche Alkoholkonsum in der Bar von der vergangenen Nacht scheint bei ihnen einen unglaublichen Appetit hervorzurufen. Die vielen Platten finden auf dem kleinen runden Tisch kaum Platz, und der Steward holt schnell einen extra Serviertisch herbei.

Oberst Menzel zeigt zum Fenster hinaus.

»Wir sind nach Norden abgedreht. Nordwest. Ich frage mich, warum?«

»Schlechtes Wetter wahrscheinlich. Dabei versichern die dauernd, ein Unwetter könne dem Schiff nichts anhaben«, meint der Major kauend.

»Ist ja wohl auch so. Ist wie unsere Flieger auch ein perfekter Faradaykäfig. Zumindest, solange er in der Luft ist. Alle elektrische Energie wird über die Außenhaut abgeleitet.«

»Ja klar, der *Shenandoah*, der britische *R 101*, der *Macon*. Lauter perfekte Faradaykäfige, alle hat es zerfetzt.«

Gisela und Dieter sehen entsetzt vom Nebentisch herüber. Rolf mischt sich in das Gespräch der Männer ein.

»Aber das stimmt doch gar nicht. Der *Shenandoah* ist über Ohio in einem Wirbelsturm in mehrere Teile gebrochen, den englischen *R 101* hat eine Regenwand in Frankreich zu Boden gedrückt und die amerikanischen Schiffe *Akron* und *Macon* sind beide ins Meer gefallen. Aber nicht weil sie explodiert sind, sondern auch durch schwere Stürme. Bisher hat noch nie ein Gewitter ein Luftschiff zerstört. Und …«

Der Oberst unterbricht den begeisterten Jungen indigniert.

»Na, du hast ja wohl auf alles eine Antwort. Aber am Ende hat unser Luftfahrtminister recht. Diese Zeppeline sind fliegende Bomben. Nur ein Funke, und das ganze Gedöns geht in Flammen auf.«

»Warum müssen Sie meinen Kindern Angst machen! Behalten Sie doch Ihre Gedanken für sich.«

Gottfried Kerner ist ärgerlich. Gilles Broca fragt die Geschwister:

»Aber Kinder, ihr habt doch keine Angst, oder?«

Rolf und Dieter schütteln den Kopf. Ihr Vater versucht, das unangenehme Gespräch zu beenden.

»Esst, Jungs, bis zum Mittagessen dauert es noch, und wir wollen doch das Schiff ansehen gehen. Ich habe euch beim Kapitän für einen Rundgang angemeldet.«

Die Jungs sind begeistert und beugen sich über ihr Frühstück.

Gilles Broca kann es nicht lassen. Er fängt von Neuem an und erntet dafür einen bösen Blick von Mady Kerner.

»Wenn ich ein Luftschiff zerstören wollte«, sagt er, »wäre meine Strategie das Nichtstun.«

»Da mögen Sie recht haben. Luftschiffe sind doch eine Sackgasse.«

Leutnant Bödeker richtet sich gerade auf und sagt pompös:

»Die Lufthoheit gehört in Zukunft allein dem Flugzeug!«

»Und – wer weiß«, meint Major Schröder, »irgendwann den Raumschiffen.«

Broca lacht laut auf. »Finden Sie das etwa komisch?«

Major Schröder klingt beleidigt. »Das nicht. Aber mal im Ernst. Sie drei würden doch jedem Ihre Seele verkaufen, der Ihnen erlaubt, sich in die Kanzel eines Fliegers zu setzen – und sei er noch so wahnsinnig.«

Erschrockenes Schweigen breitet sich unter den Frühstücksgästen aus. Zumindest bei denen, die Deutsch verstehen. Die Schweden, Dänen, Amerikaner reden weiter, bis ihnen das Schweigen am anderen Ende des Saals auffällt und sie interessiert herüberschauen.

Gilles Broca bestellt beim Steward noch einen Kaffee und tut, als wenn nichts wäre. Doch empört wirft Bödeker klappernd sein Besteck auf den Teller.

»Dafür, dass Sie so große Reden schwingen, sind Sie auffallend oft im Frachtraum, ohne Erlaubnis, wohlgemerkt.«

»Und? Ich sehe nach meinem Rocco, dem armen Kerl. Er muss da Qualen erleiden, obgleich er weder Lebensraum im Osten einfordert, noch mit Überfällen droht.«

Bödeker schnappt nach Luft.

»Vielleicht ist der Köter ja nur ein wohlgeplanter Vorwand.«

»Was wollen Sie denn damit andeuten?«

Die beiden Streithähne sehen sich giftig an.

»Nur, dass wir Sie im Auge behalten, mein Freund.«

»Oh, ich denke, wir sind keine Freunde«, sagt Broca leichthin.

»Da magst du recht haben, du Schwuchtel.«

In die Stille, die darauf folgt, meldet sich Dieter zu Wort.

»Mami, was ist denn eine Schwuchtel?«

»Sei still, das ist nichts, was du wissen musst.«

Mady schaut ängstlich in die Runde, während Gisela Broca in einer Mischung aus Abscheu und Bewunderung interessiert beobachtet.

Jennifer hat genug von diesem frühmorgendlichen Schlagabtausch.

»Jetzt hören Sie schon auf mit Ihren elenden Gehässigkeiten!«

Major Schröder ist jetzt aber so richtig in Fahrt. Seine Wangen sind rot angelaufen.

»Verzeihen Sie. Sie sind doch Amerikanerin, nicht wahr? Nun, das hier ist eine rein deutsche Angelegenheit.«

»Was meinen Sie mit *deutsch*? Den Hass? Das Misstrauen? Da mögen Sie recht haben, das ist sehr deutsch. Und es ist ansteckend. Die ganze Welt droht davon befallen zu werden, aber können wir nicht wenigstens hier oben in Ruhe unseren Kaffee trinken?«

Schröder dreht sich ohne eine Antwort zurück zu seinen Kameraden. Widerworte ist der Offizier nicht gewohnt. Broca verneigt sich lächelnd.

»*Chapeau*, Madame. Aber Sie sollten sich Ihren Appetit nicht durch die Anwesenheit von Nazis verderben lassen.«

Mit Blick auf Schmiedinger setzt er hinzu:

»... oder von Kleinbürgern ...«

Jetzt fixiert er Mady Kerner. »... oder von Juden.«

Genüsslich köpft Broca sein Frühstücksei.

Mady sieht entsetzt auf. Alle Blicke ruhen nun auf ihr. Vor allem der ihrer Kinder.

Gottfried Kerner ist wachsbleich geworden und bemüht sich um Stärke in seiner Stimme.

»Wir denken nicht mal dran, solche ... Provokationen auch nur zu kommentieren!«

Madys Finger zittern so sehr, dass ihr Tee überschwappt. Sie stellt die Tasse wieder ab.

Die Flieger flüstern miteinander und taxieren die Kerners.

Jennifer beobachtet Gisela, deren Gesichtszüge erst fragend und dann wissend sind. Nach ein paar Sekunden wirft sie ihr Besteck hin, steht auf und rennt raus.

Mady will ihr hinterher, doch Gottfried fasst sie am Arm und zwingt sie, sich wieder zu setzen. Dann sieht er hocherhobenen Hauptes in die Runde.

»Wir wollen doch in Ruhe zu Ende frühstücken, nicht wahr?«

Jennifer erhebt sich, bleibt vor Broca stehen und sagt:

»Sie sind auch keinen Deut besser als die ...«

»Stimmt genau. Ich bin auch nur einer von diesen ... Menschen.«

Jennifer verlässt den Speisesaal und geht Gisela nach. Sie steht am Fenster im Gesellschaftsraum und starrt hinaus.

»Was da eben geschehen ist, gibt das nicht deinen Eltern recht, Deutschland den Rücken zu kehren?«, fragt Jennifer sie.

Gisela sieht sie bitter lächelnd an.

»Darum geht es doch gar nicht.«

»Worum geht es denn?«

»Ich bin doch kein Kind mehr! Ich habe ein Recht, zu erfahren, wie es um uns bestellt ist! Ich habe ein Recht, zu erfahren, wohin die Reise geht, oder nicht?«

»Aber manchmal ist es besser, nicht zu viel zu wissen.«

»Dann gibt es in Amerika auch Dinge, von denen man besser nicht so viel weiß?«

Wütend dreht sich Gisela weg und geht zum Kabinengang. Jennifer schaut ihr verblüfft nach.

Aus den Fenstern ist außer Dunst und Nebel nichts zu sehen, so beschäftigen sich die Passagiere mit Kartenschreiben und Lesen. Manche sind auch wieder in ihre Kabinen gegangen. Das Ehepaar Adelt steigt mit Birger Lundt, dem Reporter aus Stockholm, hinunter in den Rauchsalon, um das erste Zigarettchen zu qualmen und über ihrer aller gemeinsamer Passion der Schreiberei und der Freiheit der Presse zu fachsimpeln. Die Amerikaner haben sich im Gesellschaftsraum an der Promenade eingefunden und versuchen, draußen etwas zu erkennen, aber es ist nur das graue schäumende Meer zwischen nebligen Schwaden zu sehen. Der Student Peter Belin hat sein Fernglas mitgebracht, aber auch mit dessen Hilfe ist nichts Erwähnenswertes zu entdecken. Andere Gäste lesen ihre mitgebrachten Bücher oder unterhalten sich leise. Die Stewardess Emilie Imhoff im adretten grausilbrigen Kleid mit blauen Aufschlägen geht zu den Kerner-Jungen und fordert sie auf, mit ihr »Mensch ärgere dich nicht« zu spielen. Mady sieht sie dankbar an und eilt fort, um mit ihrer Tochter zu sprechen.

Merten ist wieder in seiner Kabine eingesperrt und liegt auf dem Bett. Er ist verzweifelt, dass niemand ihm auch nur den geringsten Glauben schenkt. Und er sehnt sich nach Jennifer. Sauter hat ihm ein Tablett mit Essen und einen Krug Mineralwasser gebracht. Von den Kapitänen bekommt er keinen zu Gesicht. Die Stunden rinnen tatenlos dahin. Er lauscht den vertrauten Geräuschen des *Hindenburg* und überlegt, wo eine Bombe versteckt sein könnte. Systematisch geht er im Kopf den Bauplan durch, den er ja in- und auswendig kennt. Und schon nach ein paar Minuten hat er Hunderte Stellen, an denen er nachsehen würde, wenn er nur könnte.

Mal abgesehen von den Kisten und Kästen in den Frachträumen und in der Kühlkammer, der Elektrozentrale, den ... Doch er ist eingesperrt und zur Untätigkeit verurteilt.

Funkoffizier Schweikard konzentriert sich in seiner Funkbude oberhalb der Führergondel auf die Meldungen in seinem Kopfhörer. Durch die Gewitterfronten ist der Empfang über den Transmitter außen am Kiel bescheiden – auf Kurzwelle und ebenso auf Langwelle. Nicht mal die hundertzwanzig Meter lange Schleppantenne, die mit einer Winch abgelassen werden kann, bringt Besserung. Das Vierundzwanzig-Meter-Band, mit dem er normalerweise ohne Probleme die sechstausend Meilen weit entfernte Radiostation Chatham in Massachusetts erreichen kann, knistert so sehr, dass er nichts versteht und nichts ohne ständige Wiederholungen durchgeben kann.

Zudem fährt der *Hindenburg* Nordkurs, und hier oben sind in dieser Jahreszeit keine Schiffe unterwegs, die man anfunken könnte. Schweikard muss auf die Wettermeldungen via Kurzwelle von unter ihnen fahrenden deutschen Dampfern verzichten. Er nutzt die Zeit und sortiert die Telegramme der Passagiere. Und von denen gibt es reichlich. Denn, und das kennt Schweikard schon von den vielen Reisen, die er mitgemacht hat, die Telegramme vom Zeppelin sind das beliebteste Souvenir an Freunde und Verwandte in der Heimat. Geschäftliches ist natürlich auch dabei, aber sehr viel seltener. Genau wie beim Postmeister nebenan, der unermüdlich die Ansichtskarten und Briefe auf *Hindenburg*-Luftpostpapier stempelt, die die Gäste unten im Schreibzimmer mit ungeheurem Elan verfasst haben.

Plötzlich wird die Tür hinter ihm aufgeschoben. Oberst Menzel steht in der Funkbude.

»Für Passagiere kein Zutritt. Ich muss Sie auffordern ...«

Menzel hält ihm einen Ausweis unter die Nase. Schweikard erkennt sofort neben dem Konterfei des Offiziers die Marke des

Geheimen Staatspolizeiamts in Berlin mit dem Reichsadler, der sein Hakenkreuz in den Fängen hält.

»Sie haben meinen Anweisungen Folge zu leisten. Auf diesem Schiff darf ich tun und lassen, was ich für richtig erachte. Und nun möchte ich einen Funkspruch nach Berlin absetzen. Also raus hier!«

Schweikard folgt dem Befehl, nimmt seine Hörer ab und steht auf.

»Berlin ist zu weit weg. Da müsste ich Brest anfunken und …«

»Sie müssen überhaupt nichts. Gehen Sie einen Kaffee trinken. Oder eine Zigarette rauchen.« Menzel lacht unangenehm. »Wird's bald?«

Schweikard schluckt, sagt aber nichts und verlässt eilig den Raum.

Auf dem Kielgang lehnt er sich an den nächstbesten Träger. Er atmet heftig, aus seinem Gesicht ist jede Farbe gewichen. Er beginnt zu schwitzen.

Menzel hat an dem Tisch Platz genommen und die Hörer aufgesetzt. Aus der Jackentasche zieht er einen Zettel und dreht an dem Schalter des Funkgeräts die notierte Frequenz ein.

»Adler ruft Berlin. Adler ruft Berlin.«

Es dauert ein wenig, dann scheint die Verbindung hergestellt.

14
Vom Bug zum Heck

Zum Mittagessen gibt es Kraftbrühe, englische Hochrippe, Kohlrabigemüse, gefüllte Tomaten und Pfannenkartoffeln. Zum Nachtisch Richelieupudding. Und dazu einen gekühlten 1927er Himmelreich aus Traben-Trarbach.

Nach dem schwarzen Kaffee machen sich Gottfried Kerner und seine beiden Jungen fertig für den Rundgang durchs Schiff. Kapitän Wittemann hat sich bereit erklärt, die Führung zu übernehmen. Auf jeder Reise gibt es das Angebot zu Rundgängen für Passagiere. Die sind immer sehr begehrt, denn das Innere des Zeppelins ist Nicht-Luftschiffern völlig unbekannt und somit natürlich aufregend. In den Zeitschriften oder Wochenschauen gibt es meist nur Bilder vom Gerüst im Baustadium oder von außen, wenn alles fertig ist. Manchmal zeigt die *Berliner Illustrierte* Fotos aus den Gästebereichen, etwa bei der berühmten Olympiafahrt oder bei der ersten Amerikareise. Sonst sieht man so etwas eher selten, außer wenn so berühmte Leute mitfahren wie der Boxer Max Schmeling nach seinem sensationellen Sieg gegen Joe Louis im letzten Juni. Eigentlich hätte Schmeling die jetzige Fahrt auch mitgemacht, doch wegen der Hetzkampagne gegen ihn in den USA – die Zeitungen bezeichneten ihn nur noch als »Nazi-Boxer-Smelling« – hat Jim Braddock seinen Herausforderungskampf um die Weltmeisterschaft in New York am 3. Juni abgesagt und Schmeling seine Reise mit dem *Hindenburg*.

Als Kubis die Kerners im Salon abholt, tritt Alfons Schmiedinger hinzu.

»Herr Kerner, hätten Sie etwas dagegen, wenn ich mich Ihnen

anschließe? Ich würde wahnsinnig gerne auch mal das Schiff von innen sehen.«

Gottfried sieht Kubis fragend an.

»Ich habe nichts dagegen, aber das letzte Wort hat auch bestimmt der Kapitän.«

Kubis nickt. »Eigentlich sollen immer nur höchstens drei Personen mitgehen.«

»Aber die beiden Jungen zählen ja sicher nur wie ein Erwachsener, oder?«

»Von mir aus dürfen Sie mitkommen«, sagt Rolf großzügig.

Hinunter geht's aufs B-Deck, das eine kleinere Fläche als das A-Deck hat, weil die Hülle des *Hindenburg* nach unten hin schmaler wird. Auf beiden Seiten führt ein Gang entlang der Hülle und ist mit einem Geländer abgegrenzt. Wenn man darüberschaut, liegen ein paar Meter unten im Boden eine lange Reihe Plexiglasfenster. Sie sind horizontal eingelassen, und wenn man hindurchschaut, kann man sehen, worüber der Zeppelin gerade fährt. Kubis führt seine Gruppe an Backbord den Gang vorbei an den Waschräumen mit dem Plan zum Duschen, in den man sich eintragen kann.

»Hier ist der für Passagiere erlaubte Bereich zu Ende«, erklärt Kubis und öffnet eine Tür mit seinem Schlüssel. Sie stehen in der Mannschaftsmesse mit den runden blauen Bänken um die Tische und dem Bild des Führers an der Wand. In Regalen stehen übereinandergestapelt Teller und Tassen. Zwei Männer sitzen in der Bank und spielen Schach. Sie nicken freundlich und widmen sich wieder ihrem Brett.

Hinter der nächsten Tür liegt die Küche, die für die Gäste und auch für die Mannschaft kocht und in der fast rund um die Uhr Betrieb herrscht. Alles hier ist aus Aluminium und Edelstahl, siebzehn riesige Kochtöpfe zählt Dieter in den Regalen und fünf Kellen, die an einem Rohr an der Wand über dem elektrischen Herd hängen. Eisschrank, Warmhalteplatten und ein doppelter Backofen. Der Konditormeister Richard Müller steht an einem langen Tisch und spritzt mit einer Tülle Schlagsahne auf kleine Erdbeertörtchen. Sein Gehilfe zieht gerade ein Blech mit Blätterteigpasteten aus dem Ofen. Schnell gehen sie weiter und kommen in die Offiziersmesse, wo Kapitän Wittemann schon auf sie wartet.

»Und … seid ihr schon aufgeregt?«, fragt er die Jungen.

Die nicken eifrig, und auch der Vater und Schmiedinger sehen gespannt aus.

Wittemann hat nichts gegen Schmiedingers Teilnahme. Sie müssen ihre Schuhe ausziehen und bekommen ein paar Stoffschuhe. Für Rolf und Dieter finden sich keine passenden Größen, sie erhalten je ein paar dicke Socken von den Maschinisten. Dann machen sie sich auf den Weg. Durch eine weitere Schiebetür geht es in das Innere der Hülle. Sie stehen auf dem Kielsteg, der sich vom Bug bis zum Heck am Boden des Schiffes entlangzieht. Dämmerung umgibt sie. Interessiert besehen sie sich die Duraluminstreben, die, wie mit einem Locher gestanzt, in regelmäßigen Abständen runde Löcher aufweisen.

»Das spart Gewicht«, erklärt Wittemann, »und ist eine Erfindung von uns. Wir haben sogar eigene Werkzeuge entwickelt, mit denen jedes Teil, jeder Träger, jede Niete, alles in Friedrichshafen auf der Zeppelin-Werft hergestellt wird.«

»Und warum sind die alle blau?«

»Das ist eine Tauchimprägnierung gegen Korrosion. Die salzige Luft über den Meeren greift das Metall leicht an.«

Weiter geht es hinein in die Eingeweide des *Hindenburg*. Über und neben ihnen sehen die Besucher die grauweißen Baumwollballons mit dem Wasserstoffgas. Es kommt ihnen ein bisschen so vor, als gingen sie unter einer Wäscheleine hindurch, auf der gigantische Kopfkissen zum Trocknen hängen.

»Ich hoffe, Sie sind gut zu Fuß? Es ist ein weiter Weg ins Heck und wieder zurück.«

Wittemann geht vor und erklärt weiter. »Die Ventilationsschlitze in der Hülle und die Hutzen, wie die Öffnungen mit der kleinen Kapuze auf dem Rücken des Zeppelins heißen, dienen zur ständigen Luftzirkulation. Rechts und links vom Steg sehen Sie die mit Stahlseilen angebrachten Fässer für Wasser oder Treibstoff oder Schmutzwasser, die mit verschiedenfarbigen Punkten weiß, rot oder gelb gekennzeichnet sind.« Danach werfen sie einen Blick in einen der mit Stoffbahnen abgeteilten Frachträume voll festgezurrter Kisten und einem zusammengelegten Ersatzpropeller.

»Falls mal einer kaputtgeht. Ist aber noch nie vorgekommen.«

Weiter geht's.

In der Mitte bei Zelle zehn liegt das Elektrizitätswerk, das Herz des *Hindenburg*. Zwei Fünfzig-PS-Diesel treiben den Generator an und produzieren den Strom für die Herde und Kühlschränke in der Küche, die Lampen und die Funkempfänger. An einer Schalttafel kann man mit Hartgummischaltern jedes Licht im Schiff ein- und ausschalten, auch die zwei riesigen Scheinwerfer am Bug mit insgesamt 1,5 Millionen Kerzenstärken.

»Alle Leitungen, Dosen und Schalter der Bordnetzanlage sind nach den Schlagwetterschutzvorschriften des Bergbaues ausgeführt«, erklärt Wittemann den staunenden Passagieren.

»Denn es darf ja nirgends einen Funken geben. Deshalb sind auch genagelte Schuhe verboten, und nur Gummisohlen oder Stoffschuhe sind erlaubt. So welche, wie Sie jetzt tragen. Die Zellenpfleger haben an ihren Einheitskombinationen aus Asbestbaumwolle keine Knöpfe oder irgendeine metallische Applikation. Das Schaben eines Reißverschlusses an einem Stahlseil könnte Funken schlagen. Deshalb sind auch alle Leitern, die vom Kielsteg hinauf zum Achsialsteg oder in den Gasschächten hinauf zu den Lüftungsklappen am Buckel des Zeppelins führen, mit einer Gummihaut überzogen.«

Es geht vorbei am Mannschaftswaschraum mit Abwurf-Klosett – »Nicht über Land benutzen« steht auf einem Schild, was die Phantasie der kichernden Kerner-Jungen anregt. Am Ende von Ring zehn biegen sie in den Seitenlaufgang ein und stehen am

Ende vor einer Schiebetür. Wittemann schiebt sie auf, und eine starke Brise weht herein. Das Donnern eines Motors ist zu hören.

»Vorsicht, bitte, und einer nach dem anderen.«

Durch die Öffnung sehen sie das Haltegestänge und darunter befestigt die mit Stahlplatten verkleidete Maschinengondel. Dazwischen nur eine schmale Leiter und dreihundert Meter weiter unten die Fluten des Atlantik.

»Mannomann«, meint Schmiedinger, »ist da schon mal einer abgestürzt?«

»Bisher nicht. Alle auf dem *Hindenburg* sind schwindelfrei, besonders Maschinisten. Und die Zellenpfleger.«

»Was ist denn ein Zellenpfleger?«, fragt Dieter.

»Das sind die Männer, die während der Fahrt ständig zwischen, unter und über den Ballons unterwegs sind und prüfen, ob nirgends Gas austritt, dass die Ventile nicht klemmen und die Gasschächte problemlos ablüften. Wenn der Zeppelin sehr hoch steigt, müssen sie die Verzurrungen lösen, damit die sechzehn Ballons sich ausdehnen können, und sie dann wieder festbinden und umgekehrt.«

»Wie sind eigentlich die Arbeitszeiten auf so einem Luftschiff?«, fragt Schmiedinger.

»Ähnlich wie auf Seeschiffen«, erklärt der Kapitän. »Wir haben eine Vier-Stunden-Taktung, nur die Maschinisten werden in kürzeren Abständen gewechselt.«

»Und wenn die keine Wache haben, dann schlafen sie, oder was machen die dann?«

»Oh nein, sie müssen sich zur Verfügung halten oder sie haben Pikettwache und bedienen zum Beispiel das Hecktelefon oder putzen die Mannschaftsräume und so ähnliche Dienste.«

»Ja sonst wäre das ja auch zu viel Nichtstun, nicht wahr?«, lacht Schmiedinger. »Dann würde ja jeder ein Zeppeliner sein wollen.«

Zurück auf dem Kielsteg, wenden sie sich nach links, steigen gemeinsam den nächstgelegenen Steigschacht hinauf, wenden sich auf dem Achsialsteg Richtung Bug und erreichen nach einem strammen Marsch die Nasenspitze des *Hindenburg*. Rechts und links zwei Plattformen, auf denen die Landetaue in Kreisen aufgerollt liegen wie die Schlangen eines indischen Beschwörers. Die Klappen, die sie bei der Landung hinauslassen, können von der Führergondel aus betätigt werden. Zwei Plexiglasscheiben sind in der Hülle darüber eingelassen.

»Das ist der Ausguck, wie bei einem Segelschiff oben im Mast.«

Dieter und Rolf wollen beide gleichzeitig hinaussehen. Wittemann und Gottfried heben sie hoch. Aber wegen des Regenwetters ist nicht viel zu erkennen. Die Jungen sind enttäuscht.

Über eine Leiter steigen sie wieder hinunter auf den Kielsteg und werfen dann noch einen Blick in die Kapitänskajüte. Sie ist einfach und spartanisch eingerichtet, ein Bett, ein kleiner Schreibtisch und darüber die Instrumente, Kompass, Barometer und Höhenanzeiger, dazu ein Kleiderschrank aus Stoff und das Bordtelefon.

Sie gehen ein paar Meter weiter, erreichen die Funkkabine und klettern die Leiter hinunter in die Führergondel, die rundherum von Scheiben umgeben ist. Es ist kalt, und die Wachhabenden tragen Lederjacken.

»Willkommen«, begrüßt Kapitän Pruss seine Passagiere.

»Phantastisch«, entfährt es Gottfried Kerner. Höflich nicken die Wachhabenden und wenden sich dann wieder ihren Tätigkeiten zu. Alles strahlt Ruhe und Konzentration aus.

Drei Räume sind hier untergebracht, ganz vorn die Brücke mit dem Höhensteuerstand, an dem im Moment Eduard Boetius mit der rechten Schulter in Fahrtrichtung steht und breitbeinig die Bewegung des *Hindenburg* erspürt.

»Das ist der wichtigste Mann am Ruder«, erklärt Pruss leise. »Nicht mehr als fünf Grad sind erlaubt, sonst fallen an den Tischen im Restaurant die Gläser um.«

Am Seitenruderstand mit dem Blick nach vorn steht Navigator Kurt Schönherr.

Interessiert betrachtet Dieter die Schaltborde mit den Armaturen. Er sieht den Höhenmesser, den Geschwindigkeitsmesser und die Druckanzeigen für jede Gaszelle, den Temperaturmesser für die Zellen und die Außenluft, das Hygrometer.

»Was sind das für Knöpfe?«, fragt er.

»Daran kann man ziehen, und die Ventile an den Gaszellen öffnen sich. Entweder einzeln oder mehrere zusammen. Zellen vier bis elf und dreizehn bis sechzehn können an dieses Rad gebunden werden und geben dann alle gleichzeitig Gas ab. Das nennt man ›Abblasen am Rad‹. Und stell dir vor: Dreißig Sekunden Abblasen macht den *Hindenburg* um sechstausendsechshundert Pfund schwerer.«

»Verstehe ich nicht, wieso denn schwerer, müsste doch leichter werden, wenn man was ablässt«, wundert sich Gottfried Kerner.

»Normalerweise ja, aber nicht beim Zeppelin. Weniger Gas in den Zellen heißt weniger Auftrieb, und das bedeutet dann, dass das Schiff schwerer wird.«

»Und diese da?«

Rolf zeigt auf Zugknöpfe mit verschiedenfarbigen Punkten.

»Das sind die Zugknöpfe für die Wasserhosen und Tanks zum Ablassen von Ballastwasser zum Beispiel bei der Landung.«

Hinter dem Führerstand besichtigen sie noch den Navigationsraum mit dem Kartentisch und ein paar Schränken. Max Zabel hat sich über die Karten vom Nordmeer gebeugt und blickt nur kurz auf. Als Letztes folgt die Wetterstation und ganz am Ende unter den Fenstern eine sichelförmige Aluminiumbank aus lochgestanzten Streben.

Schmiedinger setzt sich und probiert sie aus.

»Das ist bestimmt das idyllischste Plätzchen im ganzen *Hindenburg*. Schaut, Jungs, von hier kann man rückwärts unter den Bauch sehen.«

»So, Herrschaften«, meint Wittemann, »das war's. Jetzt geht's zurück.«

Artig verabschieden sich die Buben von den Offizieren. Als sie wieder im Passagierabteil sind, bekommt jeder noch eine kleine runde Anstecknadel der Deutschen Zeppelin Reederei. Auf hellblauem Emaille schwebt ein goldener Zeppelin über die Breiten- und Längengrade der Weltkugel. Restlos begeistert von ihrem Abenteuer, rasen die Brüder die Treppe hinauf, um ihrer Mutter und Schwester alles genauestens zu berichten. Gemessenen Schrittes, aber mindestens genauso beeindruckt, folgen ihnen die beiden erwachsenen Männer.

15
Heiße Spur

Am Nachrichtenbrett ist nach dem Abendessen eine Verspätung von drei bis vier Stunden angekündigt. Außerdem heißt es, dass es gegen dreiundzwanzig Uhr für die Nachtschwärmer noch ein paar Sandwiches geben wird. Doch die meisten werden wohl wieder in der Küche landen. Der erste Tag an Bord und die viele frische Seeluft, die durch die geöffneten Fenster hereindringt, hat die Passagiere müde gemacht, und bis auf ein paar amerikanische Geschäftsleute, die sich noch zu einer Zigarre und einem Drink in die Bar verziehen, ist im Salon und auf den Promenaden Ruhe eingekehrt.

Der Rauchsalon auf dem B-Deck an Steuerbord ist eine sensationelle Neuigkeit für die Passagiere. Auf dem *LZ 127*, dem *Graf Zeppelin*, herrschte noch wie auf allen anderen Vorgängern des *Hindenburg* striktes Rauchverbot. Die Konstruktion des Rauchsalons ist genial. Am Ende des Gangs an Steuerbord, wieder mit den im Boden eingelassenen Fenstern, geht es um die Ecke zu einer Tür, die stets geschlossen ist. Dahinter liegt eine Luftschleuse. Man öffnet die erste Tür und betritt eine kleine Kabine mit einer weiteren Tür. Die lässt sich aber nur öffnen, wenn die hintere fest geschlossen ist. Dann steht man in einer Bar mit Theke und ein paar Barhockern. In diesem Raum zeigt ein Gemälde von Arpke eine spanische Flamenco-Band mit Kastagnettentänzerin. Auch hier liegen die Fenster unten im Boden hinter einer Balustrade. In der Bar mixt Chefsteward Kubis die bestellten Martini-Cocktails und Manhattans für 1,50 oder den LZ 129 aus Orangensaft und Gin. Oder den Maybach 12, Inhalt geheim.

Weiter durch die nächste Tür betritt man den Rauchsalon. Hier herrscht Überdruck, damit kein Wasserstoffgas eindringen kann.

Eingerichtet ist der kleine Raum mit einer Eckbank, Aluminiumstühlen und runden Aluminiumtischen, in deren Mitte sich ein Loch mit Deckel befindet. Die Tischsäule ist gleichzeitig Aschenbecher und am Ende mit Wasser gefüllt. Aus der Wand kann ein elektrischer Zigarettenanzünder, der sich an einem mit Stoff umwickelten Kabel befindet, herausgezogen werden. Zigarrenraucher können Kubis bitten, ein Streichholz für sie zu entzünden, das abgebrannte Holz nimmt Kubis höchst pingelig wieder mit.

Alle Sitze und Bänke sind mit dunkelblauem Leder bezogen, die Wände mit gelblichem Schweinsleder bespannt. Darauf Gemälde von Wand zu Wand, die die Entwicklungsgeschichte von Leichter-als-Luft-Fahrzeugen zeigen: das Phantasiegefährt von de Lana aus dem 17. Jahrhundert, der Heißluftballon von Montgolfier im Jahr 1783. *La France*, das erste Luftschiff von 1884, dann das erste Starrluftschiff des großen deutschen Konstrukteurs Graf Zeppelin von 1900, der *LZ 1*, und zuletzt das Schwesterschiff des *Hindenburg*, der *LZ 127*, *Graf Zeppelin*, von 1928. Auf der Innenseite der Schiffshülle sind große Sternenkarten der nördlichen und südlichen Hemisphären aufgemalt.

Chefsteward Kubis, Wächter der Luftschleuse, prüft jeden, der kommt, aber vor allem jeden, der geht, damit nicht aus Versehen jemand mit glühender Zigarette oder Zigarre hinausgelangt. Und er ist es, der den letzten Gast um drei Uhr morgens mit einem freundlichen »Schlafen Sie wohl« verabschiedet.

5. Mai 1937. Chefsteward Kubis ist wie immer früh unterwegs. Der erste Weg führt ihn in die Bar. Hier stellt er fest, was fehlt, schreibt es auf eine Liste und füllt seine Regale aus dem Vorratsraum wieder auf. Dann kontrolliert er die Anzahl der Gläser. Aus seinem Schlafraum direkt hinter der Bar holt er die Zigarrenkisten, um den Humidor aus feinstem Wurzelholz auf der Theke wieder aufzufüllen. Die abendlichen Gäste haben den Bestand an kubanischen Zigarren und Zigarillos erheblich dezimiert. Doch als Kubis den Humidor hervorzieht, hält er erschrocken inne. Die

Glasscheibe ist zerbrochen. Kubis versucht, den zerschlagenen Deckel zu heben, doch der Humidor ist verschlossen. Nur er hat einen Schlüssel dafür, den er Max gibt, wenn der Barsteward ihn ablöst. Wütend stellt er die Zigarrenkisten auf den Tresen und begibt sich ohne Verzögerung zur Offiziersmesse auf der anderen Seite des B-Decks, um über diesen ungeheuren Diebstahl Meldung zu machen. Als er in der Offiziersmesse ankommt, stutzt er für einen Moment, als er Merten dort mit Fesseln um die Handgelenke sitzen sieht. Sauter hat sich bei Lehmann die Erlaubnis besorgt, ihn aus seiner Kabine herauszuholen, damit er sein fensterloses Gefängnis verlassen und in der Messe frühstücken kann.

Kubis wendet sich an Kapitän Pruss.

»Vandalen sind das! Samt und sonders! Bestimmt waren das diese Blagen mit ihrem blöden Spielflugzeug. Überall an Bord stehen die einem im Weg …«

Wittemann unterbricht den Wortschwall.

»Sie können nicht einfach unbewiesen die Kinder beschuldigen! Es ist doch in der Nacht passiert, da haben die Jungs bestimmt in ihren Betten gelegen.«

»Dann waren's diese Flieger! Die können abends nie ein Ende finden, und rauchen tun die auch wie die Schlote …«

»Kubis, nun mal im Ernst. Das war bestimmt nur ein Versehen. Setzen Sie den Humidor auf die Verlustliste, und in Lakehurst oder Frankfurt kriegen Sie einen neuen.«

Immer noch in Rage, verlässt Kubis die Messe.

Die Uhr im Speisesaal zeigt kurz nach acht. Wiltrud vergleicht die Zeit mit der auf ihrer Armbanduhr und stellt sie auf die aktuelle Bordzeit ein.

»Und schon wieder haben sie uns zwei Stunden unserer Zeit gestohlen.«

Beim Steward bestellt sie zwei Eier im Glas, Kaffee und Toast. Jennifer möchte nur Tee. Sie ist schweigsam, und ihre Mutter lässt sie in Ruhe, nicht ohne ab und an zu ihr hinüberzuschauen.

Der Stuhl von Alfons Schmiedinger bleibt leer, doch das fällt den beiden Damen kaum auf. Nach dem Frühstück gehen sie zusammen ins Lesezimmer, Burt Dolan sitzt an einem der kleinen Wandtische und schreibt Postkarten und Briefe an Freunde und Geschäftspartner. Ein beeindruckender Stapel fertig adressierter Post liegt schon vor ihm. Auf der Bank unter dem Fenster sitzt Schmiedinger und schmökert in dem Karl-May-Band *Auf fremden Pfaden*.

»Herr Schmiedinger, Guten Morgen. Wir haben Sie beim Frühstück vermisst.«

Wiltrud van Zandt steht vor der Bordbücherei und sucht nach Lektüre.

»Ich fühlte mich nicht ganz wohl. Aber jetzt ist schon alles wieder in Ordnung.«

Wiltrud nimmt sich *Mein Kampf* auf Englisch heraus, setzt sich an einen der runden Tische und beginnt zu blättern. Jennifer kann sich nicht recht entscheiden. Sie schichtet schon zum zweiten Mal die verschiedenen Zeitschriften um, die in einem Korb in der Ecke stehen. Dann entscheidet sie sich für das *Time*-Magazin mit der Schriftstellerin und Verlegerin Virginia Woolf auf dem Titelbild.

»Ist vom 18. April. Na ja, auch nicht mehr ganz aktuell.«

Zu ihrer Mutter sagt sie: »Also wirklich, Mama, musst du denn so einen Mist lesen.«

»Das ist kein Mist. Viele von Hitlers Gedanken sind nichts als Weiterführungen der Gedanken eines der größten Amerikaner, nämlich Henry Fords. Und dem verdankt nicht nur Amerika, sondern speziell die Ölindustrie ziemlich viel.«

Sie bedenkt Jennifer mit einem besorgten Blick.

»Ist mit dir alles in Ordnung, Kind? Jetzt genieß doch die Reise! Du hast dich vollkommen richtig verhalten.«

Beide lesen eine Weile, dann klappt Jennifer ihr Magazin zu.

»Mutter, wir wollen den Deutschen doch Helium verkaufen. Für die Zeppeline. Unbrennbares Helium.«

»Natürlich, Liebling. Deswegen sind wir hier.«

»Was wäre, wenn Roosevelt sein Veto einlegt? Dann wäre der ganze Stimmenfang im Kongress für die Katz gewesen.«

»Das wollen wir nicht hoffen. Aber ein bisschen Pokern gehört zum Spiel dazu. Und im Pokern sind die van Zandts ganz gut.«

»Dann wäre es doch nicht unpraktisch, wenn so ein Zeppelin mal explodieren würde. Das würde den Entscheidungsprozess doch wahrscheinlich beschleunigen, oder?«

Wiltrud sieht Jennifer mit steinernem Gesicht an. »Aber Jenny, was sagst du da?«

»Na ja, ich meine … für uns. Und für die Deutschen. Wenn genau das passieren würde, wovor alle Angst haben.«

Wiltrud sitzt stocksteif auf ihrem Sessel.

»Ich befehle dir, so einen Unsinn nicht einmal zu denken! Woher hast du das? Wer sagt so etwas?«

»Niemand. Ich habe nur nachgedacht.«

»Dann denk weniger nach! Und sprich so etwas auf keinen Fall laut aus.«

Wiltrud nimmt ihr Buch wieder hoch und vertieft sich demonstrativ. Für sie ist das Gespräch hier beendet. Sie merkt nicht, dass Jennifer sie nachdenklich beobachtet.

Kapitän Lehmann steht am Fenster hinter dem Höhensteuermann und starrt hinaus in das trübe Wetter. Die dunklen Wolken hängen so tief, dass man fast glaubt, sie greifen zu können. Darunter milchige Nebelsuppe, ab und an eine größere Lücke, und plötzlich ist die Sicht wieder gleich null.

»Viel zu sehen kriegen unsere Gäste nicht, wenn das so weitergeht … Sagen Sie mal, Pruss, Müller war doch ein eingetragenes Mitglied der Mannschaft, oder?«

»Ja, als Erster Offizier am Seitenruder. Für ihn springt jetzt der Offiziersanwärter Alfred Bernhard ein. Der muss sowieso Übung kriegen.«

»Ja, das ist gut. Aber was ich wissen wollte: Müller hatte doch einen eigenen Spind! Den werde ich mir mal ansehen.«

Lehmann wendet sich zur Leiter, steigt hinauf auf den Kielgang und wendet sich Richtung Bug den Offiziersquartieren zu. Vier mit Leinenbahnen abgeteilte Kabinen, die durch eine stoffbezogene Schiebetür verschlossen wird. Darin jeweils zwei Stockbetten, ein kleiner Tisch und an der kurzen Seite vier Spinde, für jeden Bewohner einen. Alle Spinde haben kleine weiße Namensschilder. Schnell hat Lehmann den von Müller gefunden. Er ist wie die anderen nicht abgeschlossen. Im Zeppelin herrscht Vertrauen unter den Männern, und bisher ist noch nie etwas weggekommen. Mit einem kurzen Ruck öffnet Lehmann die graublaue Alutür. Drinnen stehen ein Seesack und ein kleiner Handkoffer. Den nimmt sich Lehmann zuerst vor. Aber außer Papieren, dem Luftschifferpatent und zwei Fachbüchern ist nichts Auffälliges zu finden. Als Nächstes greift er sich den Seesack und kippt den Inhalt auf das untere rechte Stockbett. Kleidung, Schuhe, eine Brieftasche und ein Waschbeutel. Hinter Lehmann schaut plötzlich Funkoffizier Schweikard in die Kabine und bleibt erstaunt stehen, als er den Direktor über den fremden Sachen bemerkt. Ohne ein Wort dreht er sich um und geht wieder. Lehmann hat ihn nicht bemerkt.

In der Brieftasche findet er ein paar Scheine und Fotos von Frau und zwei Kindern. Als er im Fach für Kleingeld nachsieht, fällt etwas zu Boden. Lehmann bückt sich und hebt einen Schlüssel auf. Ein kleiner Anhänger hängt daran. Lehmann dreht ihn ins Licht, das von den unten liegenden Scheiben heraufscheint. »Romeo y Julieta, fine Cigars, Habana/Cuba« steht auf dem kleinen runden Messingschild.

»Na sieh mal an! Müller«, sagt Lehmann laut zu sich selbst. Er steckt den Schlüssel ein, stopft die Sachen wieder in den Sack und stellt alles zurück in den Spind. Er vergewissert sich, dass alles normal aussieht, und macht sich auf den Rückweg. Zielstrebig peilt er das Passagierdepartement an, steigt die kleine Leiter hinauf und betritt durch eine der Personaltüren das B-Deck. Mit wenigen Schritten hat er die Luftschleuse zur Bar erreicht und drückt die Klingel. Kubis öffnet ihm die innere Tür.

»Herr Direktor, was kann ich für Sie tun?«

»Nichts, Kubis. Wo ist der Humidor?«

Kubis geht hinter seine Bar und holt die schöne Kiste aus Wurzelholz mit der zerbrochenen Scheibe hervor. Vom farbig eingravierten Firmenzeichen des Zigarrenherstellers ist nur noch Rom… und darunter Haba… zu lesen. Lehmann probiert den Schlüssel: er passt. Mit einem kurzen Dreh kann er den Deckel aufschließen.

Kubis sieht ihn erstaunt an.

»Woher haben Sie denn diesen Schlüssel? Ich wusste nicht, dass es außer meinem noch einen gibt.«

Lehmann schaut ihn triumphierend an.

»Ja, Kubis. Das ist doch mal eine gute Frage.«

Ohne ein weiteres Wort zieht er den Schlüssel wieder ab und verlässt die Bar.

In der Offiziersmesse hocken Merten und Sauter schon lange schweigend nebeneinander auf der blauen Eckbank. In Mertens Kopf kreisen die Gedanken. Immer wieder hat er die Szene vor Augen, wie er Müller mit nur einem Schuss niederstreckt. Plötzlich öffnet sich schwungvoll die Schiebetür und Direktor Lehmann kommt herein. Mit einem Nicken zu Sauter sagt er:

»Würden Sie uns bitte allein lassen!«

»Jawohl, Kapitän.«

Sauter steht sofort auf. Lehmann schaut ihm hinterher und versichert sich, dass er den Gang hinuntergegangen ist und nicht lauscht.

Merten hatte sich auf der Bank langgemacht und ein wenig gedöst. Jetzt richtet er sich argwöhnisch auf. Lehmann wirft den Humidor-Schlüssel auf den Tisch.

»Was ist das?«

»Gegenfrage. Was brauchen Sie, um dieses Schiff in die Luft zu jagen, Herr Ingenieur?«

»Ich bin kein Sprengmeister, Herr Direktor.«

»Jetzt seien Sie nicht spitzfindig. Ich meine es ernst.«

Merten überlegt einen Augenblick.

»Ich brauchte einen Zünder … und eine Uhr. Dazu Draht und natürlich Sprengstoff.«

»Wie viel Sprengstoff?«

»Um Wasserstoff zu entzünden, das heißt genau gesagt: Knallgas, denn Wasserstoff muss ja erst mit Sauerstoff zusammenkommen, sonst brennt es nicht. Also ich glaube, dafür braucht man nicht viel. Ein, zwei kleine Stangen Dynamit vielleicht.«

Lehmann zieht eine Zigarre aus der Tasche.

»Etwa diese Größe?«

»Ich meine, das würde genügen.«

Lehmann nickt, steckt die Zigarre wieder ein und greift nach dem Bordtelefon.

»Sie kriegen Ihre Übung.«

In die Muschel sagt er: »Pruss, kommen Sie bitte mal in die Messe.«

Während sie auf den Kommandanten warten, diskutieren Merten und Lehmann, wo man eine Bombe deponieren würde. Aber sie kommen zu keinem Schluss.

»Es könnte überall sein. Aber bestimmt irgendwo in der Nähe der Gaszellen. Einfach, um direkt dran zu sein«, sagt Merten.

Als Pruss die Messe betritt, wundert er sich über die Szene. Da sieht er den Gefangenen im intensiven Gespräch mit seinem Gefängnisdirektor.

Lehmann steht auf und informiert den Kapitän des *Hindenburg* über den Plan, eine Übung abzuhalten. Pruss ist zwar verwundert, aber einverstanden. Für die neuen Mannschaftsmitglieder und die Lehrfahrer ist das eine gute Erfahrung. Zusammen gehen die beiden altgedienten Zeppeliner hinüber in die Mannschaftsmesse. Dort sitzen zehn Männer der Pikett- und Freiwache. Sie trinken

Kaffee und spielen Karten. Als die beiden Kapitäne erscheinen, stehen sie sofort auf.

»Männer, wir haben eine Übung angesetzt. Kontrollieren Sie das Schiff. Überall, Träger, alle Ringe, überprüfen Sie die Hülle, die Quartiere und die Frachträume, die Leitwerke ... Alles. Und achten Sie besonders auf die Zellen und die Gasschächte. Gehen Sie streng nach Einsatzplan vor, damit Ihnen nichts Ungewöhnliches entgeht. Und holen Sie die Freiwachen dazu. Ich will, dass sich alle, die keine Wache haben, an dem Einsatz beteiligen. Kapitän Wittemann und Kapitän Bauer führen Aufsicht an Heck und Bug, Ballonmeister Knorr auf dem Achsialsteg und Obermaschinist Schreibmüller für die Maschinengondeln und die Tanks. Elektriker Schlapp im E-Werk.«

Die Männer sehen ihren Kapitän erstaunt an. Keiner sagt etwas.

»Ach, und keiner lässt sich in den Passagierdecks sehen. Und jetzt los.«

Mit einem »Jawohl, Kapitän« verschwinden die Männer durch die Tür zum Kielsteg und schwärmen aus. Jeder weiß, wo seine Station bei solchen Übungen ist. Und innerhalb von fünf Minuten findet sich jeder dort ein. Kapitän Bauer bläst in seine Pfeife und gibt das Signal zum Start.

Merten hockt immer noch in Handschellen am Tisch in der Offiziersmesse. Es macht ihn wahnsinnig, dass er hier so untätig herumsitzen muss. Alf Sauter hat seinen besonderen Wachdienst wieder aufgenommen, sobald Lehmann mit Pruss hinausgegangen war. Die Uhr an der Wand zeigt 10 Uhr 05, als es an der Tür klopft und ein Steward ein Tablett mit Tee und Klappstullen hereinbringt. Neugierig schaut er zu Merten hinüber. Doch bevor er etwas sagen kann, schickt Sauter ihn wieder hinaus und nimmt sich eine Stulle.

»Willst du auch eine?«

Merten schüttelt den Kopf. Sauter sieht nach, womit sein Brot belegt ist, und beißt genüsslich hinein. Er merkt nicht, dass ein dicker Tropfen Senf hinten herausquetscht und ihm auf das Revers rutscht. Merten gibt ihm mit den gefesselten Händen ein Zeichen, und Sauter schaut an sich herunter. Seufzend legt er das Brot zur Seite.

»So ein Mist, habe doch gerade erst die frische Uniform angezogen.« Er kramt in seiner Jackentasche nach einem Taschentuch. Als er es herauszieht, fällt etwas zu Boden. Sauter hebt es auf. Eine Brille mit dünnen silbernen Bügeln. Sauter besieht sie sich und sagt:

»Mann, die hat aber viel Dioptrien. Wie kommt die in meine Jackentasche? Ist das deine, Merten?«

»Nein, ich brauch keine. Ich kann sehen wie ein Luchs.«

Sauter legt die Brille auf den Tisch und kümmert sich um den Senffleck.

Nach einer guten Stunde öffnet sich die Tür wieder und Lehmann ist zurück. Ohne dass er etwas sagen muss, springt Sauter auf und verlässt die Messe.

Lehmann sieht Merten an und schüttelt den Kopf.

»Dann haben Sie ein Problem, Kapitän Lehmann.«

»So?«

»Weiß außer uns jemand Bescheid?«

»Nein, bisher nicht. Nur Sie und ich. Und das ist gut so. Die pure Möglichkeit einer realen Bombe an Bord wird unweigerlich zu einer Panik führen und dazu, dass uns Berlin den Hahn abdreht. Für immer und ewig.«

Lehmann setzt sich müde neben Merten. »Nehmen wir an, ich glaube Ihnen ...«

Merten ist erleichtert. Endlich! Vorsichtig fragt er: »Was hat Ihre Meinung geändert?«

»Sie sagen, Müller habe Sie töten wollen, aber Sie seien ihm zuvorgekommen. Das kann so sein oder auch nicht. Aber ich habe sein Gepäck durchsucht und diesen Schlüssel gefunden. Und was denken Sie, der passt zu unserem Humidor in der Bar. Aber das wäre ja nicht weiter problematisch, obwohl … Na, egal. Letzte Nacht hat jemand den Humidor aufgebrochen.«

Merten ist aufs Höchste gespannt. Ihm ist sofort klar, was das bedeuten könnte.

»Es wurde keine Bombe an Bord geschmuggelt …«

»… sondern die Einzelteile einer Bombe. Nichts, was Aufsehen erregt: Drähte, ein Wecker mit eingebautem Zünder und eine Stange Dynamit … nicht größer als eine …«

»Zigarre!«, sagen sie gleichzeitig. Lehmann fixiert Merten mit seinen klaren blauen Augen. Merten hält dem Blick stand und sagt:

»Das alles kriegt man ohne Weiteres am Sicherheitsdienst vorbei.«

»Aber wenn Müller tot in Frankfurt ist, dann …«

»… heißt das: es gibt einen Komplizen, der an Bord sein muss und diese Bombe zusammenbaut.«

Lehmann streicht sich durchs Haar. »Oder schon gebaut hat. Wie um Himmels willen sollen wir den finden, es sind über sechzig Menschen an Bord, und es kann jeder sein.«

Merten und Lehmann schweigen. Beide denken grimmig nach.

»Ein Passagier. Es kann nur ein Passagier sein!«

»Genau. Der Humidor steht in der Bar, und nur Kubis hat dort Dienst. Der ist unverdächtig. Er hat mir den zerstörten Zigarrenkasten heute Morgen gemeldet und sich ungeheuer aufgeregt.«

»Also bleiben noch jede Menge andere Möglichkeiten.«

Und Merten setzt hinzu:

»Vergessen Sie nicht, Lehmann, die Warnung vor der Bombe kam von Edward van Zandt. Das Telefongespräch mit Doktor Eckener hat wirklich stattgefunden. Er hatte Müller aufgetragen, die Bombe zu suchen, bevor …«

Lehmann schaut Merten wieder eindringlich an. Ein paar Sekunden ist es still, dann steht Lehmann auf.

»Dann werde ich die beiden Damen mal hierherbitten.«

»Das wäre keine so gute Idee. Lassen Sie mich das machen.«

Merten hält demonstrativ seine gefesselten Hände hoch.

»Vergessen Sie's, Kröger! Sie stehen immer noch unter Mordverdacht.«

»Ich werde Ihnen schon nicht von Bord springen. Wenn wir gelandet sind, können Sie mit mir anstellen, was Sie für richtig halten.«

Lehmann denkt kurz nach. Dann öffnet er mit einem kleinen Schlüssel von einem Bund die Handschellen.

»Auf Ihr Ehrenwort.«

»Danke!«

Merten rutscht aus der Bank und steht auf. Erleichtert reckt er sein Kreuz und reibt sich die Druckstellen an den Handgelenken.

Hintereinander verlassen sie die Messe, und Lehmann wendet sich an den erstaunten Sauter, der ein paar Schritte den Gang herunter gewartet hat.

»Sagen Sie's den Leuten. Doktor Kröger ist auf meinen ausdrücklichen Befehl frei bis eine halbe Stunde vor Landung. Sauter, Sie sind dafür verantwortlich, dass er sich dann wieder in der Messe einfindet.«

Sauter nickt, und als Merten an ihm vorbeigeht, verzieht sich sein Gesicht zu einem breiten Grinsen.

16
Verrat

Nachdem Merten seine Freiheit, vorläufig zumindest, wiedergewonnen hat, macht er sich auf zur Kleiderkammer. Er will aus seinen dreckigen Klamotten raus und endlich duschen. Sauter hatte ihm nur das Zähneputzen erlaubt. Hurtig läuft er den Kielgang entlang. Da sieht er jemanden weiter vorn, der, nachdem er sich vorsichtig umgesehen hat, im Küchenlager verschwindet. Merten bleibt stehen. Was hat einer mit einer dunkelblauen Uniform im Frachtraum der Küche zu suchen? Normalerweise haben da nur Männer Zutritt, die die weißen Uniformen des Küchen- und Servicepersonals tragen. Vorsichtig geht Merten weiter, bleibt am Eingang zum Frachtraum stehen. Luft pfeift ihm durch die nicht ganz geschlossene Tür entgegen. Vorsichtig schiebt er die Tür auf und sieht den Mann über einer geöffneten Ladeklappe im Zeppelin-Boden hocken. In der Hand hält er etwas hellbraunes Viereckiges. Er scheint sich nicht sicher zu sein, ob er es hinaus in den Ozean befördern soll oder nicht. Schnell ist Merten bei ihm und ergreift seinen Arm. Der Mann dreht sich erschrocken um.

»Funkmeister Schweikard!«

Merten nimmt ihm das Paket ab. »Schließen Sie die Klappe, sofort!«

Schweikard tut wie geheißen, und der Windzug stoppt. Er starrt Merten mit weit aufgerissenen Augen an.

»Was machen Sie da? Was ist da drin?«, fragt Merten.

Schweikard löst sich aus seiner Starre und richtet sich auf.

»Stehen Sie nicht unter Arrest, Doktor Kröger?«

»Sieht nicht so aus, oder?«

»Doktor Kröger ... Sie ... Würden Sie ...«

»Was denn?«

»Ich brauche Ihre Hilfe!«

»Ich weiß nicht recht, ob ich da der Richtige bin. Aber worum geht es denn hier eigentlich? Was ist hier drin? Und warum wollten Sie es hinauswerfen?«

»Weil ich ... Ich habe Angst. Aber das Paket muss seinen Empfänger dringend erreichen. Sehr dringend. Würden Sie es an sich nehmen und weitergeben, sobald wir in Lakehurst gelandet sind?«

»Warum machen Sie das denn nicht selbst?«

Schweikard sieht Merten flehend an.

»Ich kann nicht. Zu gefährlich ... Ich glaube, ich stehe unter Beobachtung.«

Schweikard zieht einen Stift aus der Tasche und schreibt eine Adresse auf das Paket.

»Danke, das vergesse ich Ihnen nie.«

»Und von wem haben Sie das?«

»Ein Mann hat es mir in Frankfurt gegeben. Er ist von einer Organisation ...«

In diesem Moment betritt der Konditor Richard Müller den Lagerraum, in der Hand einen leeren Sahneeimer. Verwundert sieht er die beiden Männer in blauen Uniformen an.

»Moin, die Herren, kann ich helfen?«

»Nein, Müller, danke sehr. Wir haben nur ...«

Merten überlegt blitzschnell, was sie hier gemacht haben könnten ...

»... die Ladeklappenverriegelungen überprüft.«

Schweikard nutzt die Gelegenheit, dreht sich um und verschwindet. Merten folgt ihm mit dem Paket unterm Arm. Doch als er auf dem Kielgang steht, ist von Schweikard nichts mehr zu sehen. Merten betrachtet das Paket, drückt es. Es fühlt sich elastisch an. Drauf steht: *JDC*, Mr Bernstein, New York. Er schüttelt es ein wenig und hält es sich ans Ohr. Nichts klappert! Vorsichtig löst er an der einen Seite die Verklebung und schaut hinein. Papiere und ein schwarzer Ordner ... Jedenfalls keine Bombe! Schnell schließt er die Verpackung wieder.

Vom nächstgelegenen Bordtelefon aus ruft Merten in der Führergondel an und bittet Lehmann, ihn in der Messe zu treffen. Fast gleichzeitig kommen die beiden aus verschiedenen Richtungen dort an. Merten legt das Paket auf den Tisch.

»Sehen Sie mal, was ich gefunden habe! Sollen wir es aufmachen?«

»Könnte gefährlich sein, oder.«

»Könnte sein. Könnte aber auch das sein, was Bastian sucht.«

»Vielleicht ist es gerade deshalb gefährlich«, meint Lehmann.

»Kommt darauf an, auf wessen Seite man steht.«

Lehmann sieht Merten ohne irgendeine Regung an.

»Wollen Sie mich testen, Doktor Kröger?«

»Na ja ...« Merten zögert eine Sekunde, doch dann sagt er, was er denkt:

»Jeder weiß doch, dass die Herren Minister Goebbels und Göring alles getan haben, um Eckener aufs Abstellgleis zu schieben, und Sie haben davon profitiert. Sie sind der Direktor der Deutschen Zeppelin Reederei, und seitdem ist der Alte kaltgestellt ...«

»Und Sie fragen sich, wessen Geistes Kind ich bin. Stimmt's?«

Lehmann lässt die Frage unbeantwortet und greift nach dem Bordtelefon.

»Elektriker Bastian in die Offiziersmesse!«, befiehlt er knapp.

Merten steht an das Geländer gelehnt und blickt auf das schäumende Meer dreihundert Meter unter dem *Hindenburg*. Er fühlt sich in der Zwickmühle. Ist Lehmann nun ein Nazi oder nicht? Bisher hieß es immer, er habe sich in sein Schicksal mehr unfreiwillig und zur Rettung der Luftschifferei gefügt. Andererseits hat man in Friedrichshafen gemunkelt, er würde die Reise nach Amerika auf Helium-Geheimmission mitmachen.

Aber ob im Auftrag des Luftfahrtministeriums oder im Auftrag Eckeners, wusste keiner genau. Als überzeugter Parteigenosse hat Lehmann, der eher schüchterne kleine Mann, sich allerdings nie hervorgetan. In jedem Fall ist er ein Luftschiffer mit Leib und Seele. Aber wer weiß so etwas in diesen Zeiten schon genau ...

Die Tür geht auf, und Bastian kommt herein.

»Sie haben nach mir verlangt, Lehmann?«

Interessiert sieht er Mertens Handgelenke an. »Wieso ist der frei?«

Lehmann übergeht die Frage und zeigt auf das Paket. Bastian tritt näher an den Tisch heran.

»Was ist das?«

»Mit Sicherheit keine Bombe.«

»Wir sollten vielleicht mal reinschauen«, meint Merten und beobachtet Bastians Gesichtsausdruck genau, als er nach dem Paket greift.

Bastian tritt ihm in den Weg und sagt schneidend: »Das werden Sie schön bleiben lassen!«, und nimmt das Paket an sich.

»Von wem haben Sie das, Kröger?«

Merten blickt hinüber zu Lehmann.

Der zuckt aber nur mit den Schultern.

»Hab ich gefunden.«

Bastian fixiert Merten und kommt noch einen Schritt näher heran.

»Gefunden! Ach ja?«

Dann entspannt sich Bastian plötzlich, dreht sich um und verlässt ohne ein weiteres Wort die Messe.

Lehmann grinst Merten an.

»Sehen Sie jetzt klarer? Ich bin kein Verräter und auch kein Nazi. Aber ich will Ruhe auf meinem Schiff. Wir haben weiß Gott andere Probleme!«

Merten schweigt dazu.

Bastian macht sich im Laufschritt zur Ersatzgondel auf. Springt mehr als er steigt die Leiter hinunter und wirft das Paket auf den Tisch neben das Funkgerät. Mit dem Taschenmesser schneidet er das Packpapier auf. Ein grauer Klappordner kommt zum Vorschein. Bastian lässt die Gummibänder zurückschnappen und findet eine Anzahl Schwarzweißfotos. Schnell blättert er sie durch. Es sind Bilder von Männern in gestreiften Anzügen, angetreten zum Appell; verschiedene Bilder mit nackten, dürren Menschen, die von SS-Männern mit langen Peitschen geschlagen werden, tiefe Striemen auf ihren Rücken, die Gesichter geschwollen und blutig; mehrere Luftaufnahmen von einem Lager mit Wachtürmen und vielen langen, geometrisch angeordneten Hallendächern. Auf einem Foto hat jemand an den Rand »Dachau« geschrieben. Als Letztes noch ein paar unscharfe Fotos von Männern, die an einer Wand stehen, andere liegen auf dem Boden, davor SS-Männer mit Gewehren im Anschlag.

Bastian setzt sich die Kopfhörer auf und aktiviert das Funkgerät. In das Mikrophon sagt er:

»Nordpol drei alpha sieben: Auftrag ausgeführt. Ich wiederhole: Auftrag ausgeführt. Dokumente gefunden und vernichtet.« Dann steht er auf, geht zum Fenster und wirft jedes Bild einzeln hinaus, danach die Mappe und das Packpapier.

Im Speisesaal ist das Mittagessen serviert. Klare Tomatensuppe, Poulardenbrust in Zitronensauce oder, für die Fischliebhaber, Heilbutt mit Senfbutter. Zum Nachtisch Schokoladenmousse mit Himbeeren.

Am Tisch der Kerners fehlen die Eltern. Gisela und ihre Brüder löffeln ihren Nachtisch ohne viel Spaß.

»Wo sind denn eure Eltern? Keinen Hunger?«

Wiltrud meint es gut, aber Gisela sieht sie wütend an. Dann steht sie plötzlich auf.

»Ich komme gleich wieder. Ihr bleibt hier, verstanden?«

»Wo gehst du hin?«

Rolf und Dieter sehen ihr beunruhigt nach. Jennifer steht auf und setzt sich zu den beiden.

»Rolf, erzähl mir doch noch mal, wie das gestern bei eurem Rundgang war. Ich beneide euch so. Ihr wart doch auch in der Führergondel, nicht wahr?«

Die beiden Jungen lassen sich sofort aufheitern, und Dieter fängt an zu erzählen.

Vor der Kabine ihrer Eltern steht Gisela und lauscht. Gerade als sie die Tür aufschieben will, erkennt sie die Stimme von Oberst Menzel. Ängstlich und neugierig hört sie durch die dünne Stofftür zu.

»Sie arbeiten also für die Mineral-Aktiengesellschaft, Sitz in Hamburg. Und für die gehen Sie jetzt nach Ecuador. Mit der ganzen Familie.«

Oberst Menzel lehnt lässig am eingeklappten Waschbecken der Kerners. Mady und Gottfried sitzen nebeneinander auf dem Bett. Mady laufen Tränen über die Wangen und sie hält ein zerknülltes weißes Taschentuch in den Händen. Gottfried starrt auf seine blitzblanken Schuhspitzen.

»Das habe ich Ihnen doch schon zweimal gesagt.«

Menzel beugt sich hinunter – sehr nah an Kerners Ohr sagt er drohend: »Dort sind Sie aber gar nicht mehr angestellt. Entlassen im Zuge der Arisierungsmaßnahmen. Richtig?«

Kerner schweigt, dann sagt er trotzig: »Ist doch wunderbar, oder, ihr seid uns ja jetzt los.«

Menzel atmet hörbar aus. »Frech wollen wir hier aber nicht werden, nicht wahr? Also, Sie sind auf dem Abflug mit Ihrer ganzen Mischpoche.«

Menzel lacht über seinen Wortwitz.

Mady und Gottfried lachen nicht.

»Das ist in der Tat erfreulich. Vor allem, da Sie Ihr beträchtliches Vermögen mitnehmen.«

»Wir haben gut gewirtschaftet.«

»Mag ja sein. Aber ich spreche von dem Vermögen, das Ihre Frau mit in die Ehe gebracht hat.«

Er wendet sich in schleimigem Ton an Mady.

»Sie waren ein reiches Mädchen, nicht wahr? Und sind es noch. Eine gute Partie, wie man so sagt.«

Mady schließt angewidert die Augen.

»Ich spreche von dem Geld, das Sie über die Schweiz nach Quito überwiesen haben. Über achthunderttausend Reichsmark.«

Menzel macht eine Pause. »Am Zoll vorbei. Und das, verehrte Mady, das ist ein Straftatbestand.«

Mady Kerner beginnt zu zittern. Ihr Mann legt seine Hand auf die ihren.

»Was wollen Sie denn?«

Menzel richtet sich auf. Seine Stimme ist ausgesucht höflich.

»Im Interesse der Ruhe an Bord dürfen Sie sich auf dem Schiff weiterhin frei bewegen. In Lakehurst bleiben Sie natürlich an Bord. Und dann fahren Sie mit uns wieder zurück in unser schönes Heimatland. Die Kosten für die Rückreise nach Deutschland tragen Sie selbstverständlich selbst.«

»Und dann?« Mady klingt hysterisch. »Sie können uns doch nicht alle ins Gefängnis stecken!«

»Verehrteste, da gibt es viel bessere Möglichkeiten.«

Gottfried und Mady sehen sich verzweifelt an.

»Was sollen wir denn tun!«

Der Oberst schweigt. Gottfried sieht ihn flehend an.

»Wie viel wollen Sie?«

Menzel lächelt.

»Ach wissen Sie …«

Da stürzt plötzlich Gisela in die Kabine und schreit:

»Was will dieser Unmensch! Wie will er uns denn hindern, das Schiff zu verlassen!«

Menzel rührt sich nicht von der Stelle. Stattdessen lächelt er Gisela jovial an. »Na, kleine Dame? Haben wir etwa gelauscht?«

»Gisela, geh raus. Sofort!«

Gottfried steht auf und versucht, seine Tochter zur Tür zu schieben.

Doch Gisela wehrt sich und reißt sich los.

»Nein! Ich gehe nicht. Ich will jetzt wissen, was hier los ist.«

»Gisela, sei vernünftig!«

»Vernünftig. Du bist gut. Wie vernünftig ist es denn, uns unsere Herkunft zu verschweigen. Das ist also der Grund, Broca hatte recht. Warum müssen wir, muss ich es denn auf diese Weise erfahren? Warum habt ihr mir nicht längst erzählt, dass wir Juden sind?«

»Wir sind katholisch getauft, alle. Du auch. Und jetzt nimm dich zusammen und geh.«

»Ich denke nicht dran. Warum sagst du es nicht?«

Böse funkelt Gisela ihre entsetzten Eltern an.

»Wir sind Juden. Juden! Jetzt sagt es schon! Ist das so schwer? Juden!«

Gottfried holt aus und gibt Gisela eine schallende Ohrfeige. Als sie sich heulend umdreht, erkennt er Rolf und Dieter, die hinter ihr mit bleichem Gesicht auf dem Gang stehen und ihn tief erschrocken ansehen.

Mady springt auf, drängt sich an Menzel vorbei, schiebt Gisela nach draußen. »Gisela, ich möchte, dass du mir jetzt gehorchst! Hörst du?«

Ohne ein weiteres Wort dreht sie sich weg und geht zu ihrer Kabine. Wütend schiebt sie die Tür zu, die krachend an den Rahmen schlägt, und wirft sich weinend auf ihr Bett.

»Was ist denn nur los, Mama, was will denn der Mann bei uns?«

Dieter und Rolf stehen immer noch nebeneinander auf dem Gang vor der Kabine der Eltern.

»Kommt, Jungs, wir gehen mittagessen.«

»Aber wir haben doch schon …«

»Wir gehen jetzt mittagessen, keine Widerrede!«

Grob schiebt Mady ihre Jungen vor sich her.

»Kommt. Los jetzt. Sofort!«

Die Söhne sehen nicht, dass ihre Mutter hinter ihnen weinend in ihre Hand beißt, um nicht hysterisch loszuschreien.

Menzel wartet mit verschränkten Armen immer noch an das Waschbecken gelehnt, bis auf dem Gang Ruhe eingekehrt ist.

»Nun, Herr Kerner. Was machen wir denn jetzt mit Ihnen?«

Gottfried hat sich wieder auf das Bett fallen lassen und fixiert bleich den mittleren Jackenknopf des Oberst. Leise sagt er:

»Fünfzig Prozent.«

Über ihm beginnt Menzel zu grinsen.

»Wunderbar! Halbe-halbe, das ist doch mal ein Wort.«

Gottfried greift in seine Innentasche und holt sein Scheckbuch hervor.

17
Luftwaffe im Luftschiff

Der *Hindenburg* durchbricht das Wolkenband, und plötzlich scheint die Sonne. Ein blauer wolkenloser Himmel ist zu sehen. Sie haben das Eismeer südlich von Grönland erreicht. Weiße Eisberge, manche gigantisch groß, und Schollen breiten sich bis zum Horizont aus.

Kapitän Pruss steht selbst am Seitenruder. »Hart backbord, halbe Kraft.« Er legt den Maschinentelegraphen an, und ganz langsam zieht die Nase des Schiffes nach links.

Alfons Schmiedinger steht mit seiner Kamera am geöffneten Panoramafenster an der Steuerbordseite und hüpft aufgeregt hin und her. »Wunderbar! Einfach wunderbar! Kommen Sie, das müssen Sie sehen!«

Er winkt den anderen Passagieren, die an den abgeräumten Esstischen sitzen und ihren Mocca zu sich nehmen. Alle springen auf und eilen zu den Fenstern. Der *Hindenburg* ist tiefer gegangen, hundertfünfzig Meter über dem Meer zeigt der Höhenmesser. Zum Greifen nah scheinen die helltürkis schimmernden Eisberge, die in dem fast spiegelglatten Wasser treiben. Kleine und riesige, dazwischen Tausende flache Schollen jeder Größe. Schmiedinger macht begeistert Aufnahmen, und auch andere zücken ihre Kameras. »Und da, ein Wal, ein Wal!«

Die große stromlinienförmige schwarze Gestalt eines Blauwals ist zu sehen. Er schwimmt direkt unterhalb des Schattens, den der *Hindenburg* aufs Wasser wirft. Wie der kleinere Bruder. Die Formen gleichen sich. Plötzlich taucht er auf, bläst eine Fontäne in die Höhe und schlägt beim Untertauchen mit der Fluke auf das Wasser. Das klatschende Geräusch ist klar zu vernehmen. Keiner sagt etwas, alle sind gefangen von diesem unglaublichen Naturschauspiel. Selbst Wiltrud schweigt. Doch gleich darauf unterbricht sie die Stille.

»Ich fass es nicht! So weit im Norden sind wir. Das bedeutet doch mindestens eine Verspätung von ... von ...«

»... von sieben bis acht Stunden, vielleicht mehr.«

Merten ist hinter die Van-Zandt-Damen getreten und beendet den Satz.

Wiltrud und Jennifer fahren herum.

»Wieso sind Sie ...«

Jennifer macht einen Schritt auf ihn zu, doch dann bleibt sie stehen und senkt den Blick. Merten legt den Finger an die Lippen.

»Man kann nicht jede Schlacht gewinnen.«

Wiltrud wendet sich zum Gehen.

»Jetzt kannst du beweisen, was du draufhast, Kindchen. Aber denke daran, du bist eine van Zandt. Du findest mich in der Bar, wenn du mit dem da fertig bist.«

Ohne einen weiteren Blick rauscht sie ab. Jennifer hebt den Kopf und schaut Merten in die Augen. Ihre Stimme ist kühl, als sie sagt:

»Was tust du hier, Merten?«

»Ich suche eine Bombe. Schon vergessen?«

»Ich weiß nicht, warum sie dich freigelassen haben! Und es interessiert mich auch nicht ...«

Sie will gehen, doch Merten hält sie zurück.

»Wie melodramatisch. Hast du denn alles vergessen, was zwischen uns war?« Und leise fügt er hinzu: »Und noch ist.«

»Es ist nichts mehr zwischen uns! Wenn du meinen Vater beschuldigst ...«

»Aber Jenny, hör mir doch zu. Ich will es dir ja erklären.«

Jennifer scheint mit sich zu ringen.

»Na komm schon, Jenny. Fünf Minuten. Gib mir nur fünf Minuten.«

Entschlossen reckt sie ihr Kinn.

»Also gut. Fünf Minuten. Die Zeit läuft jetzt!«

»Nicht hier«, sagt Merten und ergreift ihren Arm.

Zusammen gehen sie hinüber, vorbei am Konterfei des Siegers von Tannenberg, der stumm und bronzen auf seinem Podest steht. Im Gesellschaftsraum sieht Merten sich um, auch hier haben sich fast alle Passagiere an den geöffneten Fenstern eingefunden und betrachten die Eisberge. Er wählt einen der hintersten Tische in der Ecke zum Leseraum.

»Du hast nur noch drei Minuten.«

Merten vergewissert sich, dass keiner mithören kann.

»Wir werden in wenigen Stunden Neufundland erreichen. Dann beginnt die kritische Phase. Je näher wir der Landung kommen, desto kritischer wird es.«

»Soll das heißen, du hast immer noch meine Mutter unter Verdacht? Sie soll wissen, dass eine Bombe an Bord ist?«

Merten schaut sie geradeheraus an. »Es ist eine Möglichkeit.«

»Hör auf. Das ist doch ausgemachter Blödsinn. Mutter würde weder mich noch sich selbst für ihre Überzeugungen in den Tod schicken. Sie liebt das Leben, glaube mir. Und sie ist an Bord dieses Schiffes. Erklär mir das.«

»Ich … habe dafür keine Erklärung. Das ist es ja gerade. Aber wenn du mir glaubst, dass Eckener Müller und mich vor einer Bombe gewarnt hat und er sagte, er wüsste das von Mahmud, also aus dem Haus deines Vaters, dann …«

»… dann hat meine Mutter eine an Bord geschmuggelt und fährt gleichzeitig mit. Das ist doch gar nicht logisch, Merten. Du verrennst dich da. Wie wäre es denn damit: Du hast dich an mich rangemacht, um … selbst eine Bombe … Was weiß ich? Müller ist dir auf die Schliche gekommen, du bringst ihn um, schleichst dich an Bord und versteckst die Bombe selbst, und jetzt versuchst du abzulenken …«

»Das glaubst du doch nicht im Ernst!«

Aus seiner Tasche holt Merten die Zigarre hervor, die Lehmann aus der Bar mitgebracht hatte. Er riecht daran und legt sie vor Jennifer auf den Tisch.

»Diese Größe in etwa reicht schon aus.«

Jennifer starrt auf die Zigarre. »Deine fünf Minuten sind um.«

Jennifer steht auf und will gehen, doch Merten hält sie fest.

»Ich liebe dich. Und nichts wird das ändern.«

Sie macht sich von ihm los und rennt davon. Auf der Promenade stößt sie fast mit dem betagten Hamburger Kaufmann Otto Ernst zusammen, der mit Kaffeetassen und Kuchen auf dem Weg zu seiner Frau am Fenster war. Tränenblind tastet sie sich in ihre Kabine und wirft sich aufs Bett.

An der Tafel mit den Bordnachrichten stehen nach dem Abendessen einige Passagiere und schauen nach, wo sich der kleine Zeppelin auf der Karte befindet. Er steckt noch im Meer rechts von Neufundland. Da taucht Kapitän Bauer auf und versetzt ihn um einige Zentimeter vor die Küste von Neuschottland.

»Da haben wir aber nicht viel geschafft in den letzten Stunden, Herr Kapitän«, sagt der Königliche Kammerherr Rolf von Heidenstamm aus Stockholm, der fließend Deutsch spricht.

»Mit der Landung morgen früh um sechs wird es wohl nichts.«

»Da haben Sie recht. Wir sind den ganzen Tag mit Gegenwind unterwegs, und das hat uns bis jetzt leider schon sieben Stunden Verspätung eingebracht. Aber viel mehr wird es nicht werden. Und eventuell können wir über Land morgen noch die eine oder andere Stunde wieder einholen.«

Besondere Aufregung ruft diese Nachricht nicht hervor. Wer mit dem *Hindenburg* nach Westen fährt, muss mit ein bisschen Verspätung rechnen. Das steht auch im Kleingedruckten bei der Buchung. Im Übrigen ist und bleibt es die schnellste Verbindung über den Atlantik.

Merten sitzt an der Bar im B-Deck vor einem Glas Mineralwasser. Unauffällig beobachtet er die Gäste. Chefsteward Kubis bedient an der Bar und versorgt auch die Tische im Rauchsalon, die alle besetzt sind. Die Luft ist zum Schneiden. Die Schweden haben schon die zweite Flasche Aquavit hinter sich, aber wenigstens fangen sie nicht an zu singen. Die Flieger hingegen sind ziemlich angeschickert und grölen schon seit einiger Zeit einen Gassenhauer nach dem anderen. Sie stören sich nicht an den indignierten Blicken der anderen Gäste.

»Piloten ist nichts verboten, drum gib Vollgas und flieg um die Welt! Such dir die schönste Sternschnuppe aus. Und bring sie deinem Mädel mit nach Haus!«

Es klingelt an der Schleuse, und Kubis eilt auf die Tür zu, um sie zu öffnen. Alfons Schmiedinger erscheint gut gelaunt.

»Herr Kubis, dürfte ich einen Ihrer berühmten Cocktails bestellen? Ich versuch heute mal den *Graf Zeppelin*.«

Schmiedinger wartet, bis Kubis sein Getränk im silbernen Mixer geschüttelt und elegant in ein geeistes Cocktailglas gefüllt hat. Noch eine Kirsche drauf, und fertig ist der *Graf*. Schmiedinger nimmt ihn und begibt sich damit zu den Fliegern. Schröder ist heute Abend gut aufgelegt.

»Schmiedinger! Setzen Sie sich. Kennen Sie das Fliegerlied?«

Schmiedinger simuliert einen Taktstock. Bödeker stimmt an, und dann singen alle vier: »Flieger, grüß mir die Sonne, grüß mir die Sterne und grüß mir den Mond! Dein Leben, das ist ein Schweben, durch die Ferne, die keiner bewohnt!«

Die anderen Passagiere applaudieren verhalten. Die Flieger lachen und prosten sich zu.

»Erlaube mir geneigtes Wohlsein!«

»Sei Ihnen ergebenst anheimgestellt!«

»Die werten Lieben zu Hause selbstverständlich inbegriffen!«

»Werde es zu rühmen wissen! Prost, Kamerad!«

Schmiedinger genießt es sichtlich, dazuzugehören.

Jetzt applaudiert auch Broca, der allein an einem der kleinen Tischchen an der Wand sitzt und genüsslich an seinem Zigarillo zieht. Auch er ist schon ein wenig beschwipst, und seine Worte kommen etwas schleppend.

»Ein vorzüglicher Männergesang, wahrhaftig! Besonders Sie, Herr Schmiedinger, so schmissig und so … gelehrig.«

Schmiedinger stellt sein Glas ab und steht auf.

»Mir reicht es jetzt! Seit wir in der Luft sind, machen Sie nur Stunk! Sie verbreiten Niedertracht und Missgunst! Ich lass mir von Ihnen nicht die schöne Reise kaputtmachen!«

Stille.

»Entschuldigung. Die schöne Reise, ja. Wohin mag die für Sie wohl führen? Zurück ins Reich? Zu Weibchen, Herd und Führer!«

Schröder fährt dazwischen:

»Es reicht jetzt, Broca! Seien Sie endlich still!«

Broca sieht ihn an und kichert. Dann steht er auf, ein wenig schwankend, und stützt sich am Tisch ab.

»Ja, ja. Bin schon still. Geh jetzt ins Bett. Schlafe meinen Rausch aus. Und morgen, da wachen wir auf, wir zwei beide …«

Er grinst Schmiedinger an, der sich wieder hingesetzt hat.

»… und haben Kopfweh. Und dann merken wir, dass wir zwei Niemande sind. Da hilft kein Speichellecken und kein Kadavergehorsam.«

Er hebt die Hand zu einem militärischen Gruß an seine Schläfe und schlägt übertrieben die Hacken zusammen.

»Oder glauben Sie, die drei da sind Ihre Freunde? Die spucken auf Sie, bei der nächstbesten Gelegenheit.«

Schmiedinger zittert vor Wut.

»Ich habe vor Verdun gelegen. Da war ich achtzehn. Ja, ich weiß, was das ist, Kämpfen fürs Vaterland. Vielleicht nur für ein Häuschen in der Gartenstadt, für Frau und Herd! Aber Sie? Wofür haben Sie denn gekämpft?« Er ist rot angelaufen, und seine Stimme überschlägt sich. »Ich weiß genau Bescheid über Sie! Ich lese nämlich Zeitung!«

Broca seufzt. »Natürlich lesen Sie diese Art von Zeitung. Das war ja klar.«

»Ja! Tun Sie bloß nicht so. Sie sind ein Sozialist … Vielleicht ein Kommunist und ein Homosexueller … mit bolschewistischem

Umgang, mit jüdischen Freunden!« Vor lauter Aufregung verfällt Schmiedinger ins Du. »Darfst ja gar nicht mehr auftreten in Deutschland, und jetzt suchste dein Glück in Amerika! Nein, Broca, du bist der, der nicht dazugehört. Und weißte was: Dir weint auch keiner eine Träne nach!«

Nachdem Schmiedinger geendet hat, herrscht Stille. Die Ausländer schauen peinlich berührt auf ihre Gläser.

Auch Birger Brinck, Korrespondent der Stockholmer Tageszeitung *Tidningen*, unterbricht seine Unterhaltung mit dem Diplomatensohn und Yale-Absolventen Peter Belin über die schwedischen Einflüsse in der amerikanischen Kultur. Leise sagt er:

»Das ist heute schon das zweite Mal, dass sich diese Volksgenossen an die Gurgel gehen. Man fragt sich, wo das noch hinführen wird.«

Oberst Menzel lehnt entspannt in seinem Sessel und scheint amüsiert auf die Antwort von Broca zu warten. Der behält die Beherrschung. Er applaudiert Schmiedinger provokant.

»Darf ich fragen, wie Sie Verdun überlebt haben?«

»Ich hatte Schwein!«

»Das wünsche ich Ihnen auch für die Zukunft, lieber Herr Schmiedinger.«

Er schnappt sich seine Flasche Rotwein, salutiert, und mit einem »Heil Hitler« durchquert er gefolgt von den Blicken aller den Rauchsalon und lässt sich von Kubis durch die Luftschleuse nach draußen geleiten.

Merten wartet ein paar Minuten, dann folgt er dem Artisten und verlässt die Bar. Die Männer um Schmiedinger haben das nächste Lied angestimmt.

»Zum Rhein, zum Rhein, zum deutschen Rhein. Wer will des Stromes Hüter sein ...«

Merten holt Broca ein.

»Ist es nicht ein wenig unvorsichtig, deutsche Flieger auf einem deutschen Schiff herauszufordern?«

Broca lacht und stützt sich an der Reling zu den Fenstern ab, während er weitergeht.

»Ach, wissen Sie, die schüchtern mich nicht ein. Ich lebe jetzt bald in Amerika, und da können diese Angeber mir mal gestohlen bleiben.«

»Aber der andere Herr, der hat Ihnen doch auch nichts getan, oder?«

»Nee, hat er nicht, aber ich finde solche Leute unerträglich. Biedern sich an … Mitläufertum finde ich ekelerregend. Davon gibt es in Deutschland in letzter Zeit zu viele, finden Sie nicht?«

Merten schweigt und lässt Broca seiner Wege ziehen. Er wirft noch einen schnellen Blick in den Gesellschaftsraum. Bis auf Wiltrud, die mit einem Glas in der Hand die Promenade auf und ab wandert, sitzen dort alle in gemütlicher Ruhe. Das Ehepaar Adelt ist mit ein paar Amerikanern leise ins Gespräch vertieft, und die Kerners spielen schweigend an ihrem Tisch Karten. Ein Steward kommt mit einem Tablett voll leerer Gläser aus dem Schreibzimmer.

Merten steigt die Treppe hinunter zum B-Deck und öffnet mit seinem Vierkantschlüssel eine Tür, die ihn zum Kielsteg führt.

Gisela liegt auf ihrem Bett und starrt an die Decke. Es klopft an der Tür.

»Geht weg, ich will nicht mit euch sprechen.«

Doch es klopft erneut.

»Ich bin es, Fräulein Kerner, Johann.«

Gisela schiebt die Tür einen Spalt auf. »Was wollen Sie denn?«

»Verzeihen Sie, Ihre Eltern haben mich beauftragt, Ihnen Tee und ein paar Sandwiches zu bringen.«

Sie öffnet die Tür ganz und nimmt das Tablett in Empfang.

»Danke sehr. Ich … Verzeihen Sie, ich kann Ihnen kein Trinkgeld geben.«

Johann grinst sie an. »Das macht doch nichts. Außerdem ist Trinkgeld nicht erlaubt an Bord.«

Die beiden lächeln sich verlegen an.

»Jedenfalls vielen Dank.«

»Gerne. Wenn ... wenn Sie noch irgendetwas benötigen sollten ...«

»Nein. Nein danke.«

»Guten Appetit.«

Gerade als Gisela die Tür wieder zuschieben will, kommt Broca den Gang herunter.

»'n Abend, Johann. Wie geht's meinem Rocco?«

»Ich gehe alle paar Stunden mal hin und lass ihn raus.«

Broca bemerkt Gisela, die durch den Türspalt lugt. Sie fühlt sich ertappt und zieht die Tür schnell zu.

»Danke, Johann. Das vergesse ich dir nie ...«

»Schon gut, gern geschehen.«

Broca sieht dem Kabinenjungen nach, bis er um die Ecke gebogen ist. Dann klopft er leise an Giselas Tür. Gisela öffnet wieder und sieht ihn fragend an. Broca grinst und hält eine Rotweinflasche hoch.

»Lust auf einen Nachttrunk? Ich hab zwei Gläser in meiner Kabine ...«

Gisela zögert nur kurz und folgt ihm ohne ein Wort. Neugierig sieht sie sich in seiner Kabine um. Alles ist penibel aufgeräumt. Sein zusammengelegter Schlafanzug, blau gestreift, liegt auf dem aufgeschlagenen Bett. Broca nimmt eines der Gläser von seinem Klapptischchen und gießt Wein ein.

Gisela steht scheu an der Tür.

»Setz dich ...«

Er reicht ihr das Glas und setzt sich neben sie.

»Komm, lass uns anstoßen.«

Gisela stößt unbeholfen mit ihm an und stürzt den Wein in einem Zug hinunter. »Hoppla, das sieht nach Durst aus.«

»Wieso haben Sie meine Mutter eine Jüdin genannt?«

»Weil sie sich so verhalten hat.«

»Wie verhalten sich denn Juden?«

Gisela nimmt die Flasche und schenkt sich ungefragt nach. Sie trinkt auch dieses Glas in einem Zug.

»Macht Ihnen das Spaß, mit ein paar Worten Existenzen zu zerstören?«

Broca lacht bitter.

»Nein. Das macht mir keinen Spaß. Aber ich habe die Lügen satt. Das fehlende Rückgrat. Die guten Mienen zum bösen Spiel.«

Er trinkt sein Glas ebenfalls in einem Zug leer und schenkt ihnen beiden nach.

»Ich werde nicht nach Deutschland zurückkehren.«

Leise sagt Gisela: »Ich auch nicht. Nie wieder.«

»Sei froh, kleine Gisela. Meine Freunde sind alle schon verjagt, verhaftet oder mit Berufsverbot belegt. Deutschland ist keine Heimat mehr für Artisten, Kommunisten, Freidenker und ...«

»Juden!«

»Ja, erst recht nicht für Juden!«

Er schenkt erneut nach, und sie trinken schweigend. Gisela will etwas sagen, doch es kommt nur ein Rülpser aus ihrem Mund. Sie kichert und wird rot. Broca schluckt ein bisschen Luft und produziert ebenfalls einen wunderbaren melodischen Rülpser. Beide brechen in Gelächter aus. Bis Gisela plötzlich ernst wird.

»Was ist?«

»Stimmt es, dass Sie eine Schwuchtel sind?«

Broca stellt sein Glas ab, nimmt ihr Gesicht in seine Hände und blickt ihr in die Augen.

»Hast du den Eindruck?«

Er beginnt sie zu küssen. Nach einem kurzen Zögern lehnt Gisela sich an seine Brust, das leere Glas rutscht ihr aus der Hand und fällt zu Boden.

Über den Steigschacht klettert Merten hinauf zum Achsialsteg. Im *Hindenburg* ist es dunkel, in der Ferne brummen die Motoren in gleichmäßigem Lauf, und er hört die Luft außen am stromlinienförmigen Körper entlangrauschen. Und dann ist plötzlich in der Ferne Musik zu hören. Merten lächelt. Das kann nur Lehmann mit seiner Quetschkommode sein. Merten folgt den Klängen in Richtung Bugspitze. Dort vorn auf der Plattform mit den aufgerollten Landetauen ist sein angestammter Platz, wenn er allein sein will. Merten ist kein Musikkenner, aber die Töne, die er hört, sind kein fröhliches Luftschifferlied, sondern klingen traurig, melancholisch. Wen wundert's. Lehmann hat zu Ostern einen schweren Verlust erlitten, als sein einziges Kind, ein Junge, an Hirnhautentzündung starb. Da steht einem so kurz danach sicher nicht der Sinn nach fröhlichen Weisen.

Lehmann sitzt auf der rechten Taurolle und spielt. Neben ihm stehen eine Flasche Cognac und ein Pappbecher. Als Merten sich auf die andere Rolle setzt, lässt Lehmann sein Akkordeon sinken.

»Spielen Sie weiter, ich will Sie nicht stören.«

»Neben der Gondel ist das hier doch immer noch der beste Platz im Zeppelin. Und hier kann man ungestört nachdenken. Prost, Herr Doktor.«

Lehmann zeigt zur Luke mit den Plexiglasscheiben, durch die die blaue Nacht und das bleiche Rund des Mondes zu sehen sind. Den Tauen entströmt der Geruch von frischem Heu, und man hat das Gefühl, als wäre man hier oben, in der Nase des Luftschiffes, der König der Welt. Merten nimmt die Flasche und gießt sich einen Schluck in den Pappbecher.

Lehmann spielt leise weiter.

»Warum spielen Sie nicht auch mal wieder für die Passagiere?«

»Weil sie's nicht verdient haben! Zeppeline sind heute nichts Besonderes mehr. Die Leute haben sich so daran gewöhnt, dass sie sich die Zeit lieber mit Zynismus und gegenseitigen Beleidigungen vertreiben. Haben Sie diese Flieger gesehen? Die haben die Überfahrt in der Lotterie gewonnen. Jetzt sind wir schon ein Preis bei Wettbewerben. Perlen vor die Säue. Nein. Sie haben's nicht verdient.«

Merten trinkt seinen Becher leer. »Sind Sie sicher? Ich meine, mit dem Wettbewerb.«

Lehmann hört wieder auf zu klimpern. »Glauben Sie, das ist eine Legende?«

»Ich weiß nicht. Könnte es nicht sein, dass die von ihrem Herrn und Meister geschickt sind, um irgendetwas auszukundschaften? Schließlich ist es erst ein paar Wochen her, dass Generalmajor Udet seine Anhäng- und Sturzkampftechnik am *Hindenburg* geübt hat. Das sind mir ein bisschen viele Zufälle. Meinen Sie nicht?«

»Möglich ist alles in diesen Zeiten.«

Der Zeppelin taucht in eine Wolkenwand ein, und feuchte Schwaden ziehen herein. Merten steht auf und schließt die Luke.

»Ich geh dann mal. Gute Nacht.«

Lehmann sieht zu Merten auf. »Gute Nacht, Doktor Kröger. Und denken Sie dran: morgen, eine halbe Stunde vor der Landung, finden Sie sich bitte in der Offiziersmesse ein.«

Zum ersten Mal lächelt Lehmann.

»Und noch was, Kröger ... Wir werden eine Lösung für dieses ganze Durcheinander finden. Da bin ich sicher.«

»Danke, Kapitän.«

Merten geht zurück zur Passagierabteilung. Was zwischen ihm und Jennifer geschehen ist, lässt ihm keine Ruhe. Es kann doch nicht so einfach vorbei sein. Er muss noch einmal versuchen, mit ihr zu reden. Doch als er vor Jennifers Kabine steht und schon die Hand zum Klopfen gehoben hat, verlässt ihn der Mut. Gerade als er sich wieder abwendet, öffnet sich die Tür, und Jennifer schaut hinaus. Ihre Haare sind zerzaust und die Augen vom Weinen gerötet.

»Merten!«

»Ich wollte ... Ach, ich weiß nicht, was ich eigentlich wollte, Jenny. Ich ...«

Jennifer tritt leise auf den Flur und steht barfuß und im Nachthemd vor ihm auf dem Gang.

»Schhht. Meine Mutter schläft«, flüstert sie und zeigt auf die Kabine, aus der leises Schnarchen zu hören ist.

Sie blicken einander an, und beide fangen lautlos an zu lachen.

»Unser Streit …«, fängt Merten an, doch Jennifer unterbricht ihn.

»Vergiss es …«

Er nimmt sie bei der Hand und zieht sie ein Stück den Flur entlang, die nächste Kabinentür im Blick. Er klopft, es kommt keine Antwort. Jennifer hebt erschrocken die Hand an den Mund. Er klopft noch einmal. Nichts passiert. Merten öffnet vorsichtig die Tür und sieht hinein. Die Kabine ist leer. Schnell zieht er Jennifer mit sich und schließt die Tür.

18
Schwerer Verdacht

6. Mai 1937. Der dritte Morgen an Bord des *Hindenburg* beginnt mit den üblichen Beschäftigungen. Während die Passagiere noch in ihren Betten träumen, räumt Kubis mit Barsteward Max wieder seine Bar und den Rauchsalon auf. Die Klimaanlage hat die Rauchschwaden inzwischen abgesaugt. In der Küche zieht der Bäcker das Blech aus dem Ofen und lässt die Brötchen in einen Korb rutschen. Auf der Anrichte gießt der Küchenjunge frischen Orangensaft in verschiedene Glaskrüge. Oben im Speisesaal kontrolliert der Steward vom Dienst die Tische und zieht aus den kleinen Vasen auf den Tischen hier und dort verwelkte Blumen heraus und steckt frische hinein. Salzfässer und Zuckerdosen hat er schon aufgefüllt und die Speisekarten verteilt. Johann ist vor seinem Dienstantritt noch schnell zu Rocco im Frachtraum gelaufen und hat ihn mit Hundekuchen gefüttert. Den Käfig hat er frisch gereinigt, eingestreut und die Decke ausgeschüttelt und den eingesammelten Hundekot in einen der Mülleimer am Laufgang entsorgt. Die Zellenpfleger Freund und Spehl sind auf dem Achsialsteg unterwegs und kontrollieren die Ventile an den Ballons im Heckbereich. In der Maschinengondel hat gerade die Wache gewechselt, und die Maschinisten richten sich in ihrem zugigen Arbeitsplatz ein. Die Diesel laufen, ohne zu mucken, und die abgestrahlte Hitze wärmt die Männer in den wattierten Jacken wie ein dicker Heizkörper.

Merten hat sich leise angezogen, beugt sich über Jennifer und küsst sie vorsichtig, um sie nicht zu wecken. Sie murmelt Unverständliches, lächelt im Schlaf und kuschelt sich in die Kissen. Er schlüpft in seine Jacke und verlässt lautlos die gekaperte Kabine.

Das Wetter war die ganze Nacht unbeständig. Regen und Gegenwind, Sturmböen bis zu acht Windstärken zwischen Cape Race, Neuschottland und dem amerikanischen Festland. Pruss und Chefingenieur Sauter unterhalten sich gerade über die bevorstehende Landung und den Einsatzplan, als Lehmann die Leiter heruntergestiegen kommt und sich an die Fenster stellt. Seit sechs Uhr fährt der *Hindenburg* an der amerikanischen Ostküste entlang. Lehmann schaut an Steuerbord hinunter. Einsame Küstenstädtchen ziehen vorbei, dichte grüne Wälder, Buchten, graue, bemooste Felsen, hier und da ein weißer Leuchtturm mit rotem Kopf, Fischerboote und ein Motorsegler, der versucht, den Zeppelin zu überholen, und nach einigen Minuten erfolglos aufgibt.

»Wo sind wir?«

»Hundertfünfzig Meilen vor Boston, dann Halifax, Providence und Long Island. Bis wir über New York sind, ist es sicher circa vierzehn Uhr. Landung dann so gegen fünfzehn bis 15 Uhr 30. Früher auf keinen Fall.«

»Wir müssen das Klavier wieder an Bord nehmen. Einen Pianisten einstellen. Vielleicht ein Kleinkino«, meint Lehmann versonnen.

Pruss sieht ihn verwundert an.

»Wie kommen Sie denn jetzt darauf?«

»Ach, nur so. Ich habe das Gefühl, wir müssen den Gästen mehr bieten als Halma, Skat und Canasta. Die Lufthansa hat große Pläne und wird nicht mehr lange brauchen, dann fliegen die ebenfalls ohne Stopp nach Amerika. Unser einziger Vorteil wird dann noch sein, dass unser Leichter-als-Luft-Hotel mehr Luxus, Bewegungsfreiheit und mehr Unterhaltung während der Reise bietet.«

»Im neuen *LZ 130* kann Eckener das ja bedenken.«

Über ihnen in der Funkbude hat wieder Schweikard Dienst. Er scheint sich beruhigt zu haben, aber nur äußerlich. In seinem Innern hat sich die Angst noch nicht gelegt. Das Paket ist er zwar los, es kann ihn nun nicht mehr kompromittieren, aber ob Doktor Kröger erzählt, von wem er es hat, wenn er gefragt wird, das kann er nicht mit Sicherheit annehmen.

Der Funkoffizier hat Commander Rosendahl, dem Chef der Naval Base in Lakehurst, um sechs Uhr durchgegeben, dass sie über amerikanischem Territorium angekommen sind und voraussichtlich gegen fünfzehn Uhr landen werden. Von nun an steht der *Hindenburg* in ständiger Funkverbindung mit Lakehurst. Bis jetzt hat der Zeppelin insgesamt sieben Stunden Verspätung. Das ist ärgerlich, denn sie müssen heute Abend noch die Rückreise antreten. Je später sie in Lakehurst ankommen, umso weniger Zeit bleibt, um das Schiff auszuladen, aufzuräumen und wieder startklar zu machen. Die Rückreise ist mit dreiundsechzig Passagieren fast ausgebucht. So gut wie alle wollen entweder zur Krönung von Georg VI. am 12. Mai nach London oder müssen, meist Geschäftsleute, zur Pariser Weltausstellung, die am 25. eröffnet. Commander Rosendahl meldet schlechtes Wetter, Böen und gegen Mittag möglicherweise starke Gewitter über Lakehurst. Das lässt die Lage nicht rosiger erscheinen.

Mady Kerner klopft an die Tür ihrer Tochter.

»Gisela!«

Sie bekommt keine Antwort.

»Sie wird schon wieder zur Vernunft kommen.«

Gottfried sieht auf seine Uhr. »Ich komm ganz durcheinander. Wie viel Uhr ist es jetzt eigentlich? Komm, wir gehen frühstücken. Oben ist ja die exakte Bordzeit auf der Uhr.«

»Ich habe dieses Spießrutenlaufen so satt.«

»Kopf hoch, Liebes, wir kriegen das schon hin, keine Sorge. Kommt, Jungs.«

Die Kerners wandern im Gänsemarsch den Gang entlang, als eine Schiebetür aufgeht und Broca vorsichtig hinausspäht. Er wartet, bis die Kerners um die Ecke gebogen sind.

»Die Luft ist rein!«

Broca küsst Gisela die Hand.

»Danke.«

»Wofür denn?«

»Du hast mich erlöst.«

Gisela sieht ihn verblüfft an. Dann lächelt sie.

»Gern geschehen.«

Schnell schlüpft sie hinaus und verschwindet in ihrer eigenen Kabine.

Die Borduhr über dem Eingang zeigt 9 Uhr 20, als Gisela frisch geduscht, mit offenem Haar, rotem Lippenstift und in einem schicken gelben Blümchenkleid am Tisch ihrer Familie erscheint und sich wortlos setzt. Interessiert betrachten die Brüder ihre völlig verwandelte große Schwester. Auch die Eltern sehen verwundert aus, sagen aber nichts.

Wenig später kommt Gilles Broca ebenfalls adrett in einem hellen Sommeranzug mit rotem Einstecktuch und schwarzweißen Budapester Schuhen in den Speisesaal. Er sucht sich einen Platz an einem der unbesetzten Tische. Im Vorbeigehen lächelt er Gisela fröhlich zu, und sie strahlt ihn an. Dies bleibt den Eltern nicht verborgen, und Mady wechselt einen entsetzten Blick mit ihrem Mann. Gisela schenkt sich gleichmütig einen Kaffee ein. Vater Kerner braucht ein paar Sekunden, bis er versteht. Er holt tief Luft, will etwas sagen, doch als er die tränenfeuchten Augen seiner Frau sieht, bremst er sich und schweigt.

Jennifer sitzt allein an ihrem Tisch und wartet, dass der Steward ihre Bestellung bringt. Da sieht sie Merten hereinkommen und winkt ihn zu sich.

»Und deine Mutter?«

»Die schläft noch. Hat gestern wohl einen Drink zu viel genommen.«

»Und dein Vater?«

Jennifer braucht ein bisschen, bis sie versteht, was er meint.

»Ich denke, ich werde ihn … nicht fragen!«

Merten nimmt ihre Hand, schaut ihr in die Augen und küsst ihre Finger.

»Einen wunderschönen guten Morgen.« Alfons Schmiedinger steht plötzlich am Tisch und grinst. Merten erhebt sich.

»Alfons Schmiedinger, wir haben uns gestern Abend gar nicht vorgestellt.«

»Merten Kröger. Sehr erfreut.«

Sie reichen einander die Hand und setzen sich. Schmiedinger greift nach der Speisekarte.

»Sie sind doch Luftschiffer. Wann werden wir in Lakehurst landen?«

»Das hängt davon ab. Wir haben leider nicht das beste Wetter.«

Schmiedinger starrt ihn einige Sekunden an. Dann nimmt er die Speisekarte und hält sie erst nah vors Gesicht und dann ganz weit von sich; dabei kneift er beide Augen zu. Schmiedinger befühlt die Brusttasche seines Jacketts und fasst dann erst in die rechte und dann in die linke Jackentasche.

»Na, wo hab ich sie denn …«

Merten ist jetzt hellwach und setzt sich kerzengerade auf. Jennifer bemerkt sein plötzliches Interesse und sieht ihn fragend an.

»Suchen Sie etwas Bestimmtes?«

»Meine Brille … die leckeren Sachen sind ja immer so klein gedruckt. Ich weiß nicht, ich muss sie verlegt haben.«

Merten steht auf.

»Entschuldigen Sie mich einen Moment.«

Er zwingt sich, ruhig aus dem Speisesaal zu gehen, doch sobald er außer Sicht ist, rennt er, immer zwei Stufen auf einmal nehmend, die Treppe zum B-Deck hinunter und dann weiter zur Messe.

Alf Sauter sitzt mit einigen Kameraden um den ovalen Tisch und hat gerade ein Brötchen mit Salami belegt.

»Alf, hast du die Brille noch?«

»Ja klar, ich habe alle an Bord gefragt, aber keiner von uns vermisst eine.«

»Gib sie mir. Schnell!«

Merten rast zurück in den Speisesaal, bleibt kurz vor der Tür stehen, verfällt in einen ruhigen Schritt und setzt sich wieder zurück an den Tisch. Jennifer ist völlig verwirrt. Sie runzelt die Stirn und sieht ihn fragend an. Merten schaut sie an und presst die Lippen zusammen. Jennifer versteht und schluckt ihre Frage hinunter. Als sei es das Natürlichste von der Welt, reicht Merten die Brille über den Tisch.

»Nehmen Sie die solange.«

Schmiedinger erstarrt, nimmt dann aber die Brille und setzt sie auf.

»Wie aufmerksam. Nicht ganz meine Stärke, aber ...«

Schmiedinger liest konzentriert. Merten beobachtet ihn genau und sieht, dass sich kleine Schweißperlen auf seiner Stirn bilden.

Merten räuspert sich und steht auf. Schmiedinger gibt ihm die Brille zurück.

»Ich danke Ihnen.«

»Die dürfen Sie behalten. Jennifer, Liebes, wir sehen uns nachher.«

Im Gang am Nachrichtenbrett trifft Merten auf Direktor Lehmann, der gerade ein Blatt mit der neuesten errechneten Ankunftszeit anheftet: fünfzehn Uhr. Merten zieht ihn ohne Umschweife mit sich.

»Kommen Sie mit. Schnell.«

Lehmann folgt Merten in den Kabinengang.

»Nehmen wir an, jemand ist weitsichtig und will die Drähte an einem Zeitzünder verbinden.«

»Dann sollte er eine Lesebrille haben.«

»Genau. Und wie kommt die Lesebrille eines Passagiers in die Tasche einer Uniformjacke?«

»Von welchem Passagier sprechen Sie?«

Merten sieht einen Steward mit einem Stapel frischer Handtücher den Gang entlangkommen.

»Steward! Welche Kabine hat Alfons Schmiedinger?«

»Die Zwölf, gleich da die vorletzte.«

»Mitkommen.«

Erstaunt folgt der Steward den beiden zu Nr. 12.

»Aufmachen.«

Der Steward öffnet die Tür mit seinem Generalschlüssel. Merten geht hinein und sieht sich um. Das Bett ist noch nicht gemacht, am ausgeklappten Waschbecken liegen Zahnbürste und Rasierer. Im Schrank hängen ein paar Kleidungsstücke.

Merten kniet sich hin, zieht den Koffer unterm Bett hervor und durchwühlt ihn. Wäsche, ein paar Schuhe, Bücher und eine Tüte mit Filmen. Nichts Auffälliges kommt zutage. Er legt sich auf den Boden, um unter das Bett zu sehen. Nichts. Merten kommt wieder hoch und setzt sich auf das Fußende.

»Hab mich wohl getäuscht!«

Als er auf den Teppich zu seinen Füßen schaut, erkennt er einen dunklen Fleck direkt an der Seitenwand. Merten bückt sich, streicht darüber und besieht seine Finger. Sie sind rot.

»Steward! Was ist hinter dieser Wand?«

»Dies ist eine von den neuen Familienkabinen. Sehen Sie hier, da ist ein Griff eingelassen. Man kann aufschließen und die Wand herausnehmen, dann hat man eine Doppelkabine.«

Merten atmet durch, steckt seinen Vierkant in das Loch und zieht an der Verriegelung. Die Wand springt auf. Merten zögert einen Moment, dann klappt er die Wand nach rechts und geht hinein.

Was er sieht, jagt ihm einen Schauer über den Rücken, und er hält den Atem an.

Elektriker Bastian liegt auf dem Bett, Hemd und Bettwäsche sind rot von Blut, auf dem Boden hat sich eine Lache gebildet. An der Wand über ihm ist die Spannseide voller blutiger verschmierter Abdrücke. Mit einem Satz ist Merten bei Bastian.

»Die Kehle ist durchtrennt, und sehen Sie, Lehmann, mehrere Stiche in der Brust. Man hat ihn regelrecht abgeschlachtet.«

Lehmann steht tief erschrocken in der Tür und versucht, den Steward davon abzuhalten, hereinzukommen.

»Gehen Sie raus, raus. Und kein Wort zu niemandem. Haben Sie verstanden!«

Merten hat sich neben Bastian gehockt und seine Hand genommen, als Bastian plötzlich die Augen aufmacht und röchelt.

»Er lebt noch. Lehmann, er lebt.«

Panisch sieht der Verletzte Merten an.

»Bastian, wer war das … Sie haben ihn gefunden!«

Bastian versucht etwas zu sagen, aber es kommt kein Wort heraus. Nur ein Schwall Blut schwappt aus seiner Kehle. Bastian bäumt sich auf und fällt zurück aufs Bett. Seine Augen sind starr. Er ist tot.

»Mein Gott, Kröger …«

Merten steht auf und sieht auf seine blutverschmierte Hand.

»Verdammt …«

Schnell verlassen sie die Kabine, schieben die Wand wieder in Position und schließen ab. Noch ein Blick zurück in Schmiedingers Kabine, Merten schiebt noch mit dem Fuß den Koffer zurück unters Bett. Alles ist wieder an seinem Platz. Vorsichtig verlassen die drei die Kabine, und der Steward schließt ab, kreidebleich im Gesicht.

Lehmann legt ihm beruhigend die Hand auf die Schulter.

»Absolutes Stillschweigen! Sie sagen keinem was. Haben Sie verstanden! Und jetzt gehen Sie und holen sich einen Schnaps in der Offiziersmesse. Und kein Wort über all dies. Das ist ein Befehl.«

»Und was mach ich mit der Kabine? Wir sind für die Rückfahrt voll belegt. Wenn Stewardess Imhoff das hier beim Aufräumen entdeckt, fällt die in Ohnmacht …«

»Daran habe ich gar nicht gedacht. Sie haben recht. Dann muss Bastian hier raus. Am besten in einen der Lagerräume. Sie beseitigen die Spuren, und wenn das nicht geht, muss der gebuchte Passagier allein in eine Doppelkabine. Geht nicht anders. Lassen

Sie sich was einfallen, kaputtes Waschbecken, Heizung geht nicht oder so …«

Der Steward nickt und geht. Lehmann wendet sich wieder Merten zu.

»Das hat uns gerade noch gefehlt. Entsetzlich! Wie sind Sie denn bloß auf Schmiedinger gekommen?«

»Die Brille, Sauter hatte diese Brille gefunden, die keinem gehörte, und Schmiedinger tauchte beim Frühstück ohne auf. Da hab ich gedacht …«

In diesem Moment erscheint jemand auf dem Gang. Es ist Schmiedinger. Merten und Lehmann starren ihn an, und Schmiedinger starrt zurück. Eine Sekunde lang! Dann dreht Schmiedinger auf dem Absatz um und verschwindet. Merten rennt ihm nach, doch als er im Treppenhaus ankommt, ist Schmiedinger verschwunden. Merten sieht sich um und sieht die Tür zum Kielgang einen Spalt offen stehen. Mit zwei schnellen Schritten ist er da und schiebt sie auf.

In diesem Moment kommt Broca die Treppe herunter und starrt erschrocken Mertens blutverschmierte Hemdsärmel und Hände an.

»Um Himmels willen, was …«

Merten legt einen Finger an die Lippen, und Broca ist sofort still.

19
Unlösbares Rätsel?

Auf dem Kielsteg sieht er sich um. Schmiedinger läuft etwa zehn Meter vor ihm Richtung Heck. Er schwankt unsicher auf dem schmalen Steg und versucht immer wieder, an den Duraluminstreben oder an den Wassertonnen rechts und links sein Gleichgewicht zu finden. Merten jagt hinter ihm her, und da er sich seit Jahren sicher auf solchen schmalen Stegen bewegt, holt er schnell auf. Als Schmiedinger ihn bemerkt hat, blicken sie sich einen Moment an.

Der Abstand zwischen ihnen wird immer geringer, und Merten hat Schmiedinger fast erreicht, als dieser an der Gaszelle neun auf das Gerüst springt und versucht, sich in den Steigschacht hinaufzuhangeln. Doch Merten ist hinter ihm und greift nach seinem Bein, bevor es ihm gelingt, weiter nach oben zu kommen. Ein Schuh rutscht von seinem Fuß, fällt hinab und bleibt federnd auf der Hülle des *Hindenburg* liegen. Schmiedinger versucht, sich loszureißen, und tritt mit dem anderen, noch beschuhten Fuß nach Mertens Hand. Der lässt los, woraufhin Schmiedinger die Balance verliert. Er kann sich auf seinem Strumpf nicht mehr halten, rutscht ab und fällt. In letzter Sekunde kann er sich an einem Querstreben festkrallen. Mit Todesangst im Blick sieht er zu Merten auf.

Merten klettert schnell hinter ihm her und beugt sich zu Schmiedinger hinunter, der panisch versucht, sich an dem kalten, glatten Aluminiumstreben festzuhalten, doch seine Hände rutschen immer wieder ab.

»Warum haben Sie Bastian umgebracht?«

Schmiedingers Antwort kommt gepresst vor Anstrengung.

»Ich wollte niemanden töten.«

»Sie haben's aber getan.«

»Nein, Sie verstehen nicht! Sie verstehen nicht!«

Schmiedingers Hand rutscht ab. Blitzschnell greift Merten zu und bekommt sie gerade noch zu fassen.

»Wo ist die Bombe?«

»Bitte! Wir kommen zu spät, zu spät, hören Sie!«

»Was! Ich verstehe nicht!«

Mertens Hand ist noch glitschig von Bastians Blut, und Schmiedingers Hand beginnt ihm zu entgleiten. Doch mit der anderen Hand muss sich Merten selbst festhalten.

»Wir sind zu langsam! Ich muss …«

Merten spürt, wie Schmiedingers Hand aus der seinen rutscht. Noch einmal versucht er nachzufassen, doch vergeblich. Entsetzt sieht Merten, wie Schmiedinger stürzt. Mit einem dumpfen Geräusch schlägt sein Kopf am Kielsteg auf. Und weiter fällt der leblose Körper auf die Außenhülle. Er federt noch einmal in die Höhe, dann bleibt Schmiedinger liegen. Merten steigt ihm eilig nach, doch er hat sich kaum am Kielsteg vorbeigezwängt, da reißt die Außenhülle mit einem langen krachenden Laut unter Schmiedingers Körper. Der rutscht nach unten wie in Zeitlupe, zuerst noch gehalten von ein paar Fäden, dann fällt er mit einem Ruck durch das sich plötzlich verbreiternde Loch und wird zusätzlich vom fauchenden Fahrtwind nach draußen gezogen. Mit dem Oberkörper voran, dann ist er verschwunden. Merten sieht durch die flatternden Stofffetzen hinunter aufs schäumende Meer. Als Schmiedinger bei Fisher Island in den Fluten des Long Island Sound verschwindet, ist der *Hindenburg* mit hundertdreißig Stundenkilometern schon hundert Meter weitergefahren. Merten lehnt seine Stirn an den kühlen Aluminiumträger.

»Verdammt, verdammt, verdammt …«

Inzwischen hat Direktor Lehmann Jennifer gesucht und sie gefunden. Er nimmt sie zur Seite und erzählt ihr leise, was Merten und er in der Kabine entdeckt haben.

»Was! Wie schrecklich.«

Und plötzlich wird ihr klar, dass Merten recht gehabt haben muss.

»Dann stimmt es? Es ist eine Bombe an Bord?«

»Ich fürchte, so ist es.«

»Und der Elektriker ist ermordet worden, weil er sie entdeckt hat, oder warum?«

»Das wissen wir nicht genau, aber er hat wohl entdeckt, wer die Bombe ins Schiff gebracht hat.«

»Und Merten glaubt, dass Schmiedinger etwas damit zu tun hat.«

»Zumindest war Bastian in der Nebenkabine, und Schmiedinger ist abgehauen, als er uns entdeckt hat.«

»Und Merten?«

»Er ist hinter ihm her ...«

Jennifers Herz setzt vor Schreck einen Schlag aus. Merten ist allein hinter einem Mörder her!

»Aber Direktor Lehmann, was ist, wenn ...«

»Keine Sorge. Ich habe Sauter hinter ihnen hergeschickt.«

Beruhigend legt er seine Hand auf ihren Arm.

»Wirklich, es ist alles in Ordnung. Ihr Merten ist ein mutiger Mann, und er weiß sich zu verteidigen. Aber hören Sie, Miss van Zandt, würden Sie jetzt bitte noch einmal mit Ihrer Mutter reden? Falls sie irgendetwas weiß, müssen wir diese Information bekommen. Unbedingt. Alles kann helfen, dieses Schiff zu sichern.«

Jennifer sieht den erfahrenen Kapitän an und nickt. Ihre Mutter muss in der Kabine sein und sich ein wenig hingelegt haben. Das zumindest hat sie vorhin gesagt, als sie von den Fenstern wegging, aus denen sie die amerikanische Küste beobachtete.

In der Kabine schließt Jennifer die Tür hinter sich. Wiltrud liegt angezogen und mit geschlossenen Augen auf dem unteren Bett und hat einen feuchten Waschlappen auf der Stirn. Ohne Umschweife kommt Jennifer zum Thema.

»Mutter, wo ist die Bombe?«

Erstaunt richtet sich Wiltrud auf und nimmt den Waschlappen von der Stirn.

»Lass den Unsinn, Jennifer. Ich habe stechendes Kopfweh.«

»Lenk nicht ab, Mutter! Er ist tot!«

»Wer ist tot?«

»Alfons Schmiedinger ist tot! Wo ist die Bombe?«

Wiltrud setzt sich auf und beginnt den Kragen ihrer Bluse zu richten.

»Schatz, wie spät ist es?«

»Mutter!«, schreit Jennifer sie an.

»Es ist ein guter Plan, Kindchen. Wir müssen nur rechtzeitig ankommen.«

»Also doch, Mutter. Du wusstest davon.«

Verzweifelt sinkt sie auf das Fußende des Bettes.

»Warum?«

»Weil es keine andere Möglichkeit gibt. Edward und ich haben das nächtelang durchgesprochen.«

»Aber warum denn bloß? Ich dachte, ihr wollt das Geschäft mit dem Helium.«

Wiltrud steht auf und greift am Spiegelbord nach ihrem Lippenstift. Leise sagt sie: »Eben ... Wir haben kein Geld mehr.«

Jennifer versteht nicht.

»Was heißt das, wir haben kein Geld mehr?«

Wiltrud hält inne und sieht ihre Tochter im Spiegel an.

»Was ich gesagt habe. Wir, die van Zandts, sind bankrott.«

»Mutter ...«

»Wenn du deinen Vater jetzt im Stich lässt, wirst du nicht mal mehr dein Ticket zurück nach Deutschland bezahlen können, also nimm endlich Vernunft an.«

»Aber wenn der *Hindenburg* in die Luft geht ...«

»... dann wird der Kongress auf jeden Fall zustimmen.«

Sprachlos sieht Jennifer ihre Mutter an, die konzentriert ihre Lippen nachzieht.

Merten hat sich gerade wieder auf den Kielsteg zurückgearbeitet, als Sauter bei ihm auftaucht. Neugierig sieht er erst Merten an, dann hinunter auf das klaffende Loch in der Hülle.

»Was ist denn hier passiert?«

Merten streicht seine Hose zurecht, und Sauter entdeckt das Blut an seinen Händen.

»Hast du dich verletzt?«

»Nein, nein … hab ich nicht. Alf, sorg dafür, dass der Riss repariert wird.«

»Na klar, ich hol gleich den Ballonmeister, sonst reißt es noch weiter auf. Das fehlte gerade noch, wo wir bald über New York sind.«

Merten will mit Sauter auf keinen Fall über den Vorfall diskutieren und macht sich ohne ein weiteres Wort auf zum B-Deck. Im Waschraum säubert er sein Hemd und wäscht das Blut von seinen Händen. Mit den Fingern kämmt er sich die Haare, die ihm mehr oder weniger strubbelig vom Kopf abstehen. Mit etwas warmem Wasser hilft er nach.

Als er in die Offiziersmesse tritt, springt Lehmann aufgeregt auf.

»Kröger! Was ist? Haben Sie ihn?«

»Leider nicht. Ich hatte ihn, aber er hat sich losgemacht, ist ins Gerüst geflohen und abgestürzt. Hat ein ziemliches Loch in die Hülle gerissen. Sauter sorgt gerade für die Reparatur.«

Entsetzt sieht Lehmann ihn an.

»Ins Meer gestürzt. Merten, das ist ja eine Katastrophe. Hat er vorher noch etwas gesagt?«

»Nicht, was uns weiterhilft, außer, dass er zugegeben hat, Bastian umgebracht zu haben.«

In diesem Moment kommt Jennifer herein. Sie fällt Merten in den Arm.

»Es ist eine Zeitbombe.«

Lehmann und Merten wechseln einen bestürzten Blick.

»Mutter hat es mir gestanden. Vor nicht mal fünf Minuten!«

Merten ist entsetzt. »Also hat sie tatsächlich Bescheid gewusst. Warum um Himmels willen hat sie nicht gleich etwas gesagt und … und warum seid ihr beide dann an Bord?«

»Hör mir zu, hör mir zu!«

Jennifer rüttelt an seinem Revers. Ihr beginnen Tränen aus den Augen zu schießen. »Der Mann, der dich in Frankfurt töten wollte, hatte die Aufgabe, die Bombe zu deponieren und den Zeitzünder so einzustellen, dass das Schiff explodiert, sobald es in Lakehurst gelandet ist und alle von Bord sind. Es sollte keine Opfer geben, aber so viele Zeugen wie möglich …«

Lehmann fällt ihr ins Wort.

»… und Schmiedinger hat Müllers Arbeit übernommen, das Dynamit aus dem Humidor genommen und die Bombe zusammengebaut! Das ist ungeheuerlich. Was geht nur in diesen Menschen vor? Und warum ihr? Was bezweckt ihr damit?«

»Fragen Sie meinen Vater«, antwortet Jennifer tonlos.

»Aber Ihre Mutter …«

»Meine Mutter hat mir gesagt, was sie weiß! Sie hat keine Ahnung, wo die Bombe versteckt ist.«

Jennifer dreht sich um und will gehen, doch Merten greift nach ihrer Hand und will sie zurückhalten. Aber sie zieht die Hand zurück und verlässt weinend die Messe.

Die beiden Männer setzen sich und starren schweigend auf die Tischplatte.

Nach einigen Sekunden sagt Lehmann müde: »Wir haben das Schiff von oben bis unten durchsucht. Jeden Winkel, jede verdammte Strebe. Nichts.«

Merten hört gar nicht hin. Er versucht, sich an den genauen Satz von Schmiedinger zu erinnern.

»Ich will niemanden töten.«

»Wie bitte?«

»Das hat er gesagt. Ich will niemanden töten.«

Lehmann lacht zynisch auf.

»Na, das hat er ja toll hingekriegt.«

»Wir kommen zu spät ... War Schmiedinger über unsere Verspätung informiert?«

»Wenn er auf das Nachrichtenbrett gesehen hat, dann ja. Ich habe heute vor dem Frühstück die voraussichtliche neue Landezeit angebracht.«

»Welche ist das?«

»Nicht vor fünfzehn Uhr Ortszeit. Wir haben jetzt circa sieben Stunden Verspätung!«

Lehmann und Merten springen gleichzeitig auf. Lehmann stürzt zum Telefon und drückt gleichzeitig den Alarmknopf, der im Schiff einen langgezogenen Ton erzeugt. Zeichen für alle, die nichts Wichtiges zu tun haben, sich in der Mannschaftsmesse einzufinden. Gleichzeitig hat Lehmann die Gondel am Telefon und befiehlt Pruss zu sich.

»Wir müssen noch einmal alles durchsuchen. Merten, Sie müssen sich die Passagierräume vornehmen. Vor allem die Kabine von Schmiedinger. Ich kann sonst keinen dort hinschicken. Die Passagiere würden sich wundern oder in Panik ausbrechen, wenn plötzlich Männer von der Mannschaft überall herumschnüffeln.«

»Geht klar.«

Beim Hinausgehen dreht Merten sich noch einmal um. »Ich nehme Jennifer mit, das ist unauffälliger.«

Lehmann unterrichtet die Offiziere, die sich wenige Minuten nach dem Alarmton in der Messe eingefunden haben, über die erneute Suchaktion. Allerdings sagt er ihnen, es sei eine weitere Übung. Die Offiziere sehen sich verständnislos an, geben den Befehl aber ohne Widerrede weiter an die Mannschaft, und sofort beginnt die Aktion nach dem gleichen Muster wie am Vortag. Pruss und Lehmann folgen den Männern in das Schiffsinnere. Am Boden unter dem Kielsteg bei Zelle neun schweben zwei Zellenpfleger angeleint über der Hülle, setzen die letzten Stiche und das Loch, das Schmiedingers Körper gerissen hatte, ist wieder verschlossen.

»Da müssen wir in Lakehurst auch noch ran. Bevor wir wieder starten können, muss eine neue Stoffbahn eingesetzt werden.«

Pruss nickt den beiden Männern aufmunternd zu und fragt:

»Was ist das eigentlich für eine merkwürdige Geschichte von Sauter? Ein zwei Meter langer Riss in meiner Hülle und keine Erklärung, außer dass unser Gefangener danebenstand.«

Lehmann antwortet nicht sofort. Dann sagt er fast beiläufig:

»Da müssen Sie Doktor Kröger selber fragen. Ich weiß auch nichts Näheres.«

Sie sind am Seitenlaufgang zur Maschinengondel eins angelangt. Kapitän Pruss schaut den Gang hinunter, wo mehrere Männer von der Mannschaft die Aufhängung der Gaszellen, den Zustand der Stahlseile und der Duraluminträger kontrollieren. Jede Niete, jede Verbindung zwischen Hauptringen und Hilfsringen und den Längsträgern wird noch einmal in Augenschein genommen. Nur an zwei Stellen im Schiff, bei Ring zweiundneunzig und Ring hundertvierzig, hat man die Möglichkeit, gleichzeitig rechts und links in die Seitengänge und auf den Kielgang vor und zurück zu sehen. Nur da, wo es zu den vier Maschinengondeln abgeht. Überall sind Männer unterwegs. Vom Achsialsteg über ihnen scheinen in regelmäßigen Abständen Glühwürmchen in den Gasballons unterwegs zu sein. Es sind die Taschenlampen der Männer in den Gasschächten und auf dem Achsialsteg, die durch die Ballonhüllen durchscheinen. So viel Bewegung im Schiff gibt es nur vor der Inbetriebnahme nach der Winterpause und bei den sporadischen Übungen während des Fluges, an denen alle von der Mannschaft teilzunehmen haben.

»Das ist die zweite Übung innerhalb von dreißig Stunden.«

Kapitän Pruss ist jetzt wirklich besorgt. Lehmann hat ihn zwar noch immer nicht über die Ursache der Übungen informiert, aber es muss einen ernsten Hintergrund geben, sonst würde er so etwas nicht zweimal innerhalb so kurzer Zeit befehlen.

»Die Leute murren bereits, was hat denn das für einen Sinn!«

»Schieben Sie es mir in die Schuhe.«

»Es hat aber nichts damit zu tun, dass Sie Kröger freigelassen haben?«

»Na ja, ich würde mal sagen: zur Hälfte.«

»Und warum erfahre ich als Kommandant nicht, was in meinem Schiff vorgeht? Oder haben Sie jetzt das Kommando übernommen?

»Nein, nein, Pruss. Seien Sie nicht verschnupft. Sie haben das Kommando. Und ich werde sofort zu Ihnen kommen, wenn ich mir selber im Klaren bin, worum es wirklich geht. Bis dahin ist es besser, dass Sie nichts wissen. Aber eines ist wichtig: Drücken Sie auf die Tube. Wir müssen so viel wir können von der Verspätung einholen.«

»Meinen Sie, wir sollten den Rundflug über New York streichen?«

»Nein, nein, auf gar keinen Fall. Das können wir den Leuten nicht antun. Aber vielleicht können Sie das Ganze etwas abkürzen.«

»Ay, Kapitän. Dann werde ich mich mal wieder an mein Steuer begeben.«

Nachdenklich und aufs Höchste angespannt, sieht Lehmann dem kommandierenden Kapitän des *Hindenburg* nach.

20
Gewagtes Manöver

Als Pruss die Gondel wieder erreicht hat, fährt der *Hindenburg* schon über die Bronx nach Brooklyn. Die Wolken hängen tief und umwabern die Hochhäuser der Millionenstadt wie schmutzige Watte. Es nieselt und der Wind weht aus Ost mit zwei Knoten.

»Wittemann, heute nur eine kurze Runde.«

An die Funkbude zum Diensthabenden Dowe gibt er den Befehl:

»Lakehurst anfunken. Commander Rosendahl. Werden nach Landung so schnell wie möglich wieder retour fahren. Bitte alle Vorkehrungen treffen.«

Es ist vierzehn Uhr Ortszeit, als der *Hindenburg* in einer weiten Kurve über die Freiheitsstatue und die Battery Manhattan ansteuert. Plötzlich tauchen sechs Flugzeuge auf, die den Zeppelin über der Skyline von New York umschwärmen wie Bienen. Darunter ein kleines Doppeldeckerflugzeug, das ab und an so nah herankommt, dass das Gesicht des Piloten zu erkennen ist. Er trägt Lederkappe und Fliegerbrille. Hinten sitzt offenbar ein Mann von der New Yorker Presse. Er hat eine Kamera vor der Nase und greift ab und an auch zum Fotoapparat. Alle Passagiere haben sich an den Fensterfronten zu beiden Seiten des Zeppelins eingefunden. Sogar die Luftwaffenoffiziere besetzen eines der geöffneten Fenster und verfolgen gebannt das Schauspiel. Nur Wiltrud und Jennifer sind sitzen geblieben, und Jennifer redet auf ihre Mutter ein. Wiltrud hat schon den vierten Cognac vor sich und ist nervös. Von ihrer kühlen Arroganz ist nicht mehr viel zu spüren.

Wie bei einem Architekturmodell, über das man sich beugt, um es von oben zu betrachten, können die Menschen auf dem *Hindenburg* jetzt New York sehen. Der Blick auf das unendliche Häusermeer und in die Straßenschluchten ist überwältigend. Blinkende Leuchtreklamen überall, wie Spielzeugfiguren die Menschen und Autos. Auf Straßen und Plätzen haben sich Tausende New Yorker zusammengefunden und sehen nach oben, winken und rufen, die Fahrer der Autos und Lastwagen drücken auf ihre Hupen, und an den Fenstern der Büros und Wohnungen stehen überall lachende Leute. Die Geräusche, die durch die offenen Fenster hereindringen, werden an den Fassaden der Wohntürme verstärkt und weitergetragen. Nach der Stille während der Fahrt ist das für die Reisenden der Lüfte sehr aufregend.

»Die Zivilisation hat uns wieder«, ruft Ernst Anders, der Teeimporteur aus Dresden.

»Sieht wahrlich anders aus als europäische Großstädte«, meint Oberst Menzel mit einem unwillkürlichen Ton der Bewunderung.

Pruss steuert den *Hindenburg* so nah wie möglich an die berühmten Wolkenkratzer heran, die bei dem grauen, tief liegenden Himmel ihrem Namen alle Ehre machen. Das Woolworth Building, das Chrysler Building mit dem Dachaufbau im Stil des Art déco aus schimmernden Rundungen. Und dann mit 448,70 Metern bis zur Spitze der Antenne das höchste Gebäude der Welt, das Empire State.

»Phantastisch, seht nur … Unglaublich …«

Die amerikanische Erbin Margret Mather, die in Rom lebt und zu Verwandten unterwegs ist, greift den Photographen Karl Otto Clemens aus Bonn an der Jacke, weil er sich vor Begeisterung mit seiner Kamera so weit vorbeugt, dass er hinauszufallen droht. Auch Mady Kerner hält ihre beiden Jungen fest am Rockzipfel, da sie wie kleine Affen auf der Fensterbank hin und her hopsen. Immer wieder sieht sie zur Eingangstür zum Speisesaal, aber ihr Mann und Gisela kommen nicht. Gottfried hat sich seine

Tochter geschnappt und sitzt mit ihr im Raucherzimmer. Er hat ihr in Ruhe die gefährliche Situation erklärt, in der die ganze Familie steckt. Gisela war zunächst noch rebellisch, aber jetzt, wo sie alles weiß, sitzt sie ihrem Vater gegenüber und macht ein unglückliches Gesicht.

»Kind, hast du verstanden! Wenn wir uns nicht alle unauffällig verhalten, dann ... Es geht wirklich um Kopf und Kragen.«

Gisela nickt und weint.

»Das gilt auch für Herrn Broca. Bitte halt dich zurück ... und geh unter allen Umständen den Fliegern aus dem Weg, vor allem dem Oberst.«

Gisela nickt wieder und zieht die Nase hoch.

»In Lakehurst werden wir, so schnell es irgend geht, die Formalitäten hinter uns bringen. Ich will, dass du während der Landung bei Mutter und den Jungs bist.«

Der *Hindenburg* fährt mit halber Kraft und dreht gemächlich über der Spitze Manhattans und der Brooklyn Bridge nach Süden ab. An den Piers im Hafen liegen die Ozeanriesen. Schlepper und Fähren grüßen das Luftschiff mit einem Sirenen- und Dampfpfeifenkonzert. Die Amerikaner sind genau wie die Deutschen über Zeppeline in ihrem Luftraum so begeistert wie eh und je.

Eine Weile fährt der *LZ 129* über die glitzernde New York Bay und dreht dann leicht nach Steuerbord über Sandy Hook und die Küstenlinie von New Jersey in Richtung Lakehurst ab. Achtzig Kilometer sind es noch.

Die Passagiere haben sich von den Fenstern gelöst und füllen im Gesellschaftsraum und dem anschließenden Lesezimmer ihre Landing Cards und die Zollerklärungen aus. Im Speisesaal rücken die Stewards schon ein paar Tische in eine Reihe, an denen direkt nach der Landung die Männer von der Einwanderungsbehörde und vom Zoll sitzen werden. Etwas abseits davon stellen sie noch einen für den Quarantänearzt hin. In den Fluren sind die Kabinenstewards und Frau Imhoff damit beschäftigt, die Gepäckstücke zu sortieren und nach korrekt angebrachten Namensschildern zu überprüfen, damit die Koffer derer, die mit dem Sonderzug oder dem Flugzeug weiterreisen, an Bord transportiert werden können. Diejenigen, die von ihren Angehörigen mit Autos von Lakehurst abgeholt werden, bekommen ihr Gepäck nach der Landung in der Ankunftshalle.

Nach Abschluss der Suche treffen sich Lehmann, Jennifer und Merten wieder in der Offiziersmesse.

»Nichts, absolut nichts gefunden«, sagt Lehmann enttäuscht.

»Wir haben auch nichts. In der Kabine von Schmiedinger haben wir alles auseinandergenommen. Keinerlei Anzeichen dafür, dass er eine Bombe zusammengebaut hat. Keine Kabelreste, kein Krümel Sprengstoff, nicht mal eine Zange oder ein Schraubendreher. Auch nichts im Rauchsalon oder in der Bar. Kubis hat geholfen. Er wird sich seinen Teil gedacht haben, nachdem sein Humidor eingeschlagen worden ist. Aber er hat keine Fragen gestellt.«

Merten setzt sich an den Tisch. Jennifer hockt sich daneben.

»Ich habe alle Waschräume, die Toiletten und vor allem die Bibliothek und den Leseraum durchsucht. Ist gar nicht aufgefallen. Die anderen Passagiere haben alle an den Fenstern gestanden und mich gar nicht beachtet.«

»Also« – Lehmann sieht sich in der Runde um – »was machen wir jetzt?«

»Denken wir doch mal wie er«, meint Merten.

»Wo würden wir denn eine Bombe, eine kleine Bombe verstecken?«

»Warten Sie mal, hier haben wir doch eine Blaupause vom Schiff.«

Lehmann steht auf, wendet sich zum kleinen Schrank über ihnen, zieht eine Rolle hervor und breitet den Grundriss des *Hindenburg* vor ihnen aus. Merten streicht die Karte glatt und stellt an jede Ecke einen Kaffeepott aus dem Regal, damit sie sich nicht wieder zusammenrollt.

Auf der Karte ist einmal der Aufriss mit allen Haupt- und Hilfsringen, den Längsträgern, Gas- und Luftschächten eingezeichnet, dazu die Steigschächte und die genaue Position der Gaszellen mit den Ventilen, unten der Kielsteg und mittig der Achsialsteg. Auf dem Grundriss sieht man den Kielsteg wie eine Mittelgräte und rechts und links alle Frachträume, Fässer, Tanks, die Mannschaftsschlafräume, die elektrische Kraftanlage in der Mitte und vorn den Postraum, Funkraum und darunter mit unterbrochener Strichellinie die Gondel. Die Passagierräume sind nur im A-Deck von oben einsehbar.

Alle drei starren auf die Blaupause. Merten fährt mit der Hand von links nach rechts und hakt ab, wo überall schon nachgesehen wurde. Plötzlich hält er inne.

»Was ist?«

Lehmann und Jennifer sehen ihn gespannt an.

»Die systematische Durchsuchung gestern und heute, das waren ja nicht die ersten Manöver dieser Art. Das hatten wir doch schon öfter.«

»Ja, vor allem im letzten Herbst, als die ersten Attentatsdrohungen eingingen. Im *Grafen* und im *Hindenburg*. Auflage vom SD.«

»Eben, das meine ich. Und Müller gehörte zur Mannschaft. Also wird ein Saboteur wie Schmiedinger davon unterrichtet worden sein und muss damit rechnen.«

»Sie meinen, er hatte den Sprengsatz bei sich. Am Körper …«

Merten machte eine abwehrende Handbewegung.

»Dann hätte er keinen Grund zu solcher Panik gehabt.«

»Was dann? Was denn dann, nun reden Sie schon!«

»Wenn wir es logisch angehen, dann … befindet sich der Sprengsatz da, wo keine Durchsuchung stattfindet oder wo nicht nachgesehen wird.«

Lehmann sieht Merten verblüfft an.

»Auf der Außenhaut!«

Merten nickt.

»Am besten in unmittelbarer Nähe einer der Gaszellen, an einer Stelle, die nicht einsehbar, aber gleichzeitig gut zu erreichen ist.«

Jennifer springt aufgeregt auf.

»Im Heck. Er ist doch Richtung Heck geflüchtet! Bestimmt hat er es an einer der Flossen angebracht.«

»Schlaues Mädchen! Die Höhenflosse kann es nicht sein, die kann man von den Maschinengondeln aus sehen, aber die Seitenflosse, oberer Teil. Um einen Gegenstand zu entdecken, der da nicht hingehört, muss schon jemand aus den hinteren Entlüftungsstutzen direkt nach hinten sehen. Und wenn das Ding auch noch sehr klein ist, fällt es sicher nicht gleich auf.«

Merten zeigt auf die eingezeichneten Entlüftungsschlitze am Höhenruder über der Zelle zwei.

»Und da kommt man auch noch leicht hin.«

Zu Lehmann gewandt, sagt er: »Wir müssen die anderen Offiziere informieren. Jetzt sofort.«

»Das geht auf keinen Fall. Ein Logbucheintrag wäre unumgänglich. Das liest das Ministerium, und die machen uns sofort den Laden dicht!«

»Bei allem Respekt, Direktor! Es geht hier um unser aller Leben! Wir müssen sicherstellen, dass das Schiff so schnell gelandet wird wie irgend möglich!«

Lehmann streicht sich mit der Hand über die Stirn. Er atmet tief aus, dann nickt er. »Sie haben recht. Ich werde sehen, was ich tun kann. Vielleicht kann ich es ja ohne Aufklärung erreichen, dass Pruss so schnell wie möglich runtergeht.«

Als Jennifer und Merten allein sind, wagt Merten kaum, sie anzusehen.

Jennifer begreift.

»Du willst da raufsteigen und die Bombe entschärfen!«

»Es bleibt mir doch gar nicht anderes übrig, Jennifer. Das ist unsere einzige Chance.«

Er will sie umarmen, doch sie stößt ihn weg. Voller Verzweiflung sieht sie ihn an.

»Und wenn du es nicht schaffst? Dann ist alles vorbei.«

»Nichts ist vorbei.«

Er umarmt sie erneut, und diesmal lässt sie es zu. Schluchzend klammert sie sich an ihm fest.

»Jennifer, es ist nicht vorbei, ganz und gar nicht! Hörst du. Wir werden es schaffen.«

Sie macht sich los und wischt sich die Tränen von den Wangen.

»Dann geh. Geh!«

Merten nimmt ihr Gesicht in seine Hände und sieht ihr in die Augen.

»Ich liebe dich. Und nichts wird das ändern.«

Sie nickt heftig, und er spürt, wie sie zittert.

Merten küsst sie auf den Mund.

»Lass mich mitsuchen. Ich bin als Kind auf jeden Baum geklettert, den ich finden konnte ...«

»Das *Hindenburg*-Gerüst ist kein Baum. Und du bist kein Kind mehr.«

»Du bist genauso stur wie ...«

Merten verschließt ihren Mund mit seinen Lippen, dann macht er sich los und geht schnell hinaus.

»Viel Glück!«, ruft Jennifer ihm nach.

Der *Hindenburg* befindet sich gerade über Freehold, als Lehmann die Leiter zur Gondel hinabsteigt. Er hat beschlossen, die alarmierende Nachricht nicht mit den Männern zu teilen. Jetzt ist es wichtig, den Zeppelin so schnell wie möglich zu landen, und sehr bald werden alle vollauf mit dem schwierigen Manöver befasst sein. Und wenn Merten es nicht schafft, die Bombe zu finden und zu entschärfen, dann ...

Lehmann weiß nicht, ob er stehen bleiben oder sich hinsetzen soll, aber was er weiß, ist, dass er jetzt nirgends anders sein will als hier in der Führergondel. So viele Jahre hat er Luftschiffe geführt. Und jetzt ist er hier und kann nichts tun als abwarten. Die vertrauten Vorgänge in der Gondel beruhigen seine Nerven. Die Verantwortung lastet schwer auf ihm, aber den Kameraden jetzt von der Bombe zu erzählen, würde nur Aufregung, wenn nicht gar Panik aufkommen lassen. Ohne dieses Wissen geht alles seinen gewohnten Gang, und ändern können die Männer hier jetzt auch nichts mehr. Alle Hoffnung liegt jetzt bei Merten Kröger.

Lehmann schickt ein Stoßgebet gen Himmel, geht zur Bank am hinteren Ende der Gondel und setzt sich.

Merten hat Alf Sauter auf dem Weg zu seinem Landeposten im Ersatzführerstand abgefangen. Er ist der Einzige, dem er jetzt vertrauen kann, und aus den langen Jahren ihrer Freundschaft weiß er, dass Sauter mutig genug ist, zusammen mit ihm die gefährliche Aktion durchzuführen. Eins ist sicher: Chefingenieur Sauter wird die Nerven nicht verlieren. Merten zieht ihn in den nächstgelegenen Frachtraum.

»Was ist denn jetzt schon wieder los? Du sollst dich doch eine halbe Stunde vor der Landung in der Messe einfinden.«

»Das ist Schnee von gestern. Alf, du musst mir helfen.«

Es bleibt nicht viel Zeit, um ihm die Situation zu erklären. Merten kommt sofort zum Punkt.

»Es ist eine Bombe an Bord. Und ich ahne, wo sie angebracht ist.«

»Merten, fang nicht wieder damit an.«

Sauter will gehen, doch Merten hält ihn fest.

»Alf, es ist wahr. Ich schwöre dir, bei allem, was mir heilig ist. Lehmann ... Die beiden Manöver, die er befohlen hat, waren dazu da, die Bombe zu finden. Passagier Schmiedinger hat sie angebracht. Ich habe ihn verfolgt und er ist abgestürzt, deshalb das Loch in der Hülle.«

Sauter ist jetzt ganz Ohr, zwar immer noch skeptisch, aber aufmerksam.

»Bastian hat ihn ebenfalls verdächtigt, und der liegt jetzt mit durchgeschnittener Kehle in Kabine 18.«

»Was! Aber …«

Sauter verschlägt es die Sprache.

»Alf, wir haben keine Zeit zu verlieren. Die Bombe kann jeden Moment hochgehen. Durch die Verspätung … Hilfst du mir?«

»Aber wo ist sie denn?«

»Schmiedinger war auf dem Weg zum Heck, als ich ihn einholte. Ich glaube, er hat sie irgendwo außen an der Seitenflosse angebracht.«

Sauter fragt nicht weiter.

»Na dann nichts wie los …«

Im Eiltempo laufen sie hintereinander den Kielsteg entlang bis zum Lüftungsschacht an Ring 99; schnell klettern sie die Leiter hinauf auf den Achsialsteg und rennen weiter Richtung Heck bis zum Ruderpfostenkreuz, wo die Träger der Seiten und Höhenruder sich treffen. Zwischen Gaszelle zwei und drei bleiben sie stehen und schauen hinauf in den Gasschacht, der oben, wo die Flosse aus der sich verjüngenden Rumpfhülle herausragt, zu beiden Seiten seine Entlüftungsöffnungen hat.

»Ich glaube, dass er sie da oben irgendwo und wahrscheinlich draußen angebracht hat.«

»Warum gerade da?«

Merten hat sich vorgebeugt, seine Hände auf die Oberschenkel gestützt und versucht, wieder zu Puste zu kommen. Sauter ist sichtlich besser in Form. Kein Wunder, als Chefingenieur ist er mehrmals am Tag vom Bug zum Heck unterwegs.

»Erstens, weil er da oben in der Flosse und über den Gaszellen nicht so schnell entdeckt wird, und zweitens, wenn du einen Zeitzünder einstellen müsstest, wo würdest du dich am sichersten vor etwaigen Funken fühlen?«

Sauter schluckt.

»So weit hinten wie möglich und bei Frischluftzufuhr.«

»Eben!«

Merten beginnt den Aufstieg, Sauter greift ebenfalls in die Streben und folgt ihm. Höher und höher in das Gewirr von Quer- und Längsträgern, die hier aus dem ganzen Schiff zusammenlaufen und, weil das Heck des *Hindenburg* zuläuft wie ein Entenbürzel, immer enger zusammenstehen.

Merten sieht nach unten.

»Alles gut?«

»Klar! Der muss reichlich schwindelfrei gewesen sein …«

»Mit Sicherheit.«

Sie haben den Übergang vom Rumpf zur Flosse erreicht. An den Lüftungshutzen rauscht der Fahrtwind entlang, und es gibt einen starken Luftzug. Über ihnen ist das dunklere Viereck der aufgenähten und bemalten Hakenkreuzfahne gegen die lichtere Umgebung zu erkennen. Die Stoffbahnen der Hülle sind überall mit den Bohrungen in den Profilen der Längsträger verschnürt. Ein kleines Rundholz unter der Naht verhindert, dass sich die Schnüre durch Vibrationen durchscheuern. Zusätzliche Stoffstreifen decken diese Verschnürungen ab. Alle Öffnungen für die Lüftungen sind mit besonders festem Stoff doppelt verstärkt. Sollte irgendwo etwas angebracht sein, was dort normalerweise nicht hingehört, so würde es als dunklerer Fleck durch die Hülle erkennbar sein, so wie bei der Fahne. Merten schaltet seine Taschenlampe an und Sauter tut es ihm nach. Zentimeter für Zentimeter beginnen die beiden Männer, die Hülle des *Hindenburg* abzuleuchten.

Pünktlich um fünfzehn Uhr können die Männer in der Führergondel den Marineflughafen Lakehurst ausmachen. Die riesige Halle ist von Weitem zu sehen, aber an Steuerbord ist auch eine dunkle Wetterfront zu erkennen. Regen beginnt gegen die Scheiben zu trommeln. Kein Mensch ist auf dem weiten Platz zu sehen. Nur am Zaun stehen Hunderte Schaulustige mit bunten Regenschirmen und Autos parken an den Zufahrtsstraßen. Von den Haltemannschaften ist weit und breit nichts zu entdecken. Lehmann hält es nicht mehr auf seiner Bank. Er stellt sich neben Wittemann, der am Seitensteuer steht, und sieht durch die nassen Scheiben.

»Das wird wohl nix werden«, meint Wittemann.

Dann kommt auch schon der Funkspruch von Commander Rosenthal:

»Breite Gewitterfront von Südwest. Böen sechs bis acht. Landung unmöglich. Schlage vor: Ausweichen nach Atlantic City und Besserung abwarten.«

Kapitän Pruss funkt zurück:

»Fahren Atlantic City. Warten ab, bis Konditionen besser.«

Wittemann befiehlt er: »Abdrehen Kurs Südost. Halbe Kraft. Zweihundert Meter.«

Via Maschinentelegraph wird der Kurswechsel an die Motorgondeln weitergegeben. Die Motoren brummen auf, und der *Hindenburg* nimmt wieder Fahrt auf. Zu Lehmann gewandt, meint Pruss: »Damit kommt eine Landung wohl nicht vor achtzehn Uhr in Frage.« Der Direktor zieht hörbar die Luft ein und wendet sich ab.

Merten und Sauter haben sich die Durchsuchung der Seitenflosse aufgeteilt. Einer kontrolliert die Hülle an der Backbordseite, der andere die zu Steuerbord. In die Flossen selbst sind keine Gaszellen hineingebaut, so können die beiden Männer ungehindert in dem Gerüst herumklettern. Die Flosse ist immerhin so breit, dass zwei Mann gut nebeneinander stehen können. Nur oben in der zulaufenden Spitze müssen sie Rücken an Rücken arbeiten. Besonders genau untersuchen sie die Verschnürungen entlang des Grats und an der aufgenähten Fahne, aber sie finden nichts. Auch nicht an den mit Leinenstoff doppelt verstärkten Lüftungsklappen, wie Merten gehofft hatte.

»Hier ist nichts«, schreit Sauter.

»Ich schau mal draußen nach.«

»Du bist ja irre. Unangeleint ist das doch viel zu gefährlich. Und außerdem, wie soll denn Schmiedinger das gemacht haben?«

Merten überlegt eine Sekunde.

»Weiß ich auch nicht, aber zur Sicherheit muss ich einfach nachsehen.«

Und schon bugsiert er seinen Oberkörper durch die Öffnung ins Freie, während Sauter ihn von innen am Gürtel seiner Hose festhält. Der Wind, der ihm entgegenfährt, erinnert ihn an seinen Jungfernflug mit dem *Zögling*.

Gott, denkt er, das war erst vor vier Tagen!

Über der Naval Base geht gerade ein Gewitter nieder, Blitze zucken gefährlich nah. Der Himmel ist schwarz. Merten sieht am Kontrollturm die Landeleuchte auf Rot geschaltet. Träge dreht der *Hindenburg* ab und setzt langsam die Fahrt Richtung Süden fort. Klar, denkt Merten, bei diesem Mistwetter ist eine Landung unmöglich. Regentropfen treffen ihn wie Nadelstiche, das Wasser, das vom Rumpf in regelmäßigen Schüben abgeweht wird, klatscht ihm ins Gesicht, aber er kneift die Augenlider zusammen. Nirgendwo ist Verdächtiges zu entdecken. Alle Nähte sind perfekt verklebt und glatt. Die mit Zellon und Aluminiumpulver mehrfach bestrichene silbrige Außenhaut scheint unbeschädigt. Dasselbe Manöver auf der anderen Seite. Zurück im Innenraum, sieht er Alf Sauter verzweifelt an.

»Nichts, nichts und wieder nichts.«

Merten kontrolliert seine Uhr. Achtzehn Minuten nach fünfzehn Uhr.

»Normalerweise wären wir jetzt schon gelandet, die Passagiere und die meisten Mannschaften hätten das Schiff verlassen.«

Merten spürt, wie Panik in ihm aufsteigt.

»Jetzt, eine Stunde nach der eigentlichen Landung, das wäre der perfekte Zeitpunkt …«

»Aber vielleicht hast du dich geirrt, und der Kerl hat gar keine Bombe …«

»Doch, ich bin mir ganz sicher, außerdem hat Wiltrud van

Zandt es zugegeben und Eckener ... Das hätte doch sonst alles keinen Sinn.«

»Dann haben wir uns im Ort geirrt. Dann hat er die Bombe woanders versteckt.«

Merten streicht sich die triefenden Haare aus der Stirn.

»Aber er war auf dem Weg ins Heck, das ist mal sicher.«

Mertens Blick fällt auf die Stelle, an der die Hülle des Rumpfs in die Flosse mündet. Das wäre ein perfekter Platz direkt über der Gaszelle vier. Schnell hangelt er sich dorthin und knipst seine Lampe an. Hier lappen mehrere Stoffbahnen übereinander und sind mit den Bahnen der Flosse verknüpft. Die Gaszelle in ihrem Netz beginnt nur ein paar Handbreit darunter. Merten kratzt an den Verklebungen. Eine Stelle lässt sich wie eine Banane abpellen. Er leuchtet in den Zwischenraum und erkennt ein schmales braunes Etwas, das zwischen die Hanfseile und den Träger gesteckt wurde und mit grauer Schnur an den sich gegenüberliegenden Nieten befestigt ist.

»Alf, Alf, ich glaube, ich hab was ...«

Mertens Herz beginnt wild zu schlagen. Er holt tief Luft und sägt mit dem Taschenmesser vorsichtig die fremden Schnüre durch. Dann zieht er das braune Ding hervor. Eine kleine quadratische Holzkiste, Zigarillos Marke Meisterfleiß von Loeser & Wolff steht auf dem mit gelbem Papier beklebten Deckel. Merten sieht Alf an.

»Mensch, Merten, sei bloß vorsichtig.«

Mit der Klinge des Taschenmessers schiebt Merten den Deckel einen Zentimeter auf und lugt hinein. Dann öffnet er den Deckel ganz. Drinnen liegt ein kleiner Reisewecker, aus dem Drähte in ein mit Wachspapier umwickeltes Päckchen führen. Der Wecker steht auf 15 Uhr 35. Merten sieht auf seine Uhr.

Noch acht Sekunden! Keine Zeit mehr, lange nachzudenken. Noch einmal sieht Merten zu Alf, der jetzt kreidebleich ist. Vorsichtig nimmt Merten die Drähte zwischen Daumen und Zeigefinger und zieht sie mit einem Ruck aus dem Päckchen.

Gleichzeitig hält er die Luft an und schließt unwillkürlich die Augen ... Nichts! Nichts passiert. Kein Knall, kein Feuerball. Gar nichts. Dann beginnt plötzlich der Wecker zu klingeln. Sauter fällt vor Schreck fast von seinem Träger. Und dann fangen beide Männer an zu lachen. Erleichtert. Glücklich.

»Wir haben's geschafft, Alf, wir haben's geschafft. Der *Hindenburg* ist gerettet ... Wir alle sind gerettet!«

21
Späte Ankunft

Die Passagiere haben sich enttäuscht von den Fenstern abgewandt. Überall wird gerätselt, warum der *Hindenburg* jetzt nicht landet, und wann es wohl endlich passieren wird. Chefsteward Kubis teilt der Gondel mit, dass erhebliche Unruhe ausgebrochen und der eine oder andere Passagier auch verärgert sei.

Lehmann kommt sofort in den Gesellschaftsraum.

»Verehrte Fahrgäste, wegen des miserablen Wetters kann im Moment leider nicht gelandet werden. Gewitter und starke Windböen verhindern das. Wir fahren nach Süden, drehen eine Schleife und kommen zurück, wenn das Gewitter abgezogen ist. Das wird allerdings noch ungefähr zwei Stunden dauern.«

Frau Kleemann, die auf dem Weg zu ihrer schwerkranken Tochter in Boston ist, fragt aufgeregt: »Und was ist mit unseren Anschlussflügen?«

»Keine Sorge, meine Damen und Herren, Sie werden alle Ihre Anschlüsse erreichen. Flugzeuge und auch der Sonderzug nach New York werden warten.«

Mit einem aufmunternden Nicken zum Chefsteward fügt er hinzu:

»Die Stewards werden Ihnen jetzt ein Glas Sekt servieren und später Tee und Gebäck. Wir erreichen demnächst die Küste von New Jersey. Genießen Sie die Aussicht.«

Während Kubis mit seinen Männern schon die Tabletts mit Sekt und Orangensaft herumzureichen beginnt, gibt Lehmann Jennifer ein Zeichen, und zusammen eilen sie hinunter zum B-Deck.

»Wissen Sie schon etwas?«, fragt sie.

»Nein, Miss van Zandt, Merten ist noch nicht zurück.«

»Ich halte es nicht mehr aus ... Das Warten macht mich wahnsinnig.«

»Mich auch. Kommen Sie mit.«

Lehmann öffnet die Tür zum Kielgang, da kommen ihnen Merten und Sauter entgegen.

»Wir haben sie, wir haben sie.«

Merten hält triumphierend die braune Kiste hoch.

Lehmann, der sonst so zurückhaltende, stille Kapitän, kann seine Erleichterung nicht verbergen. Er lacht und klatscht in die Hände. Jennifer fällt erst Merten um den Hals, dann Sauter. Und auch Lehmann wird umarmt.

»Entschuldigung, Herr Direktor.«

»Ist schon in Ordnung, Jennifer.«

Schnell gehen alle zusammen in die Offiziersmesse. Lehmann holt die Cognacflasche aus dem Schrank und gießt großzügig ein.

»Gut gemacht, Männer ... Prost auf den *Hindenburg*.«

»Wo war sie denn?«, fragt Jennifer aufgeregt.

Merten küsst ihr die Finger.

»Es hat eine Weile gedauert, bis wir sie gefunden haben.«

Dann berichtet er von der Suche und wie er die Bombe entschärfen konnte. Entsetzt sieht Jennifer ihn an, als er erzählt, dass ihm dies erst wenige Sekunden vor der Explosion gelungen ist. Sauter entnimmt der Kiste den Wecker und legt ihn auf den Tisch.

»Wo ist denn das Dynamit geblieben?«

»Das hab ich aus der Entlüftungsluke geworfen. Ist irgendwo in den Wald gefallen.«

Interessiert untersucht Lehmann die Drähte.

»Sieht nicht besonders professionell aus.«

»Hätte aber gereicht ...«, meint Merten und kippt den Cognac auf ex.

»Da bin ich mir, ehrlich gesagt, gar nicht so sicher«, meint Sauter. Die anderen sehen ihn erstaunt an.

»Ja, denkt doch mal nach. Die Gaszellen bestehen aus zwei Lagen schwer entflammbarer Baumwolle. Dazwischen die Filmmasse ebenfalls schwer entflammbar als Dichtung. Und Wasserstoff explodiert doch erst, wenn er sich mit Sauerstoff mischt und zu Knallgas wird.«

Merten denkt nach.

»Du meinst, auch wenn eine Bombe explodiert, knallt erst mal gar nichts, solange die Zelle dicht bleibt. Und die Zellen sind tatsächlich ziemlich stark gefertigt und könnten der Druckwelle sozusagen nachgeben, ohne zu reißen.«

»Genau. Da sie nicht mehr prall gefüllt sind, könnten sie mit der Druckwelle einfach mitgehen. Und … die Reihenfolge ist das Entscheidende. Erst muss Wasserstoff austreten und sich mit mehr als vier Prozent Sauerstoff mischen, dann erst mit einer Flamme in Berührung kommen, bevor es knallt.«

»Aber liebe Leute«, mischt sich Lehmann ein. »So eine Dynamitstange würde doch die Zelle bestimmt zerreißen, dann träte Wasserstoff aus und die Flamme brächte das entstandene Gemisch sofort zur Explosion.«

»Na ja …«, meint Merten nachdenklich, »es kommt tatsächlich darauf an, ob die Zelle zerreißt und wie viel Prozent Sauerstoff die Mischung direkt nach der Explosion schon hat.«

»Das ist doch alles Theorie. Ich bin überzeugt, dass die Bombe, wäre sie explodiert, uns alle das Leben gekostet hätte. Und jetzt wollen wir nicht mehr daran denken.«

Lehmann steht auf. »Miss van Zandt und Merten, Sie sollten jetzt hinaufgehen und den Rest der Reise genießen. Sauter, Sie müssen sich für die Landung bereithalten. Wir brauchen bei dem Wetter jeden Mann.«

Beim Hinausgehen dreht er sich noch einmal um.

»Ich kann Ihnen gar nicht sagen, wie dankbar ich Ihnen beiden bin«, meint Lehmann. »Und übrigens, Merten. Der Arrest ist endgültig aufgehoben. Ich regele das schon mit dem SD in Frankfurt. Und wegen Müller besorge ich Ihnen den besten Anwalt, den die DZR bezahlen kann.«

Als Lehmann gegangen ist, steht auch Sauter auf.

»Na denn werd ich mal. Macht's gut, ihr zwei … Und Kopf hoch, Merten, das wird schon.«

»Alf, du bist wirklich ein echter Freund und mutig dazu. Dank dir, dass du mitgemacht hast.«

Merten umarmt ihn, und beide klopfen sich gegenseitig auf die Rücken. Mit einem leichten Schimmer in den Augen sieht Merten zu Jennifer.

»Komm, lass uns etwas essen. Ich hab einen Mordshunger!«

Jennifer zieht die Augenbrauen hoch und lacht. Da merkt Merten erst, was er gesagt hat.

Als der *Hindenburg* am Ende der Naval Base Kurs Südsüdost leicht nach Backbord abdreht, wendet Commander Rosendahl sich vom Fenster seines Kontrollturms ab. Den Männern von der Wetterbeobachtung befiehlt er, ihm sofort zu sagen, wenn sich die Situation über dem Flugfeld und in der weiteren Umgebung gebessert hat. Dann geht er zurück in sein Büro im ersten Stock. Er hat sich gerade wieder an seinen Schreibtisch gesetzt, um den Plan für die Aufstellung seiner Landemannschaften durchzugehen, als zwei Herren in beigefarbenen Staubmänteln mit forschem Schritt das Büro betreten. Der eine zieht seine Marke aus der Hosentasche.

»Commander Rosendahl? FBI New York, William Singer, und das ist Agent Krakowski.«

Rosendahl stutzt. FBI auf seinem Gelände. Ungewöhnlich. Hier haben nur der Nachrichtendienst der Navy MCIA (Marine Corps Intelligence Activity) oder das ONI (Office of Naval Intelligence) das Sagen. Und seine eigene Sicherungseinheit auf der Basis natürlich.

»Wie kann ich Ihnen helfen, meine Herren?«

»Wir müssen einen bestimmten Passagier des *Hindenburg* überprüfen, eventuell festnehmen, sobald der Zeppelin gelandet ist. Wir wollten Sie nur davon in Kenntnis setzen, dass wir die nötigen Papiere haben, um auf Ihrer Basis zu agieren.«

Damit wirft er einen Umschlag auf Rosendahls Schreibtisch.

Darin findet er tatsächlich die Anweisung mit Stempel und allem Notwendigen.

»Gut, aber Sie bleiben so lange im Hintergrund, bis das Schiff gelandet ist und die Fallreeps heruntergelassen wurden. Bis dahin darf sich keiner außer den Landemannschaften dem Schiff nähern. Sie können im Presseraum oder auf dem Vorplatz vom Tower warten. Ihren Wagen bitte auf den Besucherparkplatz. Und ich warne Sie noch einmal: Keine Annäherung an das Schiff ohne meine Zustimmung!«

Rosendahl reicht den beiden Männern zwei runde weiße Pappschildchen mit Nummern und seiner Unterschrift, die ihnen erlauben, den Vorplatz zu betreten. Die Presseleute haben ähnliche in Grün, die der zivilen Bodenmannschaft sind Braun und tragen die Aufschrift *Ground Crew*. Nur gegen Tausch bekommen sie nach der Landung ihre Entlohnung von der DZR ausgezahlt.

»Okay. Wir gehen dann mit den Einwanderungsjungs an Bord. Danke, Commander.«

Jennifer und Merten haben sich im Speisesaal einen Tisch gesucht. Steward Nunnenmacher fragt beim Koch nach, ob es ausnahmsweise noch etwas Warmes zu essen gibt. Nach ein paar Minuten ist er wieder da.

»Also, Chefkoch Maier könnte Ihnen noch eine Bouillon heiß machen, und dann gibt es noch etwas kalten Braten von gestern Abend mit Remoulade und Graubrot oder kalte Pastete. Den Backofen kann er nicht mehr anwerfen, sagt er.«

»Wir nehmen von allem etwas! Danke, Nunnenmacher.«

Als der Steward weg ist, nimmt Jennifer Mertens Hand.

»Was machen wir jetzt bloß? Wenn du nach Deutschland zurückfährst, nehmen sie dich fest und verurteilen dich …«

Jennifer senkt ihre Stimme.

»… wegen Mordes.«

»Lehmann hat gesagt, er würde mir die besten Anwälte besorgen, die die DZR zu bieten hat.«

»Und du glaubst, die pauken dich raus? Die Nazis gelten nicht gerade als nachsichtig, schon gar nicht, wenn man einen von ihren Leuten umbringt. Auch nicht aus Notwehr.«

»Stimmt wahrscheinlich.«

»Könntest du nicht so heimlich von Bord gehen, wie du gekommen bist?«

»Und dann? Vorausgesetzt, ich schaffe das. Von der Basis komme ich doch ohne Papiere nicht runter, und ich hab nicht mal einen Pass dabei.«

Da fällt Merten etwas ein. Leise sagt er:

»Ich könnte mir den von Schmiedinger nehmen, vorausgesetzt, er hatte ihn nicht in der Tasche, als ...«

»Aber der sah dir doch gar nicht ähnlich.« Jennifer stockt. »Ist nicht der von ... von dem Toten besser. Der war doch Luftschiffer ... und mit deiner Uniform und einer Schirmmütze ...«

»Jennifer, der war kein Luftschiffer, sondern einer von der Gestapo, oder was weiß ich.«

»Aber das ist doch egal, weiß doch hier in Amerika keiner. Ist ja nur, bis du durch den Zoll und die Einwanderung durch bist.«

»Und dann?«

Jennifer denkt nach. Und plötzlich strahlt sie:

»Dann nehmen wir dich einfach mit. Mahmud holt uns doch mit der Limousine ab. Wir könnten warten und sehen, ob du es schaffst. Dann picken wir dich irgendwo auf, und dann ist alles in Butter. Mein Vater wird dir dann bestimmt weiterhelfen ...«

Merten sieht sie skeptisch an. Das klingt ihm zu sehr nach Hollywood.

»Na mal sehen ...«

Steward Nunnenmacher taucht mit einem Tablett und den köstlichen Speisen auf.

Hungrig wie junge Wölfe stürzen sich die beiden auf das Essen. Je länger Merten darüber nachdenkt, desto klarer ist ihm: Wenn er überleben will, muss er in Amerika bleiben.

Sobald der Atlantik bei Toms River/Ocean Gate erreicht

ist, dreht der *Hindenburg* nach Norden und folgt der Küste bis hinauf nach Ashbury Park. Fast alle Passagiere stehen an den Backbordfenstern und betrachten die vorbeiziehende Küste von New Jersey. Die Ferienhäuser am Strand und auf der vorgelagerten Landzunge scheinen noch nicht bewohnt. Die Schwimmbäder sind noch leer.

Die dräuende Gewitterfront vor dem Zeppelin dreht nach Nordosten ab und löst sich über dem Meer auf. Um Viertel nach vier vollzieht das Schiff eine 180-Grad-Wende und fährt parallel zur Küste wieder in Richtung Südwest.

Millionärin Mather, die sich mit Emma Pannes angefreundet hat, sitzt zusammen mit dem deutschen Ehepaar auf einer der Bänke an den Backbordfenstern. Gemeinsam beobachten sie die vorbeiziehende Szenerie. Immer wieder können sie Rehe sehen, die unten auf den Waldlichtungen äsen, ohne sich durch das über sie dahinbrummende Luftschiff stören zu lassen. Margaret Mather ist ein bisschen unruhig, dass der *Hindenburg* jetzt schon elf Stunden Verspätung hat. Aber John Pannes beruhigt sie: »Ein Zeppelin kann, wenn es nötig ist, fast endlos herumfahren. Einmal musste der *Graf Zeppelin* drei Tage über Rio kreuzen, weil unten plötzlich eine Revolution ausbrach und man warten wollte, bis wieder Ruhe eingekehrt war. Der *Hindenburg* hat genug Diesel an Bord, um noch Tage weiterzufahren.«

»Ich will nicht hoffen, dass das nötig sein wird.«

Um 16 Uhr 42 passieren sie in einiger Entfernung Lakehurst, und wer an Steuerbord steht, kann von hier aus die große helle Luftschiffhalle eins erkennen. Darüber wabern noch dunkle Gewitterwolken, in denen es immer wieder aufblitzt.

Da erreicht auch schon der Funkspruch von Rosendahl die Führergondel: »Wetterbedingungen immer noch unklar.«

Pruss lässt antworten: »Wir warten, bis Wetterlage besser«, und gibt Befehl, weiter gen Süden zu fahren.

Kapitän Sammt, der in einer Stunde seine Wache als Erster Offizier in der Gondel antritt und das Landemanöver durchführen wird, geht mit Notizblock und Bleistift durch den *Hindenburg* und macht sich ein Bild vom Ballastvorrat und dessen Verteilung im Schiff. Bisher hat die Fahrt fünfundzwanzig bis dreißig Tonnen Treibstoff gekostet, doch der Gewichtsverlust konnte durch Aufnahme von Regenwasser in der Nacht fast wieder ausgeglichen werden. Zu diesem Zweck hatten die Konstrukteure an der Äquatorlinie der Zeppeline eine schmale Regenrinne angebaut, von der das aufgefangene Wasser, das am Schiffskörper herunterlief, über Plastikrohre in die Ballastwassertanks und die gummierten Wassersäcke geleitet werden konnte. In einer Regenwand, und davon hat es auf dieser Reise wahrlich genug gegeben, konnten sechs bis sieben Tonnen aufgefangen werden. Ansonsten muss für jedes verbrauchte Kilogramm Öl rund ein Kubikmeter Gas abgeblasen werden. Das ist dieses Mal nicht nötig, und die Gasballons hängen gut gefüllt in ihren Aufhängungen.

Solange der Zeppelin fährt, kann ein leichtes Ungewicht durch den Höhensteuermann ausgeglichen werden, aber die Landung erfolgt statisch, und dabei muss das Schiff optimal abgewogen sein. Zu diesem Zweck kann Wasser an bestimmte Punkte im Schiff umgepumpt werden, und durch Ballast- und Gasabgabe wird der *Hindenburg* kurz vor der Landung optimal getrimmt, bis er waagerecht in der Luft liegt. Kapitän Sammt stellt bei seinem Rundgang eine leichte Hecklastigkeit bei Ring vierzig fest und befiehlt dem Ballonmeister Knorr: »Eine Tonne Ballastwasser weiter vor an Ring sechzig pumpen und beide Hosen vorn im Bug füllen.«

22
Rundflug

Um siebzehn Uhr meldet ein Marinesoldat aus der Wetterbeobachtung der Marinebasis: »Es klart auf, Commander!«

Rosendahl drückt den Knopf für die Sirenen, die die Hilfsmannschaften auf das Flugfeld beordern. Zweihunderteinunddreißig Mann helfen bei der Landung: zweiundneunzig Navy-Soldaten kommen aus ihren Kasernen auf dem Platz, dazu machen sich hundertneununddreißig Zivilisten, die die DZR verpflichtet hat, aus dem Dorf Lakehurst auf den Weg, heute schon zum zweiten Mal. Die Soldaten bereiten auf dem Platz alles vor, der Heckrundlaufwagen wird in Position gebracht, genau wie der fahrbare Landemast, den später ein Lieutenant erklimmen wird, um das Stahlkabel aus der Nase des *Hindenburg* in Empfang zu nehmen und das Schiff herunterzuwinschen.

17 Uhr 12: Funkspruch Rosendahl an *Hindenburg*:

»Gewitter abgezogen, Konditionen jetzt passend für Landung. Landemannschaft bereit. Sicht fünf Meilen, Wolken auf zweitausend Fuß, Temperatur sechzig, Wind acht Knoten, Westsüdwest, Böen bis zwanzig, Luftdruck 29,68.

Lehmann atmet auf. Elf Stunden Verspätung, zwölf, wenn sie am Mast liegen. Und nur drei Stunden, bevor es wieder zurückgeht.

»Na endlich. Nehmen wir die Beine in die Hand.«

Über New Gretna – backbord voraus ist Atlantic City in Sicht – dreht der *Hindenburg* eine weitere 180-Grad-Kurve und begibt sich auf Nordkurs.

»Volle Fahrt!«, befiehlt Pruss dem Mann am Telegraphen, und als die Maschinisten in allen vier Gondeln die Diesel auf Höchstgeschwindigkeit bringen, gurgeln die Maschinen auf.

»Über Forked River fünfundvierzig Grad backbord West.«

Funker vom Dienst Dowe gibt via US-Radiostation McKay an Quickborn in Hamburg durch: »Fertig für Landung, schlechtes Wetter.«

Um Viertel vor sechs schließen der Rauchsalon und die Bar. Auf den Promenaden servieren die Stewards Sandwiches, Sekt und Säfte und melden, dass sie sich jetzt endlich im Landeanflug befinden, was die allgemeine Stimmung aufbessert. Die Passagiere jubeln und finden sich in Gruppen zusammen. Die große Verabschiedung beginnt, Umarmungen und Versprechungen, unbedingt in Kontakt zu bleiben. Alle gehören nun zum exklusiven Club der Luftschifffahrer. Auf Speisekarten, Postkarten oder Kabinenkarten lassen sie ihre Mitreisenden unterschreiben. Ein Souvenir, das sich im Album zu Hause gut machen wird.

Merten und Jennifer stehen satt und zufrieden am Fenster und sehen hinunter. Merten sagt zu ihr: »Nun wird es nicht mehr lange dauern. Bleib du hier bei deiner Mutter … Wo ist sie eigentlich? Ich mache mich auf und helfe Sauter. Ich gehöre ja schließlich eher zu der Mannschaft als zu euch, den feinen Gästen, und bei der Landung wird jede Hand gebraucht.«

»Hast du dich schon entschieden, was du tun wirst, wenn wir angekommen sind?«

Merten sieht sich um. Die Luftwaffenoffiziere stehen ein paar Fenster weiter und sehen zum ersten Mal seit Beginn der Reise interessiert hinaus. Bödeker hat jetzt sogar eine kleine Leica, mit der er ab und an ein Foto schießt.

Leise sagt Merten: »Deine Idee ist gar nicht so übel …«

Dann beugt er sich zu Jennifer und küsst sie. Leise sagt sie:

»Du musst es tun … Ich flehe dich an.«

»Nach der Landung sag ich dir, wo wir uns treffen, wenn ich es schaffe. Ich muss darüber noch ein bisschen nachdenken.«

Da erscheint Wiltrud in einem mondänen weinroten Mantelkleid mit Pelzkragen. Sie nimmt sich vom Tablett ein Glas Sekt, trinkt ihn in einem Zug aus und greift gleich zum nächsten Glas. Sie sieht sich um, erkennt ihre Tochter und tritt ans Fenster.

Merten küsst Jennifer ein letztes Mal, nickt Wiltrud zu und geht. Er will mit der Frau, die sie alle in Lebensgefahr gebracht hat, nicht reden. Bevor er etwas Unbotmäßiges zu Jennifers Mutter sagt, geht er ihr lieber aus dem Weg. Auch Jennifer reagiert äußerst kühl.

»Mutter, hast du dir überlegt, was du den Behörden sagen wirst?«

Wiltrud senkt ihren Blick.

»Jennifer, kannst du uns denn nicht verstehen?«

»Nein, Mutter. Das kann ich überhaupt nicht verstehen. Euer Tun hat Merten und uns alle hier an Bord in Lebensgefahr gebracht. Und du hast zugesehen, wie wir fast ins Verderben gefahren wären. Das werde ich dir nie verzeihen.«

Die Mutter schweigt, und Jennifer sieht, wie ihr eine Träne über die Wange läuft und eine schwarze Tuschespur hinterlässt. Sie kann sich nicht erinnern, dass das je vorgekommen wäre. Ihre willensstarke, überhebliche und oft etwas zu forsche Mutter weint … in der Öffentlichkeit.

Wiltrud nimmt ihre Hand und sagt: »Du solltest jetzt bei Merten sein.«

»Ich werde ein Leben lang mit ihm zusammen sein, Mutter.« Nach diesen Worten dreht Jennifer sich um und geht durch das Treppenhaus hinüber zur Backbordseite. Sie will allein sein und auf keinen Fall bei ihrer Mutter bleiben.

Achtzehn Uhr: Dowe funkt an Lakehurst: »Landemanöver eingeleitet.«

Rosendahl funkt zurück: »Leichter Regen, abklingendes Gewitter in West, Wind Westsüdwest, vier Knoten. Schlage sofortige Landung vor.«

Um 18 Uhr 09 funkt Dowe zurück: »Okay. Wir kommen. Pruss.«

Dann stellt der Funker den Transmitter und alle Geräte aus und kurbelt auf Befehl von Oberfunker Speck, der unter ihm am Heck der Führergondel steht, die Schleppantenne hoch. Schweikard kommt herein und setzt sich neben ihn. Gemeinsam wollen sie die Landung abwarten, um dann so schnell wie möglich wieder auf Sendung zu gehen. Willy Speck stellt sich an die Fensterfront und beobachtet, wie die große Luftschiffhalle immer näher kommt.

In der Führergondel haben sich alle Kapitäne eingefunden. Sammt hat seinen Dienst als Erster Offizier und Wachhabender angetreten. Lehmann, Wittemann und Kommandant Pruss stehen als Beobachter an den Fenstern, Bauer als Zweiter Offizier an den Ballastzügen, Navigator Herzog am Maschinentelegraphen, Ziegler an den Gaszügen. Steuermann Felber bedient das Höhenruder, Steuermann Schönherr das Seitenruder.

Der Dritte Offizier Eduard Boetius gibt im Navigationsraum mit der Schiffsglocke das Signal für die Landung. Lang – kurz – kurz – lang. Alle Mannschaftsmitglieder haben sich sofort an den vorgeschriebenen Plätzen einzufinden. Sämtliche Freiwachen sind aufgehoben. Kapitän Sammt ruft ihn auf die Brücke.

»Boetius, übernehmen Sie bitte zur Landung das Höhensteuer!«

»Geht klar.«

Ludwig Felber räumt ohne Murren seinen Platz. In diesem Wetter und mit einem *Hindenburg*, der am Bug drei bis vier Grad zu leicht ist, ist er ganz dankbar, dass Boetius, der viel mehr Erfahrung hat, das Schiff landen wird.

»Gehen Sie zum Bug, Felber, und assistieren Sie am vorderen Landekabel.«

Alf Sauter steht gerade mit einem der Lehrmaschinisten in der Gondel drei, als das Signal ertönt. Schnell klettert er zurück ins Schiff und begibt sich hinunter in den Hilfssteuerstand, wo er Telefondienst hat und die Befehle aus der Gondel an die Männer weitergeben soll, die mit ihm hier hinten sein werden.

In der Mannschaftsmesse sitzen mehrere Männer, unter anderem Helmut Lau, der fünfundzwanzigjährige Höhensteuermann, und essen Butterstullen. Laus Aufgabe ist es, bei der Landung das Variometer im Ersatzführerstand zu beobachten. Das sensible Gerät zeigt die Sinkrate des *Hindenburg* in Metern pro Sekunde an, die durch die Luftdruckveränderung beim Herabschweben erzeugt wird. Die Anzeige meldet er in die Führergondel, damit der Kommandant weiß, wann die Spitze der Seitenflosse beziehungsweise das hintere Landerad den Boden berühren wird.

Lau läuft zum Ende des Kielstegs und klettert hinunter zu seiner Station unten in der Seitenflosse. Chefingenieur Sauter ist schon angekommen und beobachtet aus dem kleinen Backbordfenster den Landevorgang. Maschinist Kollmer ist ebenfalls schon da und beschäftigt sich mit dem Landerad, das später in die Aufsetzrichtung ausgerichtet werden muss.

Die Zellenpfleger stehen alle oben auf dem Achsialsteg, kontrollieren noch einmal alle Ventile und öffnen alle Hutzen und Lüftungsklappen. Jetzt beginnt eine ihrer verantwortungsvollsten Wachen. Beim Landemanöver wird meistens an unterschiedlichen Ballons viel Gas gezogen, und da der *Hindenburg* nur langsame Fahrt macht oder gar still steht, zieht das Gas nur träge über die Steigschächte ab.

Wie durch ein Himmelstor erscheint der Zeppelin über der Naval Base durch ein Loch in den abziehenden Wolkengebirgen. Die mindestens tausend Köpfe zählende Zuschauermenge bedenkt das mit Jubelrufen, und alle wenden den Blick auf den silbernen Giganten. Auch die Passagiere, die schon den halben Tag auf den Zeppelin warten, der sie nach Europa bringen soll, stürzen zu den Fenstern im Abfertigungsgebäude.

Agent Singer und Agent Krakowski steigen aus ihrem Wagen, in dem sie trotz der überall hängenden großen Verbotsschilder rauchend und Zeitung lesend gewartet haben.

Fotoapparate klicken. Die Pressevertreter laufen auf den Vorplatz. Filmleute klettern auf die Dächer ihrer Autos und drehen ihre Kameras Richtung *Hindenburg*.

Reporter Herbert Morrison nimmt sein Mikrophon und sein Toningenieur Charlie Nehlsen schaltet das Aufnahmegerät auf *on*:

»Da kommt es, meine Herrschaften ... majestätisch schwebt es heran ...«

Commander Rosendahl steht am Teleskopmast und überwacht die Landemannschaften. Er ist selbst ein erfahrener Luftschiffer und seit langen Jahren mit Kapitän Pruss und Lehmann befreundet. Er freut sich, sie gleich wiederzusehen. Jedes Mal, wenn das deutsche Schiff über seiner Station in Sicht kommt, ist er aufgeregt wie ein kleiner Junge. Es ist aber auch wirklich ein überwältigender Anblick, und es versetzt ihm jedes Mal einen Stich, dass die USA die Luftschifferei nach dem Verlust der *Akron* und *Macon* eingestellt haben. Die *Los Angeles*, das ehemalige deutsche Reparationsluftschiff *LZ 126*, sein Schiff, verstaubt seit einem Jahr drüben in der Luftschiffhalle.

In hundertsiebzig Metern Höhe überfährt der *Hindenburg* den Teleskopmast. Kurs Nord. Es herrscht Nieselregen und der Wind weht unstet. Der Windsack auf dem Wasserturm dreht sich, und die Anzeige springt auf sechs Knoten.

Commander Rosendahl greift zu seiner Flüstertüte:

»Alle Mann Position wechseln. Anflugrichtung aus West.«

Die Mannschaftsunterkünfte sind verwaist, als Merten eintritt. Schnell zieht er Bastians Seesack aus dem Schrank. Als er den Pass findet, blättert er ihn durch, und siehe da: ein gültiges Visum für die USA. Im Geiste entschuldigt er sich für den Diebstahl, steckt den Pass ein und macht sich auf zu Sauter. Merten hat sich überlegt, dass dort hinten im Ersatzsteuerstand für ihn im Moment der sicherste Platz ist. Alf wird ihm bestimmt helfen. Er will erst mal bei der Landung versuchen, aus dem Schiff zu steigen. Das ist am ehesten an der Heckflosse möglich. Die hat ja als Erstes Bodenkontakt. Und weil alle Zuschauer meistens das vordere Ende mit Führergondel und die Fenster von der Passagierabteilung interessant finden, könnte er sich so wie in Frankfurt unter die Hilfsmannschaften mischen. Für alle Fälle hat er sich auch Bastians Straßenmantel mitgenommen. Denn eine deutsche Uniform wäre zu auffällig.

Die zweite Möglichkeit, sollte das nicht klappen, wäre die Halle. Sobald der *Hindenburg* gelandet ist, wird er bei diesem Wetter mit Sicherheit in die Halle gefahren. Dort nimmt er Proviant auf und wird für die Rückfahrt parat gemacht. Außerdem muss die Hüllenbahn, die Schmiedinger zerstört hat, noch ersetzt werden. In der Halle wird er eine Gelegenheit finden, sich von dannen zu machen. Die Landstraße nach Lakehurst liegt unweit von der Halle, nur ein Stück Wiese und ein Zaun sind zu überqueren, und die Dämmerung ist dann schon fortgeschritten …

Sammt gibt in der Führergondel den Befehl: »Wind hat gedreht, die Landemannschaften stehen falsch. Halbe Kraft. Vierzig Grad über Backbord. Und neuer Anflug aus Ostsüdost.«

Brummend fährt der Zeppelin eine langgezogene Kurve, die ihn vier Meilen hinaus über die Wälder trägt, danach geht es mit voller Kraft wieder zurück.

Höhensteuermann Kurt Bauer hat Pikettwache. Als das Signal ertönt, begibt er sich zu seiner Landestation hinauf zur Plattform an der Nase des *Hindenburg*, wo er das Ablassen der beiden dicken Landetrosse beaufsichtigen muss. Als er ankommt, sind die Männer dort schon dabei, die Taue loszubinden. Im selben Moment taucht Felber, der junge Steuermann, auf, der seinen Platz für Eduard Boetius räumen musste. Daraufhin geht Bauer zurück auf den Kielsteg und stellt sich kurz vor der Kapitänskajüte auf einen kleinen Steg und schaut durch die große trapezförmige Ventilationsklappe an Steuerbord hinunter auf die Erde.

Routiniert kommen die Befehle vom Ersten Offizier Sammt, werden sofort wiederholt und ausgeführt: »Geschwindigkeit dreiunddreißig Meter pro Sekunde, hundertfünfzig Meter. Gas ziehen. Fünfzehn Sekunden Zelle drei bis elf und dreizehn und vierzehn. Langsam voraus.«

In den Maschinengondeln eins bis vier sind die Maschinisten voll damit beschäftigt, die Befehle aus der Führergondel auszuführen. Elf von siebzehn Maschinisten an Bord sind während der Landung in den vier Gondeln. Immer einer am Motor, einer am Maschinentelegraph und einer hilft, wenn es nötig ist. Die anderen stehen zum Ausbalancieren bereit oder arbeiten im Maschinenraum am Kielsteg.

Elektriker Lenz und Schlapp sitzen vor dem Schaltbord in ihrem Kontrollraum, der vom Rest des Schiffes wie der Rauchsalon wegen etwaigen Funkenschlagens durch Überdruck abgeschottet ist. Lenz dreht am Generalschalter für das Passagierdeck, und die Lichter sowie alle elektrischen Geräte in der Küche bekommen keinen Strom mehr und sind ausgeschaltet. Nebenan brummt der Generator so laut, dass sie sich nur brüllend oder mit Handzeichen verständigen können. Zusammen beobachten sie durch die Luke im Boden, wie der Erdboden näher kommt.

18 Uhr 13: »Fünfzehn Meter pro Sekunde, fünfzehn Sekunden, Gas Zelle vier bis vierzehn. Hintere Maschinen langsam zurück.«

Dann kurz vor dem Platz:

»Hintere Maschinen volle Kraft zurück!«

Der *Hindenburg* steht still in der Luft, und Sammt beginnt das Auswiegen.

»Wir sind zu hecklastig. Gas abblasen, Zellen eins bis sieben. Langsame Fahrt. Höhe neunzig Meter.«

Das Schiff bleibt hecklastig.

»Austrimmer zur Bugspitze. Sechs Mann. Vordere Maschinen halbe Kraft voraus. Gas fünfzehn Sekunden. Zelle elf bis sechzehn.«

Zwei Männer laufen auf den mittleren Kielsteg, sechs zur Beschwerung des Bugs nach vorn und stellen sich in kurzen Abständen auf den Aufstieg zur Bugspitze. Alfred Grözinger, der junge Koch, macht Platz, geht zurück zu Ring zweihundertachtzehn und stellt sich über die Backbord-Ventilationshutze gegenüber von Navigator Bauer.

Chefsteward Kubis ist auf Kontrollgang über das B-Deck. In den neuen Kabinen ist nur noch Frau Imhoff, die die benutzten Handtücher einsammelt und meint: »Ich fang schon mal an. Wir werden nicht viel Zeit haben, die Kabinen klarzumachen, bis die neuen Passagiere an Bord kommen.«

»Aber zur Landung sollten Sie bitte auch raufkommen.«

Vorn im Rauchsalon steht Max Schulze, der Barsteward, und wischt die Tische ab.

»Keiner mehr hier, Kubis. Ich hab dem Letzten seinen Landedrink vor zehn Minuten serviert und die Raucher nach oben geschickt.«

»Gut, mein Lieber. Wir sehen uns nachher.«

Kubis steigt die Treppe hinauf und sieht noch schnell in die A-Deck-Kabinengänge. Hier soll sich während der Landung kein Passagier aufhalten. In der Lounge findet er alle an den zwölf Fenstern. Er zählt die Anwesenden einmal durch und geht dann hinüber in den Speisesaal, um dort dasselbe zu tun. Schnell schaut er selbst hinaus und schätzt die Höhe noch auf gute hundertzwanzig Meter.

Sauter und Lau beobachten das Manöver aus den kleinen runden Fenstern an Backbord, Merten sieht durch ein Fenster an Steuerbord.

Über ihnen steht am Ring siebenundvierzig an der Luke für das hintere Stahlkabel, das das Schiff an dem Heckwagen befestigen wird, Zellenpfleger Hans Freund. Er hat die Spinne zwischen Zelle vier und fünf vorbereitet und zerrt jetzt an dem Hanfseil, das das hintere Landekabel aus der Tiefe der Flosse hochzieht, wo es während der Fahrt lagert.

»He, ihr da unten, kann mir mal einer helfen, es läuft nicht klar.«

»Sofort, Mann, ich komme.«

Merten steigt schnell die Leiter zur kleinen Plattform auf halber Höhe der Flosse hinauf und zieht und zerrt an dem Seil. Mit einem Ruck löst es sich und kann von Freund mühelos weiter nach oben gezogen werden. Merten steigt wieder runter und stellt sich neben Sauter.

Der eine oder andere Passagier hat unter den Zuschauern schon seine Familienmitglieder oder Freunde erkannt und winkt und ruft.

Karl Otto Clemens entdeckt seine Cousine durch sein Objektiv und knipst sie mit ihrem hellen Mantel als kleinen Fleck in der schwarzen Menge.

Die Freunde Nelson Morris und Burtis Dolan stehen in zweiter Reihe am hintersten Fenster des Leseraums und denken darüber nach, ob sie es heute wohl noch nach Hause schaffen. Von Lakehurst wollen sie eine American Airlines *DC-3* nach Newark nehmen und dann mit dem neuen »Skysleeper« über Nacht weiter nach Chicago.

»Wenn wir den nicht schaffen, dann bleiben wir in New York und ich lade dich zum Dinner im *Waldorf* ein. Deine Mildred weiß ja sowieso nicht, dass du schon in Amerika bist, und morgen sind wir dann immer noch drei Tage vor deinem Schiff zu Hause.«

Dolan hat ein mulmiges Gefühl. Er sieht seinen reichen Freund etwas unsicher an und fasst an seine Brusttasche. Da steckt der Brief an seine Frau. Er hat ihn nicht mit der Bordpost abgeschickt. »Ich weiß«, steht darin, »ich habe Dir versprochen, kein Flugzeug zu nehmen auf meiner Reise durch Europa. Aber diese unglaubliche Gelegenheit konnte ich nicht ausschlagen. Wenn mir irgendwas zustößt, dann ist das Gottes Wille.«

Neben den beiden Herren aus Chicago, die den geöffneten Fenstern am nächsten sind, lehnt von Heidenstamm mit Birger

Brinck. Der Journalist macht sich ebenfalls Sorgen über seine Weiterreise. Geplant war, dass er den Gouverneur von Pennsylvania zum dreihundertsten Jahrestag der ersten Schwedenlandung interviewt und abends mit dem *Hindenburg* wieder retour nach Europa fährt.

»Ich werde das niemals mehr schaffen, heute noch nach Harrisburg und wieder zurück zu kommen. Ich werde wohl umbuchen müssen und die nächste Fahrt am vierzehnten nehmen.«

»Aber wir anderen können Sie ja vorlassen beim Zoll und so. Dann schaffen Sie es vielleicht doch noch. Ihr Charterflugzeug wartet ja sicher schon.«

»Das würde natürlich helfen, aber auch dann wird es sehr, sehr eng.«

23
Flammendes Inferno

»Wind schralt um auf Südost. Sollen wir noch eine Runde drehen?«

Pruss und Lehmann sehen sich an.

»Nein, umholen und sofort landen.«

Der Seitensteuermann dreht an seinem Rad, und der *Hindenburg* fährt eine scharfe S-Kurve, erst über Backbord, dann dreißig Grad über Steuerbord.

Sammt bekämpft erneute Hecklastigkeit.

»Immer noch achtern zu schwer. Ballast ablassen, dreihundert Kilo. Ring siebenundsiebzig.«

Aber es reicht noch nicht.

»Noch mal dreihundert Kilo ablassen.«

Sammt lehnt zum Fenster hinaus, um das zu überprüfen. Der Wasserschwall erreicht den Boden und spritzt in alle Richtungen.

»Vordere Motoren aus, hintere langsame Fahrt. Vordere Motoren rückwärts, kurz anlaufen lassen.«

Merten sieht nach oben, als das Schiff ächzend erneut die Richtung wechselt.

»Mein lieber Mann, das nenne ich eine Kurve ...«

Sammt wundert sich. Das Ballastablassen hat anscheinend nichts genützt, das Heck hängt immer noch tiefer als das Bug.

»Fünfhundert Kilo Wasser ablassen, Ring siebenundsiebzig.«

Ein paar Männer von der Landemannschaft unten werden klatschnass.

»Fünf Sekunden Gas, Zelle elf bis sechzehn!«

Das Schiff ist wieder ausgewogen.

»Alle Motoren voll zurück. Eine Minute.«

Gurgelnd und brummend bremst der *Hindenburg* ab. Der riesige Silberleib ist zum Stillstand gekommen.

»Vordere Leerlauf voraus, hintere leer zurück.«

Das Schiff hat den Landemast fast erreicht. Diesmal nähert es sich aus Nordwesten. Die Luftschiffhalle steht jetzt genau links von ihnen. Sechzig Meter schwebt der *Hindenburg* über dem Boden, die Bugspitze ist noch rund eine Schiffslänge vom Mast entfernt.

Pruss blickt zur Uhr. 18 Uhr 21.

»Landetaue ab!«

Grözinger und Bauer beobachten durch ihre Trapezhutzen, wie die dicken Hanfseile unten auf dem Feld aufschlagen und sich eine Staubwolke erhebt. Grözinger legt sich auf den Bauch, um besser sehen zu können, und beobachtet, wie ein paar Männer das eine Landetau an einer dicken Winch festmachen.

Im selben Moment fällt Birger Brinck auf, dass er seinen Fotoapparat in der Kabine vergessen hat.

»Ich geh ihn holen. Bin gleich wieder da.«

»Aber beeilen Sie sich.«

Merten steht bei Sauter, und sie schauen gemeinsam aus dem kleinen Bullauge.

»Sag mal, Alf, was würdest du sagen, wenn ich mich aus dem Staub mache, sobald wir unten sind?«

Alf Sauter sieht seinen Freund nicht an, als er antwortet.

»Habe mir schon so was gedacht. Die Gerichtsverhandlung in Frankfurt würde, wie ich schätze, achtzig zu zwanzig ausgehen – für die Nazis.«

»Das meint Jennifer auch.«

»Also?«

Merten legt seine Hand auf Sauters Arm und erzählt ihm leise seinen Plan.

»Hilfst du mir?«

Sauter grinst verschmitzt.

»Klar, Merten. Das ist doch Ehrensache.«

Plötzlich unterbricht sie ein Schrei.

»Feuer!«

»Was?«

Sauter und Merten fahren herum und sehen zu Freund, der auf Höhe des Kielgangs steht und mit schreckgeweiteten Augen nach oben zeigt. Über der Zelle vier ist ein schwaches weißes Licht zu erkennen. Dann beginnt die ganze Zelle im Inneren zu leuchten wie ein Lampion.

»Dann hat das Schwein doch noch eine zweite …«

Mertens Ausruf geht in einem dumpfen Geräusch unter, wie wenn jemand einen Bunsenbrenner entzündet, und vor ihren Augen löst sich der Baumwollballon in einen gelben Feuerball auf.

Sauter entfährt ein entsetztes: »Gott hilf uns!«

Die Zuschauer auf dem Platz und die Zaungäste bei der Landstraße nach Lakehurst verfolgen gespannt das Landemanöver. Da sagt einer zu seiner Frau: »Sieh mal da oben, da flattert die Haut vom *Hindenburg* ganz komisch.«

Commander Rosendahl beobachtet das Tun seiner Mannschaften. Als er nach oben schaut, wo gerade das Hecklandekabel ein paar Meter abgelassen worden ist, entdeckt er gegen den grauschwarzen Wolkenhimmel ein weißlich blaues Licht kurz vor dem Ansatz der Seitenflosse auf dem Rücken des Schiffes. Brennendes Wasserstoffgas! Im Bruchteil einer Sekunde die Erkenntnis: Das ist das Ende! Schon frisst die ins Gelbliche wechselnde Flamme gierig die ersten Zentimeter Hülle. Und dann die erste dumpfe Explosion. Der Commander hat keine Erfahrung mit brennenden Luftschiffen, aber er weiß, diese Explosion wird nicht die letzte sein. Seine zweihunderteinunddreißig Mann stehen direkt unter dieser Bombe. Er reißt seine Flüstertüte hoch und rennt los.

»Macht, dass ihr da wegkommt. Weg, weg, weg!«

In der Führergondel bemerkt zunächst keiner, dass etwas nicht in Ordnung ist. Nur Boetius, der sensible Höhensteuermann, spürt in den Beinen, dass das Schiff sein Gleichgewicht verloren hat. Alle in der Gondel spüren Sekunden später den Ruck, als sich das Gas entzündet.

Lehmann sieht Pruss an. »Landetau gerissen?«

Die Männer schauen gleichzeitig aus den Fenstern und sehen in den Scheiben der Luftschiffhalle einen orangeroten Widerschein.

»Feuer, wir brennen!«

Im selben Moment sackt das Schiff achtern ab. Heinrich Bauer, der Zweite Offizier, ruft: »Ballast abgeben?«

»Nein! Nein. Möglichst schnell runter!«

Eine mächtige Explosion reißt die hinteren Zellen auf, und das entweichende Gas füttert die Flamme zu einem Feuersturm. Schlagartig steht das ganze obere Heck in Flammen, die Außenhaut schmilzt dahin. Die achteren Wasserhosen bersten und Hunderte Liter regnen aus dem brennenden Schiff. Ein gigantischer Pilz aus weißem Rauch steigt auf, während der *Hindenburg* achtern durchsackt. Weitere Zellen reißen, und das Feuer frisst sich an den entstehenden Knallgasblasen entlang durch den Innenraum. Die Hülle brennt ein paar Sekunden danach, als wäre sie auf einer furiosen Aufholjagd. Wassertonnen fallen heraus und schlagen auf dem Platz auf. Der vordere Teil des Schiffes scheint noch intakt, aber jetzt schlagen die ersten Flammen aus der Nase, und der ganze Schiffskörper beginnt von innen heraus zu leuchten. Bis zur Mitte ist schon das Gerüst zu sehen, rot glühend, dampfend. Abgesprengte Teile und Stofffetzen fallen herab.

Dumpfe Erschütterungen entstehen, als sich weitere Gaszellen entzünden. Wasserfontänen spritzen. Kurz vor den Passagierkabinen knickt der Schiffskörper, und der Bug bäumt sich gen Himmel wie ein waidwunder Wal. Zweihundert Meter steht der Flammenpilz jetzt über dem Luftschiff, und vorn aus der Bugspitze faucht ein Flammenwerfer.

Blankes Entsetzen in den Gesichtern der Zuschauer auf dem

Platz, viele haben sich instinktiv geduckt. In ihren Augen spiegelt sich der Feuerschein. Bei der Gruppe der Angehörigen und Freunden sind Ehefrauen in Ohnmacht gefallen, andere schreien, weinen. Väter versuchen, ihre Kinder vom Geschehen abzuwenden. Die meisten jedoch stehen einfach nur geschockt und stocksteif da. Die ersten Passagiere springen, fallen mit brennenden Kleidern ins Leere, schlagen unter dem *Hindenburg* auf. Helfer und die Marinesoldaten, zu erkennen an ihren weißen Gamaschen, rennen in alle Richtungen, bringen sich in Sicherheit.

Reporter Morrisons Stimme überschlägt sich, er kann kaum sein Mikrophon halten: »Es ist in Flammen aufgegangen … nimm das auf, Charlie, nimm das auf, Charlie … Lauft weg da! Bitte, oh nein, das ist furchtbar, oh nein. Geht aus dem Weg, bitte! Es brennt, schlägt Flammen und fällt auf den Ankermast und all die Leute, die wir … das ist die schlimmste Katastrophe der Welt! … Oh, Rauch und Flammen, vier- oder fünfhundert Fuß hoch in der Luft, es ist ein furchtbarer Absturz, meine Damen und Herren … oh, die Menschheit und all die Passagiere, oh, ich kann nicht weitersprechen!«

Immer weiter sackt der *Hindenburg*. Mit einem furchtbaren Kreischen schlägt die Heckflosse auf, Funken stieben, als der vordere Teil des Gerippes nachsackt und sich in den Boden bohrt. Aluminiumstreben knicken wie Grashalme. Der Bug hat seine Aufwärtsbewegung gestoppt und beginnt, ganz langsam wie in Zeitlupe zurück auf die Erde zu fallen. Als er nur noch wenige Meter vom Boden entfernt ist, brennt der gesamte Körper lichterloh und der teure Namenszug verglimmt. Die ersten Flammen werden im Passagierbereich sichtbar, als die Führergondel mit dem Landerad auf den Boden aufschlägt. Einmal noch bäumt der *Hindenburg* sich auf, hochgefedert von dem mannshohen Gummireifen, bevor er in letzter Agonie krachend, quietschend und stöhnend zusammensackt und alles unter sich begräbt. Jetzt ist nur noch das Fauchen des Feuers zu hören, welches das phantastische Gerüst zusammenschmilzt. Dicker schwarzer Qualm steigt an den Stellen auf, wo einmal die Maschinengondeln waren. Dort brennen jetzt die Öl- und Dieseltanks.

Im Ersatzführerstand haben sich die Männer aus der Schreckstarre gelöst.

»Jennifer!« Merten will los, die Leiter hoch, doch Sauter reißt ihn an der Jacke zurück.

»Vergiss es, das schaffst du nicht mehr.«

Gleichzeitig schreit er hinauf zu Freund:

»Komm runter, komm runter …«

Freund rutscht im Moment, als die Explosion knallt und das Feuer ihn schon fast erreicht hat, die Leiter hinunter und landet eine Sekunde später unten im Führerstand. Brennende Fetzen von Zeppelinhülle und Ballonbaumwolle und abgerissene Gerüstteile fallen herab.

Es ruckt und das Heck sackt ab, die Männer fallen durcheinander, Merten krallt sich gerade noch an einen Seitenträger und überlegt fieberhaft, wie sie hier herauskommen. Da schlägt das Heck schon auf dem Platz auf, und die Spitze des Seitenruders knickt nach links weg. Die Wucht schiebt das Gehäuse vom Landerad einen Meter hinein in die Seite des Führerstands. Kollmer ist eingekeilt zwischen verbogenen Streben. Freund aber ist schon auf den Füßen. Sauter hat sich den Kopf angeschlagen und Blut rinnt ihm über die Stirn. Es quietscht und kreischt im Gerüst und es wird immer heißer. Feuer überall. Verbogene, verkeilte Träger versperren den Weg. Hektisch sieht Merten sich um. Da! Das könnte gehen.

Die Luke, die sich normalerweise an Steuerbord befindet, liegt jetzt durch das Abknicken der Spitze über ihm. Im Bruchteil einer Sekunde ist er dorthin geklettert und reißt die Laschen auf. Rauchwolken und dazwischen ein Stück Himmel.

»Hierher, hierher!«

Sauter hilft Kollmer, sich zu befreien, und dann klettern sie hintereinander zu Merten hoch und steigen hinaus. Über ihnen Explosionen, Funkenflug. Der Wind weht ihnen Hitze und Rauch ins Gesicht.

Einer nach dem anderen springen sie hinunter in den aufgewühlten Sand des Landeplatzes. Sofort rasen die Männer um die zerschlagene Heckflosse herum aus dem Rauch und weg aus der Gefahrenzone von herabfallenden glühenden Aluteilen auf die Backbordseite.

»Ich muss zu Jenny!«, schreit Merten und rennt, wie er noch nie gerannt ist, in Richtung Bug.

Mit rasender Geschwindigkeit fressen sich die Flammen vom Heck nach vorn. So schnell, dass Schreibmüller und Bahnholzer an Maschine eins in der hinteren Steuerbordgondel kaum Zeit haben, zu kapieren, was eigentlich vor sich geht. Dass Feuer ausgebrochen ist, können sie aus ihrer Position unterhalb des gewölbten Leibs nicht sehen. Sie wundern sich noch über das Absacken ihrer Gondel, als die erste Explosion schon die Heckflossen zerstört und ihre Gondel von dem Feuerball verschluckt wird. Sekunden später schlagen sie zusammen mit dem Heck auf. Der Propeller bohrt sich knirschend und splitternd in den Sand. Dann kippt die gesamte Seitenruderkonstruktion auf sie, und das Ende kommt mit über tausend Grad.

Gegenüber, in der Maschinengondel zwei an Backbord, guckt Maschinist Deutschle wegen des Absackens seiner Gondel nach oben. Plötzlich schießt eine Stichflamme meterweit aus der Mitte der Hülle. Instinktiv greift er nach der Bremse und stoppt den Motor. Den Ausschaltknopf kann er nicht mehr erreichen, weil das Gondelgehäuse unkontrolliert hin und her zu schwanken beginnt und nach hinten kippt. Die beiden Maschinisten versuchen panisch, sich irgendwo festzuklammern, um nicht in den sich drehenden Propeller zu rutschen. Hart schlägt die Gondel auf, es zischt und britzelt und beginnt zu rauchen.

»Nix wie raus!«, schreit Deutschle seinem Kollegen zu, klettert aus dem Gondelfenster und rennt los. Unfassbare Hitzewellen verfolgen ihn, und am Rücken beginnt sein Anzug zu brennen. Er schlägt hin und versucht, das Feuer zu löschen, dabei verbrennt er sich die Hände. Die Hitze wird immer schlimmer. Feuer ist überall um ihn. Er versucht aufzustehen, aber er schafft es nicht. Mühsam schiebt er sich mit den verbrannten Händen und Armen vorwärts, bis er über den Schienen des Landekreises ohnmächtig wird.

In der Mitte des Schiffsrumpfs spüren Elektriker Lenz und Schlapp in ihrem abgeschotteten Raum den Ruck der ersten Explosion, und als Lenz aus dem Bodenfenster den roten Lichtschein auf der Erde sieht, ist ihm klar, dass es brennt. Trotz des brummenden Generators dringen die Geräusche von berstenden Metallstreben zu ihnen herein. Panisch sieht Schlapp ihn an, dreht sich um und rennt aus der Tür auf den Kielsteg, wo er von der Feuerwalze verschluckt wird. Im gleichen Moment kracht das Heck auf den Erdboden. Das hintere Gerüst bricht in sich zusammen und verschluckt in seiner Mitte den mit Stahlplatten verkleideten Schaltraum. Lenz schlägt gegen die Wand. Er hangelt sich zur Tür, aber die ist verzogen und lässt sich nicht mehr öffnen. Er ist gefangen. Die ersten Flammen züngeln durch die Decke seines Gefängnisses, und es wird unbeschreiblich heiß, er kann kaum noch atmen. Da fällt sein Blick auf die riesige metallene Haube vom Kreiselkompass. Schnell ist er dort, greift sie und stülpt sie sich über Kopf und Schultern. Das ist das Ende, denkt er.

Da hört er jemanden rufen und schaut unter seiner Metallhaube hervor. Vor sich sieht er durch ein Loch in der weggebrannten Hülle Emil Hoff stehen, den Mann von Esso Oil, der die Schmierstoffe für den *Hindenburg* liefert. Lenz stolpert auf ihn zu, und Hoff zieht ihn aus dem brennenden Wrack.

Und weiter frisst das Feuer sich den *Hindenburg* hinauf. Johann sitzt in der leeren Mannschaftsmesse und schaut durch die Fenster im Boden. Es ist seine erste Landung, und so will er wenigstens ein bisschen davon mitbekommen. Wenn er hier unten auch nicht so viel sieht wie oben an den Passagierfenstern. Doch da haben die Gäste Vorrang. Erst als das Heck schon lichterloh brennt und das Schiff in Schieflage nach Steuerbord fällt, bemerkt Johann, dass etwas passiert ist. Er steht auf und öffnet die Tür zum hinteren Kielsteg. Zuerst kann er nicht einordnen, was er sieht. Die Ballons leuchten kirschrot, der ganze *Hindenburg* leuchtet kirschrot. Er geht ein paar Schritte bis zu den Stahltanks an Steuerbord und sieht ein paar Männer weiter vorn mitten in den leuchtenden Ballons auf ihn zulaufen. Plötzlich ein Knall, und mit einem Mal sind da keine Ballons mehr, keine Männer, sondern nur noch eine Flammenhölle. Und die kommt in rasender Geschwindigkeit auf ihn zu. Als er sich auf den Kielsteg wirft, hört er den Hund aufjaulen. Die Feuer rasen über seinem Kopf, den oberen Achssteg entlang. Johann springt auf und rennt zurück. Küche! Da ist eine Klappe im Fußboden. Er schliddert vorbei an dem Geschirrschrank. Schnell den Hebel auf und die Klappe hoch. Johann hangelt sich durch und stützt sich auf den Trägern ab, auf der die Bodenplatten des B-Decks liegen. Die Außenhülle einen Meter darunter ist noch intakt. Johann fragt sich, wie er da durchkommt. Kurz überlegt er noch, ob er sich eines der Messer aus der Küche holen soll, da ruckt es, und er verliert den Halt. Mit den Füßen voran fällt er hinunter. Die Baumwollhülle reißt, und es geht abwärts. Im Fallen winkelt er die Beine an, und als er auf dem Sandboden vom Landeplatz auftrifft, rollt er sich, wie er es beim Bodenturnen gelernt hat, über die linke Schulter ab und spurtet nach Backbord los.

Während Johann sich durch die Küchenklappe zwängt, hantiert etwas weiter vorn auf der Steuerbordseite Emilie Imhoff in den Toiletten gegenüber den neuen Kabinen. Leise vor sich hin summend, wischt sie den Boden mit einem Mopp. Im Sanitärraum ist kein Fenster, und so hat sie keine Ahnung, was passiert. Als der Feuersturm durch die Wand fegt und ihren Körper verschlingt, hat sie nicht mal mehr Zeit zu schreien.

In der Bar am anderen Ende des B-Decks räumt Max Schulze Flaschen und Gläser in die Regale seiner Bar. Als das Schiff ruckartig nach achtern fällt, sausen die Flaschen und Gläser und die Regalböden auf ihn hernieder. Benommen und aus tiefen Schnittwunden blutend, rappelt er sich hoch und versucht, die Luftschleuse zu erreichen. Das Ende ist da, bevor er die zweite Tür öffnen kann.

Navigator Bauer und Koch Grözinger an den Ventilationshutzen vor der Kapitänskajüte im Bug sehen das Feuer über sich den Achsialsteg entlangfauchen. Stücke von schmelzendem Metall und brennende Fetzen Baumwollstoff regnen herab. Doch sie spüren keine Hitze. Durch die Lüftungsklappen, über denen sie stehen, fährt kalte, frische Luft herein.

»Los, raus hier!!«, schreit Bauer.

Beide Männer setzen sich auf den Steg und stecken ihre Beine aus der vor ihnen liegenden Lüftungsklappe. Sie krallen sich an deren Rändern fest. Wie Wäscheklammern hängen sie an der Hülle. Als der Boden nur noch ein paar Meter entfernt ist, lassen sie sich fallen und landen im Sand. Sie rappeln sich hoch und rennen. Das brennende Gerüst scheint sie zu verfolgen, als es krachend und kreischend erst über ihnen und dann wenige Zentimeter hinter ihnen nach unten kracht.

Der Feuersturm tobt am Achsialsteg weiter vorwärts, und da der Bug jetzt fast senkrecht nach oben steht, funktioniert das gesamte Gerüst wie ein Schornstein. Meterlange Flammen lodern dreitausend Grad heiß aus der Nase des *Hindenburg*. Die Männer auf der Leiter im Bug und an den Ablassklappen der Landetaue werden ihre Opfer.

Schweikard und Dowe in ihrer Funkbude über der Führergondel spüren den Ruck der ersten Explosion und springen auf. Dowe schaut aus der Tür hinaus und sieht das Feuer den Kielsteg heraufbrausen. »Raus!«

Schnell die Leiter hinunter in die Gondel. Hinter ihnen birst ein Wassertank und ergießt sich über Dowe. Schweikard tritt eines der Fenster aus dem Rahmen und sieht, wie über ihm schon die ganze Hülle brennt. Er springt als Erster und beginnt schon zu laufen, bevor er richtig den Boden berührt. Über Steuerbord will er weg, doch da sieht er, dass die Männer vor ihm von herabstürzenden Gerüstteilen gefangen sind. Er dreht um und rast zurück zur Gondel. An Backbord sieht er jemanden durch den Rauchvorhang verschwinden und stolpert ihm nach.

Funker Dowe ist gleich nach Backbord gelaufen, doch er kommt nur ein paar Meter weit, da stürzt der *Hindenburg* über ihm ein. Er wirft sich zu Boden und spürt, wie das Feuer seine Kopfhaut und Hände verbrennt. Der nasse Pullover verhindert Schlimmeres. Er gräbt sein Gesicht in den nassen heißen Sand. Endlich kann er sehen, dass die Hülle vollständig weggebrannt ist, und arbeitet sich durch die freiliegenden Streben hinaus. Ein paar Meter weiter, aber außerhalb des Wracks, bricht er mit dampfendem Pullover zusammen.

Unten in der Führergondel bleiben alle ruhig, als klar ist, dass der *Hindenburg* verloren ist. Tun können die Kapitäne nichts mehr, nur noch hoffen, beten, dass sie so schnell wie möglich den Boden erreichen, ohne vorher in einer gigantischen Explosion zu verglühen. Lehmann ruft: »Jeder ein Fenster!« Und alle warten gemeinsam auf den richtigen Augenblick.

Boetius klammert sich an sein Höhensteuer, als der Bug sich aufrichtet. Vorn aus den Fenstern sieht er Körper fallen. Zu schnell und aus zu großer Höhe abgesprungen, als dass sie überleben könnten, denkt er. Sein Gehirn funktioniert ganz klar, und er spürt keine Panik. Er handelt ruhig und bedacht. Als die Nase des Zeps sich zu senken beginnt, klettert Boetius durch das Fenster direkt neben seinem Steuerrad, hängt die Beine nach draußen und wartet auf den richtigen Moment. Hinter ihm steht Kapitän Bauer, ebenfalls ohne jedes Anzeichen von Panik. Er will auch aus dem Fenster.

»Spring!«

»Warte, wir sind noch zu hoch!«

Bloß nicht zu früh, sich womöglich ein Bein brechen und unter dem Wrack begraben werden. Erst als die Gondel mit dem Landerad aufprallt, springt Boetius, landet unversehrt im Sand und rennt. Kapitän Bauer springt hinterher, landet und hastet Boetius hinterher.

Wittemann und Sammt, der sich seine Mütze tief über die Ohren gezogen hat, springen vorn aus der Gondel, als das Bugrad zum ersten Mal aufkommt und bevor die Gondel noch einmal hochschnellt. Sie landen auf allen vieren im Sand. Der Bug des *Hindenburg* knickt über ihnen ein und kommt wie in Zeitlupe auf sie herunter. Doch der stählerne Käfig der Führergondel hält die krachenden Aluminiumträger noch einen Augenblick auf, und so werden sie nicht zerquetscht, sondern können sich nah am Gondelgehäuse auf den heißen Boden werfen. Das Feuer verbraucht so viel Sauerstoff, dass Sammt die nachströmende Luft zischen hört. Um sie herum überall nur Glut, Hitze und Qualm. Da fährt ein Windstoß in das brennende Gewirr hinein und macht in der Wand aus Rauch eine Lücke frei. Sammt rappelt sich als Erster hoch und robbt unter den glühenden Streben ins Freie. Als er aufsteht, bemerkt er, dass seine Kleider brennen. Schnell wirft er sich zu Boden und versucht, die Flammen durch Herumwälzen zu löschen.

Kapitän Wittemann steigt über kochendes Aluminium. Er spürt nicht, dass er sich die Hände verschmort, als er heiße Streben zur Seite schiebt, und schafft es ins Freie.

Oberfunker Speck tritt eines der hinteren Gondelfenster ein, um zu springen. Gerade als er sich aufstellt, trifft ihn ein herabstürzender Träger, und er sackt bewusstlos zusammen. Das brennende Gerippe begräbt ihn unter sich.

Kapitän Pruss springt zusammen mit Lehmann als Letzter ab, nachdem die Führergondel endgültig auf dem Boden angekommen ist. Pruss erkennt, dass der Wind das Feuer gen Steuerbord weht, und schafft es, das Wrack nach backbord hinter sich zu lassen. Als er schon in Sicherheit ist, dreht er sich um.

»Wo ist Speck, wo ist der Oberfunker?«, fragt er schreiend die in Gegenrichtung fliehenden Männer.

Keiner antwortet ihm. Pruss rennt sofort zurück in die Flammenhölle.

»Willy, Willy?«

Auf allen vieren krabbelt er herum und entdeckt hinter der Gondel etwas Blaues auf dem Boden liegen. Speck! Aus einer klaffenden Wunde am Hinterkopf strömt Blut, und die Uniform qualmt. Pruss hebt ihn auf und trägt den bewusstlosen Freund hinaus ins Freie. Dass das Feuer ihm die Haare versengt, die Ohren verbrutzelt und das Gesicht verbrennt, merkt er nicht.

Direktor Lehmann verharrt eine Sekunde, als er im Sand landet. Rechts oder links? Um ihn herum nur Flammen. Er sieht Pruss verschwinden und steht auf, um ihm zu folgen. Da schlägt ihm ein Träger des herabrauschenden Gerippes ins Kreuz, und er fällt hin. Glühende Fetzen der Außenhaut senken sich über ihn und seine Uniform fängt Feuer. Er schnappt nach Luft. Panisch versucht er sich unter dem Träger ins Freie zu wälzen. Er dreht und windet sich. Mit den Händen gräbt er eine Mulde in den Sand wie ein Wombat. Irgendwie kommt er frei. Er spürt keine Schmerzen. Geduckt arbeitet er sich durch das Gewirr aus Streben und Seilen hinaus.

24
Der Sprung ins Leben

Als Letztes frisst sich das Feuer in die Passagierräume. Jetzt bewährt es sich, dass die Konstrukteure den vierhundert Quadratmeter großen Kasten, der für den Gästebereich und die Mannschaftsmessen in den unteren Teil des *Hindenburg* eingepasst wurde, aus stabilen Pressplatten gefertigt und mit speziellen brandhemmenden Lösungen imprägniert haben.

»Das kann doch gar nicht sein«, murmelt Wiltrud bei der ersten Explosion und dem Schrei: Feuer, Feuer!

Als der Bug sich hebt, fällt Wiltrud vom Stuhl. Aber sie bleibt ruhig, steht wieder auf und schaut sich mehr erstaunt als erschrocken um. Abwesend stellt sie ihren Sessel auf und setzt sich wieder hin. Sich zu retten, scheint ihr nicht in den Sinn zu kommen. Sie hockt einfach da, richtet ihren Pelzkragen und ihr Haar und starrt auf die hektisch durcheinanderlaufenden, schiebenden und schubsenden Menschen vor sich an den Fenstern. Niemand merkt, dass sie dort sitzen bleibt. Nicht mal Chefsteward Kubis, der verzweifelt versucht, den Überblick zu behalten, und immer wieder ruft:

»Ruhe bewahren, meine Herrschaften, Bitte keine Panik. Gehen Sie zu den Fenstern …«

Wiltrud bleibt, wo sie ist. Als das Feuer durch die Innenwand neben ihr schlägt, ist ihr letzter Gedanke bei ihrem Mann und Jennifer, dann bricht der Boden unter ihr zusammen, und sie stürzt samt Tisch und Stuhl in die Tiefe.

Jennifer befindet sich im gegenüberliegenden Gesellschaftsraum und lehnt am vordersten Fenster. Sie zählt gerade die Männer an der vorderen Landespinne, als der Ruck nach der Explosion sie vom Fenstersims wegschleudert. Sie kann sich gerade noch an der nächsten Bank festhalten. Auch ihr erster Gedanke ist: Das kann nicht sein. Merten hat doch die Bombe entschärft!

Als der Bug sich dann aufstellt, wirft es sie um, und sie kann erst wieder aufstehen, als sich alles wieder in der Waagerechten befindet.

»Mutter, oh Gott, Mutter!« Schnell versucht sie, an den Leuten vorbei zum Treppenhaus zu kommen.

»Sind Sie verrückt!«, schreit Leonhard Adelt und zieht sie energisch zu seiner Frau ans Fenster.

»Ich muss zu meiner Mutter«, wehrt sich Jennifer.

»Kindchen, da brennt doch schon alles. Vergessen Sie's und bringen Sie sich in Sicherheit.«

Jennifer gibt auf, der Mann hat recht. Aus dem Treppenhaus ziehen dunkle Rauchschwaden herein und die Decke im Saal brennt bereits. Zusammen mit Adelts klettert sie auf die Fensterbank.

»Los, die Beine nach draußen, und wenn ich sage ›Jetzt‹, dann springen wir.«

Jennifer hört das Blut in ihren Schläfen rauschen. Der Boden kommt näher und näher. Jennifer schließt die Augen und denkt: Bitte, lieber Gott, lass uns das hier überleben!, und auf das Kommando von Adelt springt sie ab. Der Flug scheint ihr endlos zu dauern, doch dann landet sie im Sand und rennt los, die Adelts neben sich. Als sie gerade ein paar Meter weiter sind, rauscht das brennende Gerüst herunter und begräbt sie alle drei unter sich. Jennifer duckt sich instinktiv und wirft die Arme über den Kopf. Um sie herum sausen die Alustreben und Träger herab, aber sie wird nicht getroffen. Nur heiß ist es, unglaublich heiß. Sie richtet sich auf und tritt mit dem Fuß gegen die Streben, die im Weg liegen. Sie brechen wie Papier. Die Hitze nimmt ihr die Luft zum Atmen und ihr wird schwindlig. Sie fällt auf die Knie und kriecht weiter. Mit letzter Kraft findet sie den Weg aus dem Wrack und kriecht vorwärts. Sie bleibt erst liegen, als die Hitze in ihrem Nacken nicht mehr so wehtut.

Mady Kerner steht mit Dieter und Rolf am mittleren Fenster. Steward Klein erklärt den Jungen, was die Männer von der Landemannschaft dort tun. Sie merken von den ersten Explosionen kaum etwas, und erst als sich der Boden des Saals hebt und sie zusammen mit anderen an die hintere Wand geschleudert werden, ist Mady klar, in welcher Gefahr sie alle schweben. Es dauert eine Weile, bis sie sich und ihre Söhne aus dem Knäuel von Leibern und Gegenständen befreit hat.

Sie schreit nach Gottfried, aber der ist nicht zu sehen. Sie rappelt sich hoch. »Rolf, Dieter, kommt mit, wir müssen Vater finden. Gisela, wo ist Gisela?«

Neben ihr springen die Ersten aus den Fenstern. Mady schiebt ihre Söhne zu dem Fenster, aus dem sie eben noch hinausgeschaut haben. Steward Klein und Steward Deeg stehen am Sims und verfolgen das rasche Sinken des Schiffes.

»Gleich ist es so weit. Wir springen raus, Frau Kerner, und dann fangen wir Sie auf.«

Aus sechs Metern Höhe springen die beiden Männer ab und landen unter dem Schiff.

»Los, los«, schreien sie hinauf zu den Kerners.

Mady hebt erst Dieter hoch. Doch der wehrt sich. »Mami, Mami. Nein, ich will nicht.«

»Dieter. Wir müssen hier raus. Schau, die Männer fangen dich auf!«

Entsetzt sieht sie, wie die Decke des Saals in Flammen aufgeht und Teile der Baumwollverkleidung und der Pressholzplatten brennend herunterfallen. Mady küsst ihren Sohn auf die Stirn und wirft ihn mit Schwung hinaus aus dem Fenster. Jetzt ist Rolf an der Reihe. Der heult und ruft immer wieder nach seinem Vater. Als Mady ihn auf den Sims bugsiert hat, verfangen sich seine Hosenbeine im Fenstergriff. Mady muss ihn wieder hereinzerren, bis er die Beine frei hat, dann wirft sie ihn mit letzter Kraft hinunter. Rolfs Haare und Pullover stehen schon in Flammen, als er fällt und Steward Deeg ihn unten auffängt.

Gottfried und Gisela sind auf der anderen Seite des Schiffes in der Lounge, und als der Bug des Schiffes sich um fünfundvierzig Grad in die Höhe biegt, fallen sie hin. Gisela kann sich an der Reling zum Sitzbereich festklammern, aber Gottfried knallt mit dem Kopf gegen die Kante vom Serviertisch und verliert das Bewusstsein. Als der *Hindenburg* sich zu senken beginnt, kriecht Gisela zu ihrem Vater.

»Vater, Vater. Wach auf!«

Verzweifelt zerrt sie an ihm, versucht, ihn aufzurichten, aber er ist zu schwer. Die Flammen fressen sich durch die Gemälde an der Wand über ihr, als sie weinend aufgibt.

Gilles Broca beobachtet dies aus der gegenüberliegenden Ecke, in die er geschleudert worden ist. Schnell ist er wieder auf den Füßen und kämpft sich die schräge Promenade hinunter, steigt über Körper und umgestürzte Stühle und Tische.

»Gisela, Gisela, steh auf!«

Jetzt hört sie ihn rufen, sieht ihn kommen. Sie schreit, streckt ihre Hand nach ihm aus, doch er ist zu weit weg. Broca hat erst die Mitte des Saals erreicht, als die Wand hinter Gisela plötzlich wegbricht und Vater und Tochter in einem wütenden Flammenmeer verschwinden.

Der flüchtende Birger Brinck ist ein paar Sekunden zuvor auf der anderen Seite der Wand im Kabinengang von denselben Flammen eingeholt worden.

Broca bleibt stehen, sieht tief erschrocken zu der Stelle, an der eben noch Gisela stand. Dann verliert er keine Zeit mehr. Mit wenigen Schritten ist er am nächsten Fenster, springt auf den Sims und lässt sich dann mit den Beinen voraus außen hinab und klammert sich an den Fensterrahmen. Da hängt er so lange, bis der Boden nur noch ein paar Meter entfernt ist. Erst dann lässt er sich fallen. Geübt federt er den Aufprall ab und rennt aus der Gefahrenzone.

Mady sieht, wie die Stewards ihre Söhne wegtragen. Verzweifelt dreht sie sich um und sucht zwischen den drängenden Menschen nach Mann und Tochter. Da kommt plötzlich Kubis angesprungen und schlägt ihr ein Tischtuch über den Kopf.

»Frau Kerner, Ihre Haare stehen in Flammen, wir müssen raus. Kommen Sie, wir springen zusammen.«

Mady sieht sich noch einmal um, dann klettert sie neben Kubis.

»Und los!«, schreit der Steward und lässt sich fallen. Mady zögert noch, doch ein anderer Flüchtender hinter ihr gibt ihr einen Stoß, und sie fällt hinaus.

Sie landet schief und hört den Knochen in ihrem Unterschenkel krachen. Kubis ist neben ihr, zerrt sie hoch, schiebt seinen Arm um ihre Taille und hilft ihr hinaus.

Im Speisesaal an Backbord lehnt Photograph Clemens aus dem ersten Fenster und macht Aufnahmen von den Landemannschaften, als die Männer dort unten plötzlich die Seile loslassen und zu rennen beginnen. Im selben Moment hebt sich das vordere Ende des Speisesaals, und Menschen und Mobiliar fallen übereinander und rutschen Richtung Heck. Clemens krallt sich an der Fensterbank fest und sagt zu John Pannes neben sich: »Wir sollten machen, dass wir hier rauskommen!«

Doch während Clemens sich auf die Fensterbank setzt, dreht sich Pannes zur Eingangstür.

»Meine Frau, meine Frau, ich muss sie holen, sie ist in der Kabine und holt ihren Mantel.«

Pannes hangelt sich über den schiefen Fußboden zum Treppenhaus. Gerade als er dort verschwunden ist, beginnt der Stoff der Wandbespannung zu kokeln. Clemens wartet nicht. Er springt aus dem Fenster, als der Boden nur noch ungefähr acht Meter entfernt ist.

Margret Mather wird, als das Deck nach oben schnellt, zwanzig Meter in den Raum geschleudert und endet an der Rückwand des Speisesaals, eingekeilt zwischen der Lederbank und der Wand. Leute fallen über sie. Sie hat für eine Sekunde Angst, dass sie ersticken wird, weil die anderen auf ihr liegen, aber da rappeln sich die Ersten schon wieder auf und stürzen zu den Fenstern. Margret Mather bleibt, wo sie ist, und zieht sich ihren Mantel über den Kopf, um ihr Gesicht vor den durch die Wand schlagenden Flammen zu schützen. Ruhig und gefasst sieht sie die Menschen, die in den letzten Tagen ihre Nachbarn waren, aus den Fenstern springen. Andere kriechen blutend über den Fußboden. Wie eine Szene aus einem mittelalterlichen Höllengemälde, denkt sie. Sie weiß nicht, wie lange sie schon unter ihrem Mantel hockt, sie merkt auch nicht, dass ihre Hände schon schwer verbrannt sind und der Mantel ganz schwarz ist, als sie plötzlich eine Stimme hört:

»Hey, Lady! Kommen Sie raus!« Als sie aufsieht, stehen da drei Männer, die durch die zerfetzte Außenhülle hereinschauen.

Als die erste Gaszelle explodiert, denkt Rolf von Heidenstamm, als ehemaliger Marineoffizier, an die Kanone eines Schlachtschiffs. Er verliert den Halt und beginnt den Boden der Lounge entlangzurutschen. Doch er kann sich an einem Tischbein festhalten und bleibt dort, bis der Bug wieder herunterkommt. Andere, die noch oder schon wieder stehen, schlagen der Länge nach hin. Dann versuchen alle gleichzeitig, an die Fenster zu gelangen. Von Heidenstamm klettert auf die nächstgelegene Fensterbank. Unter ihm brennt die Hülle und die Träger des B-Decks beginnen zusammenzukrachen, als er springt. Er landet auf seinem Hintern, bricht sich das Steißbein. Um ihn herum überall verbogenes Metall und Rauch. Aber er sieht den Himmel und kriecht darauf zu. Mit den Händen hebt er die leichten, aber glühenden Metallteile aus dem Weg und schiebt sich rückwärts und auf dem Bauch rutschend unter dem Wrack hervor ins Freie.

Die Offiziere Menzel, Schröder und Bödeker stehen zusammen an einem der Fenster, das man nicht öffnen kann, als es rummst.

»So eine Scheiße!«, entfährt es Menzel. Kaltblütig bleiben die Flieger, wo sie sind, halten sich gegenseitig und am Fensterrahmen fest, als der Bug sich hebt, und erst als das Feuer sich schon hinter ihnen durch die Wandbespannung frisst, meint Schröder trocken: »Springen ohne Fallschirm, das haben wir nun davon.«

Sie greifen sich jeder einen Stuhl und zertrümmern mit ein paar kräftigen Schlägen die Fenster. Schröder und Bödeker springen zusammen ab und Menzel folgt ihnen eine Sekunde später. Nebeneinander landen sie im Sand. Schröder und Bödeker rennen sofort los. Menzel blickt noch einmal zurück. Ein Fehler! Er sieht eine riesige glühende schwarze Wolke, die mit ohrenbetäubendem Kreischen auf ihn herunterkracht.

Es ist 18 Uhr 26, Eastern Standard Time, als die letzten brennenden Wrackteile sich in den Sandboden vom Landeplatz bohren und das glühende Gerüst funkenstiebend in sich zusammenfällt. Von der ersten kleinen weißblauen Flamme, die über der Zelle vier sichtbar wurde, bis zum letzten Seufzer des Gerippes hat es nur zweiunddreißig Sekunden gedauert. Zweiunddreißig Sekunden, und der König der Lüfte ist nur noch ein zerborstenes Knäuel aus Streben und Asche, mit blutroter Glut in den geschmolzenen Eingeweiden.

25
In den Fängen des Geheimdienstes

Auf dem Platz brüllen die Sirenen los. Chaos bricht aus. Aus allen Richtungen kommen Helfer angerannt. Die Platzfeuerwehr setzt sich in Bewegung. Die Landemannschaften, die zunächst so schnell sie konnten aus der Gefahrenzone geflüchtet waren, laufen nun zurück. Männer aus den Zuschauerreihen spurten los, und Soldaten kommen angelaufen. Die gesamte Navy-Basis ist unterwegs zum Unfallort. Auch die FBI-Agenten Singer und Krakowski setzen sich in Bewegung.

Alles rennt auf das brennende Wrack zu, um zu retten, was zu retten ist. Aus dem Inferno stolpern jetzt in alle Richtungen Menschen hervor, manche nackt, anderen ist die Kleidung nur in Teilen weggebrannt, die Haut in Fetzen, und es ist furchtbares Schreien aus dem Inneren des Feuers zu hören. Dieses ist so heiß, dass das Thermometer in der Navy Aeronautical School, 550 Meter entfernt, steigt.

Zeppeliner, die sich retten konnten und unbeschadet oder nur leicht verletzt sind, kehren um und leisten Hilfe. Vor allem die Stewards stürzen an die Fenster, um ihren Passagieren den Weg hinaus ins Leben zu weisen. Commander Rosendahl rennt zum Not-Telefon am Landemast.

»Großalarm ... Alle verfügbaren Löschfahrzeuge und Rettungswagen anfordern. Spitäler in der Umgebung benachrichtigen. Krankenstation einrichten. Sofort alle aus dem Lazarett hierher!«

Dann läuft auch er zu dem brennenden Zeppelin.

Zweimal hat Merten sich schon durch Qualm und Feuer zu den herabspringenden Passagieren durchgekämpft, hat jeden, den er zu fassen bekam, aus der heißen Zone herausgetragen. Als er nun zum dritten Mal dorthin will, hält ihn jemand mit eisernem Griff zurück.

»Hören Sie auf. Bleiben Sie hier. Sie können jetzt nichts mehr tun. Ich bring Sie zum Doc … Ihr Arm … Ihre Haare …«

Merten schaut auf seinen linken Arm, als wäre er kein Teil von ihm. Der Jackenärmel hängt in verkohlten Fetzen herunter. Die Haut ist knallrot und aufgeplatzt. Gelbliches Sekret suppt aus riesigen Brandblasen und Teile seines Hemdes kleben an rohem, blutigem Fleisch. Aber Merten spürt keinen Schmerz, zu viel Adrenalin rauscht durch seine Adern.

Da erscheint plötzlich Kapitän Lehmann aus dem Rauchvorhang am Bug. Er scheint unverletzt. Nur seine Haare sind verkohlt und die Uniformjacke dampft. Aufrecht kommt er auf Merten zu. »Wie konnte das geschehen?«

»Jennifer! Wo ist Jennifer?«

Lehmann sieht ihn mit großen Augen an. »Wie, Merten, wie konnte denn das trotzdem geschehen? Wir hatten sie doch … die Bombe … es muss noch eine da gewesen sein … Merten … noch eine!«

Da bricht Lehmann plötzlich zusammen. Entsetzt sieht Merten, dass seine Uniformjacke hinten völlig weggebrannt und Lehmanns Rücken bis auf die Knochen nur noch eine einzige Masse aus verbranntem Fleisch, Blut und verkohlter Haut ist. Zwei Marines stürzen hinzu, richten Lehmann wieder auf und tragen ihn weg.

Merten sieht auf das rot glühende Wrack, aus dem jetzt schwarze Qualmgebirge aufsteigen. Der Diesel brennt da, wo früher die Motorgondeln waren. Die Helfer müssen vorsichtiger sein, die Tanks könnten explodieren. Aber dort hinten ist sowieso schon lange kein Leben mehr.

»Jenny!«, stammelt Merten. »Wir haben eine übersehen …«

Er sinkt verzweifelt auf die Knie. Sein Arm beginnt wehzutun. Wellen von heißem Schmerz treiben Merten die Tränen in die Augen. Er fängt an, heftig zu zittern. Ohne Gegenwehr lässt er sich von jemandem aufrichten und zu einer Sammelstelle für die Verletzten bringen. Vierhundert Meter vom Wrack entfernt haben die Sanitäter der Marines Planen ausgelegt, und dort werden alle, die es nach draußen geschafft haben, hingebracht. Verletzte und Tote. Viele liegen hier schon aufgereiht. Manche sind grauenhaft entstellt, manche haben nur Brandverletzungen im Gesicht und an den Händen, andere sehen unversehrt aus, haben sich aber beim Sprung Knochen gebrochen. Schmerzensschreie, lautes Stöhnen und leises Wimmern sind zu hören. Im Hintergrund versuchen die Marines mühsam, verzweifelte Angehörige davon abzuhalten, zu den auf dem Boden Liegenden zu rennen.

Einige der Verletzten liegen still da, ohne Bewusstsein. Merten ist jetzt fast ohnmächtig vor Schmerz. Willenlos lässt er sich auf die Plane legen. Wie durch Nebel sieht er überall Leute herumlaufen, Körper werden in der Reihe abgelegt, die immer länger wird.

Die Kerner-Jungen liegen da und auch ihre Mutter, alle drei mit schweren Brandwunden im Gesicht und an den Händen und Armen. Rolfs kleines Gesichtchen ist schwarz und blutig. Zwei grauenhaft Verbrannte, nackt bis auf die Schuhe, wimmern. Sie sind als menschliche Wesen kaum noch zu erkennen. Sie tragen die Dienstschuhe der Maschinisten. Auch Kapitän Pruss liegt da, die Lippen sehen aus wie zwei geröstete Würste, die Brauen und Haare sind fort und das Gesicht ist so geschwollen, dass man ihn nicht erkennen würde, hätte seine Uniform nicht die vier Streifen des Kommandanten.

Gilles Broca humpelt an der Reihe der Verletzten entlang. Er hat sich beim Sprung die Hacke verstaucht, merkt das aber nicht. Ein wenig rötlich die Stirn, aber eher so wie bei einem Sonnenbrand. Er ist einer der Glücklichen.

»Kann ich helfen?«, fragt ein Sanitäter.

»Ich suche ein Mädchen, ein junges braunhaariges Mädchen. Ihr Name ist Gisela.«

Der Sanitäter schüttelt den Kopf und wendet sich wieder den Verletzten zu.

Broca humpelt weiter und entdeckt Giselas Brüder und Mady.

Er hockt sich zu ihnen.

»Frau Kerner, haben Sie Gisela gesehen? Wo ist Gisela?«

Doch Mady starrt nur leer vor sich hin und gibt keine Antwort. Auch die Jungen sagen nichts und weinen leise vor sich hin.

Broca verlässt den Verbandsplatz und humpelt Richtung Flugzeughalle, wo ein Schild anzeigt, dass sich dort das DZR-Büro befindet.

Da kommen ihm Männer mit einer Trage entgegen, ein Arzt und ein Sanitäter, der eine Infusion hochhält. Der Mensch auf der Trage ist mit einem Tuch vollständig abgedeckt. Aber unter dem Tuch lugt ein Stück gelbes Blümchenkleid hervor. Das erkennt Broca sofort.

»Gisela!«, schreit Broca und hastet hin.

»Kennen Sie sie, wissen Sie, wer sie ist?«, fragt der Arzt.

Broca nickt. Der Arzt hebt vorsichtig das Tuch hoch, und Broca erstarrt. Giselas Gesicht ist nur noch eine grässliche Fratze, keine Nase, keine Ohren, die Haut verkohlt und in Fetzen. Alles zugeschwollen und blutig. Nur die braunen Augen sehen ihn traurig an. Broca stockt der Atem, tief erschrocken starrt er Gisela an. Sie streckt ihre Hand aus, und er nimmt sie. Ganz leicht drücken ihre verkohlten Finger zu. Und dann sagt sie etwas, was nicht zu verstehen ist. Nur ein rasselndes Geräusch verlässt ihre grotesk geschwollenen Lippen. Broca beugt sich zu ihr hinunter.

»Was? Gisela, sag es noch einmal.«

Und jetzt versteht er, was sie sagt.

»Du … hast … mich auch … erlöst.«

»Gisela …«

Broca sieht den Arzt an. »Wird sie …?

Der Arzt schüttelt den Kopf.

»… aber wir bringen sie jetzt schnellstens ins Krankenhaus.«

Er deckt das Tuch wieder über die Schwerverletzte.

»Sie heißt Kerner, Gisela Kerner«, ruft Broca, und Tränen schießen ihm aus den Augen, als er ihnen nachsieht.

»Broca? Mister Gilles Broca?«

»Ja, wer will das wissen?«

Broca dreht sich um, und hinter ihm stehen zwei Militärpolizisten.

»Sie sind verhaftet, Mister Broca.«

Broca ist völlig überrascht.

»Verhaftet! Aber warum das denn?«

Hinter den Polizisten stehen die Offiziere Bödeker und Schröder und sehen feindselig herüber. Sie haben die Polizisten darauf hingewiesen, dass sie Broca verdächtigen, etwas mit dem Unglück zu tun zu haben.

Broca will sich dem Griff entziehen, doch die beiden Polizisten halten ihn fest.

»Das ist ein Missverständnis. Ganz klar. Das muss ein Missverständnis sein. Ich habe nichts getan.«

»Ja klar.« Der Polizist grinst unangenehm.

»Das sagen alle. Sie kommen jetzt mit, und zwar ohne viel Aufheben.«

Sie nehmen ihn in die Mitte und führen ihn ab.

Jemand greift Merten an seinen verletzten Arm. Merten schreit auf und will sich wegdrehen.

»Mister, beruhigen Sie sich. Ich bin Arzt. Ich gebe Ihnen jetzt eine Spritze, und dann geht's Ihnen gleich besser.«

»Nein, nein, lassen Sie mich …«

Ein Sanitäter drückt ihn zurück auf den Boden und hält ihn dort fest.

Der Arzt sagt: »Hundertsechzig Pfund? Dann müsste das reichen.«

Merten spürt einen Stich und ein Brennen an seinem unverletzten Arm.

Er hat wie alle Brandverletzten eine Morphiumspritze bekommen. Zur Kennzeichnung, dass er bereits versorgt wurde, malt der Soldat ihm mit einem Stift ein M auf die Stirn. Es dauert nicht lange, und Merten fühlt sich leicht und der Schmerz lässt nach. Ein Sanitäter kommt mit einem Tablett und hockt sich neben ihn. Aus einem Fläschchen tröpfelt er Pikrinsäure auf die Wunden, was trotz Schmerzmittel höllisch brennt, dann streicht er ein Gel auf Leinenstreifen und verbindet Mertens Arm. Als er geht, folgt Merten ihm mit den Augen und sieht weiter hinten einen Mann, der eine Frau auf den Armen trägt. Eine Frau mit einer grünen Jacke, die sich wehrt. Merten stützt sich mühsam auf.

»Jennifer! Jennifer!«

Der Mann fährt herum und sieht ihn sekundenlang an. Dann dreht er sich um und verschwindet. Merten schüttelt den Kopf. Versucht, klar zu denken. Das war Jennifer. Da ist er sich ganz sicher. Jennifer! Sie lebt. Merten stemmt sich hoch. Und wankt los. Doch er kommt nicht weit. Ein Mann im beigefarbenen Staubmantel ist plötzlich da und drückt ihn zurück auf den Boden.

»Herr Kröger, Merten Kröger?«

»Ja. Was wollen Sie, wer sind Sie … Woher kennen Sie meinen Namen …?«

»Herr Kröger, Sie bleiben jetzt hier sitzen und ich gebe Ihnen eine schöne Morphiumspritze.«

Merten wehrt sich. Da stimmt doch was nicht. Wer ist dieser Mann, kein weißer Kittel, keine Uniform mit Äskulapstab …

»Nein, nein … Ich hab doch schon eine Spritze.«

»Halt die Klappe …«, sagt der Mann und nimmt ihn in den Schwitzkasten, wobei er versucht, die Spritze in Mertens Hals zu stechen. Merten versucht, sich mit letzter Kraft zu wehren. Aber die Hand mit der Spritze kommt immer näher.

Da hört er ein dumpfes Knacken, und der harte Griff um seine Brust wird schlaff. Merten stößt den Mann von sich und dreht sich um.

Mahmud! Unverkennbar, sogar durch Morphiumschleier. Da steht Mahmud: groß und schlank in seinem seidenen Salwar Kameez. Mahmuds schwarze Augen blicken unter buschigen Brauen, den ausdrucksvollen Mund krönt ein gepflegter Schnauzer. Schon seit Jahren ist er Hausdiener bei van Zandts, und Merten kennt ihn von seinen Besuchen in Akron, Ohio, der Luftschiffschmiede der Amerikaner. Da tauchte van Zandt nie ohne diesen stolzen, rätselhaften Araber auf.

Mahmud hält seinen Gehstock mit dem Silberknauf in der Linken wie einen Schlagstock.

»Doktor Kröger, schnell, können Sie aufstehen?«

»Ich weiß nicht …«

Geschwind bückt sich Mahmud nach der Spritze, sticht sie dem bewusstlosen Mann durch den beigefarbenen Mantel in den Oberarm und drückt sie leer.

Merten rappelt sich hoch. Mahmud hakt ihn unter.

»Beeilen wir uns.«

Gestützt von Mahmud, eilt Merten über das Flugfeld zum Ankunftsgebäude.

»Wer war dieser Mann?«

»Krakowski … ein FBI-Agent. Unangenehmer Typ.«

Der Araber dirigiert ihn zum Parkplatz und zur schwarzen Limousine, die dort parkt.

»Jennifer lebt … Ich hab sie gesehen …«

Mahmud lässt Merten beinahe fallen. Dann öffnet er den Schlag und hilft Merten in den Fond.

»Sie bleiben hier. Ich suche sie.« Und schon ist er verschwunden.

Agent Singer läuft über den Verbandsplatz. Da entdeckt er Krakowski mitten unter den Verletzten. Als er bei ihm ist, stellt er fest, dass sein Kollege schläft. Er kniet sich hin und ohrfeigt Krakowski mehrmals. Langsam öffnet der die Augen und blickt ihn glasig an. Das Morphium hat seine Wirkung getan. Krakowski ist vollständig weggetreten.

»Was ist denn mit dir los? Wo ist Kröger?«

»Der ist weg …«

Singer sieht die Spritze, die immer noch in Krakowskis Arm steckt. Er winkt zwei Marines herbei, zeigt seine FBI-Marke und befiehlt, Krakowski zu seinem Auto zu tragen.

Auf dem Platz versucht Commander Rosendahl, die Kontrolle nicht zu verlieren. Es wimmelt von Polizisten, Sanitätern und Männern in weißen Kitteln. Krankenschwestern sind jetzt auch zu sehen. Die ersten Rettungswagen von Hospitälern und Feuerwehr fahren aus den Städten und Orten der Umgebung heran. Diejenigen, die nur leichte Verbrennungen haben, wie Margret Mather, die Kapitäne Wittemann und Bauer oder Sauter mit seiner Platzwunde am Kopf, werden im Lazarett der Marinebasis versorgt. Die schwerer Verletzten, darunter das Ehepaar Adelt, Elektriker Lenz mit Beinbruch und verbranntem Oberkörper, Deutschle, der Maschinist, Zellenpfleger Freund, der das Feuer zuerst sah, und von Heidenstamm, deren Gesichter und Hände Verbrennungen zweiten und dritten Grades aufweisen, werden in die Krankenhäuser der Umgebung transportiert. Die Schwerstverbrannten Kapitäne Pruss, Lehmann und Sammt und der bewusstlose Oberfunker Speck, bei dem der Militärarzt einen Schädelbasisbruch diagnostiziert hat, werden unter Polizeieskorte nach New York in das Brandzentrum im *Columbia Presbyterian Hospital* geschafft. Für alle Leichtverletzten und Überlebenden der Mannschaft stehen zum Ausruhen und für die Nacht fünfzig Betten im ersten Stock des Sanitätsgebäudes bereit.

Den Hangar eins neben der Luftschiffhalle hat Commander

Rosendahl als Sammelplatz für die Toten bestimmt und Wachen aufgestellt, damit die Pressevertreter, aber auch die Verwandten keinen Zutritt erhalten. Auch um das Wrack hat Rosendahl eine Kette Wachen beordert, denn die ersten Souvenirjäger sind schon mit noch heißen Teilen des *Hindenburg* erwischt worden.

Im Presseraum wimmelt es von Reportern, die aufgeregt und streitend am einzigen Telefon anstehen, um die »Story des Jahres, ach was, ... des Jahrhunderts«, an ihre Redaktionen durchzugeben. Auf der Schultafel stehen mit Kreide die ersten Namen von Toten und Überlebenden. Die belichteten Filmrollen, Fotoplatten und die Filme der zweiundzwanzig Kameramänner sind als Beweismaterial sofort beschlagnahmt worden, und die Pressevertreter dürfen das Gelände vorerst nicht verlassen. Ihr Protestgeschrei und Klageandrohungen wegen Behinderung der freien Presse nützen da gar nichts. Commander Rosendahl bleibt hart. Er bietet ihnen aber an, die *DC-3* der American Airlines zu nehmen, die die Passagiere am späteren Abend eigentlich nach Newark fliegen sollte.

Merten sitzt auf dem Rücksitz der Limousine und versucht krampfhaft, wach zu bleiben. Wann kommt nur Mahmud zurück? Draußen werden mehr und mehr Bahren vorbeigetragen, die vollständig mit Tüchern bedeckt sind.

Plötzlich erkennt Merten den Mann, der Jennifer auf dem Arm hatte, und dahinter, von zwei Marines geschleppt, seinen Angreifer im beigefarbenen Mantel, den Mahmud niedergeschlagen hat. Sie kommen auf ihn zu.

Merten drückt sich in den Sitz und zieht den Kopf ein. Die Gruppe geht hinter der Limousine vorbei, und Krakowski wird unsanft in einen schwarzen Wagen, der nicht weit entfernt geparkt steht, geschoben. Die Soldaten gehen fort, und der andere Mann wartet, bis sie um die Ecke des Gebäudes verschwunden sind. Dann sieht er sich nach allen Seiten um und öffnet den Kofferraum, schaut kurz hinein, schlägt die Klappe zu, setzt sich hinters Steuer und wirft den Motor an. Merten geht in Deckung und hört, wie der Wagen vorbeifährt.

Jennifer! War Jennifer etwa in dem Kofferraum? Ich muss hinterher … Merten fasst nach dem Türgriff. Doch dann lässt er sich zurücksinken. Was kann er in seinem Zustand ausrichten?

26
Ganz unten

Im Stadthaus der van Zandts am Riverside Drive klingelt das Telefon. Doktor Chaffrof, ein kleiner, rundlicher Herr in den Sechzigern, geht zum Apparat, der im Flur auf einer Barockkommode steht. Er wirft einen strengen Blick auf den Mann, der am Ende des Flurs am Fenster lehnt und eine Zigarette raucht.

Chaffrof hebt den Hörer ans Ohr. »Ja, bitte?«

Er horcht. »Ja, ich bin der Arzt, ja … Oh mein Gott … Wann?«

Er legt den Hörer auf die Gabel und streicht sich über das schüttere Haar. Sekundenlang sieht er auf die schwere kassettierte Holztür. Dann atmet er hörbar ein und drückt die Klinke herunter.

Edward van Zandt liegt mit geschlossenen Augen, gestützt von mehreren Kissen, im Bett. Bücher und Papiere sind auf dem grünen Plumeau verstreut. Sein Gesicht ist mager, die Wangenknochen treten hervor und die gebogene Nase erscheint noch größer als sonst. In der Hand hält er eine Zeitung, die Brille ist ihm auf die Brust gerutscht. Auf dem Nachttisch neben seinem Kopf stehen zwei silberne Fotorahmen, eines zeigt eine junge Wiltrud in mondäner Pose, das andere Jennifer als Zwölfjährige, jauchzend auf einem Pony. Daneben mehrere Schachteln Tabletten. Der Widerschein des Lampenschirms wirft einen grünen Schimmer auf den Patienten. Wenn Chaffrof es nicht besser wüsste, würde er glauben, Edward sei tot.

Chaffrof tritt ein und geht zum Bett. Vorsichtig zieht er sich einen Sessel heran und setzt sich.

»Edward, Edward … Sind Sie wach?«

Van Zandt öffnet die Augen.

»Es ist furchtbar … Der *Hindenburg* …«

Edward van Zandt hebt die Hand und lässt sie wieder zurückfallen. Mit brüchiger Stimme sagt er: »Ich weiß, was passiert ist!«

Von draußen sind eilige Schritte zu hören, und Krankenschwester Heather kommt weinend herein.

»Es tut mir so leid, Mister van Zandt. Ich habe es gerade im Radio gehört. Es ist schrecklich …«

Chaffrof fühlt Edwards Puls und hört ihm mit dem Stethoskop das Herz ab.

»Kann ich irgendetwas für Sie tun?«

Edward hebt nur wieder die Hand. Eine Träne rinnt aus seinem Augenwinkel in das Kissen.

Chaffrof gibt Heather ein Zeichen, und zusammen gehen sie hinaus. Der Stuhl am Ende des Flurs ist leer, und unten in der Halle fällt die Haustür ins Schloss.

Merten wacht auf und weiß zuerst nicht, wo er ist. Dann fällt ihm alles wieder ein. Und er stöhnt. Er hört Motorengeräusch. Sein Kopf dröhnt. Mahmud dreht sich zu ihm um.

»Wie geht es Ihnen, Doktor Kröger?«

»Nicht besonders.«

Merten sieht Lichter vorbeiflitzen.

»Wo sind wir?«

»Staten Island.«

»Mahmud, was hat das alles zu bedeuten? Warum haben dieser Krakowski und der andere …«

»Singer, Agent Singer.«

»Dieser Singer, warum hat er Jennifer mitgenommen?«

»Sind Sie denn sicher, dass es Jennifer war?«

»Ganz sicher!«

Mahmud sieht in seinen Rückspiegel. Ob er Merten glaubt oder es für eine Art Fata Morgana im Schock hält, ist ihm nicht anzusehen.

»Haben Sie eine Ahnung, warum Krakowski Sie umbringen wollte? Das wollte er doch wohl mit der Spritze.«

Merten antwortet nicht, stattdessen stellt er eine Gegenfrage:

»Woher kennen Sie die eigentlich, Mahmud?«

»Nachdem ich Eckener am Telefon wegen der Bombe gewarnt habe, haben die mich abgeholt und verhört. Und erst wieder gehen lassen, als der *Hindenburg* Frankfurt verlassen hatte. Hatten wohl das Telefon verwanzt.«

»Aber warum wollten die nicht, dass Sie die Warnung durchgeben? Verstehen Sie das?«

»Nein, aber seitdem haben wir das FBI vorm Haus, und einer steht immer neben dem Telefon.«

Die Gedanken in Mertens benebeltem Gehirn geraten durcheinander. FBI-Agenten im Haus ... Mahmud weiß nichts ... Oder tut er nur so? Ist er vielleicht auch ... FBI ...? Merten nickt wieder ein.

Agent Singer hat am Telefon bei einer Tankstelle angehalten. Er wählt die Nummer des deutschen Konsulats in New York.

»Herr Ritter?«

»Aha, Singer, endlich! Habe eben mit Ribbentrop gesprochen. In Berlin wissen sie Bescheid. Göring hält das Ganze für einen Akt Gottes. Bin mal gespannt, was der Führer davon hält, dass Gott ihm ins Handwerk pfuscht! Aber lassen wir das. Wie sieht's denn aus?«

»Das reinste Chaos. Sie fangen an, die Überlebenden zu verhören. Die Presseheinis müssen bleiben.«

»Spricht einer der Überlebenden von einer Bombe?«

»Kapitän Lehmann faselte irgendwas davon, Kröger hätte den Attentäter ins Meer geworfen. Und ein paar Männer von der Besatzung haben sich ähnlich geäußert.«

»Aha. Und Kröger?«

»Hat überlebt.«

»Sie wissen, was zu tun ist, ja.«

»Sind schon dabei. Die Tochter van Zandt ist bei mir.«

»Guter Mann! Weiß sie von der Bombe?«

»Machen Sie Witze? Kröger ist ihr Verlobter.«

Der deutsche Konsul schweigt.

»Okay. Sie könnte uns in der Tat nützlich sein. Da wir sie in unserer Gewalt haben, können wir zwei Fliegen mit einer Klappe schlagen.«

»Sie meinen Edward und Kröger.«

»Genau … Ist sie schwer verletzt?«

»Kaum.«

»Das ist gut … Wilhelm, das ist sehr gut. Ich soll mich gleich morgen mit Roosevelt treffen. Wir müssen unsere Karten jetzt geschickt ausspielen. Ich melde mich bei Ihnen. Gute Nacht.«

Singer legt auf und geht zu seinem Wagen zurück.

Hugo Eckener liegt im Tiefschlaf, als bei ihm im Hotel in Graz das Telefon läutet. Am Abend hatte er bei einem flugtechnischen akademischen Verein, dessen Ehrenmitglied er seit zwölf Jahren ist, eine Rede gehalten und mit den Studenten bis Mitternacht diskutiert und dem guten Rotwein zugesprochen.

Als er endlich den Hörer abnimmt, zeigt sein Wecker 2 Uhr 20. Am anderen Ende ist der Berliner Korrespondent der *New York Times*, und in einer Sekunde ist Eckener hellwach und sitzt im Pyjama auf der Bettkante.

»Herr Eckener, ich habe es für gut gehalten, Sie schnell davon zu unterrichten, was mir meine Redaktion in New York gerade durchgegeben hat. Das Luftschiff *Hindenburg* ist gestern Abend um sieben über dem Landeplatz in Lakehurst explodiert … Ich nehme an, Sie werden im Moment dazu nichts sagen können.«

Eckener bejaht und legt auf. Geschockt überlegt er sich, ob das wohl eine Falschmeldung oder ein böser Witz gewesen ist. Aber er kennt den Korrespondenten seit Jahren als zuverlässigen Journalisten. Sofort ruft er in Friedrichshafen an, aber dort liegt noch alles in den Betten, und Professor Dürr, den er aufweckt, weiß von nichts. Sie müssen warten bis zum Morgen.

Mahmud stoppt den Wagen, steigt aus und öffnet den Fond. Merten wachzurütteln dauert eine Weile.

»Doktor Kröger, ich setze Sie hier ab. Da vorn in der Seitenstraße ist ein Obdachlosenasyl. Da fallen Sie um diese Urzeit nicht auf.«

»Warum ... Was soll ich denn da?«

»In die Villa kann ich Sie nicht mitnehmen. Ich habe Ihnen doch gesagt, da steht überall FBI rum.«

Merten begreift nur langsam. Doch dann klettert er aus dem Wagen und lehnt sich erschöpft an das kühle Metall der Karosserie.

»Hier ein paar Dollars ... und legen Sie die Uniformjacke ab.«

Merten schreit laut auf, als Mahmud ihm die Jacke auszieht. Er hängt ihm stattdessen seinen blauen Wollmantel um.

»Den nehmen Sie mit ... Und jetzt gehen Sie da rein. Ich warte, bis Sie drin sind. Und ... bleiben Sie da oder zumindest in der Nähe, ich komme morgen oder übermorgen wieder her und sehe nach Ihnen.«

Merten stolpert zu einer verbeulten Stahltür und in einen Raum hinein. Eine ältliche Frau sitzt hinter einer Art Theke und sieht ihn neugierig an.

»Guten Abend, wie kann ich helfen?«

Merten stützt sich an der Wand ab und versucht, den Raum zwischen Tür und Theke zu überqueren. Doch nach nur zwei Schritten gehorchen ihm seine Beine nicht mehr, und er fällt zu Boden, dann wird es Nacht um ihn.

In Lakehurst beruhigt sich die Lage allmählich. Immer noch glüht es im Inneren des Wracks, und eine Rauchglocke liegt über dem Platz. Lebende finden sich keine mehr. Riesige Scheinwerfer beleuchten das qualmende Gerippe. Morgen bei Tageslicht soll die offizielle Untersuchung und Befragung der Überlebenden beginnen. Die Kommission und die Forensiker sind schon unterwegs.

Am Abend nach Abbruch der Suchaktion werden dreißig Personen, sieben werden noch im Wrack vermutet, als tot oder vermisst gelistet: Aus dem *Hindenburg* neunundzwanzig, dazu Allen Hagaman von der Landemannschaft, Zivilist aus Lakehurst.

»Dabei wird es nicht bleiben«, meint der Marinearzt bei der Einsatzbesprechung. »Einige sind so schwer verbrannt, dass sie die Nacht wohl nicht überleben.«

Commander Rosendahl seufzt. »Im Grunde ist es doch überhaupt ein Wunder, dass sich so viele retten konnten. Zweiunddreißig Sekunden, eine halbe Minute, und weg. Obwohl es mir wie eine Ewigkeit vorgekommen ist, als es passierte.«

Nach der Einsatzbesprechung steigt Rosendahl in seinen Wagen und fährt zu den Kapitänen ins Krankenhaus. Er will sehen, wie es seinem alten Freund Lehmann geht. Als er am Krankenbett ankommt, liegt Kapitän Lehmann im Sterben. Rosendahl setzt sich zu ihm. Und sie sprechen leise miteinander. Lehmann sagt:

»Ich verstehe das nicht, Emery … Es muss eine Höllenmaschine da gewesen sein.«

Wenig später kommt der Priester, um ihm die Letzte Ölung zu geben, und Ernst August Lehmann, der kleine Mann und große Luftschiffkapitän, stirbt in den frühen Morgenstunden.

27
Ein schwarzer Tag

7. Mai 1937. Hugo Eckener liegt in seinem Hotelbett und grübelt. Wenn der *Hindenburg* wirklich in Flammen aufgegangen ist in der Luft, wenn es wirklich stimmt, dann muss – und da ist er sich sicher – das Sabotage gewesen sein. Um sieben Uhr klingelt das Telefon wieder, und die Unglücksnachricht wird vom Reichsluftfahrtministerium bestätigt. Außerdem befiehlt ihn Göring sofort nach Berlin. Ein Flugzeug stehe in Wien am Flughafen bereit, erklärt man ihm.

Eckener weckt Oberst Breithaupt, den das Ministerium ihm zur »Gesellschaft«, also zur Kontrolle, mitgeschickt hatte, und gemeinsam machen sie sich auf den Weg in die Reichshauptstadt. In der Hotelhalle warten schon einige Pressevertreter und wollen eine Stellungnahme.

»Herr Eckener, was denken Sie, warum ist diese schreckliche Katastrophe passiert? War es eine Bombe?«

Hugo Eckener sieht den Radioreporter gequält an.

»Dies ist wahrlich ein schwarzer Tag in der Geschichte der Luftfahrt, ein schwarzer Tag in der Geschichte der Menschheit. Es erfüllt mich mit Trauer, dass selbst die Zeppeline, die fliegenden Friedensboten unserer Zeit, nicht gegen feindselige Übergriffe gefeit sind.«

»Glauben Sie, es war ein Attentat?«

»Ich habe bisher keine genauen Informationen. Aber vorerst kann ich mir nur einen Sabotageakt als wahrscheinliche Ursache denken.«

Breithaupt und Eckener springen in den wartenden Wagen und rasen nach Wien. Auf dem Flughafen wird im Rundfunksender schon sein Interview aus der Hotelhalle übertragen.

Das hört in Berlin im Reichsluftfahrtministerium auch Minister Göring.

»So ein Riesenarschloch! Dieser Kretin, dem reiß ich seinen sturen Schädel runter, wenn er hier ist.«

Seinem Sekretär befiehlt er wütend: »Machen Sie das aus! Aus! Aus!«

Göring springt auf. »Sie berufen mir eine Pressekonferenz ein! Und zwar sofort! Holen Sie mir das gesamte Berliner Pressecorps zusammen.«

In der Reichshauptstadt hängen alle Fahnen auf Halbmast. Als Eckener und Oberst Breithaupt im Reichsluftfahrtministerium in Berlin ankommen, werden sie sofort zum Minister geführt. Der stürzt sich ohne Verzögerung auf Hugo Eckener.

»Sie dämlicher Popanz. Wie können Sie es wagen, von einem Attentat zu sprechen! Ja sind Sie denn völlig verrückt geworden! Wollen Sie unsere Interessen in Amerika endgültig ...«

Göring lässt Eckener keine Gelegenheit zu einer Erklärung, stattdessen überzieht er ihn minutenlang mit einer wütenden Schimpftirade, wobei er aufgeregt mit hochrotem Kopf in seinem überdimensionalen Büro hin und her läuft und zur Bekräftigung seiner Worte immer wieder auf seinen Schreibtisch haut. Eckener und Breithaupt nehmen den Wutschwall stehend entgegen.

»Vor der Landung des *Hindenburg* ging ein heftiges Gewitter über Lakehurst nieder, also ist es doch klar, oder? Blitz statt Bombe! Und genau das oder so ähnlich werden Sie in Zukunft äußern ...«

Während der Minister weiterbrüllt, denkt Eckener nach. Das Gewitter kann doch nicht schuld sein! Gewitter hatten sie schon so oft, einmal ist der *Graf Zeppelin* sogar von einem Blitz direkt getroffen worden, bei einer Landung in Pernambuco, und das hat ihm nichts ausgemacht ...

»Sie werden sofort eine Presseerklärung machen und jedem Verdacht eines Attentats entgegentreten. Doktor Goebbels hat alles vorbereitet. Und wagen Sie es ja nicht, öffentlich noch einmal von Sabotage zu sprechen.«

Eckener versucht, seine Bemerkung am Morgen mit seinem Schockzustand zu begründen. Aber Göring will davon nichts wissen, und Eckener wird sogleich zur Aufnahme seiner Stellungnahme angehalten, die auch als Presseerklärung an die Zeitungsredaktionen und vor allem an amerikanische Medien rausgeht. Wenig später ist Eckeners tiefe melodische Stimme aus den Volksempfängern im ganzen Reich zu hören.

»... Zum Absturz des *Hindenburg* sind teilweise recht auseinandergehende Meldungen eingegangen und Vermutungen geknüpft worden, deren Richtigkeit sich aus der Entfernung keinesfalls beurteilen lassen. Selbstverständlich wird auch die Frage einer etwaigen Sabotage, an die ich im ersten Augenblick, wie ich gestehe, selbst noch gedacht habe, ernstlich zu untersuchen sein. Aufgrund neu eingetroffener Meldungen aus Amerika und angesichts der ausgezeichneten organisatorischen Maßnahmen der amerikanischen Regierung liegt aber für diese Ansicht nur noch eine sehr geringe Wahrscheinlichkeit vor. Näher liegt dagegen die Vermutung, dass elektrische Vorgänge, die vielleicht auf die Witterungslage zurückzuführen sind, eine Rolle bei diesem Unfall gespielt haben. Aus der Besprechung mit Generaloberst Göring habe ich die felsenfeste Gewissheit mitgenommen, dass Deutschland unerschütterlich an der Idee des Luftschiffbaues und des Luftschiffverkehrs festhält.«

In der Zwischenzeit hat Göring eine Untersuchungskommission zusammengestellt, die sich umgehend nach Amerika aufzumachen hat. Neben Eckener gehören dazu Professor Dürr, der Chefkonstrukteur vom Luftschiffbau Zeppelin, Professor Doktor Breithaupt, Oberstleutnant im Reichsluftfahrtministerium, Professor Bock, Direktor der Deutschen Versuchsanstalt für Luftfahrt aus Berlin, und sein Stabsingenieur Hoffmann. Außerdem Professor Dieckmann von der Technischen Hochschule in München, der eine Koryphäe auf dem Gebiet der luftelektrischen Erscheinungen ist. Noch am späten Nachmittag machen sie sich mit dem Schnelldampfer *Europa* auf den Weg nach Lakehurst. Kurz bevor der Dampfer ablegt, telefoniert Eckener noch mit dem entsetzten Kapitän von Schiller, der den *Graf Zeppelin*, gerade aus Rio kommend, in Frankfurt gelandet hat.

Eckener befiehlt: »Alle weiteren Fahrten unterlassen, bis die Ursache von Lakehurst geklärt ist.«

Ungefähr zur gleichen Zeit wacht Merten in New York zum ersten Mal kurz aus seinem Delirium auf. Eine Frau steht über ihn gebeugt an seinem Bett. Er ergreift ihre Hand und stammelt:

»Jennifer, Jennifer … Ich bin zurück bei dir, wie ich versprochen habe …«

Dann sackt er wieder zurück in seine Ohnmacht.

»Was ist das für eine komische Sprache?«, fragt die Schwester ihre Kollegin.

»Weiß nicht, klingt wie Holländisch oder so. War mal bei den Amish in Pennsylvania, die sprechen auch so.«

Beide Frauen tragen die Uniform der Heilsarmee und wollen den Neuzugang, der, wie sie glauben, voll wie eine Haubitze bei ihnen angekommen ist, wecken und hinauskomplimentieren. Denn ihr Asyl ist nur für die Nacht bestimmt. Tagsüber sollen, müssen die Obdachlosen sich draußen vergnügen, bis sie am Abend wieder aufgenommen werden.

»Der ist aber fertig. Muss wohl da liegen bleiben.«

Die eine Schwester zieht Merten den Mantel weg, mit dem er sich zugedeckt hat, und entdeckt seinen verbundenen Arm. Der Leinenverband ist durchtränkt von Blut und Wundflüssigkeit.

»Du lieber Himmel, was hat der denn gemacht! Bring mir mal das Jod. Wir machen ihm einen neuen Verband.«

Sie legt ihm die Hand auf die Stirn.

»Und Fieber hat der auch.«

In Lakehurst wird seit den Morgenstunden das Wrack untersucht. Wie der zerschmetterte Leib eines Tiers aus der Urzeit liegt das schwarze Gerippe im Sand, wenige Meter neben dem Schienenkreis. Immer noch steigt Rauch auf. Der letzte Tote, als Person unidentifizierbar, wird herausgezogen. Danach steigen die Suchenden nur noch über Asche, verbogene Streben und geschmolzenes Aluminium. Auch einige Männer von der Mannschaft versuchen noch, etwas zu entdecken, was der Feuersturm vielleicht übrig gelassen hat. Vom Gepäck der Passagiere oder den Seesäcken der Mannschaft ist kaum noch etwas zu finden, eine verkokelte Kamera, ein Koffergriff, geschmolzene Parfumflakons und Flaschen, ein Rahmen, in dem der Spiegel fehlt, ein schwarzes Bettgestell, eine geborstene Kloschüssel. Da wo zuvor der Speisesaal war, finden sich ein paar geschwärzte Geschirrteile, ein rußiges rundes Serviertablett und ein paar verbogene Bestecke. Auf dem daruntergelegenen B-Deck sieht man verschmorte Reste der Sitzbank aus der Offiziersmesse und hier und da den Rest eines Stuhls oder eines Tisches aus der Bar. Zerbeulte Kochtöpfe, Suppenkellen und ein Tranchiermesser ohne Griff deuten an, wo einmal die Küche war. Chefsteward Kubis, wie durch ein Wunder unverletzt, hat in seinem völlig zerstörten Stewardraum die große Geldkassette, die Bordbank des *Hindenburg*, entdeckt. Sie ist zwar verrußt, aber sonst intakt, und der Schlüssel, den Kubis in der Tasche hat, lässt sich im Schloss noch drehen. Aber drinnen ist nur noch ein Häufchen Asche zu sehen. Eduard Boetius findet tatsächlich die Manschettenknöpfe, die sein Vater ihm geschenkt hatte, und von den hundertsechs Kilo Post sind noch zweihundert angesengte Briefe, Karten und Einschreiben übrig. Ein Beamter von der amerikanischen Post nimmt sie in Empfang und leitet sie an die Empfänger weiter.

Im Hangar eins sind seit den frühen Morgenstunden die Gerichtsmediziner bei ihrem grausigen Werk. Sie bitten Rudolf Sauter und Steward Deeg, ihnen zu helfen, die Toten zu identifizieren. Geschockt und sprachlos kommen sie wieder zurück ins DZR-Büro, wo sich die überlebenden Mannschaftsmitglieder treffen. Viel zu identifizieren hat es nicht gegeben. Oberst Menzels Ehering gibt einem völlig entstellten Gebilde einen Namen, ebenso wie die Uhr an einem geschwärzten Unterarmknochen den Besitzer benennt. Doch die meisten, die dort liegen, werden erst durch Gebissuntersuchungen identifiziert werden können.

Die überlebende Mannschaft hat zwar den Schock über die Tragödie noch nicht überwunden, aber allen ist klar: Sie werden Luftschiffer bleiben, trotz allem. Chefsteward Kubis zeigt sich patriotisch, als ein Reporter wissen will, wie die Zukunft für sie aussieht.

»Meine Freunde und ich wollen die Welt wissen lassen, dass wir bereit sind, sofort wieder neu anzufangen. Graf Zeppelin hat so viele Rückschläge erlitten und dennoch immer weitergemacht. Wir sind loyale Deutsche und werden das genauso machen. Natürlich trauern wir um unsere toten Freunde, aber das wird uns nicht davon abhalten. Wir sind bereit, neu anzufangen, und wir werden einen größeren und noch viel herrlicheren Zeppelin bauen.«

In der Nacht ist nicht nur Kapitän Lehmann gestorben, auch Seitensteuermann Bernhard und drei weitere aus der Mannschaft sind ihren schweren Verbrennungen erlegen. Um Kapitän Pruss, Willy Speck, den Oberfunkmeister, und manchen anderen steht es schlecht. Es ist zu befürchten, dass sich die Opferzahl erhöhen wird.

Im Obdachlosenasyl ist Merten immer wieder aufgewacht. Sein Fieber steigt und fällt wie der Alkoholpegel seiner unrasierten und zuallermeist ziemlich verkommenen Mitbewohner. Der Schlafsaal mit mehreren Reihen alter Eisenbetten und schmuddeligen alten Armeedecken ist ab acht Uhr abends voll belegt. Die Männer spielen Karten, einige lesen in zerfledderten Büchern, andere schlafen ihren Rausch aus. Keiner kümmert sich um den merkwürdigen Kranken, den die Schwestern auf die hinterste Schlafstatt umgebettet haben. Der Arm ist inzwischen entzündet und eitert so sehr, dass die Schwester beim nächsten Verbandwechsel einen Schreck bekommt und den Arzt anruft. Es sieht nicht so aus, als ob ihre Jodverbände etwas genützt hätten. Als der Arzt endlich auftaucht, führt die Schwester ihn sogleich zu Merten.

»Danke, dass Sie gekommen sind. Es geht ihm wirklich schlecht.«

Merten schwitzt, und seine Haut sieht wächsern aus. Der Arzt setzt sich, fühlt Mertens Puls, holt eine Schere aus seiner Tasche und schneidet den Verband auf.

»Hat er irgendwas gesagt, wer er ist, oder so was?«

»Glauben Sie nicht, dass man verstehen könnte, was er so daherbrabbelt. Irgendwas von einer Bombe und einer Jennifer. Das ist alles.«

Als der Arzt den Verband abzieht, stöhnt Merten auf. Mit dem Leinen lösen sich ganze Placken seines Fleisches ab, dicker gelbgrüner Eiter läuft aus den geöffneten Blasen und verbreitet einen schrecklichen Geruch.

»Du meine Güte, wo hat der sich denn so verbrannt? Eigentlich muss er sofort ins Krankenhaus.«

»So einen nimmt doch keiner auf, der hat nur ein paar Dollars in der Tasche. Dabei ist sein Mantel teuer und noch ziemlich neu«, meint die Schwester.

»Ich kann für nichts garantieren. Wenn er 'ne Blutvergiftung kriegt, stirbt er. Holen Sie mal heißes Wasser, bitte.«

Merten bekommt eine Spritze mit Penizillin, und als das heiße Wasser da ist, säubert der Arzt vorsichtig die Wunde. Merten stöhnt und keucht, aber er wacht nicht auf.

»Ich lass ein bisschen Morphium hier gegen die Schmerzen. Gebt ihm Flüssigkeit. Am besten Wasser mit ein bisschen Salz drin. Ich komm morgen wieder nach ihm sehen.«

»Danke, Doktor, das ist nett. Gott sei mit Ihnen.«

Auf dem Nachhauseweg kauft sich der Arzt bei einem Zeitungsjungen eine Zeitung. Auf der Titelseite ist das Foto des Unglücks zu sehen, und die Schlagzeile lautet: »*Hindenburg* explodiert in Lakehurst: Mehr als dreißig Tote zu befürchten«.

Erschrocken schlägt Merten die Augen auf und blickt in das runzlige braune Gesicht seines Bettnachbarn. Der zieht ihn am Ärmel und tritt mit dem Fuß gegen sein Bett.

»Mann, was brabbelst du da bloß die ganze Zeit. Halt doch mal den Mund, dabei kann ja kein Mensch schlafen.«

»Entschuldigung.«

Der Mann sieht ihn mit kleinen, verschlafenen Augen an.

»Ist wohl dein Mädchen, diese Jennifer, was?«

Merten ist jetzt ganz wach.

»Wieso, woher weißt du …«

»Na, du sagst doch immer wieder ihren Namen …«

Merten fühlt sich besser, aber als er an seinen verbundenen Arm stößt, sieht er weiße Punkte. Er setzt sich auf, wirft die Beine aus dem Bett, und als er sich übers Gesicht streicht, fühlt er einen Bart. Überall um ihn herum schlafende, schnarchende Männer. Es riecht nach Schweiß und Pisse. Düsternis umgibt ihn, nur vorne an der Empfangstheke brennt eine Lampe und eine der Schwestern liest im Lichtkegel in einem Buch. Merten fragt sich gerade, wie lange er wohl schon hier ist, als die Eisentür vorn ins Schloss fällt und zwei Männer hereinkommen. Die sehen allerdings mit Hut und Anzug nicht so aus, als ob sie hierher gehörten. Merten sieht, wie der eine der Schwester ein Papier zeigt. Sie schüttelt den Kopf, dann nimmt sie das Papier, prüft es noch einmal und sagt etwas.

Merten ist mulmig zumute. Wenn die vom FBI sind und nach ihm suchen? Leise steht er auf, nimmt den Mantel vom Bett und sieht sich um.

»Nimm den Hinterausgang, mein Freund«, hört er den Alten im Nebenbett sagen.

»Danke, aber wo ist der?«

»Hinten in der Ecke die Tür. Ist bestimmt offen.«

Die Schwester ist inzwischen aufgestanden und macht Anstalten, in den Saal zu kommen. Merten sieht zu, dass er hinauskommt.

Als die Männer das Zuklappen der Tür hören, reißen sie ihre Revolver aus dem Schulterhalfter, rennen den Gang zwischen den Betten entlang und werfen einen kurzen Blick auf Mertens leere Schlafstätte. Der runzlige Alte tut, als schliefe er. Die Männer eilen weiter durch die Hintertür auf den Hof und hinaus auf die Straße. Aber Merten ist schon weitergelaufen.

Er hat sich im Laufen den Mantel angezogen. Als er ein paar Meter gerannt ist, verlangsamt er den Schritt und passt sich so aufrecht, wie es ihm möglich ist, der Geschwindigkeit der anderen auf der Straße an. So fällt er nicht auf. Vorsichtig sieht er sich um. Niemand rennt ihm nach. Er geht langsamer und hält sich den höllisch schmerzenden Arm. Vor ihm wirft ein Passant seine Zeitung in einen Papierkorb. Merten greift sie sich und muss nicht lange suchen. Auf der ersten Seite findet er die Namen der Unglücksopfer. Darunter auch den von Wiltrud und Jennifer. Weiter unten steht: »Hugo Eckener arrives in N. Y. C. today.«

Ich muss zu Eckener, ich muss. Aber wie und wo wird der in dieser Millionenstadt wohnen? Im Hotel oder vielleicht bei den van Zandts? Oder fährt er gleich raus nach Lakehurst? Ich muss zu Mahmud, beschließt Merten.

Er rollt die Zeitung zusammen und steckt sie in die Tasche, als er wie vom Donner gerührt stehen bleibt: An der Litfaßsäule direkt vor ihm hängt sein Foto. In dicken schwarzen Buchstaben steht darüber »WANTED« und unten drunter »500 Dollar Belohnung für denjenigen, der Informationen geben kann, die zu seiner Festnahme führen«. Merten greift sich ans Kinn. Na wie gut, dass ich im Moment nicht mehr so aussehe. Er schiebt den Mantelkragen hoch und verschwindet in der Menge.

28
Die letzte Hoffnung

Mahmud kniet auf seinem kleinen Gebetsteppich und verneigt sich gen Mekka. Seine Lippen bewegen sich, und er hat andächtig die Augen geschlossen, die Hände vor der Brust wie eine Tulpe geöffnet. Noch einmal verneigt er sich, streicht sich über das Gesicht und sagt laut *»Subhana rabbija-l-'ala, Allahu akbar«*. Dann steht er auf, rollt den kleinen Teppich zusammen und schlüpft in seine braunen Budapester Schuhe.

Unten in der Halle wartet Edward van Zandt. Er sitzt mit Hut und Mantel im Rollstuhl und klopft ungeduldig auf die Lehne. Es scheint ihm etwas besser zu gehen, oder ist es seine Selbstbeherrschung? Das lässt sich nicht beurteilen. Der Kongressabgeordnete Edward van Zandt neigt nicht dazu, seine Gefühle offen zu zeigen oder sich gar von ihnen leiten zu lassen. Nur wer ihn lange und gut kennt, weiß, dass eigentlich ein zartes Gemüt hinter der oft strengen Maske wohnt. Durch den schweren Verlust, den er durch den Tod von Frau und Tochter erlitten hat, sind seine Gesichtszüge erstarrt. Der ehemals stattliche Herr ist nur noch ein Schatten seiner selbst. Er wirkt alt und schrumpelig wie eine Kellerkartoffel in einem langen kalten Winter.

Ungeduldig sieht er auf seine goldene Taschenuhr. Endlich kommt Mahmud mit Heather aus der Tür zum Personaltrakt.

»Jesus! Wieso dauert das denn so lange!«

»Sind Sie sicher, dass Sie sich das zumuten wollen?«

»Wir werden dorthin fahren, Mahmud. Ich will es sehen. Und zwar möglichst noch vor deinem Mittagsgebet!«

Mahmud öffnet die Haustür und schiebt van Zandt nach draußen. Zusammen mit Heather hebt er den Rollstuhl mit dem alten Herrn die Stufen herunter und führt ihn zu der bereitstehenden Limousine. Die FBI-Männer schauen untätig zu. Mahmud schließt die Tür, und sie fahren ab. Ein schwarzer Wagen, der den ganzen Morgen etwas weiter hinten in einer Parklücke stand, folgt ihnen.

Heather geht, ohne die Bewacher auch nur eines Blickes zu würdigen, wieder ins Haus, schlägt die Tür zu und dreht den Schlüssel ostentativ zweimal im Schloss.

Die deutsche Kommission hat sich vom New Yorker Hafen sogleich nach Lakehurst begeben. Während ihres Aufenthalts stehen ihnen drei Wagen mit Chauffeur zur Verfügung, bereitgestellt von der kürzlich erst gegründeten deutsch-amerikanischen Zeppelin Transport Company. Als sie auf der Navy Base in Lakehurst ankommen und über den Landeplatz fahren, hält Hugo Eckener die Luft an. Da liegt er, sein schöner *Hindenburg*, verglüht wie ein Phönix, der allerdings nicht wie der mythische Vogel aus der Asche wieder auferstehen wird.

So schrecklich hatte er sich den Anblick nicht vorgestellt. In all seinen Jahren als Luftschiffer hat er so etwas noch nie sehen müssen. Abgeknickte Heckflossen, wegen zu harter Landungen, das schon, eingedellte Flanken, weil ein Windstoß den Zeppelin gegen die Halle gedrückt hat, das ebenfalls; die Notlandung des *LZ 4* in Echterdingen 1908, der Stunden später durch elektrische Entladung abbrannte, ohne dass jemand Schaden nahm, und über die er, damals noch Journalist, berichtet hat, ja, auch das. Und natürlich erinnerte er sich an seinen Absturz 1910 im Teutoburger Wald mit dem *LZ 7* wegen Motorenausfalls. Aber solch ein Trümmerfeld wie dies hier, das schockt Eckener zutiefst und treibt ihm die Tränen in die Augen. Sechsunddreißig Tote! Eine furchtbare Katastrophe!

Die Wagenkolonne hält vor der Luftschiffhalle. Eckener und die anderen steigen aus. Allen steht der Schock ins Gesicht geschrieben. Ein Beamter geht mit ihnen zum Wrack, und sie sehen sich um, steigen in den Trümmern herum, verschaffen sich einen ersten Eindruck. Nach einer halben Stunde finden sie sich wieder zusammen und gehen schweigend hinüber zur Flugzeughalle. Ein Militärpolizist öffnet ihnen die Tür. Auf langen Tischen liegen die verkohlten Fundstücke aus dem *Hindenburg*: Schuhe, Handtaschen, eine Zahnbrücke, verschiedene verbogene Eheringe, die zerrissene Diamantkette von Wiltrud und Jennifers Verlobungsring, der aussieht wie frisch vom Juwelier. Kein bisschen verrußt oder gar geschmolzen. Merkwürdig, denkt Hugo Eckener.

Nachdem sie alles besichtigt haben, folgen sie wieder dem Militärpolizisten zum vorderen Teil des Gebäudes, in dem sich das DZR-Büro befindet. Oben an der Treppe steht Jack Shannon, Reporter bei der *New York Times* und ein alter Bekannter von Hugo Eckener. Er hatte ihn als einzigen Pressevertreter auf die Jungfernfahrt des *Hindenburg* und auf ein paar weitere Fahrten mitgenommen. Eckener hat den jungen engagierten Reporter auf Anhieb gemocht. Er erinnerte ihn an seine Anfänge als Schreiberling bei den *Flensburger Nachrichten*. Außerdem ist er ein echt sympathischer Kerl. Jacks irische Abstammung beweist nicht nur sein Nachname. Unübersehbar sein wilder roter Haarschopf, die grünen Augen und sein tiefsinniges Gemüt mit viel hintergründigem Humor. Und trinkfest ist er, das hat Eckener bei vielen fröhlichen Gelegenheiten festgestellt.

»Hallo, Jack!«

»Hallo, Hugo … Es tut mir so leid. Es ist schrecklich!«

»Danke … Ist aber auch eine Story, nicht wahr?«

»Oh ja.«

Jack hebt seine Kamera.

»Darf ich?«

»Nur los. Musst ja auch deinen Job machen.«

Jack bittet die deutschen Herren, sich aufzustellen, und macht ein paar Aufnahmen.

»Werden Sie an den Sitzungen der Untersuchungskommission teilnehmen?«

Hugo Eckener muss über Jacks professionellen Interview-Ton grinsen. Wenn sie nicht mehr privat sprechen, gilt »Herr Eckener« und »Sie«. Daran hat sich Jack immer gehalten.

»Wir sind nur als Beobachter und technische Berater eingeladen worden. Ich hoffe natürlich, dass wir nach genauer Prüfung der Indizien und der Zeugenaussagen bald zu einer Erklärung für dieses schreckliche Unglück kommen werden.«

Jack nickt und macht sich davon. Im DZR-Flughafenbüro wartet schon Commander Rosendahl.

»Na, alter Knabe.«

»Emery, schön, dass du da bist.«

Rosendahl tritt neben ihn und legt seine Hand auf Eckeners Schulter.

»Was soll ich sagen? Hätte dich lieber unter anderen Umständen wiedergesehen.«

»Ich dich auch. Wie geht's Jean?«

»Gut, sehr gut. Du bist bei uns einquartiert, Hugo.«

»Danke dir. Wie kommt ihr voran?«

»Vorankommen? Machst du Witze? Die Zeugenaussagen: ein reines Chaos. Jeder will was anderes gesehen haben. Einer meint sogar, Schüsse gehört zu haben, einer einen Blitz, na ja, und so weiter.«

»Was sagen die Experten?«

»Experten?« Rosendahl lacht bitter.

»Wir sind eine Nation von Experten! Ein einziger Haufen Bullshit, und die Presse macht sich ihr eigenes Lied daraus, jeden Tag mit einem anderen Refrain.«

Eckener sieht aus dem Fenster hinunter auf das Feld. Chefkonstrukteur Dürr und die anderen betrachten das Wrack aus der Nähe, stochern in den Resten, heben irgendetwas auf, nur um es gleich darauf wieder fallen zu lassen. Offizielle Ermittler in weißen Mänteln klettern weiter vorn in den Überresten herum, nehmen Proben, machen sich Notizen und photographieren. Sie wirken wie Ameisen auf einem Kadaver.

»Habt ihr Merten Kröger gefunden?«

Rosendahl sieht seinen alten Freund neugierig an.

»Sie suchen nach ihm. FBI und so, und früher oder später werden sie ihn kriegen. Hugo, er wird wissen, dass du angekommen bist, und er wird dich kontaktieren.«

»Wie meinst du das?« Eckener lässt sich nichts anmerken.

»Ich habe mit Lehmann gesprochen, bevor er gestorben ist. Er hat mir von der Bombe erzählt …«

»Es gibt keine Bombe, Emery … Nicht offiziell jedenfalls.«

Eckener sieht Rosendahl jetzt direkt und eindringlich an.

Rosendahl nickt. »Okay. Wenn du so willst, ist das vorerst so.«

Unten fährt Edward van Zandts Wagen vor. Als Hugo Eckener am Fuß der Treppe angekommen ist, sitzt der Congressman schon in seinem Rollstuhl. Die beiden Freunde sehen sich nur an. Es bedarf keiner Worte, ihren Schmerz auszudrücken. Jeder weiß vom anderen, was er fühlt.

»Was für ein Verlust«, sagt Eckener.

»Du wirst neue Schiffe bauen, Hugo. Und wir werden sie mit Helium füllen.«

»Ich meinte eigentlich deine Frau, Edward. Und deine Tochter.«

»Ja, ich weiß.«

»Ist es sicher, dass sie … tot …«

»Die Leute hier verstehen leider ihr Handwerk.«

Eckener legt ihm seine Hand auf die Schulter.

»Du musst mir erzählen, was du weißt, Edward.«

»Ich weiß nichts, gar nichts!«

Eckener zwingt sich, ruhig zu bleiben.

»Edward, ich bitte dich. Mahmud hatte doch in Friedrichshafen angerufen!«

Aber Edward van Zandt schweigt beharrlich.

»Wie du willst, mein Freund. Aber es gibt noch jemanden, der mir sagen kann, was hier wirklich passiert ist.«

Edward lacht gehässig.

»Du meinst den Kröger? Der ist ein Mörder auf der Flucht. Früher oder später kriegen sie ihn. Und dann, lieber Freund, wird er dir ganz sicher alles erzählen, was du hören willst. Um seinen Kopf aus der Schlinge zu ziehen. Wenn er überhaupt noch lebt.«

Mahmud steht hinter dem Rollstuhl. Seine Miene ist so stoisch wie eh und je. Nichts verrät, was er denkt. Eckener und Edward starren gemeinsam auf das Trümmerfeld.

Die deutsche Kommission hat sich im DZR-Büro eingefunden. Auf dem Tisch liegt eine Blaupause des *Hindenburg*, die Dürr aus Friedrichshafen mitgebracht hat. Sie stehen alle um den Tisch herum, um die verschiedenen Möglichkeiten zu erörtern, warum es zu dem Feuerausbruch auf dem *Hindenburg* gekommen sein könnte. Commander Rosendahl hat ihnen berichtet, wie er das Unglück erlebte und was bisher von den US-Ermittlern bei den Vernehmungen der unverletzten Mannschaftsmitglieder und der Untersuchung des Wracks zusammengetragen wurde. Er übergibt Eckener die Liste der Überlebenden und Toten und eine weitere, auf der die Verletzten und die Krankenhäuser stehen, in denen sie liegen. Natürlich wird Hugo Eckener gleich morgen früh beginnen, jeden Einzelnen zu besuchen. Heute wird er bei Rosendahls das Gästezimmer beziehen und sich ausruhen. Der erste Tag in Amerika hat den Achtundsechzigjährigen seelisch und körperlich ausgelaugt.

Nachdem sie alle die Papiere einmal durchgelesen haben, fangen sie an.

»Was ist mit dem Gewitter?«, fragt Eckener.

»Das war nach Osten abgezogen. Zur Zeit der Landung gab es kein Gewitter.«

»Zudem«, wirft Dürr ein, »sind Starrluftschiffe Faraday-Käfige. Blitzeinschläge sind in der Vergangenheit dokumentiert, haben aber nie nennenswerten Schaden angerichtet.«

»Gab es ungewöhnlichen Funkenflug aus den hinteren Motoren?«

»Da hätte jemand eine Auspuffabdeckung abnehmen müssen«, sagt Hoffmann.

»Die Wrackteile beweisen offenbar, dass das nicht der Fall war.«

»Und was ist mit elektrostatischer Aufladung?«

Professor Bock antwortet: »Ernst zu nehmend. Das Gewitter war zwar abgezogen, aber die Luft mit Sicherheit noch aufgeladen.«

»Aber das Schiff hätte sich doch zum Zeitpunkt, als die Landetaue den Boden berührten, selbst entladen. Und das war …« – Hoffmann sieht in die Aufzeichnungen von Rosendahl –, »… hier: vier Minuten vor Ausbruch des Feuers.«

Dieckmann: »Nun, die Landetaue könnten auch den umgekehrten Effekt gehabt haben: die Elektrizität der durch das Gewitter aufgeladenen Luft hätte über die Taue ins Innere des Schiffes vordringen können …«

»… was unbedenklich gewesen wäre, solange es kein Gasleck gab.«

»Das ist eben genau die Frage. Hier, Zellenpfleger Freund hat behauptet, er habe den Knoblauchgeruch in der Nase gehabt, der dem Gas zugesetzt ist, dann habe es aber auch schon geknallt.«

»Dann ist das bisher am wahrscheinlichsten, oder? Irgendwo muss ein Leck gewesen sein«, meint Dürr.

Rosendahl steht auf. »Dafür gibt es aber bisher keinen Beweis!«

Oberst Breithaupt gibt zu bedenken: »Aber es hat sich Knallgas gebildet, das ist eine Tatsache, sonst hätte es ja keine Explosion gegeben!«

Dürr sagt leise: »Doch, es gibt noch eine Möglichkeit.«

Eckener sieht ihn an und schüttelt leise den Kopf. Doch Dürr fährt fort:

»Bleibt nur noch die Sabotagetheorie, zum Beispiel eine Zeitbombe.«

»Und die, mein lieber Dürr, hat Generaloberst Göring schon in Berlin kategorisch ausgeschlossen«, sagt Eckener sarkastisch.

»Und was ist mit dem gelben Zeug, das ich im Wrack an dem Ventil fünf oder vier gefunden habe? Ist Schwefel, eindeutig. Und auf dem *Hindenburg* gab es nirgends etwas aus Schwefel oder was solche Rückstände produziert.«

Eckener zuckt mit den Schultern. »Das kann auch von dem Löschmittel sein. Die mussten ja mit Chemie löschen. Wasser gab es doch nicht genug am Platz.«

Rosendahl sieht etwas verwirrt zwischen den beiden Zeppelin-Männern hin und her. »Nun, das New Yorker Bombenkommando hat nichts Verdächtiges finden können, aber es gibt tatsächlich mehrere Schreiben und Anrufe. Das FBI untersucht das noch.«

»Und was?«, fragt Hoffmann vom Luftfahrtministerium und sagt dann energisch: »Nichts von diesen Bekenntnissen, Annahmen oder Behauptungen konnte bisher bewiesen werden. Für mich sind das Wichtigtuer und Trittbrettfahrer!«

Eckener springt auf, und sein Stuhl fällt klappernd zu Boden. Alle starren ihn an.

»Meine Herren, was glauben Sie eigentlich, was es für die Zeppelin-Reederei bedeutet, wenn diese Kommission zu dem Schluss kommt, es habe ein Attentat gegeben?«

Empört steht auch Dürr auf. »Hugo, wir sind der Wahrheit verpflichtet, nicht der Partei!«

»Vergiss nicht, dass die Nazis uns den Spaß finanzieren.«

Eckener zeigt auf das Fenster, das auf den Platz hinausgeht.

»Da draußen liegen die Trümmer des *Hindenburg*. Das ist die Wahrheit. Und wir veranstalten hier eine Schmierenkomödie. Aber so ist das nun mal.«

Seine Hände zittern.

»Mit anderen Worten, wir sollen hier auf schöpferische Weise eine plausible Unfalltheorie zusammenfabulieren, damit niemand das Gesicht verliert«, sagt Dürr.

»Das ist unsere einzige Chance.«

»Und wer kümmert sich um die Wahrheit? Wollen wir die Göring überlassen?«

Eckener sieht Dürr finster schweigend an.

Merten hat sich von seinem Obdachlosenasyl mühsam zur Upper Westside durchgeschlagen. Er hat die neue U-Bahn genommen, soweit sie schon fährt, den Rest hat er sich zu Fuß geschleppt. Immer die Angst im Nacken, es könnte ihn jemand erkennen. Vor allem in den feinen Wohnstraßen kann er aufgefallen sein, weil hier nicht mehr so viele Fußgänger unterwegs sind. Die reicheren New Yorker lassen sich von ihren Chauffeuren fahren oder rufen Taxis. Zudem sieht er nicht gerade so aus, als hätte er hier zwischen den pompösen Stadthäusern etwas zu suchen, jedenfalls nichts Anständiges. Dem einen oder anderen patrouillierenden Polizisten ist er erfolgreich aus dem Weg gegangen. Vorsichtig, gedeckt von einem dicken Ahornstamm, schaut er in die Straße, in der die van Zandts wohnen. Die Männer in ihren dunklen Anzügen vor dem Stadthaus entdeckt er sofort. Blitzschnell zieht er den Kopf ein, dreht um und verschwindet im Central Park. Hier wird er wohl die Nacht verbringen müssen. Zum Glück ist es schon warm in der Stadt am Hudson. Morgen wird er dann auf Eckener warten. Der muss ja irgendwann mal hier auftauchen.

29
Die Ursachen des Unglücks

Gleich am nächsten Morgen lässt sich Hugo Eckener vom Chauffeur von Lakehurst nach New York fahren. Er hat zwei Besuche zu absolvieren, die ihm beide schwerfallen. Als Erstes besucht er seine beiden Kapitäne Sammt und Pruss im *Columbia Presbyterian Hospital*, wohin sie der alte Zeppelin-Freund und Passagier der Weltfahrt W. B. Leeds hatte bringen lassen. Sammt ist von oben bis unten in Bandagen eingewickelt und liegt mit starken Schmerzmitteln betäubt im Bett, Pruss haben die Ärzte in ein Sauerstoffzelt mit geregeltem Feuchtigkeitshaushalt gelegt. Bei ihm ist immer noch nicht sicher, ob er überleben wird. Eckener bleibt nur kurz, er will in den nächsten Tagen wiederkommen, wenn es den Kapitänen, wie er hofft, besser geht. Zu gern hätte er mit ihnen über den Absturz gesprochen, denn die beiden, der eine Wachhabender, der andere Kommandant, werden mehr und besser wissen, was mit ihrem Schiff passiert ist, als irgendjemand sonst. Aber das muss er verschieben.

Sein zweiter Besuch gilt Edward in seinem Stadthaus am Central Park.

Als Eckener aus dem Packard klettert, steigen gleichzeitig Männer aus zwei geparkten Wagen und kommen auf ihn zu. Unter ihnen ist auch Agent Singer, der sich Eckener in den Weg stellt.

»Hoher Besuch!«

»Offensichtlich.«

Singer wechselt die Sprache.

»Darf ich einen Blick in die Tüte werfen, die Sie da haben?«

Eckener sieht ihn erstaunt an. »Sie sprechen Deutsch!«

»Warum nicht!«

»Wen, glauben Sie, habe ich in der Tüte versteckt?«

»Ich bin nicht zu Scherzen aufgelegt, Doktor Eckener.«

»Was soll das hier?« Er weist mit der Tüte auf die Männer.

»Personenschutz für Edward van Zandt.«

»Personenschutz? Ach nein, vor wem schützen Sie ihn denn?«

»Da draußen läuft ein Mörder frei rum. Merten Kröger. Er hat in Frankfurt einen Offizier erschossen.«

»Und jetzt glauben Sie, als Nächstes ist van Zandt dran?«

»Wir wollen nichts riskieren. Er ist schließlich Kongressabgeordneter.«

Eckener nickt vor sich hin und überlegt einen Augenblick. Dann öffnet er die Tüte und spricht hinein.

»Merten Kröger! Werfen Sie die Waffe weg und kommen Sie mit erhobenen Händen raus!«

Singers Gesichtszüge bleiben unverändert. Eckener drängt sich ohne ein weiteres Wort an Singer vorbei und steigt die Treppe zu van Zandts Haus hinauf.

Merten hat die Autos bemerkt, die hintereinander durch die sonst ruhige Straße fahren, und ist ihnen eilig gefolgt. Auf der gegenüberliegenden Straßenseite parkt der Lieferwagen einer Wäscherei. Schnell kauert er sich dahinter und beobachtet, wie Eckener mit seiner Tüte wedelt. Als Mahmud diesem die Tür öffnet und er im Haus verschwunden ist, steigt der Chauffeur aus und lehnt sich rauchend an die Limousine. Singer und seine Leute stehen untätig herum und sehen zu den Fenstern im ersten Stock hinauf. Mit seiner gesunden Hand zieht Merten die Zeitung aus seiner Manteltasche, legt sie auf den Boden und fixiert sie mit dem Knie. Dann zieht er einen Stift aus der Brusttasche und beginnt zu schreiben.

Eckener läuft die Treppe hinauf ins Schlafzimmer. Edward sitzt im Rollstuhl am Schreibtisch. Wortlos greift Eckener in die Tüte und legt vorsichtig die Diamantkette und den kleinen goldenen

Verlobungsring von Jennifer auf die lederne Schreibplatte. Dann zerknüllt er die Papiertüte und wirft sie in den Papierkorb.

Edward starrt den Schmuck an, legt die Linke auf das Collier und nimmt den Ring. »Der Ring gehört jemand anderem. Von meinen Frauen hatte keine so einen. Nimm ihn wieder mit.«

»Da irrst du dich. Ich habe mit eigenen Augen gesehen, dass Jennifer ihn getragen hat. Er ist von Merten Kröger. Sie haben sich verlobt … in Frankfurt.«

Edward nimmt den Ring und schaut ihn sich an.

»Steht nichts drin.«

Er legt den Ring wieder zurück. »Und warum bist du eigentlich gekommen?«

»Ich will wissen, warum du mich kurz vor dem Start in meinem Büro angerufen hast.«

»Ich hab dich nicht angerufen.«

Eckener schlägt mit der Faust auf den Tisch, dass die Wasserkaraffe springt.

»Verdammt noch mal, Edward! Mahmud hat angerufen. Hat uns vor der Bombe gewarnt. Und das hat er in deinem Namen getan!«

Edward starrt weiter auf die Schmuckstücke.

»Meine Tochter ist tot. Meine Frau ist tot. Und mein Arzt sagt, dass ich in spätestens zwei Wochen auch nicht mehr lebe. Willst du mich unter Druck setzen?«

»Ich will die Wahrheit wissen.«

»Die Wahrheit … die Wahrheit … die nützt jetzt niemandem mehr.«

Wutschnaubend verlässt Eckener das Haus. Erschrocken schnippt der Chauffeur seine Zigarette weg und reißt die Fondtür auf.

»Zurück. Wir fahren zurück.«

Der Chauffeur schließt die Tür, steigt ein, startet den Motor und gibt Gas.

Eckener kurbelt das Fenster hoch und nimmt die zerknitterte Zeitung, die auf dem Nebensitz liegt. »Ist das Ihre?«

Der Chauffeur schüttelt den Kopf.

Eckeners Blick fällt auf die zittrige Notiz am Rand. Er fingert seine Lesebrille aus der Brusttasche. Drei Worte stehen da: »Jenny lebt! – Merten.«

Verblüfft sieht er auf die Zeitung.

Singer winkt seinen Agenten in dem Auto, und sie folgen sogleich der Limousine.

Merten richtet sich hinter dem Lieferwagen auf und fasst sich an den verletzten Arm. Ihm stehen Schweißperlen auf der Stirn, und er ist bleich wie die Wand.

Agent Singer hat seine Bewegung aus den Augenwinkeln bemerkt und kommt langsam die Straße herunter. Dabei greift er hinten in seinen Gürtel und zieht seine Pistole. Ein Auto kommt und hupt, weil Singer mitten auf der Straße steht.

Merten schrickt auf und sieht unter dem Wagen hindurch Singers Schuhe auf sich zukommen. Hektisch sieht er sich um. Wohin, wohin? Er sieht die Klinke von der Fahrertür des Lieferwagens und reißt daran. Die Tür geht auf, er springt hinein und kauert sich auf den Fußboden. Dabei quetscht er sich den kaputten Arm, und um nicht laut zu schreien vor Schmerz, beißt er sich in die Hand.

Singer schleicht um das Heck. Niemand da. Er läuft zur Straßenecke, aber auch da ist keiner. Nur eine Frau mit ihrem Pudel, die ihn erschrocken ansieht. Singer steckt seine Pistole wieder in den Gürtel und kehrt um.

»Keiner da! Muss mich wohl geirrt haben«, hört Merten ihn sagen und entspannt sich.

In der Hoffnung, dass der Wäschelieferant nicht gerade jetzt wiederkommt und ihn in seinem Führerhaus entdeckt, zählt Merten bis zwanzig und schaut vorsichtig über das Armaturenbrett. Singer ist zu seinen Männern zurückgekehrt, und sie stehen im Kreis um ihn herum. Soll er vielleicht den Fahrer um Hilfe bitten? Er entscheidet sich dagegen. Schnell öffnet er die

Tür, springt hinaus und läuft zurück in den Park. Er fühlt sich schwach und fiebrig. Seine Kopfschmerzen sind kaum mehr zu ertragen. Was nun? Wohin soll er gehen? Hier kann er nicht noch eine Nacht bleiben, er braucht dringend einen Arzt und eine Unterkunft. Vielleicht, denkt er, ein anderes Männerasyl, aber erst mal weg hier! Er läuft zur Central Park Station und steigt dort in die Subway Richtung Süden. Der Hafen erscheint ihm ein gutes Ziel, und wenn er dort nichts findet, kann er es noch drüben in Brooklyn versuchen. Oder soll er jemanden nach einer Asyladresse fragen?

Am Times Square steigt er aus. Hier sind so viele Menschen aller Nationen und Klassen unterwegs, da fällt er nicht weiter auf. Und hier wird er im berühmten Vergnügungsviertel zwischen Fünfzigster und Siebter Straße sicher jemanden nach einer Bleibe für die Nacht fragen können.

An einer knallbunten Litfaßsäule mit unzähligen Plakaten bleibt er plötzlich wie vom Blitz getroffen stehen. Das Palace Theater am Broadway wirbt für seine neue Show, und wer steht da in Frack und Zylinder als lachender Star der Show? Gilles Broca! Der Passagier mit dem Hund, der Mann, der in der Bar aus seiner Abneigung gegen die Nazis keinen Hehl gemacht hat.

Den Hangar eins, eine der zwei kleinen Hallen direkt neben der riesigen Luftschiffhalle, in der sonst die Flugzeuge repariert werden, hat Commander Rosendahl für die öffentliche Untersuchung des US-Department of Commerce notdürftig herrichten lassen. Eine Stellwand mit der Flagge der USA ist im Hintergrund aufgestellt. Auf langen Tischen liegen Konstruktionszeichnungen des *Hindenburg* und eine Zeichnung, die das Landemanöver in allen Punkten erklärt: wann und wo etwa Gas gezogen oder Wasserballast abgegeben wurde, wie viel Geschwindigkeit das Schiff und wann es welche Höhe hatte. Auch die Fotos des Unglücks in verschiedenen Etappen liegen bereit. Am Kopf des Tisches sitzt Oberst South Trimble jr., der Vorsitzende, neben ihm sitzen Luftschifftechniker und Experten von der Marine, der Armee und dem Ministerium. Auch Commander Rosendahl nimmt teil. An der Seite unter den hohen Hallenfenstern hat sich die deutsche Kommission, angeführt von Hugo Eckener, eingefunden. Ein Dolmetscher übersetzt.

Am Ende der Halle sitzen die Reporter. Die Aufmerksamkeit der Zuhörer hat nach rund zweihundert Aussagen, die alle im Großen und Ganzen denselben Inhalt haben, ziemlich nachgelassen. Nur noch ein paar Reporter verfolgen die Untersuchung. Unter ihnen ist aber immer noch Jack, der Chefreporter der *New York Times*, mit Notizblock und Bleistift. Seinen Hut hat er zwischen die Knie geklemmt. Er harrt aus, denn ein Detail könnte zu einem wertvollen Hinweis werden. Als Zeugen sind Zuschauer, Angehörige, Dorfbewohner, Marines und *Hindenburg*-Besatzung vorgeladen. Aber auch jeder, der glaubt, etwas zur Aufklärung beitragen zu können, wird gehört. Über zweihundert Namen stehen auf der Liste.

Der Zuschauer, der das merkwürdige Flattern am Ruderansatz auf dem Rücken des *Hindenburg* bemerkt hatte, hat gerade seine Aussage gemacht und verlässt die Halle. Als Nächstes ist eine kleine schmale Frau um die fünfzig an der Reihe. Nervös rutscht sie auf dem Zeugenstuhl hin und her.

»Es sah aus wie Elmsfeuer, das sich vom Heck aus ausbreitete.«

»Woher wissen Sie denn, wie Elmsfeuer aussieht?«

»Es war Elmsfeuer, Herr Vorsitzender. Ich weiß genau, wie das aussieht, denn ich habe das schon mal vor Jahren auf einem Dampfer in St. Louis erlebt.«

Trimble hakt nach: »Leuchtete die Hülle denn von innen oder von außen?«

»Von innen ...« Sie stockt. »Ja, ich glaube, von innen.«

Die Luftschiffer und Marines in der Kommission heben die Brauen. Elmsfeuer, das die Engländer St. Elmo's Fire nennen, ist eine elektrisch geladene bläulich weiße Lichterscheinung, die sich bei gewittrigen Wetterlagen zeigen kann, aber höchst selten ist.

Aber es breitet sich immer nur außen, meist vom Mast als dem höchsten Punkt ausgehend, über den Rumpf aus.

Der nächste Zeuge ist ein Mann in Arbeitshosen und Stiefeln, ein Bauer aus der Umgebung von Lakehurst. Er redet ein bisschen aufgeregt und knetet seine Mütze in den großen Händen.

»Mein Nachbar hat sich schon immer über diese Zeppeline geärgert. Er sagt, wenn die den Himmel verdunkeln, dann regen sich seine Hühner auf und legen keine Eier. Er hat auch gesagt, dass er so ein Ding irgendwann abknallt.«

Eckener muss lachen und hebt schnell die Hand vor den Mund, damit die Reporter es nicht sehen.

Dann kommt ein Soldat von der Landemannschaft an die Reihe. Er steht stramm vor dem Kommissionstisch und grüßt Commander Rosendahl.

Er erzählt in kurzen, knappen Worten, wo er beim ersten Landeanflug stationiert war und was er gesehen hat.

»Und dann habe ich einen Mann auf dem Höhenleitwerk an Backbord gesehen.«

Eckener und die Mitglieder der deutschen Kommission horchen aufmerksam auf.

»Sind Sie da ganz sicher?«

»Ich kann das beschwören.«

»Sie sind der Erste, der das berichtet«, sagt Vorsitzender Trimble und sieht den Marine streng an. Der ist empört über die unausgesprochene Unterstellung.

»Dann haben die anderen eben nicht richtig hingesehen.«

Eckener schüttelt den Kopf, streckt sich und steht auf.

»Na, schon die Nase voll?«, fragt Professor Dürr leise.

»Ich brauche dringend frische Luft.«

Eckener tritt durch einen Seiteneingang aus dem Hangar und blinzelt. Nicht weit liegt das zerschmetterte Duralumingerüst in der Maisonne. Die Streben schimmern grün, schwarz, blau und silbern. In diese Farben haben die ungeheure Hitze und die ätzenden Löschchemikalien den Korrosionsanstrich verwandelt. Da liegt sein Lebenswerk – zerbrochen in nur einer halben Minute. In der Zeit kann man sich kaum ein Paar Schuhe zubinden. Eckener holt seine Pfeife aus der Jackentasche, steckt sie an und zieht den wohlriechenden süßlichen Qualm ein.

»Sie sind also der berühmte Doktor Hugo Eckener.«

Langsam dreht er sich um. Hinter ihm steht Agent Singer und mustert ihn respektlos.

»Nun ja. So ist es. Und Sie sind der deutsch sprechende Personenschützer, wie ich sehe.«

»William Singer, FBI!«

Er zückt seinen Ausweis und hält ihn Eckener unter die Nase.

»Jemand möchte Sie sprechen.«

»Dann muss sich dieser Jemand wohl bis zum Abend gedulden, ich bin im Moment beschäftigt.«

»Das würde er aber nur höchst ungern tun«, betont Singer unangenehm und zeigt auf die Schnauze eines glänzenden schwarzen Wagens, der hinter dem Hangar parkt. Eckener zögert, er traut dem Mann nicht. Er sieht sich um, ob er vielleicht jemanden zu Hilfe holen kann, aber es ist niemand da.

»Na gut, aber es muss schnell gehen.«

Singer geht vor ihm her und öffnet die hintere Tür. Eckener bückt sich und guckt in den Wagen. Da sitzt ein Mann im hellen Sommeranzug und tupft sich die Stirn mit einem blau gestreiften Taschentuch. Auf der ihm zugewandten Wange ist ein hellrosa Schmiss.

»Konsul Ritter!«

»Mein lieber Hugo.«

Ritter lässt das Taschentuch in seiner Brusttasche verschwinden.

»Die herzlichsten Grüße von Minister Göring soll ich ausrichten. Kommen Sie, mein Lieber, setzen Sie sich zu mir.«

Eckener zögert kurz, dann steigt er ein. Die Tür lässt er offen. Singer geht zur Motorhaube und lehnt sich dagegen.

»Dass der Herr Minister mich vom deutschen Konsul persönlich überwachen lässt, gefällt mir.«

Konsul Ritter mustert ihn beleidigt.

»Lassen wir doch diesen Zynismus. Ich bin aus freien Stücken hier.«

»Ich nehme an, um mit mir ein wenig zu plaudern.«

»Das auch, aber vor allem, um mich persönlich über den Fortgang der Untersuchung zu informieren. Wie geht es voran?«

»Langsam. Wie denn sonst?«

Ritter lacht.

»Na, dann bin ich ja beruhigt.«

Eckener zieht es vor, darauf nicht zu antworten.

»Haben Sie Kontakt zu Merten Kröger gehabt, seit Sie hier sind?«

Eckener fixiert die lederne Rückenlehne vor sich.

»Wie käme ich dazu, mich mit einem gesuchten Mörder zu treffen!«

»Aber bei Edward van Zandt waren Sie schon.«

»Ist ein freies Land hier, im Gegensatz zu ...«

»Geben Sie bloß Acht, was Sie sagen«, unterbricht Ritter ihn mit schneidender Stimme. »Ich habe gehört, Sie schnüffeln, Doktor Eckener. Hören Sie auf damit.«

»Aber deswegen habt ihr mich doch hierhergeschickt.«

»Zur Absturzuntersuchung ja, aber nicht, um sich mit Kröger zu befassen. Das überlassen Sie mal getrost uns. Überlegen Sie sich lieber genau, wo Ihre Loyalität liegt. Kröger ist da draußen unterwegs und verbreitet Lügen über die Unfallursache. Sollte er nicht unverzüglich aufhören, von einer Bombe zu faseln ...«

»Was dann, Herr Konsul?«, fragt Eckener kühl.

»... dann könnte Edward van Zandt einen weiteren schweren Verlust erleiden.«

Eckener fährt herum und sieht Ritter prüfend an.

»Edward hat nichts mehr zu verlieren. Oder etwa doch?«

»Sie wissen genau, was wir wollen.«

»Kröger auf dem Silbertablett?«

Ritter legt seine manikürten Finger auf Eckeners Knie.

»Ich sehe, wir verstehen uns!«

»Wenn Sie es sagen.«

Eckener steigt wieder aus dem Wagen.

»Heil Hitler.«

Ohne den Gruß zu erwidern, geht Eckener vorbei an Singer, der ihn breit angrinst, an den Hut tippt und einsteigt. Eckener geht zurück zur Halle und hört, wie in seinem Rücken der Wagen wegfährt. Dann erst bleibt er stehen und sieht ihm nach.

Also doch! Merten hat recht. Die haben Jennifer. Er steckt die Pfeife in den Mund und zieht daran. Aber sie ist ausgegangen.

Eckener fühlt sich wie ein Korn, das zwischen Mühlsteinen aufgerieben wird. Er versteht gar nichts mehr. Seine Gedanken drehen sich im Kreis ... Göring und seine Drohungen ... Merten auf der Flucht ... Jennifer in den Händen von, ja, von wem eigentlich? Und wie ist sie denn da hingekommen? Edward, der von nichts etwas wissen will ... Ritter will Merten ... Und dieser deutsch sprechende FBI-Agent zusammen mit dem Konsul ... Er muss noch einmal mit Edward sprechen. Er muss die Wahrheit wissen.

Eckener steht am Fenster in Edward van Zandts Schlafzimmer. Er zieht den schweren Vorhang zur Seite und sieht auf die Straße vor dem Townhouse. An die Granitpfeiler der Treppe gelehnt stehen zwei Männer mit gleichen Hüten und dunkelgrauen Anzügen. Sie sehen sich jeden Passanten an, der vorbeigeht. Im Auto auf der gegenüberliegenden Straßenseite sitzen zwei, die wie Doppelgänger der Kerle an der Treppe wirken. Unter dem offenen Fahrerfenster liegen mehrere Kippen.

»Sie behaupten, sie wären zu meinem Schutz da«, meint Edward hinter ihm. »Als ob es hier noch irgendetwas zu beschützen gäbe.«

»Sie sind da, um zu verhindern, dass Merten Kröger mit dir Kontakt aufnimmt. Sie überwachen das Telefon. Sie folgen Mahmud, wenn er das Haus verlässt, sie folgen mir, wenn ich gehe …«

Edward sitzt zusammengesunken in seinem Rollstuhl, über den Knien hat er eine warme karierte Decke. Er lacht trocken.

»Was für ein Blödsinn. Warum soll ich nicht mit ihm reden?«

Eckener dreht sich um.

»Das ist doch ganz einfach! Du sollst nicht erfahren, was er weiß, und er soll nicht erfahren, was du weißt.«

Edward rollt zu seinem Schreibtisch und sagt trotzig: »Ich weiß gar nichts!«

»Merten Kröger ist überzeugt, dass Jennifer noch lebt. Und nach dem, was Konsul Ritter angedeutet hat, könnte sie tatsächlich noch leben.«

Edward greift nach dem Verlobungsring von Merten und hält ihn gegen das Licht. Der Rubin erglüht in einem Sonnenstrahl.

»Hugo, den hier hast du mir selbst gebracht. Damit haben sie doch die Leiche identifiziert, oder etwa nicht?«

»Es könnte trotzdem wahr sein, Edward. Tu doch etwas, verdammt noch mal. Sitz nicht einfach nur da, als ob dich das alles nichts mehr anginge.«

Edward geht auf den Gefühlsausbruch nicht ein.

»Was bist du diesem Kröger schuldig? Gar nichts!«

»Er ist meine letzte Hoffnung auf Wahrheit!«

»Was nützt dir die Wahrheit, wenn sie das Ende der Zeppeline bedeutet!« Edward blickt seinen alten Freund böse an. »Warum willst du der Totengräber deines eigenen Lebenswerks sein? Hugo, denk doch mal an dich selbst! Du bist der Einzige, der in diesem Spiel noch etwas zu verlieren hat!«

Eckener stützt sich wutentbrannt auf die Lehne von Edwards Rollstuhl und fährt ihn an.

»Was sagst du denn da! Alter Narr!«

»Du weißt genau, dass du nur noch eine Chance hast. Liefere ihn aus, wenn du kannst. Treib ihn diesem Singer in die Arme. Pfeif auf Merten Kröger, er hat sein Leben doch längst verspielt!«

Eckener schüttelt den Rollstuhl, als könne er den alten Mann damit aufrütteln.

»Und ich sage dir: deine Tochter lebt! Sie können sie nicht freilassen! Sie wird sterben, sobald sie Merten Kröger haben!«

Edward zittert vor Erregung.

»Hör auf, Hugo! Das ist würdelos!«

Eckener lässt die Lehne los und richtet sich auf.

»Ich kann mit einer solchen Schuld nicht leben.«

»Oh doch, das kannst du. Du wirst es müssen. Du musst es ja nicht sofort tun. Geh einen Umweg. Was erzähle ich dir, du kennst doch diese Spiele.«

Eckener geht wieder zum Fenster zurück und schweigt eine ganze Weile. Dann dreht er sich um, sieht Edward an und verlässt das Schlafzimmer.

In der Halle steht Mahmud mit seinem Mantel.

»Danke, Mahmud.«

Als Mahmud ihm in den Mantel hilft, fühlt Eckener etwas in den Taschen. Er greift hinein und zieht eine Ampulle Penizillin hervor. Verdutzt sieht er Mahmud an.

Der sagt, während er Eckeners Hut mit einer Dachsbürste abbürstet: »Sie sollten sich trotz allem auch mal entspannen. Ein Kinofilm oder Varieté vielleicht. Im *Palace* läuft eine neue Show.«

Eckener nickt. Er hat verstanden. Er steckt das Fläschchen wieder ein. Laut sagt er: »Mal sehen, Mahmud, vielleicht an einem der nächsten Abende.«

Eckener setzt seinen Hut auf und verlässt van Zandts Residenz. Sein Chauffeur hilft ihm in den Fond. Als sie an dem wartenden FBI-Wagen vorbeifahren, winkt Eckener den verdutzten Agenten zu.

Gilles Broca balanciert zu fröhlicher Swingmusik im Handstand an einer Reihe aufrecht stehender Champagnerflaschen entlang. Das Theater ist voll besetzt und das Publikum zeigt sich begeistert. In der zweiten Reihe sitzt Hugo Eckener und ist der Einzige, der bei der witzigen Betrunkenennummer von Broca nicht lacht.

Als der letzte Vorhang gefallen ist, bleibt Eckener zurück und geht dann hinter die Bühne. Ohne anzuklopfen betritt er die Garderobe von Broca. Der steht gerade vor dem Waschbecken und trocknet sich seine haarlose muskulöse Brust ab. Er versucht im Spiegel zu erkennen, wer da hereingekommen ist. Als er Eckener erkennt, fährt er herum.

»Was wollen Sie denn hier? Das ist gefährlich. Hat Sie jemand gesehen?«

Eckener winkt ab. »Ich war vorsichtig ... Ich muss ihn sprechen. Sofort.«

Broca schnauft und zieht sich ein Hemd über.

»Moment, ich bin gleich fertig.«

»Wie geht es ihm?«

»Nicht besonders. Ich weiß nicht, wie lange wir ihn hier noch verstecken können.«

Broca geht zur Tür und sieht hinaus. Dann winkt er Eckener, und der folgt ihm schnellen Schrittes den dunklen Gang entlang, vorbei an mehreren Türen mit kleinen Tafeln, auf denen die Namen von Künstlern stehen. Sie gehen eine Treppe hinunter und durch eine Feuerschutztür in einen Kellerraum. Hier riecht es stechend nach Naphthalin und Putzmitteln. Von der Decke hängen Kostüme, eingehüllt in graue Tücher, die unten zu einem Knoten gebunden sind, zum Schutz vor Tageslicht und Staub. Weiter hinten steht eine Reihe Rollständer ebenfalls voller farbiger Kostüme und Federboas. An den Wänden lehnen Pappen mit bunten Gemälden und aufgeklebten Plakaten früherer Vorstellungen. Broca schiebt ein paar Ständer zur Seite, und sie gehen hindurch. Auf einer Pritsche liegt Merten, eingewickelt in mehrere Decken. Eine junge hübsche Frau im seidenen grünen Schlafrock sitzt an seiner Seite. Sie hat ihre langen schwarzen Haare mit einem auffälligen goldenen Kamm hochgesteckt. Als sie die beiden kommen hört, dreht sie sich um.

»Elisa, das ist Doktor Eckener.«

»Haben Sie einen Arzt mitgebracht?«

Sie sieht ihn flehend an.

»Er braucht professionelle Hilfe. Ich bin doch nur Krankenschwester und hab seit dreiunddreißig nicht mehr als Schwester gearbeitet. Aber dass er seinen Arm verliert, wenn er nicht bald einen Arzt zu sehen bekommt, das erkenne ich schon.«

Sie schlägt die Decke zurück. Mertens Arm sieht so fürchterlich aus, dass Eckener unwillkürlich den Blick abwendet. Er kramt verschiedene Medikamente und Ampullen aus seiner linken Manteltasche, aus der rechten nimmt er Rollbinden und Mull und stellt alles auf den Tisch neben dem Kopfende. Elisa macht sich sogleich daran, den Arm neu zu verbinden.

Merten schlägt die Augen auf, und mit einer dünnen Stimme sagt er: »Hugo, was verschafft mir die Ehre deines Besuchs.«

»Du hattest recht. Jennifer ist noch am Leben.«

Merten legt sich zurück und stößt einen langen, erleichterten Atemzug aus.

»Endlich glaubt mir mal jemand. Aber wieso? Wieso glaubst du mir?«

»Ich hatte einen netten kleinen Plausch mit Hans Ritter, dem Konsul des Deutschen Reichs in New York.«

»Und der hat sie?«

»Bestimmt nicht persönlich. Solange sie dich nicht haben und du lebst, ist sie in Sicherheit.« Nach einer Pause setzt Eckener hinzu: »Und solange wir die Klappe halten.«

»Du auch?«

»Die gehen kein Risiko ein.«

»Aber die Zeitungen glauben doch auch an Sabotage.«

»Ja, aber solange keiner von uns das bestätigt, bleibt es nur eine von mehreren Möglichkeiten. Und wenn es eine Erklärung gibt, die von den Wissenschaftlern und Technikern beider Nationen akzeptiert wird, dann schreiben die Presseleute eben die Geschichte.«

Er setzt sich ächzend auf einen wackeligen Hocker und vergräbt das Gesicht in den Händen, während Merten ihm die Vorgänge auf dem *Hindenburg* schildert, wie er Kapitän Müller in Frankfurt tötete und wie er mit Sauter die Bombe fand.

»Ich weiß nicht mehr weiter.«

Eckener blickt müde auf. »Diese ganze Sache scheint mir noch viel teuflischer zu sein, als ich zuerst dachte. Ich bin genauso eine jämmerliche Marionette wie Edward van Zandt! Und wer dabei die Fäden zieht, wird immer undurchsichtiger.«

»Aber Berlin ist dabei, das ist ja wohl bewiesen!«

»Merten, ich glaube, wenn du Jennifer retten willst, musst du dich ihnen stellen. Das ist die Wahl. Du oder sie.«

Merten versucht, sich aufzurichten.

»Du glaubst doch nicht im Ernst, dass sie Jenny jemals freiwillig gehen lassen werden! Jetzt, wo Lehmann tot ist, gibt es doch nur noch sie, ihren Vater und mich, die alles wissen. Hugo, du bist ihre, unsere letzte Hoffnung!«

»Ich! Ich bin ein Niemand! Eine Lachnummer! Futter für die Zeitungen!«

In das Schweigen knackst es überlaut, als Elisa eine Ampulle Penizillin aufbricht und eine Spritze vorbereitet.

»Futter für die Zeitungen …«, murmelt Merten. Und plötzlich setzt er sich auf.

»Es gibt eine Möglichkeit.«

»Welche denn, Merten?«

»Du musst mich zu Edward bringen.«

»Völlig unmöglich! Das FBI ist überall.«

Merten legt sich zurück auf das Lager.

»Es gibt eine Möglichkeit … Eine einzige Möglichkeit …«

30
Endlich frei

Jack geht zusammen mit Eckener an dem Wrack entlang. Es riecht immer noch nach Brand, aber mehr wie ein alter Kamin, der lange nicht mehr gezündet worden ist. Der Bug ist noch als solcher zu erkennen. In ungefähr zehn Metern Höhe hängt der Ankerkegel an seiner verstärkten Aufhängung und der erste, kleinste Ring ist völlig unversehrt. Die folgenden zwei großen Hauptringe sind nur am Boden eingedrückt, und doch sind gerade hier die Männer der Trimmgruppe bis zur Unkenntlichkeit verbrannt und von der Wucht des Feuers sogar hinausgeschleudert worden. Eckener läuft ein Schauer über den Rücken. Jeden Einzelnen von ihnen hat er gekannt, manchen eingestellt oder ist mit ihnen in den vergangenen Jahren gefahren. Die Karkasse der Führergondel mitten im Wrack – und danach alles zusammengebrochen, durchgebrochen, abgerissen, ineinandergestürzt. Ähnlich einem trocknenden Fischernetz hängt das feine Duralumingeflecht bei der zerschmetterten Maschinengondel zwischen aufragenden Längsträgern. Es war zur Verstärkung der Hülle gedacht, damit vom Propeller weggeschleuderte Eisstücke nicht eindringen. Eckener legt seine Hand fast liebevoll an den zerquetschten Hauptring zweiundneunzig. »Kaum zu glauben, dass der mal so hoch und perfekt rund war wie das Riesenrad auf einem Jahrmarkt.«

»Ich brauche deine Hilfe, Jack!«

»Was soll ich denn schreiben, Hugo? Wie diese Gemeinde vor die Hunde gehen wird, wenn keine Zeppeline mehr kommen? Wie lange es dauern wird, bis das hier alles weggeräumt ist? Es ist keine Story mehr. Es ist vorbei.«

Eckener sieht sich kurz um, bevor er sagt: »Es geht mir nicht um eine Story, Jack. Ich bitte dich um einen Gefallen.«

»Ich bin Reporter. Gefallen druckt mein Chefredakteur nicht.«

»Weißt du noch? Siebenundzwanzig? Die erste Atlantiküberquerung mit einem Zeppelin. Ich habe *dich* mitgenommen. Nur dich exklusiv. Seitdem bist du Chefreporter der *Times*.«

»Aha ... Und jetzt kommt die Rechnung, oder wie? Ist schon gut, Hugo. Wie kann ich dir helfen. Worum geht's?«

Wieder sieht sich Eckener um und senkt seine Stimme.

»Um Merten Kröger.«

»Also doch eine Story. Den suchen sie doch wegen Mordes.«

»Richtig.«

Er greift in die Tasche und zieht ein Bündel Dollarnoten heraus.

»Das scheint aber ein dicker Gefallen zu sein.«

»Die sind nicht von mir, damit das klar ist.«

»Klar ... Aber du glaubst doch nicht im Ernst, dass ich mich von dir bezahlen lasse. Du hast mir einen Gefallen getan damals, jetzt kann ich mich dafür revanchieren. Steck das Geld weg, sonst bin ich beleidigt.«

»Ich wusste nicht genau. Aber es freut mich. Habe ich dich doch richtig eingeschätzt.«

Eckener geht im Spazierschritt los.

»Komm, wir wandern ein wenig und ich erkläre dir, worum es geht.«

Agent Singer und seine Männer lungern vor dem Haus der van Zandts herum. Heute ist auch Agent Krakowski wieder da. Sie rauchen, sitzen auf der Treppe oder lehnen sich an ihre Wagen. Dass sie sich langweilen, ist unschwer zu erkennen. Da erspäht Singer einen Mann, der pfeifend die Straße heruntergeschlendert kommt. Es ist Jack, der Reporter. Als er bei ihnen angekommen ist, bleibt er stehen, schaut in die Runde, grüßt und setzt sich auf die Mauer, die den kleinen Grünstreifen vor dem Haus vom Trottoir trennt.

Singer starrt ihn an.

»Was wollen Sie denn hier?«

»Ich warte!«

»Auf wen?«

»Doktor Eckener.«

Singer und Krakowski sehen sich an.

»Eckener? Schon wieder!«

Es dauert nicht lange, und der nächste Reporter erscheint mit seiner Kamera. Und es kommen noch mehr. Auch Filmleute für die Wochenschau sind dabei. Schnell haben sich an die vierzig Mann vor dem Haus versammelt und reden durcheinander, legen Filme in ihre Kameras ein oder testen die Aufnahmegeräte. Spannung liegt in der Luft wie bei jedem Pressetermin, bei dem es um den *Hindenburg* geht. Und Eckener ist ein Garant für etwas Neues. Die FBI-Agenten werden zunehmend nervös und ziehen sich auf die gegenüberliegende Straßenseite zurück.

Eckeners Limousine biegt in die Straße ein.

Jack ruft: »Es geht los!« Und alle machen sich bereit.

Der Wagen hält vor dem Haus und wird sofort von den Journalisten umlagert. Eckener sitzt im Fond. Singer und Krakowski versuchen, den Überblick zu behalten, doch es ist ein einziges Durcheinander aus Köpfen und Kameras. Die ersten Blitzlichter flammen auf. Nur mit Mühe bekommt Eckener die Tür auf und steigt aus.

»Mister Eckener … Doktor Eckener … Können Sie hersehen, bitte … Haben Sie schon erste Erkenntnisse?«

Singer reckt den Hals. Er erkennt Eckeners kurz geschorenen grauen Kopf in der Menge. Er sieht, dass er in ein Mikrophon spricht. Doch da, da ist doch noch wer, der jetzt aus dem Wagen steigt und sich mit dem Pulk zum Haus begibt.

Singers Ahnung wird zur Gewissheit. Das Ganze ist ein Trick, denn der andere dort, das ist Merten Kröger!

Singer schreit: »Es ist Kröger!«, zieht seine Pistole und rennt über die Straße. Seine Agenten folgen.

Darauf hat Jack, der sie die ganze Zeit über nicht aus den

Augen gelassen hat, nur gewartet. »Jetzt los!«, ruft er Eckener und Merten zu. Schnell nimmt Eckener Merten unter den Arm und steigt die Treppe hinauf. Die Journalisten rennen hinterher.

»Geht mir aus dem Weg!«, brüllt Singer wutschnaubend und versucht, sich durchzuboxen. Doch Jack und die Reporter bilden eine solide Phalanx zwischen den Agenten und Eckener.

»Weg, weg hier, aus dem Weg!« Krakowski versucht, die ersten Journalisten brutal wegzuzerren.

Jack steht in vorderster Front und dreht sich um. Singer hält ihm die Pistole unter die Nase und kreischt beinah: »Geh mir aus dem Weg, du Arsch, sonst …«

Jack bleibt ruhig. »Ich sehe schon die Schlagzeile von morgen: FBI-Agenten massakrieren Reporter. Wie findest du das, du Bastard?«

Um sie herum ist es still geworden, und die Pressejungs sind ganz Ohr.

Singer zielt immer noch auf Jacks Brust. Doch er ist stehen geblieben und auch Krakowski zerrt nicht mehr an den Männern. Eckener, der den schwachen Merten stützt, blickt Singer triumphierend von der Treppe herunter an. Diese Schlacht hat er gewonnen. Krakowski ist der Erste, der seine Waffe sinken lässt. Und die anderen tun es ihm nach. Nur Singer steht da, vor Wut fast funkensprühend. Krakowski geht zu ihm und drückt Singers Hand mit der Pistole herunter. »Lass es lieber«, murmelt er.

Mahmud öffnet die Haustür und lässt Eckener und Merten ins Haus.

Singer verharrt eine Sekunde, dann stößt er Krakowski von sich und rast auf die andere Straßenseite. Am Park reißt er die Tür zur Telefonzelle auf.

»Westside 6-2-8«, bellt er das Telefonfräulein an.

»Bitte warten Sie eine Minute, Sir.«

Mahmud hebt den Hörer ab. »Hallo, Mister Singer, wie kann ich helfen?«

»Geben Sie mir Kröger, Sie elender Hammelfresser.«

Singer wartet.

»Kröger.«

»Wenn Sie nicht in fünf Minuten rauskommen, schicke ich Ihnen Jennifers Finger. Nach zehn Minuten kriegen Sie ihre Hand! Und dieses Spielchen können wir weitertreiben, bis nur noch der Kopf übrig ist, haben Sie das verstanden!«

»Moment.«

Singer brüllt in den Hörer.

»Haben wir uns verstanden?«

Plötzlich hört er ein merkwürdiges Zwitschern, und dann kommt seine eigene Stimme aus der Ohrmuschel:

»Wenn Sie nicht in fünf Minuten rauskommen, schicke ich Ihnen Jennifers Finger. Nach zehn Minuten kriegen Sie ihre Hand! Und dieses Spielchen können wir weitertreiben, bis nur noch der Kopf übrig ist, haben Sie das verstanden!«

Erstarrt horcht Singer in den Hörer.

Ein Klack, und Mertens Stimme sagt: »Das habe ich verstanden, Agent Singer. Aber haben Sie das auch verstanden?«

Und dann kommt nur noch das Besetztzeichen.

Mahmud drückt die Stopptaste des großen, klobigen Tonbandgeräts, und die Spulen hören auf, sich zu drehen.

»Ist das Beweis genug?«

Edward van Zandt sitzt erregt und zitternd vor dem Apparat. Er ist einer Ohnmacht nah, und Doktor Chaffrof macht Anstalten, herüberzukommen und ihm ein Mittel zu geben.

Edward winkt ab.

»Wir haben noch nicht verloren, Edward«, sagt Eckener.

Edward nickt. Dann blickt er zu Merten auf und sagt mit krächzender Stimme: »Merten, es tut mir leid.«

Merten öffnet den Mund und versucht etwas zu sagen, aber es gelingt ihm nicht. Seine Beine knicken ein, und Mahmud kann ihn gerade noch auffangen.

Konsul Hans Ritter sitzt schweißgebadet hinter seinem Schreibtisch. Er kann sich gar nicht so schnell die Stirn abwischen, wie die Tropfen fließen. Ihm gegenüber sitzt Eckener und pafft seine Pfeife. Die Beine übergeschlagen, lehnt er entspannt und mit einem Grinsen im Besuchersessel. Ritter starrt das Tonband an, das Eckener mitgebracht hat.

»Nun spielen Sie es schon ab. Es ist wirklich interessant«, fordert Eckener ihn auf.

Ritter legt den Schalter um, und Edward van Zandts Stimme ist zu hören.

»In Galveston, Texas, gibt es ein Lagerhaus am Pier 29. Es ist randvoll mit Heliumtanks, bereit für den Export nach Deutschland. Das Zeug liegt dort seit Monaten. Mein ganzes Vermögen steckt da drin. Es gab nur einen Weg, Roosevelt von der Sinnlosigkeit des Embargos zu überzeugen. Es musste etwas passieren, was die öffentliche Meinung für die Aufhebung des Exportverbots vorbereitete. Etwas, was aller Welt zeigte, was für ein gefährliches Zeug Wasserstoff ist! Da die Passagiere der Zeppeline vor allem amerikanische Geschäftsleute und Millionäre sind, würde das die Presse mit ein paar gezielten Informationen aufrütteln. Es sollte keiner zu Schaden kommen, aber es musste effektvoll sein und es musste hier auf amerikanischem Boden geschehen. Ähnliche Überlegungen hatte man in Berlin, und die SD-Auslandsabteilung trat über Wilhelm Singer, der augenscheinlich für beide, nämlich FBI und Gestapo, agiert, an uns heran, und so wurde …«

Hugo Eckener beugt sich vor und schaltet das Gerät aus.

»Und so geht das ungefähr vierzig Minuten weiter. Edward van Zandt ist klar bei Verstand und das Material ist unmissverständlich.«

Konsul Ritter denkt nach. »Tonbänder, eine ziemlich neumodische Angelegenheit. Das hat wohl kaum irgendeine rechtliche Beweiskraft. In diesen Zeiten kann jeder alles behaupten, und Bekennerbriefe gibt es en masse.«

»Aber Edward van Zandt ist nicht irgendwer. Vor allem kein

dahergelaufener Bolschewist. Die Sache dürfte enorme Wellen schlagen, egal, ob es wahr ist oder nicht.«

»Was wollen Sie?«, zischt der Konsul.

»Jennifer natürlich. Gesund und unversehrt, und Aufhebung des Haftbefehls von Doktor Kröger.«

Eckener klopft seine Pfeife im Kristallaschenbecher aus.

»Ach, und übrigens: Es gibt drei Kopien. Sie sind bei drei verschiedenen Rechtsanwälten hinterlegt, mit der Auflage, sie den Behörden zukommen zu lassen, sobald den van Zandts, Jennifer oder Edward, Merten Kröger oder mir etwas zustoßen sollte.«

Um Konsul Ritters Contenance ist es geschehen. Mit offenem Hass sieht er Eckener an. Der grinst wiederum höflich und hält seinem Blick stand.

»Euch ging es in Wahrheit nie um die Zeppeline, nicht wahr? Und auch nicht um das Helium.«

Ritter tut, als wüsste er nicht, was Eckener meint. Aber er verweigert den Blickkontakt. »Woran denken Sie?«

»An die deutsche Luftwaffe. An die überempfindlichen Motoren der neuen Messerschmitts und Junkers und Heinckels. Ich denke da an das Antiklopfmittel Bleitetraäthyl. Das braucht ihr doch als Benzinadditiv für die Flugzeugmotoren. Und das produziert ebenfalls Standard Oil und besitzt dafür das weltweite Patent. Das will Göring haben. Mit dem *Hindenburg*-Desaster hat er die Ölbarone im Schwitzkasten. Er kann die ganze Sache auffliegen lassen, wenn sie nicht liefern. Und das Helium bekommt er noch als Zugabe. Ein schöner Pakt mit dem Teufel.«

»Ich weiß nicht, ob es dem Reichsluftfahrtminister gefallen würde, als Teufel tituliert zu werden.«

»Sie müssen es ja nicht petzen.«

Das *Palace* ist voll besetzt, bis auf einen Platz. Der dunkelrote Sessel neben Merten direkt am Gang ist frei. Vorn auf der Bühne gibt Gilles Broca seine Solonummer. Merten ist nervös. Immer wieder sieht er sich um. Er hatte Singer diesen Ort mit möglichst vielen Menschen genannt, damit er nicht noch auf irgendeine komische Idee kam. Hier im Theater während der Vorstellung sollte er Jennifer übergeben. Für alle Fälle hatte Edward ihm seinen Revolver mitgegeben.

Broca balanciert auf seinen Champagnerflaschen. Das Publikum ist begeistert und klatscht. Gerade als wieder Ruhe einkehrt und Broca mit seiner Betrunkenenkomödie beginnt, spürt Merten eine Hand auf seiner Schulter. Merten springt auf, und da steht sie: Jennifer! Sie stürzt sich in seine Arme. Merten drückt sie an sich. So fest er das mit einem Arm kann. »Jennifer«, flüstert er in ihr Ohr. »Ich hatte solche Angst, dass sie dir etwas antun!«

Und dann hört er leise ihre wunderbare Stimme: »Alles ist gut, Merten. Jetzt ist alles gut.« Sie macht sich los und sieht ihn an. »Hast du es denn vergessen?«

»Was denn?« Jennifer lächelt. »Ich hab dir doch versprochen, ich komm zu dir zurück.«

Hugo Eckener blickt auf das Wrack. Merten und Jennifer sind mit ihm nach Lakehurst hinausgefahren, um Abschied zu nehmen. Morgen früh wird der Unfallort geräumt. Die Reste des *Hindenburg*-Gerüsts sollen eingeschmolzen werden. Die amerikanischen Opfer waren ihren Familien übergeben worden. Die fünfundzwanzig deutschen Toten sind im Hafen von New York mit einer Trauerzeremonie verabschiedet worden, mit Hakenkreuzfahnen und Blumenmeer. Dann sind sie auf den Hapagdampfer *Hamburg* verladen worden und jetzt auf dem Weg nach Cuxhaven.

»Habe mit Doktor Arnstein, dem Chef der Goodyear-Zeppelin-Corporation in Akron, gesprochen. Merten, er will dich. Sie haben eine neue Baureihe und es gibt noch ein paar technische Probleme, aber zehn Bestellungen haben sie schon von der Army und von irgendeiner Forstbehörde. Du kannst morgen anfangen.«

»Und, Hugo, was werden Sie jetzt tun?«

»Den *Hindenburg* habe ich verloren. Ich werde nicht zulassen, dass die Nazis die Luftfahrt mit Zeppelinen beenden, und ich werde kämpfen, damit Göring unsere Schiffe nicht zu seinen Zwecken missbraucht. Der neue *LZ 130* ist das schönste Luftschiff aller Zeiten und im November werden wir mit Helium wieder in den Himmel aufsteigen.«

»Ich wünsche dir Glück«, sagt Jennifer leise.

Merten legt Eckener die Hand auf die Schulter.

»Danke … danke für alles.«

Was danach geschah

Die amerikanische Untersuchungskommission veröffentlichte ihren Bericht schon am 21. Juli 1937. Sie kam zu dem Schluss, dass die Ursache des Brandes wahrscheinlich eine Büschelentladung [selbstständige Entladung mit mehreren kleinen Funken; *d. A.*] war, die ein Gas-Luft-Gemisch entzündete. Ein Beweis dafür konnte jedoch nicht gefunden werden.

Der deutsche Bericht wurde dem Reichsluftfahrtministerium erst am 2. November 1937 vorgelegt und erst 1938 veröffentlicht. Es waren zuvor in verschiedenen Instituten alle möglichen Untersuchungen gemacht worden. Ausgeschlossen wurden: Beschuss von außen, Blitzschlag, Funkenflug aus dem Auspuff eines der Motoren und Selbstentzündung.

»Für wahrscheinlich wird das Zusammentreffen verschiedener unglücklicher Umstände als einen Fall von höherer Gewalt angenommen. Vielleicht ist durch das Reißen eines Spanndrahtes bei der starken Kurve vor der Landung die Zelle vier oder fünf leck geworden. Gas strömte zwischen Zelle und Hülle und unter die Außenhaut am Rücken des *Hindenburg*. Durch die Vermischung mit Sauerstoff entstand Knallgas.

Für die Entzündung dieses Gemischs sind zwei Fälle denkbar:

a) Infolge elektrischer atmosphärischer Störungen [abgezogenes Gewitter; *d. A.*] war zur Zeit der Landung das Potenzialgefälle [elektrische Aufladung der Luft *d. A.*] in der Nähe des Bodens so hoch, dass es nach Erdung des Schiffes [Abwurf der Landetaue, die allerdings knochentrocken waren; *d. A.*] an der Stelle seiner stärksten Erhöhung, nämlich am Seitenruder, zu Büschelentladungen und damit zur Zündung geführt hat.

b) Nach Abwerfen der Landetaue wurde die Oberfläche der Außenhülle weniger gut geerdet als das Gerippe des Luftschiffes. Es entstanden Potenzialdifferenzen zwischen Hülle und Gerippe. Falls diese Stellen ausreichend feucht waren, was über den Zellen vier und fünf wegen der vorherigen Durchfahrt durch das Regengebiet wahrscheinlich war, konnten diese Differenzen einen Spannungsausgleich durch einen Funken herbeiführen, der das vorhandene Knallgas möglicherweise entzündete.

Von den beiden Erklärungen erscheint b) als die wahrscheinlichere.«

Zur Möglichkeit einer absichtlichen Zerstörung durch eine Bombe stellte die Kommission fest:

»Beweise für die Ausführung eines Gewaltaktes konnten trotz gründlichster Nachforschungen nicht erbracht werden. Die Möglichkeit [...] muss aber, da eine andere Entstehungsursache ebenso wenig bewiesen werden kann, zugegeben werden.«

Nach dem *Hindenburg*-Unglück trat die amerikanische Presse für eine Aufhebung des Handelsembargos für Helium an Deutschland ein. Hugo Eckener sagte vor der Militärkommission des Senats aus und versprach eine ausschließlich friedliche Nutzung der Zeppeline. Der US-Senat machte daraufhin im August mit 36 zu 26 Stimmen eine Ausnahme vom Handelsembargo und erteilte die Genehmigung, 300 000 Kubikmeter Helium an die deutschen Handelsluftschiffe zu liefern. Das war so viel, wie der neue *LZ 130* brauchte. Aber nach dem Anschluss Österreichs im März 1938 zog Innenminister Ickes, Vorsitzender der Heliumkommission, diese Erlaubnis wieder zurück.

Der *LZ 130*, das Schwesterschiff des *Hindenburg*, stieg unmittelbar nach der Taufe als *Graf Zeppelin II* am 14. September 1938, gefüllt mit Wasserstoff und mit Hugo Eckener als Kapitän, zu seiner Jungfernfahrt auf. Es folgten bis zum 20. August 1939 insgesamt dreißig Fahrten.

Der *LZ 127 Graf Zeppelin* fuhr am 18. Juni 1937 nach Frankfurt und wurde außer Dienst gestellt. Man hängte ihn in der Luftschiffhalle auf, ließ das Wasserstoffgas ab und gab ihn zur Besichtigung frei. Viele Tausende machten davon Gebrauch.

Im April 1940 befahl Generalfeldmarschall Hermann Göring das Verschrotten aller Zeppeline und die Sprengung der Luftschiffhalle in Frankfurt. Die Aluminiumteile von Zeps und Hallen wurden zum Bau von Flugzeugen eingesetzt.

1938 lieferte die Standard Oil aus London zum ersten Mal das Benzinadditiv Bleitetraäthyl im Wert von zwanzig Millionen Dollar an die deutsche Luftwaffe. Im Sommer 1939 kurz vor dem Überfall auf Polen kam die zweite Lieferung aus London im Wert von fünfzehn Millionen Dollar. Standard Oil und IG Farben beschlossen den Bau von zwei Fabriken für das Antiklopfmittel in Deutschland.

Standard Oil lieferte außerdem Brightstock, ein hochwertiges Ölprodukt, das für Panzermotoren gebraucht wird, auch noch während des Zweiten Weltkriegs.

Bauliche Einteilung des »Hindenburg«

Zeitschrift des Vereines deutscher Ingenieure
Bd. 80 (1936) Nr. 13

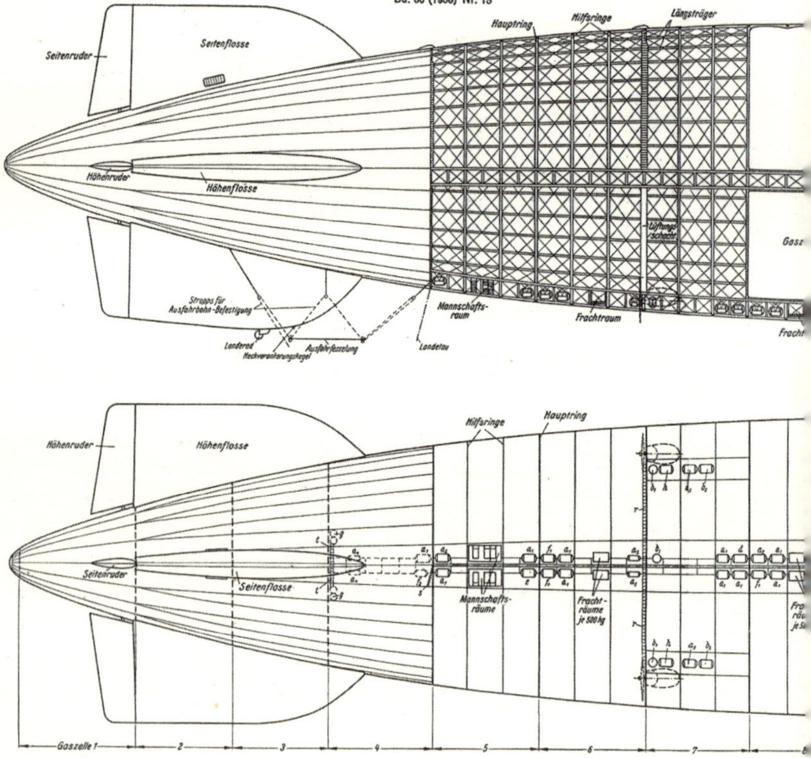

Bild 23 und 24. Baulic

Die vorderen und hinteren Teile des Schiffes sind in Ansicht, die nach hinten bzw. nach vorn anschlie
klare Anschauung von dem Gerippe mit seiner Versp

a_1 28 Treibölfässer zu je 2500 l
a_2 4 Treiböl-Ventilfässer zu je 2500 l
a_3 4 Treiböl-Betriebsfässer zu je 800 l
a_4 4 Treibölfässer zu je 1250 l

a_5 2 Treibölfässer zu je 850 l
b_1 6 Schmierölfässer zu je 500 l
b_2 4 Schmierölfässer zu je 380 l
c 1 Trinkwasserfaß zu 2500 l

d 2 Frischwasserfässer zu je 2500 l
e 2 Schmutzwasserfässer zu je 2500 l
f_1 9 Fässer für rückgewonnenes Ballastwasser zu je 2500 l

Zeppelin-Luftschiff „LZ 129"

Bildtafel 5

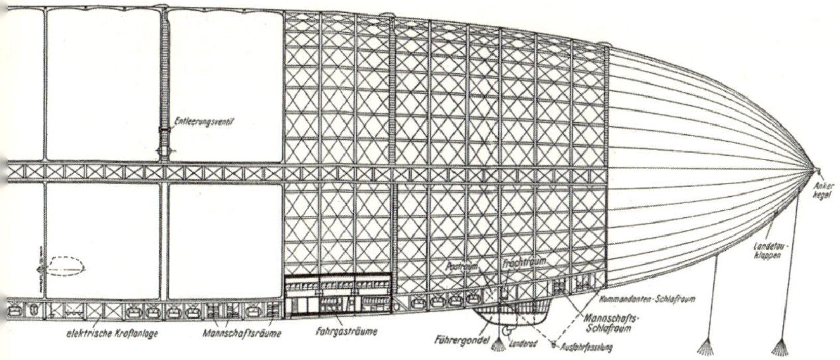

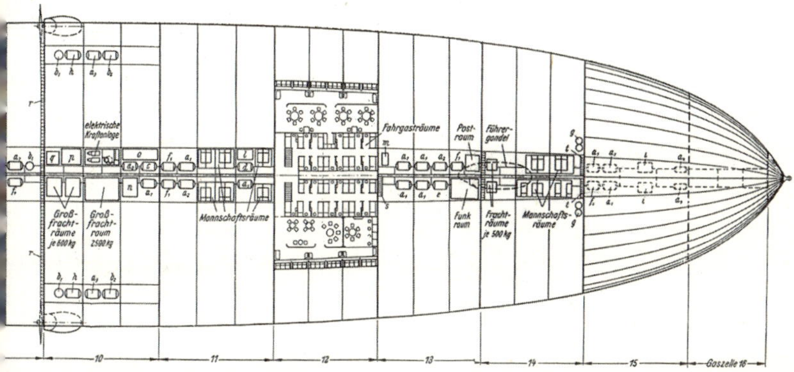

ı-Luftschiffes „LZ 129".

Mittellängsschnitt dargestellt, wobei die Gaszellen entfernt gedacht sind. Man gewinnt dadurch eine
sind die Zellen in gefülltem Zustand mitgeschnitten.

es Ballast-
e 2 × 500 l
00 l

i 2 Kofferräume zu je 500 kg
k 2 Räume für Ersatzteile zu je 500 kg
l 1 Lebensmittel-Vorratsraum zu 500 kg
m 1 „ zu 250 kg

n Ingenieurraum
o Lüfter
p Waschraum und Abort
q Werkstatt

r Zugänge zu den Motoren
s 3 Zugänge zu den Steigschächten
t 4 Zugänge zu den Ballasthosen

Querschnitt des »Hindenburg«

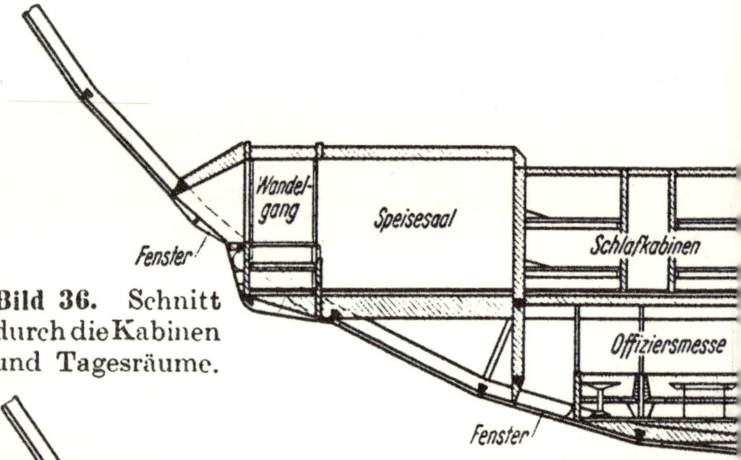

Bild 36. Schnitt durch die Kabinen und Tagesräume.

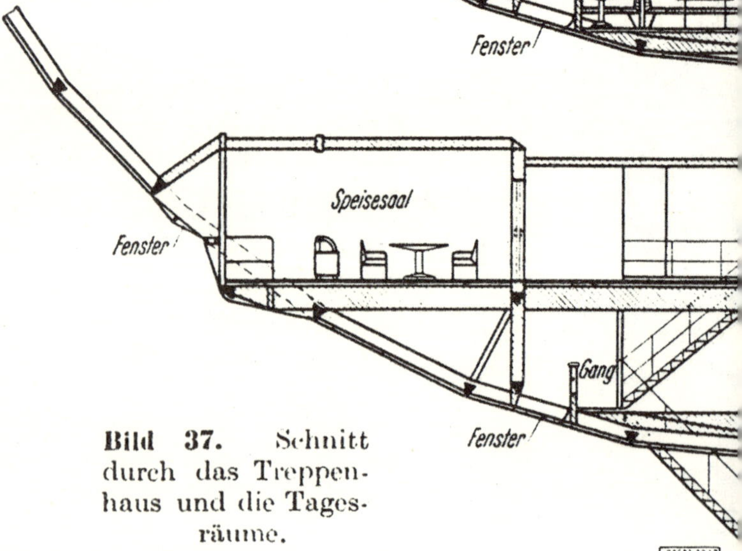

Bild 37. Schnitt durch das Treppenhaus und die Tagesräume.

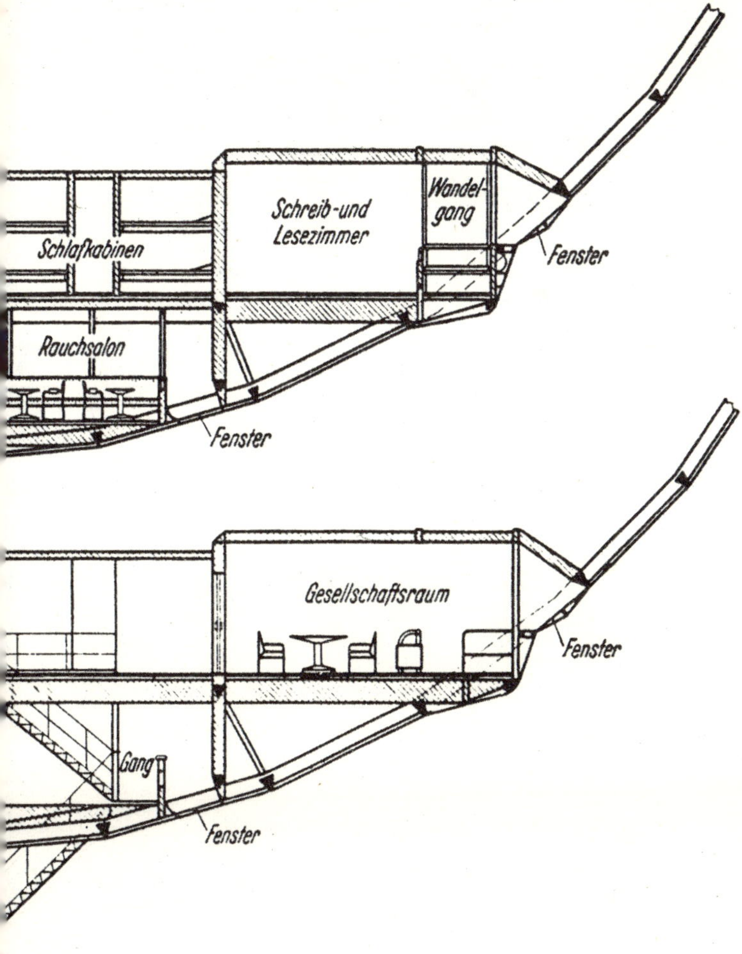
Schlafkabinen
Schreib-und Lesezimmer
Wandel-gang
Fenster
Rauchsalon
Fenster
Gesellschaftsraum
Fenster
Gang
Fenster

Fahrgasträume des »Hindenburg«

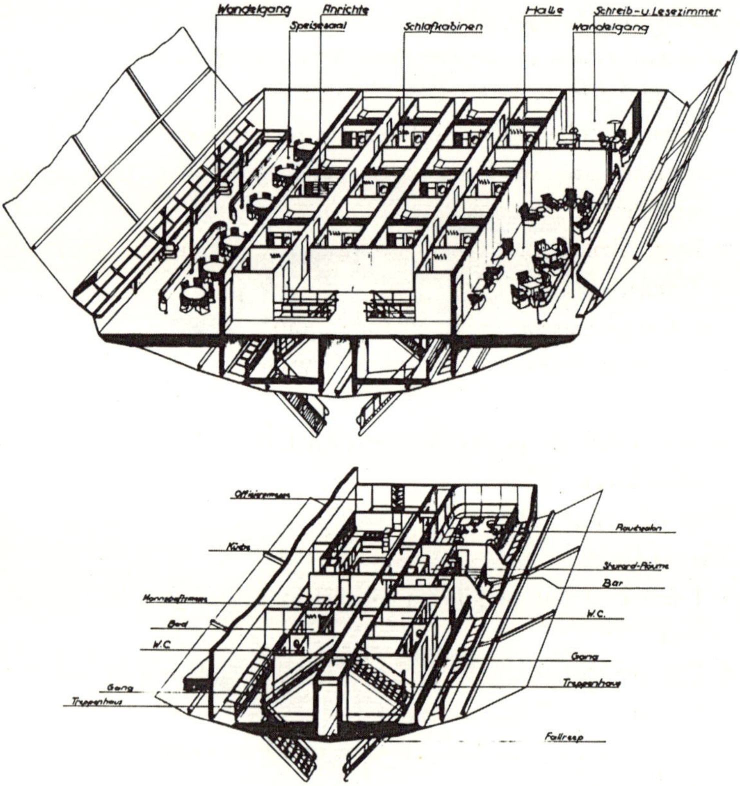

Passagierliste

PASSAGIERE (13 TOTE)

Leonhard Adelt, 56, aus Dresden, Autor und Herausgeber

Gertrud Adelt, 36, Ehefrau, Journalistin

† Ernst Rudolf Anders, 65, Dresden, Teeimporteur

Ferdinand Lammot »Peter« Belin, 24, Washington D. C., Student, will Diplomat werden

† Birger Brinck, Stockholm, politischer Redakteur bei *Stockholm Tidningen*

Karl Otto Clemens, 28, Bonn, Photograph

† Hermann Doehner, 50, Mexico City, Geschäftsführer, Pharmaimporteur

Matilda Doehner, 41, Mexico City, Ehefrau

† Irene Doehner, 16

Walter Doehner, 10

Werner Doehner, 8

† J. Burtis Dolan, 46, Chicago, Geschäftsmann, Parfumimporteur

† Edward Douglas, 38, Newark, NJ, Werbefachmann, Direktor von McCann/Erickson Europe

† Fritz Erdmann, 46, Halle, Oberst und Kommandeur der Luftnachrichtenschule

† Otto Ernst, 78, Hamburg, ehemals Großkaufmann, Baumwolle

Else Ernst, 62, Ehefrau

† Moritz Feibusch, 57, San Francisco, Importeur Luxusartikel

George Grant, 63, London, Geschäftsführer Reederei

Klaus Hinkelbein, 36, Berlin, Leutnant der Luftwaffe, militärischer Beobachter

George Hirschfeld, 35, Bremen, Börsenmakler, Baumwolle
Marie Kleemann, 62, Bad Homburg, besucht kranke Tochter in Boston
† Erich Knöcher, 38, Zeulenroda, Kaufmann, Hersteller von Moskitonetzen u. ä.
William Leuchtenberg, 64, Larchmont, NY, Vizepräsident eines Industriekonzerns
Philip Mangone, 52, New York City, Modedesigner und Inhaber einer Kette von Modeläden
Margaret Mather, 60, Rom, Erbin
Nelson Morris, 46, Chicago, Millionär, Vieh- und Fleischhandel
Herbert James O'Laughlin, 28, Elgin, Illinois, Geschäftsführer
Clifford Osbun, 39, Chicago, Verkaufsleiter eines Landmaschinenherstellers
† John Pannes, 60, Long Island, Leiter der Passageabteilung der Hamburg-Amerika Linie in New York
† Emma Pannes, 56, Ehefrau
† Otto Reichhold, 40, Wien, Fabrikant
Joseph Spah, 32, Long Island, Akrobat, Varietékünstler
Emil Stöckle, Frankfurt, Deutsche Zeppelin Reederei
Hans Vinholt, 65, Kopenhagen, Banker
Rolf von Heidenstamm, 52, Stockholm, Kammerherr, Repräsentant eines Industrieunternehmens (AGA Group)
Hans Hugo Witt, 34, Major, Luftwaffe, militärischer Beobachter

MANNSCHAFT (22 TOTE)

† Kapitän Ernst August Lehmann, 51, Diplomingenieur, Geschäftsführer, Deutsche Zeppelin Reederei, als Beobachter an Bord, Führergondel bei Landung
Kapitän Max Pruss, 46, Kommandant des *Hindenburg*, Führergondel bei Landung
Kapitän Anton Wittemann, Beobachter, eigentlich *Graf Zeppelin*, Führergondel bei Landung

Kapitän Albert Sammt, 1. Offizier, Kommandant bei Landung,
Kapitän Heinrich Bauer, 2. Offizier, Höhensteuer, Ballastwasserkontrolle bei Landung
Walter Ziegler, Wachhabender, 2. Offizier, Gaszüge bei Landung
Max Zabel, Navigator, Navigationsraum bei Landung
Christian Nielsen, Navigator auf Lehrfahrt, Navigationsraum bei Landung
Franz Herzog, Navigator, Maschinentelegraph bei Landung
Kurt Bauer, Navigator, Lüftungsklappe Bug bei Landung
Eduard Boetius, 27, 3. Offizier, Navigator, Höhensteuer bei Landung
† Ernst Huchel, 31, Obersteuermann, Höhensteuer, Trimm bei Landung
† Ludwig Felber, 34, Steuermann, Höhensteuer, Landetaue Bug
Helmut Lau, 25, Steuermann, Seitensteuer, Heckflosse bei Landung
† Alfred Bernhard, 32, Steuermann, Seitensteuer, Offiziersanwärter, Landetaue Bug
Kurt Schönherr, Steuermann, Seitensteuer bei Landung
† Willy Speck, 46, Oberfunkinspektor, Führergondel hinten bei Landung
Herbert Dowe, 31, Funkoffizier, Funkbude bei Landung
† Franz Eichelmann, 27, Funkoffizier, Mannschaftsmesse bei Landung
Egon Schweikard, 36, Funkoffizier, Funkbude bei Landung
Rudolf Sauter, 36, Chefingenieur, Heckflosse bei Landung
Eugen Schäuble, Offizier, Ingenieur, Fahrmeister, Maschinengondel 3 bei Landung
† Wilhelm Dimmler, 34, Fahrmeister, 4. Ingenieur, Frachtraum bei Landung
Philip Lenz, 46, Chefelektriker, Generatorraum bei Landung
Joseph Leibrecht, 33, Elektriker, Bug bei Landung
† Ernst Schlapp, 37, Elektriker, Generatorraum bei Landung

† Josef Schreibmüller, 1902, Obermaschinist, Motorgondel 1, Steuerbord hinten

† Walter Bahnholzer, 29, Maschinist, Motorgondel 1

† Rudy Bialas, 23, Maschinist, Motorgondel 1, Trimm bei Landung

August Deutschle, 28, Maschinist, Motorgondel 2, Backbord hinten

Adolf Fischer, 31, Maschinist, Motorgondel 2

† Alfred Stöckle, 25, Maschinist, Motorgondel 2, Trimm bei Landung

† Willy Scheef, 26, Maschinist, Motorgondel 3, Maschinenraum bei Landung

German Zettel, 36, Maschinist, Motorgondel 3, Steuerbord vorn

Josef Doerflein, Maschinist, Motorgondel 3

Raphael Schädler, Fahrmeister, Ingenieur, Motorgondel 4, Backbord vorn

Eugen Bentele, 28, Maschinist, Motorgondel 4

Richard Kollmer, 22, Maschinist, Motorgondel 4, Heckrad bei Landung

Theodor Ritter, Maschinist, Motorgondel 4

† Albert Holderried, 26, Maschinist, Trimm bei Landung

† Robert Moser, 23, Maschinist, Trimm bei Landung

† Alois Reisacher, 28, Maschinist, Trimm bei Landung

Wilhelm Steeb, Maschinist, Lehrfahrt, Maschinengondel 3 bei Landung

† Ludwig Knorr, 46, Ballonmeister, Ingenieur, 4. Offizier, Achsialsteg Bug bei Landung

Hans Freund, 31, Zellenpfleger, Landetaue Heck

† Erich Spehl, 26, Zellenpfleger, Trimm bei Landung

Heinrich Kubis, 49, Chefsteward

† Emilie Imhoff, geb. Sahling, 46, Stewardess, Kabinen B-Deck bei Landung

Wilhelm Balla, Steward

Fritz Deeg, Steward

Max Henneberg, Steward
Severin Klein, Steward
Eugen Nunnenmacher, Steward
† Max Schulze, 60, Barsteward, Bar bei Landung
Dr. Kurt Rüdiger, Schiffsarzt,
Xaver Maier, Chefkoch, Küche bei Landung
† Richard Müller, 25, Bäcker und Konditor, Trimm bei Landung
Albert Stöffler, 25, Koch, Pasteten, Küche bei Landung
Alfred Grözinger, 20, Koch, Lüftungsklappe Bug bei Landung
† Fritz Flackus, 24, Koch, Assistent Maier, Trimm bei Landung
Werner Franz, 17, Kabinenjunge, Offiziersmesse bei Landung

LANDEMANNSCHAFT LAKEHURST (1 TOTER)

Allen Hagaman, Zivilist, Lakehurst, New Jersey.